LE FLEUVE CACHÉ

Adrian McKinty est un auteur international de premier plan qui a été traduit dans plus de quarante pays. Il a reçu de nombreux prix littéraires à travers le monde, dont le prix Theakston du meilleur roman policier de l'année, le prix Macavity, le prix Barry, le prix Ned Kelly et le Prix du meilleur roman policier de l'année de l'Association des écrivains internationaux de polars pour *La Chaîne*. Il vit aujourd'hui à New York.

Paru au Livre de Poche :

La Chaîne

Dans la rue j'entends les sirènes

Michael Forsythe (*intégrale*)

Traqués

Une terre si froide

ADRIAN McKINTY

Le Fleuve Caché

TRADUIT DE L'ANGLAIS (ÉTATS-UNIS) PAR PATRICE CARRER

LE LIVRE DE POCHE

Titre original :

HIDDEN RIVER

Publié par Scribner, une filiale de Simon and Schuster, Inc., New York.

ISBN : 978-2-253-24254-3 – 1re publication LGF

Ô Arjuna, toi qui pourrais être la terreur de tes ennemis,
Pourquoi céder à cette faiblesse déshonorante ?

Bhagavad-Gita, 2 : 3

1

Créateur, protecteur, destructeur

À sept fuseaux horaires de Belfast, vers l'ouest, la future victime était encore vivante et en bonne santé. Une jeune femme sûre d'elle, appréciée – et intelligente, qualité qui allait causer sa perte.

Avec l'aide d'une balle de calibre .22.

Elle était confortablement allongée dans le creux du futon, sous un drap de coton et une couverture molletonnée. L'humidificateur et le ventilateur étaient allumés ; le thermostat, réglé sur une température moyenne. Tout cela, je le sais pour l'avoir lu dans le rapport de la police.

La jeune femme se sentait bien, aussi bien qu'il était possible de se sentir dans ce lit, dans cette pièce, dans cet immeuble, dans cette ville. Il se peut que l'humidificateur ait faiblement éclairé son visage. Un visage intéressant. Impérieux, typé – un beau visage. De bonne et vieille souche. De bonne caste, en fait ; ce qui ne représentait rien pour elle. Des yeux et des cheveux sombres. Une aristocrate, si l'on veut ; ou quelqu'un capable de jouer le rôle archétypal de la fille riche qui, dans les pires navets de Bollywood, finit par craquer pour le beau gosse fauché après l'avoir dédaigné.

Victoria Patawasti était intelligente, mais l'intelligence ne confère pas l'expertise en tous domaines. Le logiciel de cryptage qu'elle avait utilisé pour tenir un journal personnel sur son ordinateur garantissait que les superordinateurs Cray du FBI mettraient des années à déchiffrer son mot de passe. Tout ce qu'elle écrirait serait soustrait à la curiosité d'autrui, et notamment des commères et vauriens du bureau. Naturellement, la fiabilité du logiciel de cryptage dépendait de la confidentialité du mot de passe. Mais qui penserait jamais à un nom à coucher dehors tel que *Carrickfergus* – la petite ville où elle avait été élevée, en Irlande, à une quinzaine de kilomètres de Belfast ?

Elle avait tout confié à ce journal : pensées, réflexions, soupçons. *Soupçons*, quel grand mot ; elle n'avait sans doute aucune inquiétude à avoir. Klimmer était dans le vrai, pas de quoi en perdre le sommeil.

Pas de quoi en perdre la vie.

Victoria vivait au milieu du continent américain, à Denver, où les montagnes frayent avec les plaines et où l'on peut avoir les quatre saisons dans la même journée. En Irlande, le temps était éternellement pluvieux et brumeux, et doux même en hiver, sous l'influence modératrice du Gulf Stream. Une contrée de brouillards et d'embruns, où les hommes portaient des casquettes plates, où l'on trouvait des vaches, des moutons, des murs de pierre, du fumier, du purin, et encore de la pluie. Où le temps était aussi prévisible que les mauvaises nouvelles.

Ses grands-parents habitaient à Allahabad, en Inde, dans la grande plaine brune qui s'étend au bord du Gange. Là non plus, il n'était pas difficile de savoir à quoi la journée allait ressembler. Chaude et sèche pendant neuf mois, chaude et humide le reste du temps ; pas de mystère. Ici, à Denver, c'était différent. Les déserts vous bombardaient de sable et les montagnes de neige ; quant aux vastes étendues de prairie, on pouvait en attendre tout et n'importe quoi. Depuis des années régnait la sécheresse, une sécheresse ponctuée par de violents orages. En roulant vers l'est pendant quelques heures, il était facile de s'imaginer transporté par une tornade vers le merveilleux pays d'Oz, comme Dorothy dans le livre de L. Frank Baum. Oui, le climat se faisait vraiment sentir, par ici ; et les orages, les éclairs en boule et les pluies de grenouilles semblaient être en mesure de sévir à tout instant.

Il y a peut-être eu un moment où Victoria s'est éveillée. Elle avait dit à sa mère que ça lui arrivait cinq ou six fois par nuit ; elle ne s'était jamais vraiment adaptée au sommier en bois de ce futon, pas plus qu'à l'altitude ou à l'aridité de Denver. Cette nuit-là, pour une fois, ç'aurait été une bonne chose qu'elle se réveille, même si elle l'ignorait. Puisqu'elle n'avait plus qu'une demi-heure à vivre, autant rentabiliser ce délai au maximum, le savourer en pleine conscience.

Peut-être a-t-elle lu un passage du livre posé près de son lit. Kerouac. À moins qu'elle n'ait appuyé sur le bouton de l'animal en peluche que lui avait offert Hans Klimmer. Un mouton musical qui jouait « Beautiful Dreamer » plusieurs fois de suite. Peut-être Victoria a-t-elle bâillé lorsque la musique a ralenti et, lorsque celle-ci s'est arrêtée, a-t-elle jeté le jouet par terre.

Peut-être encore a-t-elle regardé par la fenêtre. En ce cas, elle a dû être étonnée. Une tempête de neige. En juin, elle ne s'y attendait sûrement pas.

Le lundi 5 juin 1995, à deux heures trente, heure des Rocheuses…

À cet instant précis, il pleuvait à Belfast, et l'homme destiné à élucider un jour l'assassinat de Victoria n'était pas encore levé.

Moi.

Je somnolais au fond du bateau où je m'étais introduit par effraction, dans la marina de Carrickfergus, en compagnie d'une fille rencontrée au Dolan's la veille au soir.

J'avais vingt-quatre ans, et des cheveux noirs bouclés auxquels une coupe aurait fait le plus grand bien. J'étais barbu, amaigri, d'une pâleur maladive. La fille, une jolie rousse mince, était à peine âgée de dix-sept ans – détail que j'ignorais encore. Elle allait en terminale au lycée privé de Carrickfergus, où elle surveillait aussi les plus jeunes et faisait partie de la chorale, ainsi que d'une organisation chrétienne. Mais elle avait commencé à se rebeller et ne tarderait pas à rater son bac et abandonner ses études. Elle comptait émigrer à Dublin pour y devenir chanteuse/mannequin/prostituée/junkie ; ce n'étaient pas cette effraction, ni le gin volé dont je l'avais imbibée, qui risquaient d'infléchir sa trajectoire.

Dire que, deux semaines plus tard, j'allais me retrouver en route vers les États-Unis pour enquêter sur un meurtre qui tenait la police locale en échec. Était-ce si étonnant, si étrange ? Pas tant que ça. J'avais été inspecteur dans les forces de police d'Irlande du Nord – le Royal Ulster Constabulary. Flic pendant six ans, dont trois et demi comme inspecteur.

Les six derniers mois de mon séjour au RUC, passés à la brigade des stups, fournissaient la clé de ma situation géographique, morale, physique et spirituelle à bord de ce bateau.

Tout ensommeillée, la fille s'est retournée sur notre couchette avant de se rendormir. Je me suis lissé la barbe et j'ai allumé le mégot de son joint. Je ne fumais jamais de hasch, jamais, ça vous rendait idiot. Ma drogue favorite était…

Ah, c'est une autre histoire. Enfin, elle fait partie de celle-ci, mais chaque chose en son temps.

Il pleuvait toujours. Il faisait froid. Il pleuvait à flots.

Ce bateau puait. Pourquoi un bateau ? Pas question d'aller à la maison, j'étais sûr de tomber sur mon putain de père, un prof de maths à la retraite. Et chez la fille, c'était exclu. On accédait à la marina par un tourniquet de sécurité, avec serrure à cylindre ; il suffisait d'entrer en douce et de repérer un bateau un peu luxe. Seulement, les couchettes étaient étroites et il n'y avait pas moyen de se chauffer, sauf à rétablir le courant électrique sur le quai – ce qui aurait allumé une lampe dans le bureau de la marina. Alors, souffrez donc, pécheurs.

J'avais des tâches à accomplir, mais cette pluie hypnotique m'avait plongé dans l'apathie. Je me suis glissé hors de ma couchette et j'ai emprunté le passage qui menait aux gogues. Pour que le système fonctionne convenablement, il fallait brancher un réservoir de chasse d'eau avant de pisser puis, la chose faite, tirer la chasse et débrancher. Une sérieuse dépense d'énergie. J'ai enfilé une veste par-dessus mon tee-shirt et je suis allé au charbon la clope au bec, en caleçon. Même à moitié enveloppé dans ma couette, je tremblais de froid. Une pancarte était accrochée à la paroi : « Croyez en Dieu et veillez à la propreté de vos intestins – Cromwell. » Je l'ai contemplée un moment. C'était censé être drôle ? Je me sentais dans le coaltar.

Quand j'ai jeté un coup d'œil par la vitre épaisse, il pleuvait comme vache qui pisse, le genre de saucée grise et lourde que les officiers de police rêvent de voir tomber à la saison des émeutes. Enfin, ça ne me regardait pas – ça ne me regardait plus. Non, c'était fini, terminé. Je ne faisais plus partie de la solution, j'avais viré de bord et j'étais passé de l'autre côté, celui du problème. Ce qui m'a arraché un sourire.

J'ai ramené la couette autour de moi et, tout en fumant, appuyé ma tête contre le mur des chiottes. Quelque chose continuait à me tracasser. Quelque chose que je ne voulais pas oublier. J'ai cherché dans ma mémoire, puis dans la poche de ma veste, sans rien trouver.

Puisque la nuit porte conseil, autant aller me recoucher.

Je me suis levé et dirigé vers la table de navigation, sur laquelle j'ai retrouvé la bouteille de gin et un carré de chocolat Cadbury, vestiges de la veille. Je me suis envoyé d'une pichenette le chocolat dans la bouche. Pas frais. En cherchant encore un peu, j'ai découvert quelques clopes ; j'en ai allumé une avant de regagner la couchette, auprès de la fille.

Quelle habitude dégueulasse, bon Dieu, fumer au lit. J'ai aspiré quelques bouffées, toussé pendant une demi-minute, jeté la cigarette dans ce que j'espérais être un cendrier.

J'ai enfoui la tête sous l'édredon, en shootant dans une bouillotte caoutchouteuse, glaciale, on aurait dit le cadavre d'un bébé phoque. Je me suis enveloppé plus étroitement dans la couette. Tout était paisible, à présent. La pluie tombant sur le rebord du hublot se faisait moins abondante ; on entendait le ploc-ploc-ploc des gouttes qui pleuvaient du grand mât sur l'écoutille. La fille s'est réveillée, a gémi. Je me suis endormi…

Le ciel s'éclaircissait doucement au-dessus de l'est de l'Ulster. Pendant ce temps-là, au cœur d'un autre continent, à seize cents kilomètres à l'intérieur des Grandes Plaines, un lourd et étouffant manteau de neige s'était abattu sur les contreforts des montagnes Rocheuses, surveillé par une horde d'insomniaques de haute altitude postés devant leurs fenêtres. Seuls les individus les plus intrépides pouvaient encore accéder aux chemins de fer, routes et autoroutes : flics, travailleurs et équipes de nuit, personnels des services d'urgence, sans oublier les conducteurs égarés…

Ni le meurtrier de Victoria Patawasti, bien sûr.

Peu de véhicules en mouvement, peu de passants dans les rues, partout un calme étonnant.

Denver était ensevelie sous des nuages bas où se reflétaient, altérées en orange malsain, en rouge néon, les lumières des rues et des bâtiments. La neige s'abattait dru, en oblique, se raréfiant lorsque les systèmes dépressionnaires tournoyaient sur eux-mêmes selon d'énormes ellipses, en sens inverse des aiguilles d'une montre. Au cours de ces parenthèses de tranquillité relative, on pouvait assister à un curieux spectacle depuis les fenêtres des appartements élevés : la neige tombant à l'envers, dansant dans les courants ascendants qui l'entraînaient vers quelque purgatoire glacial, là-haut, parmi ces affreux nuages.

D'une ampleur impressionnante, la zone orageuse se déployait du Canada aux montagnes Sangre de Cristo, entre le Colorado et le Nouveau-Mexique. Les vastes tourbillons cycloniques rebondissaient sur les Rocheuses et allaient chercher vers l'ouest de l'humidité à pomper – jusqu'au Puget Sound, un fjord de l'État de Washington, et jusqu'au golfe de Californie. Le présentateur de nuit de la chaîne météo était surexcité. Après un hiver de sécheresse, il s'agissait de la plus importante chute de neige de l'année. Du plus grand orage, en fait, que l'on ait eu au cours d'un mois de juin depuis 1924 : de la neige dans six États – quarante centimètres à la station d'Aspen, dans le Colorado –, des pannes de courant dans l'Utah, quatorze aéroports fermés, ainsi que toutes les autoroutes est-ouest – l'Amérique quasiment coupée en deux, des familles captives de leurs véhicules, des camions renversés, El Niño, La Niña, le réchauffement planétaire, l'instabilité, la fin des temps, le second avènement…

Rien de tout cela ne posait de problème à la personne qui s'apprêtait à supprimer Victoria.

Tu t'en foutais pas mal, hein ?

Tu venais déjà d'abattre Alan Houghton, là-haut, sur Lookout Mountain.

Et maintenant, il était trois heures du matin. Parfait. L'heure où l'organisme est le plus fragile, dit-on. L'orage avait éclaté sans crier gare ; aucune importance. Il allait effacer tes empreintes de pas, comme on efface une ardoise magique en la secouant. En fait, tu appréciais sans doute cette obscurité, ces nuages bas, cette neige fraîche. Les arbres à feuilles caduques pareils à des épouvantails, les pins et les épicéas chargés de neige. Sur le sentier, les traces des quidams qui avaient promené leurs chiens. Çà et là, fugitivement, un aperçu des montagnes. Combien de temps as-tu attendu là, devant l'immeuble de Victoria ?

Tu as dû t'y introduire par la sortie de secours située à côté du garage. La seule issue qui n'était pas équipée d'une caméra de sécurité. Comment aurais-tu réagi si tu t'étais fait repérer par une vieille dame à ce moment-là ?

Vous rentrez tard ? Est-ce que je vous connais ? Vous êtes...

Tu lui aurais sauté dessus, sans l'ombre d'une hésitation. Tu aurais donné un coup de pied au chien et sorti ton couteau pour trancher la gorge de la vieille, avant de te laisser tomber à genoux sur l'animal et de lui briser le cou. Le genre d'incident qu'il valait mieux éviter. Pas propre, pas net. Tu avais déjà eu une sacrée nuit, il était grand temps de pénétrer dans cet immeuble.

Impossible de faire demi-tour, désormais. Alan Houghton était mort, et son corps sans doute jeté dans une carrière, ou sous le prolongement de l'autoroute 70. Quel effort cela avait dû représenter pour toi de soulever son cadavre et de l'enrouler dans la bâche en plastique qui l'attendait à l'intérieur du coffre, puis de le conduire sous la neige jusqu'à la tranchée que tu avais sélectionnée la veille. Mais ç'avait été nécessaire.

Tout comme était nécessaire ce que tu t'apprêtais à faire.

Houghton n'avait aucune preuve de la responsabilité de Charles dans le meurtre ; cependant, une fois la rumeur lancée, elle serait impossible à enrayer. Ces ponctions devaient cesser. Après plus de deux décennies, leur montant représentait des millions de dollars, littéralement. Pour servir les ambitions de Charles, il avait fallu faire taire Houghton. Ce premier pas était maintenant franchi, il n'y avait plus qu'à terminer le boulot. Oh, son expression étonnée ! Je parie qu'il s'était attendu à une enveloppe bourrée de billets de cent…

La sortie de secours de l'immeuble. Tu as pris un aimant et l'as glissé sur le capteur d'admission. La lumière est passée au vert, la serrure a cliqueté. Un jeu d'enfant.

La porte. Une sensation de chaleur. Tu as pris l'ascenseur jusqu'au treizième étage.

Un nombre qui porterait la poisse, selon certains.

La porte de l'appartement de Victoria. Tu sors le double de la clé que tu as eu tout le loisir de te fabriquer, et l'introduis dans la serrure. Tu appliques contre la chaîne de sécurité la cisaille de ton Leatherman multifonction. La chaîne se brise et tu tends l'oreille. Aucun bruit. Tu ouvres la porte.

Tu entres dans l'appartement.

Ce n'est pas la première fois.

Mais ce sera la dernière.

Tu refermes la porte derrière toi.

Doucement. Tout doucement. Tu as sorti le revolver, en espérant ne pas avoir à t'en servir. Quand tu as descendu Alan, sur Lookout Mountain, il n'y avait personne en vue. Tu lui avais sans doute donné rendez-vous auparavant à cet endroit, au moins une fois, afin d'endormir sa méfiance. Mais même un calibre .22 fait du bruit. Ce qui ne t'empêchera pas de l'utiliser à nouveau si c'est nécessaire. Une arme superbe, fabriquée à la main par la maison Beretta, en Italie. Une inscription en lettres d'or sur la crosse : « De C.M. à A.M., affectueusement. » Compromettant, c'est le moins qu'on puisse dire. On ne retrouvera jamais Houghton, mais même si tu ne te sers pas de ce flingue pour abattre Victoria, tu auras intérêt à t'en débarrasser.

Tu plonges une main dans ta poche pour y prendre le permis de conduire d'Hector Martinez, et tu laisses tomber l'objet par terre, près de la porte.

En attendant que ta vue s'adapte à l'obscurité, tu sors le couteau.

Les lumières sont éteintes, mais tu vois par la fenêtre du salon que l'orage a recommencé à faire des siennes. Tu traverses la pièce, ouvres la porte de la chambre à coucher. L'humidificateur luit dans un angle. Le ventilateur bourdonne. Victoria endormie est si belle, si paisible.

La lame du couteau étincelle.

Victoria.

Son souffle.

Plus près.

Plus près.

Sa gorge dorée, exposée dans la pénombre. Le léger

battement du sang dans sa carotide. Tes doigts crispés sur le manche de l'arme. Un coup porté avec la lame plutôt que la pointe.

Plus près. Mais il se passe quelque chose. Un bruit. Tu as peut-être marché sur un objet – un animal en peluche qui a couiné et joué une mesure de « Beautiful Dreamer ».

Victoria s'assied dans son lit, ouvre la bouche pour crier. Mais ne crie pas. Peut-être même qu'elle sourit, et murmure d'un ton à demi interrogatif :

« Ambre… ? »

L'éclair du calibre .22. Une seule balle pour faire disparaître ce joli visage, à jamais.

Parcouru de frissons, je me suis réveillé brusquement et j'ai regardé autour de moi. Les dernières gouttes de pluie ruisselaient sur les hublots, y dessinant des motifs éphémères. Le bateau s'élevait et redescendait contre le quai ; les drisses cliquetaient doucement contre le mât métallique.

« Je vais être en retard pour mes cours, a remarqué la fille.

— Au lycée ou à la fac ?

— Au lycée.

— Oh, bon Dieu !

— Je te l'ai dit hier soir.

— Quel âge as-tu ?

— Dix-sept ans.

— Ça pourrait me valoir la taule.

— Ça, plus la possession de résine de cannabis, la vente à une mineure de substances inscrites au tableau B, les délits de violation de propriété, d'effraction, de vol. Et deux ou trois autres trucs. »

Sur quoi, la fille s'est redressée afin de se laisser descendre jusqu'au sol.

Elle avait une longue chevelure rousse et frisée, une peau blanche criblée de taches de rousseur. Et elle paraissait beaucoup plus jeune dans cette lumière froide, et cætera.

« Quel âge tu as, toi ? m'a-t-elle demandé.

— Vingt-quatre ans. Presque vingt-cinq.

— Tu fais plus.

— Merci. Toi aussi.

— Ouais, mais toi tu fais *vraiment* plus vieux.

— Ben, tu sais ce que c'est, les mauvais garçons… »

En cherchant mes clopes, j'ai enchaîné :

« Toute une vie de débauche.

— Ouais, t'as raison, a-t-elle répliqué en enfilant son chemisier. Tu veux du café ?

— Affirmatif. Il est quelle heure ?

— Dix heures et des poussières. J'ai étude jusqu'à onze heures, alors personne ne remarquera si je suis là ou pas.

— Tes vieux ?

— En partant, j'ai dit que j'allais dormir chez ma copine Jane.

— Alors, comme ça, t'étais sortie en quête d'aventure ? »

Sans réagir, elle s'est approchée de la cuisinière pour allumer le gaz. Elle a gratté une allumette au-dessus d'un brûleur et, après avoir trouvé de l'eau distillée, en a rempli une cafetière. Je me suis appuyé sur un coude et j'ai balancé mes jambes hors de la couchette, en demandant :

« Comment ça se fait que tu connaisses tous ces trucs juridiques ?

— J'ai lu un bouquin, *Introduction au droit anglais*. J'avais pensé faire la fac de droit. Ou alors journalisme.

— Tu *avais* pensé ?

— J'en ai marre du bac, des études, toutes ces conneries, je veux faire chanteuse. »

Elle a dégotté une boîte de biscuits et l'a ouverte. Je lui ai répondu :

« Je suis allé à la QUB. »

La Queen's University, à Belfast.

« Et il se trouve que j'étais étudiant en droit. La meilleure période de ma vie, je déconne pas. Tu devrais t'accrocher, passer ton bac, aller à la fac, ça t'empêchera pas de faire la fête. C'est un bon conseil que je te donne là. »

L'eau s'est mise à bouillir et la fille a versé du café dans une tasse, qu'elle m'a apportée avec deux sablés.

« Merci », j'ai fait.

J'ai bu une gorgée de café, pris une petite bouchée de biscuit. Elle s'est assise sur la table à cartes et m'a observé en se brossant les cheveux.

« Alors, ton conseil, c'est d'arrêter les drogues et de rester au bahut. »

Son ton était légèrement ironique. J'ai confirmé :

« Euh, ouais.

— En espérant connaître un jour la réussite impressionnante d'un mec qui monte en douce à bord de bateaux. »

J'ai pris le joint qu'elle tenait à la main, et je l'ai écrasé en la sermonnant :

« T'es trop jeune pour ça.

— Oui, papa, s'est-elle esclaffée.

— Sans blague, c'est pas bon pour toi.

— C'est ton copain John qui me l'a filé.

— Ouais, ben, c'est pas très responsable de sa part.

— Il a dit qu'il était keuf.

— Précisément.

— Il a dit que je ferais mieux de sortir avec lui. Que tu te camais », a-t-elle murmuré.

Je n'ai rien répondu. Elle m'observait toujours. Ses traits juvéniles exprimaient l'inquiétude.

« John dit que t'as été keuf, toi aussi. Qu'est-ce qui s'est passé ? Dans la police, on vire d'abord les vieux. Ils t'ont foutu à la porte ? Tu t'es fait tirer dessus ?

— J'ai filé ma dém. »

Je ne voyais rien à ajouter. Le venin de la prudence coulait déjà dans mon sang.

« Ta dém ? Pourquoi ? »

Je me suis dérobé d'un ton faussement épuisé :

« On répond à une question, y en a un million d'autres derrière.

— Tu trouves que je parle un peu trop, c'est ça ?

— Non. Ce que je trouve, c'est que tu devrais aller à la fac. Sans déconner, fous pas ta vie en l'air. Rends-toi service et termine ton année au lycée.

— Quels résultats tu as eus, au bac ?

— Quatre A.

— Quatre A ? Merde, t'es un génie ou quoi ?

— Plutôt un quoi, ai-je fait en frissonnant à nouveau.

— Ça te vieillit grave, cette barbe, elle te va pas du tout. Tu l'as laissée pousser parce que t'es devenu trop maigre et tu crois que ça se voit moins avec la barbe, mais tu te goures. Je vois bien que t'es un beau gosse, tu sais, les yeux verts, les sourcils épais, le joli petit nez, mais on dirait que t'es malade, si tu veux savoir. Et ça te sert à quoi d'être grand, si tu te tiens voûté ? Tu devrais faire plus attention à toi.

— Bon Dieu, si j'ai l'air tellement destroy, dis-moi comment j'ai fait pour tomber un petit canon dans ton genre…

— Je voulais me dépraver. Et puis, ton copain John avait l'air décidé à m'expliquer en détail comment il comptait réparer sa moto, alors…

— Pas très excitant », ai-je admis.

J'ai poussé un soupir. Elle avait raison. Cette petite chipie de dix-sept balais avait raison sur tous les points. Ridicule. J'ai commencé à avoir la chair de poule. C'était presque l'heure, mais pas vraiment l'endroit, surtout avec une gamine dans les parages. Apparemment, elle lisait dans mes pensées :

« On devrait mettre les voiles. Mais d'abord, je vais prendre une douche.

— T'es sûre qu'il y a une douche ?

— Ouais, j'ai vérifié. »

Tandis qu'elle s'éloignait vers l'arrière du bateau, je me suis assis sur la couchette. Pas conne, la nana. Qu'est-ce que j'en avais à cirer qu'elle foute sa vie en l'air ? Ses affaires sur la table à cartes, une barrette, une brosse, un sac à main. Je suis allé l'ouvrir, j'y ai piqué un billet de dix livres et je l'ai glissé dans ma poche, avant de changer d'avis et de le remettre dans le sac et de rechanger d'avis et de le reglisser dans ma poche.

J'ai entendu couler l'eau de la douche. La fille a fini par revenir, enveloppée dans une serviette, en commentant :

« Géniale, cette douche.

— T'es plus coriace que moi.

— Comment ça ?

— Je supporte pas les douches froides, il me faut mon confort.

— Elle était pas froide.

— Qu'est-ce que tu veux dire ?

— J'ai allumé le chauffe-eau, a-t-elle répondu d'un ton détaché.

— Mais le courant est pas mis ! »

Une onde de panique m'a parcouru.

« Je suis allée le rétablir dehors, sur le quai. J'ai déjà été sur un bateau, mon oncle F…

— Nom de Dieu ! Y a un voyant qui s'allume dans le bureau de la marina pour leur signaler les bateaux qui pompent du jus. »

J'ai foncé vers l'arrière du cockpit et levé les yeux vers le bureau, au-delà des trois rangées d'embarcations. Bien entendu, le gardien s'approchait déjà, histoire de vérifier pourquoi l'électricité était allumée alors que personne n'avait signé pour ce bateau.

« Putain, démerde-toi, bordel ! »

Je l'ai attrapée par le bras alors qu'elle essayait désespérément d'enfiler en même temps son pantalon et son tee-shirt. Après avoir endossé ma veste comme j'ai pu, je suis monté à toute vitesse sur le pont. Le gardien ne devait guère s'inquiéter. Il avait juste commencé à descendre la rampe, en mangeant des chips, et il avait beau ne pas se presser, on l'avait dans l'os, parce que le seul moyen d'entrer dans la marina ou d'en sortir était de passer devant lui. On allait devoir se planquer à bord d'un autre bateau, ou nager jusqu'à l'appontement. À moins de sortir carrément sous le nez du gardien, au culot.

« Prends un air respectable, ai-je demandé à la fille en l'aidant à revêtir son pull.

— De ta part, ça…

— La ferme, il nous a pas vus. Viens. »

On a enjambé la barrière de sécurité et foulé le quai de bois. Deux rangées de bateaux plus loin, le type mâchait ses chips, perdu dans ses pensées. On s'est avancés d'un air naturel. J'ai ordonné à la fille :

« Parle, dis quelque chose.

— Du coup, on a décidé d'aller voir le même psychiatre, maman et moi, mais il a prétendu…

— Quelque chose de sensé.

— Pour le cours de littérature, faut que j'écrive une disserte sur le thème de l'enfer personnel. On lit *Huis clos*, de Sartre. Tu sais… “L'enfer, c'est les autres.”

— Les autres Français, ça, je veux bien le croire.

— Ouais, ben, toi, ce serait quoi, ton enfer personnel ?

— Je sais pas. Euh, me retrouver coincé dans un ascenseur avec Robin Williams ? »

Au niveau de la courbe du quai, on est passés devant le gardien, qui nous a jeté un regard relativement indifférent. Nous avons accéléré le pas et gagné rapidement la sortie. On avait presque atteint le tourniquet lorsqu'il nous a crié de nous arrêter – en tout cas, c'est ce qu'on a cru comprendre :

« Hé, vous, là-bas ! Revenez par ici, scrogneugneu, blabla... »

Nous avons plongé sous le tourniquet et j'ai annoncé :

« C'est là qu'on se sépare.

— Sexe, drogues, démêlés avec les autorités... Une fille ne s'ennuie pas avec toi. Comment je peux te joindre ?

— Tu peux pas. Pas avant d'avoir dix-huit ans.

— Dis-moi au moins ton nom... »

J'étais déjà en train de traverser le parc au pas de course.

« Branleur ! » s'est-elle écriée.

Je n'ai pas répondu.

En plongeant la main dans la poche intérieure de ma veste, je me suis rendu compte qu'il me manquait quelque chose. J'avais laissé un de mes sachets de smack à bord du bateau. Il s'était fait mouiller sous l'averse, la veille, et je l'avais mis à sécher quelque part sur cette putain de table à cartes. Il ne me restait plus qu'un sachet, maintenant. Bon Dieu de merde, moi qui essayais d'éviter Spider. Avec des réserves pour à peine deux jours, j'allais être obligé de ramper devant lui. Il fallait que je trouve du fric, d'une manière ou d'une autre. Que je me pointe au pub pour le quiz – et Spider y serait aussi, bien sûr.

Putain de merde. Je me suis maudit pendant cinq minutes avant de réussir à me calmer.

Je me suis dit, mon petit Alex, à chaque jour suffit sa peine. Chaque chose en son temps. D'abord, me procurer mes aiguilles gratos grâce à l'ordonnance du père de John, qui était diabétique. Une pharmacie différente toutes les semaines, pour ne pas éveiller les soupçons.

Aujourd'hui, la pharmacie Smith's. Allons-y, c'est parti. Je suis entré avec ma prescription et ils ont pris tout leur temps pour s'en occuper. Pendant que je feuilletais les quotidiens exposés sur l'éventaire, une voix s'est élevée derrière moi :

« Bonsoir, Alex, comment va ton père ? »

Monsieur Patawasti.

« Oh, il va bien, et vous ?

— Moi aussi. Les genoux, tu sais, mais il faut bien que je sorte. Je suis juste venu acheter les journaux. Le *Times* pour moi, le *Guardian* pour ma femme. Le poison et l'antidote, comme je dis toujours – mais sans jamais préciser qui fait quoi ! »

Monsieur Patawasti s'exprimait avec l'accent de la haute société indienne. Je me suis mis à rire ; mais, avant que je puisse répondre, le pharmacien m'a annoncé que c'était prêt. J'ai lancé :

« À la prochaine, Monsieur Patawasti.

— À la prochaine, Alex. »

Quand je suis ressorti de la pharmacie, j'étais assuré d'avoir des aiguilles pendant une semaine. Je suppose que j'aurais dû demander des nouvelles de Victoria à Monsieur Patawasti. D'après ce que j'avais entendu dire, elle avait trouvé un nouveau boulot, aux États-Unis. Bon, ça pouvait attendre, je le reverrais bien un de ces jours.

Je suis rentré à pied à la maison. J'avais des trucs à

faire, des plans pour le ou les jours suivants. Mais rien à plus long terme. Je ne pouvais pas vivre à plus long terme. Une attitude tout à fait appropriée, bien qu'à mon insu, puisque la réaction en chaîne avait été déclenchée, et que s'était accompli l'événement destiné à me propulser de ce trou déprimant jusqu'à l'aéroport de Belfast, puis, de là, à l'aéroport de Heathrow, puis au tout nouvel aéroport international de Denver, puis à Boulder, puis encore à Denver, puis à Fort Morgan pour une fusillade, puis toujours à Denver pour un bain de sang dans un dancing. Après quoi, il y aurait encore un vol – jusqu'à l'Ancien Continent, jusqu'au Fleuve Caché…

Oui, en effet, l'événement s'était accompli.

Quelqu'un emportait le calibre .22 vers le Cherry Creek et le balançait dans ses eaux écumeuses, au fond desquelles l'arme séjournerait pendant des années, avant d'être entraînée jusqu'à la South Platte. De là, elle se baladerait lentement de fleuve en fleuve, de la South Platte à la Platte, au Missouri et au Mississippi, jusqu'au golfe du Mexique, avant de finir par s'immobiliser dans une fosse de l'Atlantique. L'eau de mer réduirait l'acier à ses molécules constitutives, les molécules se décomposeraient en atomes, le soleil se dilaterait, en faisant bouillir les océans et griller la Terre, toutes les étoiles s'éteindraient, les derniers vestiges d'intelligence subsistant dans l'univers se débrouilleraient pour produire encore un peu de lumière, mais la deuxième loi de la thermodynamique triomphe toujours et les ténèbres perpétuelles finiraient par régner, et les derniers noyaux atomiques par se désintégrer, et les électrons par cesser de tourner, et se dissoudre, et toute la création ne serait plus qu'un vide, un néant où flotteraient quelques neutrinos anonymes séparés par des océans de nuit.

Peut-être.

2

La première incarnation de Vishnou

On me filait le train depuis que j'étais sorti de chez moi. J'avais essayé de larguer ce salopard en m'esquivant par la porte latérale d'un pub, le Joymount Arms, mais il m'avait vu venir. Un bœuf-carottes curieux de voir s'il pouvait me coller quelque chose sur le dos ? Vu mon deal avec les flics, ça paraissait peu probable. Un homme de main de Spider, envoyé pour récupérer son pognon ? À moins que la nana de la veille, cette petite de dix-sept ans, ait parlé à son père, ou à son frère, ou à son oncle, et qu'il souhaite me faire part de sa contrariété. Ça pouvait être un tas de choses.

Le mec était doué. Mes manœuvres m'avaient déjà mis en retard et j'ai décidé de l'ignorer.

J'ai hâté le pas et je suis arrivé au Dolan's hors d'haleine.

Le Dolan's, notre pub local, avait été au XVIe siècle une hôtellerie où s'arrêtaient les diligences. Plafonds bas, poutres apparentes, murs blanchis à la chaux, une déco à thème nautique dans la salle du bar ; et, fin du fin, la grande pièce paysagée donnant sur la rue, dotée d'une énorme cheminée où l'on avait autrefois rôti de la viande à la broche. Le feu était allumé ce soir-là, comme d'habitude, sauf aux plus chaudes journées de l'été.

Je suis entré. Il était neuf heures, et le quiz avait déjà commencé. Facey était furieux de mon retard ; John m'a fait un sourire et donné une tape dans le dos, en me demandant :

« Ça va, mon pote ?

— On fait aller.

— C'est la tournée de Facey », m'a informé John.

Mais, pour l'instant, l'intéressé était trop remonté contre moi pour me payer à boire. Facey était un gars relativement accommodant. J'ai bien dit *relativement*, parce qu'il jouait pilier au rugby – gros bras, quoi. Et, de nous trois, c'était le seul à avoir un vrai boulot. En tant que réserviste à plein temps chez les poulets, il bossait environ douze jours par mois. John aussi était policier de réserve, mais à temps partiel ; sa charge de travail s'élevait à deux ou trois journées mensuelles – si peu, qu'il touchait des allocations de chômage.

J'avais été le superflic de la bande, une grosse légume du RUC. Un inspecteur. La hiérarchie ne représentait pas grand-chose pour John, mais Facey voulait désespérément échapper à la réserve pour entrer dans la police active, et il m'avait toujours envié. Au cours des six mois qui venaient de s'écouler depuis ma démission, nos rôles n'avaient pas exactement été intervertis, mais notre relation s'était compliquée.

Il avait pris la tête de notre trio de joueurs, un peu comme Staline profitant du coma de Lénine. Tout ce que ça voulait dire, c'est qu'il tenait le crayon lors des quiz du pub et qu'on pouvait lui taper du fric. Nous nous faisions appeler les Porcs; trouvant que ce nom manquait de dignité, il avait tenté de nous rebaptiser les Poulets, mais en vain.

« Tu veux une Guinness, Alex ? » m'a demandé John, de manière que Facey entende.

— Ouais », ai-je acquiescé en enlevant mon pull.

Facey, bouillant de colère, n'a pu se retenir plus longtemps :

« On aurait pu perdre un point à cause de ton retard ! »

Ses yeux se sont rétrécis. Quel spectacle ! Facey était lourd, pâle, trapu, avec une face camuse ; ses paupières plissées lui donnaient l'air d'un lutteur de sumo constipé.

« T'as l'air d'un lutteur de sumo constipé, ai-je remarqué.

— T'as l'air de quelqu'un qu'a failli nous coûter cent vingt livres. On a presque perdu un point, ou même deux.

— Vous avez *vraiment* perdu un point ? Vous vous êtes gourés sur des questions ?

— Non, mais on aurait pu.

— Mais ç'a pas été le cas.

— Mais on aurait pu.

— Mais ç'a pas été le cas. »

S'interposant pour empêcher ce dialogue de dégénérer complètement, John m'a demandé si tout s'était bien passé avec la fille qu'on avait rencontrée le dimanche soir.

« Pas si bien que ça. Elle est mineure.

— Vraiment ? a fait John en souriant. J'ai entendu dire qu'en taule, si on a détourné une mineure, on a de bonnes chances de se faire castrer.

— Merci, John, tu sais mettre les gens à l'aise.

— Je croyais avoir mes chances avec elle, ça l'intéressait vachement de savoir comment je réparais ma Triumph. Je lui ai parlé de ma théorie, Tu-Dois-Devenir-La-Moto.

— Elle y a fait allusion. Les filles de dix-sept piges sont très impressionnées par Platon, le bouddhisme zen et les mécanos graisseux. Tu lui as aussi filé du shit, non ? »

John a répliqué d'un ton moqueur :

« Je suppose que tu lui as exposé ta propre théorie passionnante sur les ennemis de Batman et les présidents américains.

— Une théorie qui tient debout, je te signale. »

J'allais développer mon sujet, mais Facey a fini par se rendre compte que nous l'ignorions délibérément et qu'il avait intérêt à aller nous chercher à boire.

« Deux Guinness », a précisé John.

Facey s'est éclipsé, puis est revenu avec trois pintes de Guinness avant le début de la manche suivante. Les Porcs avaient un seul adversaire digne de ce nom, les Morveux. On était des flics ou ex-flics, et eux des bidasses à temps partiel, de sorte que nous disposions tous de beaucoup de temps libre pour lire et engranger des masses de connaissances inutiles. Le quiz du pub consistait en sept manches, dont six de questions par équipes suivies d'un feu roulant de cinq minutes, le doigt sur le buzzer. Ce soir-là, le gros lot était de soixante livres ; mais, avec la cagnotte de la semaine précédente, le montant total s'élevait à cent vingt livres – quarante pour chacun de nous en cas de victoire des Porcs. L'animateur était Marty, un type maigre, musclé.

« Deuxième manche ! » a-t-il annoncé dans le micro.

J'ai demandé à Facey :

« Les Morveux en sont à combien ?

— Chut ! a-t-il ordonné en levant son crayon.

— Quel est le groupe qui a obtenu un hit avec "Tainted Love" ? »

J'ai commencé :

« Soft C...

— C'est bon, je l'ai », a chuchoté Facey.

Marty posait déjà une nouvelle question :

« De ces deux pays, le Japon et l'Union soviétique, lequel a le plus de kilomètres de côtes ? »

John, Facey et moi avons murmuré ensemble :

« La Russie. »

Les questions ont continué de pleuvoir. Quand cette deuxième manche a été finie, Facey nous a tendu nos réponses. Elles étaient notées. On avait dix sur dix, les Morveux également. Les autres équipes étaient maintenant complètement larguées. À l'issue de la sixième reprise, nous avions marqué cinquante-huit points, les Morveux cinquante-neuf et l'équipe suivante trente-cinq.

On est allés pisser, John et moi. Je l'accompagnais toujours, dans l'espoir de rencontrer des nanas mignonnes sur le chemin des toilettes. Ça ne pouvait pas faire de mal d'être vu en sa compagnie. Facey était trop trapu, trop violent ; mais John avait le look néo-hippie, plutôt coquet, beau gosse, cheveux blonds mi-longs, boucle d'oreille, chemise ornée de dentelle. Large d'épaules – on aurait dit le frangin du mannequin Fabio, un frère un peu plus jeune, un peu plus frimeur, et même un peu plus con pour le même prix. Tel quel, il plaisait aux petites salopes de dix-sept berges, influençables mais d'une certaine classe. Et personne n'avait moins l'air d'un flic que lui, ce qui était parfait pour attirer les filles, mais n'encourageait sans doute pas la police à lui filer du taf.

On a inspecté le bar et la salle du fond, mais il n'y avait personne en vue ; et on est entrés dans les toilettes. Posté un peu plus loin devant la pissotière, John m'a demandé :

« Alors, dis-moi, Alex, comment ça va ?

— Ça va.

— Non, sans déconner, comment tu te débrouilles ?

— John, je voudrais pas être désagréable, mais en général on ne parle pas dans les chiottes.

— Ah, vraiment ?

— C'est ce genre de petit tabou qui assure la cohésion de la société. On essaie de bâtir une civilisation, et toi t'es là, en train de causer dans une pissotière, ça fait pas avancer la recherche.

— Des bombes explosent à Belfast tous les jours. Des gens se font descendre. Le pays est inondé par l'héroïne, y a des émeutes à Derry, mais que je m'inquiète de ta santé et de ton bien-être, ça contribue à l'effondrement de la civilisation occidentale ? Voilà une théorie intéressante, Alexandre Lawson – et qui dégage une très forte odeur de merde.

— Tu enfreins telle norme sociale ici, là tel point d'étiquette et, avant d'avoir réalisé ce qui se passe, tu te retrouves en train de flinguer les rotules de ton voisin et de balancer des cocktails Molotov aux poulets.

— Et tu crois que ça pourrait nous arriver, à toi ou à moi ?

— La théorie du chaos, John. Un papillon… Une tornade – une pissotière… Le Moyen Âge.

— Et pourtant, si je l'avais bouclée, on aurait juste pissé avant de repartir, tandis que là, on a ce débat philosophique. »

Il m'avait coincé, le salaud ; mais je n'avais pas l'intention de l'admettre. Comme j'en avais terminé, j'ai poussé un grognement et je me suis lavé les mains avant de sortir des toilettes. Une erreur, cette sortie, car mon dealer, Spider McKeenan, m'attendait derrière la porte. Même sa mère devait reconnaître que Spider était un vilain spécimen. Grand, maigre, avec de longs bras puissants et des cheveux fauves, il ressemblait un peu, de loin, à un orang-outan habillé. Attirer son attention sur cette ressemblance était d'ailleurs un excellent moyen de se faire botter le cul. Il a commencé :

« Tu me dois… »

Je l'ai arrêté d'un geste de la main.

« Spider, mon simiesque compère, viens, allons dehors.

— Mais il flotte !

— Ah, ça te rappelle la forêt tropicale humide de Sumatra, hein ?

— Qu'est-ce que tu racontes ?

— Spider, sans déconner, tirons-nous de ce pub. John

Campbell va émerger des gogues, et je te rappelle que c'est un poulet. »

Il fallait que je sorte avec Spider. Il fallait que j'achète du smack et que je rafraîchisse ces traces de piqûres qui me criblaient le corps, car c'était mon statut de junkie qui me protégeait des flics ; d'un autre côté, je risquais d'être arrêté s'ils me surprenaient à acheter de la came. Un équilibre délicat, une situation inextricable – bref, un vrai merdier. J'ai suivi Spider dehors, sous l'auvent.

« Alex, avant d'ouvrir ta gueule, écoute-moi, tu me dois cinquante livres et ma patience est à bout.

— Ce soir, le quiz du pub va rapporter quarante livres à chaque membre de l'équipe gagnante.

— Ça me fait une belle jambe, Alex.

— Ben, t'es quand même mieux informé maintenant, non ? »

Spider a souri et hoché la tête. Il avait l'air un peu bourré, un peu ralenti. J'aurais pu me barrer en le contournant, mais à quoi bon ? Ça ne m'aurait donné qu'un sursis.

« Tu sais, Alex, crois pas que t'auras un traitement de faveur sous prétexte que t'étais un poulet, et que tes potes sont des poulets. Ce serait une grave erreur. »

Là-dessus, il m'a cogné à l'estomac. Puis il m'a assené une série de coups, direct du gauche dans la cage thoracique, direct du droit dans le bide, puissant direct du gauche dans les reins, droite puissante dans le bide. Si quelqu'un d'autre avait été concerné, j'aurais sûrement été très impressionné par sa vitesse, sa précision, l'étendue de sa palette ; en l'occurrence, je me suis contenté de m'écrouler sur le trottoir, de hoqueter, de vomir une demi-pinte de bière, de m'étouffer, de cracher, avant de réussir à bafouiller :

« Espèce d'ordure, je t'ai dit que j'allais avoir le fric.

— Comment ?

— Le quiz du pub, enfoiré.

— T'as plutôt intérêt. Quarante livres avant de quitter le bar. Tu sais très bien que je suis le seul fournisseur en ville, Alex. Tu me fais chier, je ferme le robinet. Et comment tu te débrouilleras, alors ? Hein ? T'aimerais encore mieux que je me serve de toi comme punching-ball, non ? Ben, t'auras droit aux deux pour le même prix. »

Il est retourné à l'intérieur pendant que je restais étendu par terre. Il avait raison, le con. Le smack bouffait mes allocations de chômage et j'avais la bassesse de taper mon vieux, tout fauché qu'il était. Pour la énième fois, j'ai repensé à cette nuit-là, dans mon appart, six mois plus tôt. La bonne décision ? Je n'avais pas été bien courageux, mais au moins j'étais vivant. Et mon père aussi était vivant. Quant au smack, rien à voir avec le croquemitaine de la propagande gouvernementale. Je lui devais la vie, rien de moins. Je me suis épousseté avant de rentrer dans le pub. John m'a regardé de travers ; Facey était furax contre moi, pour changer.

« La dernière manche va démarrer, Alexandre.

— Du calme, Facey, t'arrache pas les cheveux, j'étais juste sorti prendre l'air. Y a tellement de fumée ici, bordel, on peut à peine respirer. »

Marty a lancé le feu roulant de questions. Je me sentais anxieux, maintenant. Normalement, je n'en aurais rien eu à cirer de ce quiz, mais ce soir-là il fallait qu'on gagne. Il fallait que je file ces cinquante livres à Spider. Je ne pouvais vraiment pas me permettre de le faire chier. Où est-ce que je me serais procuré mon smack, sans lui ? Le choix était simple : dealer avec les paramilitaires ou ne pas dealer. Spider était le représentant local de l'UDA. Pas besoin d'avoir passé des années dans la police pour savoir que les districts de l'Irlande du Nord se répartissaient en deux catégories, ceux des paramilitaires catholiques – l'IRA – et ceux des paramilitaires protestants – l'UDA. Un revendeur indépendant était assuré de se retrouver à poil au fond d'une tourbière, avec un trou dans la tête.

« Histoire : dans quel pays est-ce que Waterloo… ? »

Facey et moi avons pressé le buzzer en répondant simultanément :

« Belgique.

— À quel groupe a autrefois appartenu Van Morrison ?

— Them, a lancé Facey.

— Où étaient couronnés les rois suprêmes d'Irlande ?

— À Tara. »

Un Morveux venait de me battre sur le fil.

« Science : la loi de Boyle… »

Le mitraillage de questions s'est poursuivi, et nous avons fini par nous retrouver ex æquo. Marty avait besoin d'un peu de temps pour préparer une question subsidiaire afin de nous départager. Je suis retourné aux toilettes ; je venais de soulager ma vessie lorsque Monsieur McCarthy est entré. Un ami de mon dab, du vieux club de cricket. Le Dolan's était le genre de pub où l'on voyait des membres du club de cricket, des magistrats municipaux, des revendeurs de came. Carrickfergus comptait beaucoup de bars, certains réservés aux organisations paramilitaires, d'autres aux gens du coin, mais le Dolan's était ouvert à tout le monde.

« Sandy ! m'a salué Monsieur McCarthy.

— Bonsoir, Monsieur McCarthy.

— Sandy, j'ai beaucoup de respect pour ton père, mais il ne peut pas gagner l'élection, tu sais. »

J'ai failli lui réciter mon laïus, comme quoi le déclin de l'Occident commençait dans les pissotières, mais c'était un pote de mon vieux et il fallait que je le ménage.

« Je sais, Monsieur McCarthy. La dernière fois, il a perdu son dépôt de garantie – dans une circonscription de mille personnes, ce qui veut dire que moins de cinquante d'entre elles ont voté pour lui. Je lui conseille de ne pas se présenter, mais il prétend que c'est une question de principe.

— C'est un type bien, ton père, un type bien. S'il était dans ma circonscription, je voterais pour lui. Bon, enfin… Oh, c'est affreux, hein, ce qui est arrivé à Victoria Patawasti ?

— Quoi ?

— Je dis que c'est affreux, pour Victoria Patawasti.

— Qu'est-ce qui lui est arrivé ?

— Tu n'es pas au courant ?

— Non.

— Je me trompe peut-être, mais j'ai entendu dire ce matin qu'elle avait été impliquée dans un terrible accident, quelque chose comme ça. En Amérique.

— Je ne crois pas. J'ai vu son père hier.

— Ah, bon ? Alors, il est possible que je fasse erreur. »

Je suis retourné au quiz, passablement perturbé. Victoria Patawasti ? Qu'est-ce qu'il racontait ? Il devait se gourer.

« Nom de Dieu, a grommelé Facey, ça va être la question subsidiaire. »

Je me suis assis.

« Quel est l'empereur romain qui a conquis la Grande-Bretagne ? » a interrogé Marty.

J'ai appuyé sur le buzzer. Je n'avais même pas entendu la question. Je pensais à Victoria.

« Jules César. Non, Claude. »

Facey a poussé un gémissement.

« Je suis obligé de valider ta première réponse, a décrété Marty.

— Ça doit être ce putain de Claude, alors », a lancé l'un des Morveux.

Facey est resté muet. Je me sentais mal, et suis allé attendre John dehors. Quel con. Comment j'allais payer Spider, maintenant ? Une minute s'est écoulée.

En entendant du remue-ménage, j'ai regardé par une fenêtre du pub, à l'intérieur duquel se déroulait une scène tristement familière.

John et Facey étaient en pleine engueulade avec ce dur à cuire de Davy Bannion, le chef des Morveux, sergent dans la police militaire. Merde, j'étais censé aller leur donner un coup de main. Je suis retourné à l'intérieur. Mon regard a croisé celui de John et je lui ai fait un petit signe de tête ironique, comme quoi tous ces ennuis venaient de son discours dans les chiottes. Avant que John puisse réagir, Davy lui a flanqué un coup de poing qui l'a propulsé contre le tableau accroché au-dessus de la cheminée.

« Oh, merde », j'ai grogné.

Facey est aussitôt rentré dans le chou d'un caporal maigrichon appelé Blaine, et j'ai sauté par-derrière sur le troisième membre des Morveux, un officier prétentieux nommé McGuigan. Ça m'a fait plaisir de lui coller un bon crochet du droit contre le côté de la tête. Une bagarre entre l'armée et la police, on pouvait être sûr que personne dans ce bar n'allait s'interposer.

McGuigan s'est retourné et a essayé de me mettre un coup de boule, mais je me suis servi de son élan pour l'attraper par les cheveux et l'envoyer valdinguer contre un des piliers qui soutenaient le toit. Il s'est assommé avec un bruit écœurant. Son sang a pissé partout et il s'est effondré sur les grandes tables en bois.

« J'ai peur de lui avoir pété le nez », ai-je confié à ma voisine, une non-combattante contrariée venue au Dolan's pour boire un verre tranquillement, et non pour regarder un film de John Ford.

Sur quoi je me suis tourné vers John et j'ai gueulé :

« Qu'est-ce qui se passe ? »

Il a réussi à m'expliquer :

« Marty veut pas leur filer la cagnotte du quiz de la semaine dernière, parce que techniquement c'était un match nul. »

Facey et Blaine ont valsé par-dessus une table, puis en ont renversé trois autres. C'était le chaos, maintenant, les gens criaient, hurlaient en essayant de préserver leur pinte des chocs. Dans la mêlée, deux autres bagarres s'étaient déclarées. La violence n'est jamais très loin de la surface, dans ces banlieues du nord de Belfast.

Je me suis tourné vers ma gauche. John et Bannion luttaient au corps à corps sur le plancher. J'étais sur le point d'aller shooter dans Bannion lorsque j'ai repéré Spider étendu par terre, dans un sale état. Je suis allé lui coller une demi-douzaine de bons coups de latte dans les côtes. Il était déjà à moitié sonné par ce qui venait de lui tomber dessus – je ne savais pas quoi au juste mais, de toute façon, il le méritait largement. J'ai fait une petite pause pour lui fouiller les poches. Pas de blé, mais une jolie crotte de smack enveloppée de papier d'alu. De quoi tenir au moins une semaine ; ça compenserait ce que j'avais perdu à bord du bateau. Pourvu que Spider ne devine pas qui lui avait piqué sa came. Je lui ai balancé un dernier coup de pied, en espérant que ça me porte bonheur.

John avait réussi à se relever, et cet abruti de Bannion se battait à présent contre quelqu'un d'autre. John et moi sommes allés porter secours à Facey, puis on a mis les bouts avant que les poulets de Carrickfergus se pointent. Autant leur épargner l'embarras d'avoir à nous arrêter tous les trois.

Le bras de mer du Belfast Lough à notre droite, Carrickfergus à gauche, son château derrière nous, les palmiers rabougris luttant pour leur survie dans la brise du Gulf Stream. Si John demeurait silencieux, ce n'était pas à cause de la bagarre, j'en étais sûr. Il y avait une autre raison, plus profonde. Il m'a jeté un long regard. Ça l'avait travaillé toute la soirée, ça le travaillait depuis des semaines et je savais ce que c'était : il voulait me faire un sermon.

Les poulets avaient recruté John en pensant qu'il ferait un bastonneur de première ; en fait, c'était un flic feignant, lamentable, qui fumait de l'herbe. Mais il comprenait que, pour moi, la police avait été une vocation. John était mon aîné de trois ans, on avait été voisins toute notre vie et il s'était mis en tête de remplacer mon grand frère, qui vivait en Angleterre. Parfois, il se sentait tenu de me passer un savon. Je l'ai observé. L'air calme et pensif, il s'apprêtait vraiment à me parler, il avait préparé un discours. Quand il a pris une inspiration, j'ai su que je devais l'arrêter :

« Écoute, John, avant que tu te lances, j'ai pas envie d'entendre ces conneries que t'as lues dans la brochure, sur les trois cents personnes qui meurent chaque année d'une overdose de smack. Y a plus de gens qui sont tués par des éclairs. Et le tabac en tue dix mille fois plus. Pas de putain de sermon. »

Il m'a souri et s'est étouffé sur sa cigarette.

« Alex, deux remarques. D'abord, je suis très impressionné par tes pouvoirs télépathiques. Ensuite, raconte pas d'histoires, tu sais bien que c'est en train de te tuer.

— Pas du tout. Je veux pas entendre ça. Tu ne comprends pas. Je ne suis pas toi. Je suis au volant, je suis pas le passager. Je maîtrise. Tu devrais piger ça. Je ne suis même pas accro.

— Mais enfin, tu vois pas que le plus accro, c'est justement celui qui n'est pas conscient de l'être ? »

Le large visage de John était éclairé par un sourire triste. J'ai senti la moutarde me monter au nez.

« Tu déconnes, John, tu déconnes à plein tube.

— Non. Et en plus, t'es obligé de passer par cette ordure de Spider. Enfin, Alex, t'étais un putain d'*inspecteur*, qu'est-ce qui t'est arrivé ? Regarde-toi maintenant, c'est humiliant.

— Tu connais les règles, John, on parle pas de ça. »

John m'a jeté un long regard, en secouant la tête. Mais je lui avais rabattu son caquet et coupé l'envie de poursuivre.

« Ah, fait chier ! » a-t-il grogné.

Il était furieux d'avoir raté son coup ; je lui en voulais de m'avoir cassé les burnes. On est passés devant le Royal Oak, un des plus vieux pubs de Carrickfergus, sans se dire un mot. Au bout d'un moment, j'ai lâché :

« Tu fais un drôle de poulet.

— Pourquoi ça ?

— Y a un mec qui nous suit.

— Un des Morveux ?

— Non. Je l'ai repéré dans la cabine téléphonique, devant le Dolan's. Tu parles d'un endroit pour planquer, le téléphone marche même pas. Il nous a laissés passer et, quand je me suis retourné, il nous suivait. On a traversé Marine Highway, il a fait pareil et puis il l'a retraversée avec nous.

— Putain, c'est après moi qu'il en a. Je… Je dois du blé à un mec… »

John s'est interrompu, embarrassé. J'ai avoué :

« Moi aussi, je dois du blé à un mec. »

Nos regards se sont croisés, et on s'est mis à rire.

« Tu sais, s'est exclamé John, on fait une belle paire de charlots !

— On va le larguer en coupant par les voies ferrées. Enfin, si ton tabagisme chronique n'a pas réduit ta capacité pulmonaire à néant… »

John a poussé un grognement. Nous sommes repartis tranquillement derrière le Royal Oak, comme si nous allions pisser contre le mur. Dès qu'on a été hors de vue, on a détalé dans l'ombre, bondi par-dessus l'enceinte du parking, escaladé la clôture métallique qui barrait l'accès au remblai du chemin de fer et traversé les voies, avant de remonter par l'autre côté. Cela fait, on a galopé à travers le champ et déboulé sur la route au pas de course.

On s'est retournés, mais le mec devait toujours nous chercher dans le parking sombre de l'Oak ; et on s'est séparés en riant, hors d'haleine.

« Cet enculé, on l'a eu ! » a gueulé John en me faisant au revoir de la main, tandis que je m'éloignais sur la route.

« Ouais ! » j'ai gueulé moi aussi, joyeusement.

Je riais. John riait. Si seulement on avait su, bon Dieu. Ce type, évidemment, n'était pas du tout ce que je croyais. Non, rien à voir. Car deux lignes de force convergeaient, cette nuit-là. Deux chaînes d'événements dont la prise de conscience pèserait bientôt lourdement sur mes décisions. D'un côté, ce gars qui me suivait. De l'autre, ce que mon père allait me dire quand je rentrerais à la maison…

La maison. Un pavillon sans étage dans une petite rue, près du supermarché. Jardin envahi par la végétation, peinture écaillée, affiches de Greenpeace, odeur de tourbe émanant de la cheminée noircie, boîtes d'objets recyclables dans la cour. « La honte de la rue », d'après certains voisins.

J'ai trouvé mon vieux dans la cuisine en train de vérifier ses prospectus pour la millionième fois. La pièce croulait sous les paperasses, encore plus que d'habitude. Candidat des Verts au conseil municipal, il se présentait contre l'adjoint au maire, un type très populaire. Pauvre père, pas l'ombre d'une chance. Tout ce qu'on pouvait espérer, c'était que son rival le domine tellement qu'il n'ait pas besoin de le salir en évoquant ma mystérieuse démission de la police.

« P'pa, qu'est-ce que tu fais debout à cette heure-ci ? Il va être une heure du matin.

— Je travaille.

— Écoute, je voudrais pas avoir l'air d'un disque rayé, mais tout le monde dit que tu ne peux pas gagner.

— Je le sais, que je ne peux pas gagner. Pas cette fois-ci, et peut-être pas la suivante. Mais bientôt. Le mouvement prend de l'ampleur. Je dois faire un discours demain matin, au Castle Green. »

Le parc qui s'étend devant le château de Carrickfergus.

« P'pa, tu pourrais me prêter un peu de blé ?

— Tu sais bien que je ne peux pas.

— Pas beaucoup, je veux dire, dans les vingt livres.

— Alex, j'essaie de mener une campagne, j'ai le couteau sous la gorge. »

Il a cligné lentement ses yeux bleus à l'expression mélancolique. Puis il a bâillé, et passé une main osseuse dans ses cheveux gris, coupés court.

« Écoute, si j'obtiens plus de cinq pour cent des voix à cette élection, je récupérerais ma caution de mille livres et je te donnerais de l'argent pour tout ce que tu voudras.

— Ouais, quand les poules auront des dents et qu'il neigera en Algérie.

— Pourquoi en Algérie ?

— Pourquoi pas ? C'est le pays du Sahara.

— C'est aussi le pays des montagnes de l'Atlas, où il arrive qu'il neige, de sorte que ta petite analogie…

— Est-ce que tu vas me prêter du fric, oui ou non ?

— Alex, je n'en ai pas, a-t-il répondu d'un air triste, en secouant la tête.

— D'accord, laisse tomber. »

J'ai ouvert le placard et cherché une tasse propre dans laquelle boire de l'eau. La cuisine était aussi bordélique que toutes les autres pièces. De vieux placards en bois, crasseux, tachés, poussiéreux. Des moisissures dans le Tupperware, de drôles de céréales en sachet, du thé indien, des bribes de nourriture devenues depuis longtemps des entités vivantes. Comme s'il n'avait jamais nettoyé après la mort de maman, survenue six ans plus tôt. Je n'étais revenu vivre dans cette maison que depuis deux mois, depuis ma saisie immobilière, mais elle était tellement dégueulasse que j'envisageais d'aller m'installer chez John.

« N'oublie pas le reçu du nettoyage à sec, tu prendras nos costumes demain, pendant que je serai à Belfast.

— Nos costumes ? De quoi tu parles, quelqu'un est mort ?

— Je ne t'ai pas dit ? Tu n'es pas au courant ?

— Victoria Patawasti. »

J'étais saisi d'horreur.

« Parfaitement. En Amérique. Une agression qui a mal tourné, un Mexicain ou quelque chose comme ça, à ce que j'ai entendu dire.

— Oh, mon Dieu. Elle a été assassinée ? J'étais sorti avec elle, tu sais.

— Je sais.

— Pendant… Pendant deux mois. Elle, elle, euh… C'était ma première vraie petite amie.

— Je sais, fils. Je suis désolé. Ça va ? »

Ça n'allait pas terrible. Victoria avait été plus que ma première petite amie. Elle m'avait tout appris. Un an de plus que moi – un an d'expérience en supplément. À l'époque, je m'étais cru amoureux d'elle.

« Victoria Patawasti. Bon Dieu…

— Je sais », a fait mon vieux d'un air morose.

Cet érudit à lunettes ressemblait à Samuel Beckett par temps de pluie.

« J'ai vu son père hier.

— Eh bien, Alexandre, j'ai entendu quelqu'un annoncer que l'enterrement aurait sans doute lieu ce week-end, et je me suis dit qu'on devrait faire nettoyer nos costumes, au cas où.

— Elle a été agressée en Amérique ? Elle était en vacances ? Non, elle travaillait là-bas, c'est ça ?

— Je l'ignore, a répondu mon vieux en secouant la tête. C'est le marchand de journaux qui m'en a parlé, je n'ai aucun détail. Je suis vraiment désolé, Alex, je croyais te l'avoir dit. »

Il s'est levé et m'a tapoté l'épaule avant d'aller se

rasseoir. Au bout d'un délai convenable, il s'est replongé dans ses brochures, puis m'a demandé :

« Alex, je suis en chaussettes, tu pourrais fermer le garage ? »

J'ai pris la clé sans rien dire et je suis sorti.

Les étoiles. L'air frais. Victoria Patawasti. Nom de Dieu. Maintenant que j'avais du smack, je voulais me rendre au bord de l'eau, retrouver mon refuge habituel. Mais ça, c'est ce qu'aurait fait un junkie. J'avais la situation en main.

Je connaissais Victoria depuis le lycée. Nous étions si peu d'élèves en première – trente garçons, trente filles – que tout le monde connaissait forcément tout le monde. Victoria Patawasti. Bon Dieu. Déléguée de classe, évidemment. Capitaine de l'équipe de hockey sur gazon. Belle. On était sortis ensemble, peut-être sept ou huit fois en deux mois. À la cafétéria du centre de loisirs, et aussi plusieurs fois au ciné, à Belfast. On avait navigué dans le Belfast Lough. Elle m'avait emmené à bord du bateau de son père, un voilier de dix mètres. Victoria savait ce qu'elle faisait ; moi, je n'avais aucune expérience de la voile. Bon Dieu. Toute l'excursion m'est revenue en mémoire, notamment ma nervosité, car son véritable but ne m'avait pas échappé.

Je me suis rappelé nos conversations. Alors qu'on était accoudés au bastingage, sous le vent, je l'avais interrogée sur la mythologie hindoue. Et là, au milieu du Belfast Lough, elle m'avait raconté une histoire. Ça concernait la première incarnation du seigneur Vishnou. Dans le panthéon hindou, Brahma est le créateur, Vishnou le protecteur et Shiva le destructeur. Vishnou vient régulièrement sur terre afin d'aider l'humanité ; la première fois, ce fut sous forme de poisson, pour informer un type qu'il allait y avoir un grand déluge et qu'il devait faire monter tout le monde, animaux compris, à bord d'un bateau. J'ai objecté à Victoria qu'un poisson aurait dû être la dernière personne à s'inquiéter d'un déluge ; elle m'a répondu qu'en tout cas le type avait cru à cette histoire et, du coup, sauvé l'humanité. Moi aussi, j'y ai cru. On trouve un récit analogue dans la Torah.

Et puis… Et puis, elle m'avait emmené en bas. Et nous avions retiré ses vêtements. Pour elle, ce n'était pas la première fois ; pour moi, si.

Victoria.

Je suis revenu à l'intérieur de la maison. Mon vieux était toujours là. Je ne voulais pas penser à Victoria, mais j'avais besoin de parler. De m'éclaircir les idées. N'importe quoi ferait l'affaire.

« P'pa, c'était quoi cette histoire de Noé et du déluge ? »

Il avait étudié ça en hébreu, évidemment ; mais maman et lui, en bons vétérans de la mouvance hippie, nous avaient tenus à l'écart de ce genre de superstition, mon frère, ma sœur et moi. Nous n'avions pas été élevés religieusement, malgré l'appartenance de mes parents à la minuscule communauté juive de Belfast. Ils estimaient, non sans raison, que la religion est à l'origine de la plupart des problèmes de l'Irlande, de l'Europe de l'Ouest, de la Terre. Nous avions donc été initiés très tôt à Darwin et à Copernic. Pas de circoncision, ou de bar-mitsva, ou de shabbat ; pas plus de Pâques, ni de Hanoukka. Rien. On recevait des cadeaux pour le solstice d'hiver, pas pour Noël. Et encore, des cadeaux merdiques.

« Qu'est-ce que tu sais de Noé ? m'a demandé mon père, d'un ton sceptique, en plissant les yeux.

— Ben, euh, il a réuni tous les animaux, hein, par couples, et il les a fait monter dans une arche, ils se sont retrouvés en Turquie.

— C'est à peu près ça. Il a plu pendant quarante jours et quarante nuits, les inondations ont recouvert les plus hautes montagnes ; une colombe a rapporté une branche d'olivier indiquant que la pluie avait cessé de tomber. Ensuite, tous vécurent heureux à jamais.

— Comment l'olivier avait pu survivre, sous la pression de ces masses d'eau ?

— Où veux-tu en venir ?

— Le déluge a recouvert les plus hautes montagnes. L'Everest. Ce qui fait près de neuf mille mètres de pression hydraulique, de quoi réduire un olivier en miettes.

— Oui, je vois, Alexandre.

— Toutes les forêts auraient été anéanties. L'osmose aurait détruit les créatures marines. Ensuite, ça faisait trop d'animaux pour un seul bateau. »

Mon père m'a répondu d'un ton las :

« J'ai compris, Alex.

— Ce que je veux dire, c'est que ça n'est pas très crédible.

— Mais je suis entièrement d'accord. »

L'inquiétude commençait à se lire sur son front ridé, dans ses yeux pareils à des puits asséchés.

« Écoute, Alex, qu'est-ce qui ne va pas ? Tu es

déprimé ? Tu ne te ronges pas les sangs en repensant à la police ? »

Je me suis brusquement énervé.

« Tu veux savoir ce qui est déprimant ? Ce qui est déprimant, c'est d'entendre les mêmes trucs tous les jours. Tu souhaites que j'aille vivre ailleurs, c'est ça ? Je vais y être obligé, de toute façon. Si tu continues, je deviendrai cinglé. Je veux dire, tu ne pourrais pas bannir de la conversation certains mots, certaines expressions ? Tu sais, du genre "la police", "est-ce que ça va ? " ou "tu devrais peut-être retourner à la fac". Une semaine sans m'emmerder, ça te paraît vraiment au-dessus de tes forces ?

— Désolé, Alex. Je suis fatigué… Un peu de thé ?

— Non. Oh, attends, si, ça me plairait. »

Il a fait chauffer l'eau dans la bouilloire, préparé le thé et m'a donné une grande tasse. Puis il a retiré ses lunettes et m'a souri.

« Une fois, Noé était tellement ivre qu'il se roulait par terre sous sa tente. Un de ses gosses est entré et s'est mis en rogne en le trouvant tout nu. C'est dans la Genèse. Il y a aussi tout un côté racial, ce n'est pas joli joli.

— Ça a l'air intéressant, ce bouquin. Je lirai sans doute la Bible un jour, je me révolterai contre ton athéisme et je deviendrai rabbin, ou curé, ce genre de truc. C'est toujours comme ça. »

Il m'a répondu avec un petit rire :

« C'est probablement ce que je mériterais. »

Je me sentais maintenant d'humeur conciliante – et coupable. Mon père avait l'air vieux, fatigué.

« Je suis désolé d'avoir gueulé. C'est juste que, ben, ma vie est très compliquée en ce moment.

— Ta vie est compliquée ? Tu es au chômage, tu n'as rien à faire de toute la journée. »

On est restés assis sans rien dire. L'Amérique. Cela semblait tellement évident de se faire agresser et tuer en Amérique. On grandit en Irlande du Nord, où des bombes explosent dans les trains et les écoles ; on va en Amérique, et l'on s'y fait agresser et tuer. J'ai observé la lune par la fenêtre, trappe de lumière verte découpée sur la nuit froide, insondable. Quand des nuages sont venus obscurcir le ciel, j'ai frissonné et je me suis levé en annonçant :

« Je vais faire une balade. »

Ça ne pouvait plus attendre.

C'est un coin tranquille où vont les ivrognes, les garçons qui sniffent de la colle, les filles qui accompagnent les garçons, les gens avec des gosses ou des chiens. Ou les promeneurs solitaires. Il fait noir à Downshire Halt, derrière les voies de chemin de fer qui y aboutissent, à seize bornes de Belfast, comme pour se rapprocher de leur reflet dans l'eau. Le meilleur moment, c'est la nuit, quand les trains se sont arrêtés. C'est calme et tu es là, sur le sable et l'herbe tassés. Devant toi, le bras de mer paisible ; des lumières partout.

Dans ton dos, Carrickfergus. En face, de gauche à droite au-delà du Lough, Bangor, Cultra, Belfast dans un arc de couleurs muet – leur présence offerte à la masse sombre des nuages, à l'immensité du ciel, aux étoiles.

Et tu t'assieds là, dans le froid. Tu fais bouillir l'héroïne et tu en prends une pincée. Et ça bouge. La terre entière. Tout se met à bouger autour de ce seul endroit. La ville. Les maisons. Les ambulances et les voitures. L'eau elle-même. Et personne ne sait.

À part toi.

Le froid monte du sol et traverse ton jean, ton caleçon. L'herbe sableuse entre tes doigts. Les oiseaux dans la pâleur du clair de lune, et ces avions venus d'Écosse, une lumière, une autre encore, un léger bruit à leur approche et les voilà repartis vers l'océan et d'autres terres.

Le smack se dissout dans l'eau. Tu ajoutes un peu de coton, qui gonfle, tu aspires l'héroïne dans l'aiguille à travers le coton, puis tu resserres le cordon de pyjama autour de ton bras. Tu trouves une veine, sinon tu ne réussiras qu'à te faire une cloque. Pour ça, il te faut de l'éclairage. Tu suis la veine sur toute sa longueur, jusqu'à ce qu'elle affleure à la surface de la peau. Après avoir plongé l'aiguille, tu la retires afin de vérifier s'il y a du sang. Oui, c'est bien une veine. Et tu te piques.

Les nuages. Une petite brise. Et le monde tourne autour de toi. Les mômes, les vieux, les chiens, les chats… Ce monde qui dort. Tel un homme qui se débat dans des sables mouvants, la ville lutte pour ne pas être engloutie par les boues que charrient les marées. Ses phares. Ses grues. Les ondes radio qu'elle s'adresse à elle-même sont relayées par le granit et la pierre à enclume, et elles s'échappent vers les cieux, à travers la plaine de la nuit. Les âmes endormies. Toutes les âmes, sauf la tienne.

Ici, il y a l'eau, les oiseaux, la phosphorescence des lumières. Cette beauté. Dans l'obscurité, la forme d'un pétrolier se dirige silencieusement vers la centrale électrique en activité. Un démon familier l'accompagne, un bateau-pilote se frayant un chemin à travers les vagues, puis émergeant avec un placide teuf-teuf de la bouche par ailleurs muette du port.

L'héroïne, c'est démodé.

Ça n'a explosé ici qu'il y a deux ans, et c'est déjà ringard. La mode de Manchester nous rattrape. On a toujours au moins cinq années de retard sur l'Angleterre ; l'acid house et la dance requièrent la consommation d'amphés. Cocaïne, crack, méthamphétamine, et puis la drogue hyperbranchée de notre époque, l'ecstasy.

Le véritable apogée de l'héroïne, en dehors de l'Ulster, c'était en 1971. Qui en prend encore, à part les losers ? Les pauvres types. Les gosses qui veulent se détruire, se foutre en l'air.

L'ecstasy, c'est fun, c'est un trip. L'héroïne tue, proclament les affiches. Et non seulement ça, mais elle vous esquinte la peau et les cheveux, et vous empêche de danser. C'est complètement dépassé, l'héroïne.

Moins tendance tu meurs, moins cool c'est pas possible.

Pour eux. Les autres, le troupeau. Mais toi, tu connais son secret, tu l'as maîtrisé. Tu es le roi. Une longue injection par jour pour te recadrer, te mettre dans l'état désiré. Qui a jamais entendu parler d'un junkie pouvant se contenter d'une seule injection par jour ? Le junkie est l'esclave du smack. Pas toi. Et chaque fois que tu l'achètes ou te l'injectes, c'est un jour de vie de gagné.

Parfaitement. Ça te fait oublier que tu es un ex-flic. Un ex-inspecteur. Et que ton histoire d'amour avec la vérité est terminée depuis longtemps.

Tu t'assieds là et tu souris. Les vagues, le clair de lune sur les traînées de vapeur. Le temps s'écoule. Tu te frottes la cuisse, là où elle s'est engourdie. Tu t'agites, tu regardes autour de toi. L'univers est plongé dans la torpeur ; cette inertie nocturne ajoute à la profondeur du vide que tu ressens.

Tu tousses.

Un vent léger se lève. Tu perçois la respiration de l'eau. Une mouette, et un autre oiseau – une pie de mer. Le froissement des eaux usées au niveau du déversoir. Le bruit de la vapeur qui s'échappe d'une tour de refroidissement.

La lune qui t'attire. Le soleil égaré. Les montagnes. Pourtant, il fait si froid.

Tu finis par te lever, par secouer la raideur qui t'a envahi. Tu t'apprêtes à tourner le dos au duo de sable et d'eau, à remonter par les rochers et à franchir les voies ferrées pour regagner le quai, de l'autre côté. Mais tu n'en fais rien.

Quelque chose t'en empêche.

La seconde partie du flash. Une vraie lame de fond. Spider, petit cachottier. C'est de la bombe, cette came.

Bon Dieu.

Elle m'engloutit. M'oblige à m'asseoir. À m'allonger.

Elle m'oblige à me souvenir…

Une brume d'automne arrivait par l'eau. Le beffroi de Marine Garden, le jardin public du front de mer, indiquait trois heures différentes. Les caniveaux étaient bouchés par les feuilles ; les balançoires humides de l'espace de jeux ruisselaient de tristesse. Du château enveloppé de brouillard, on n'apercevait que la tour d'entrée et la herse ; une bruine douce tombait, curieusement tiède. Ma montre indiquait dix-neuf heures pile et il faisait maintenant nuit noire. J'étais là depuis dix-huit heures trente. Le temps refluait lentement. Des flaques se formaient sur le sol. On ne voyait pas un chat. Ambiance… J'ai rejeté en arrière le capuchon de mon duffel-coat. Victoria ne viendrait pas. J'avalais l'eau de pluie en regardant la brume envelopper la route. À dix-neuf heures trente, une voiture s'est arrêtée, éclairage, radio ; Victoria en est descendue, le parapluie à la main. Sous son imperméable, elle portait encore l'uniforme du lycée. Elle s'est approchée. La voiture ne bougeait pas.

Je me suis écarté de l'auvent sous lequel je m'abritais.

« Désolée de ce retard ! J'étais à un débat. »

Toujours cette élocution châtiée.

« Pas de problème. C'est ton père ? »

Elle s'est retournée vers le véhicule, furieuse, et a fait signe au conducteur de s'éloigner. Il est sorti de la voiture en saluant de la main.

« Bonsoir, Alex ! s'est-il écrié.

— Bonsoir, Monsieur Patawasti. »

Il restait là, à nous observer en souriant.

« Papa », a fait Victoria d'un ton désespéré.

Son père est remonté à bord et s'est éloigné en marche arrière dans la brume.

« Eh bien », a commenté Victoria.

Elle a sorti son rouge à lèvres et s'est mise à l'appliquer. J'ai répété :

« Eh bien.

— Un peu embarrassant, hein ? »

Victoria, du bout de ses longs doigts, a retouché l'application du rouge à lèvres.

« Ouais. Qui a gagné le débat ?

— Nous. Un débat sur l'Union européenne. C'était contre un lycée catholique, sur Falls Road, et on était là dans nos uniformes rouge-blanc-bleu. »

Les couleurs du drapeau britannique, généralement portées dans les lycées protestants.

« Des clients coriaces », ai-je admis.

Elle a hoché la tête. Je l'ai observée ; elle avait les cheveux mouillés, l'air fatiguée. J'ai poursuivi :

« Qu'est-ce que tu veux faire ?

— Je ne sais pas. »

Victoria a essuyé l'eau qui coulait dans ses yeux vert sombre.

« Ça te dirait, juste marcher, peut-être parler un peu ?

— Complètement ! »

Son visage s'est illuminé. J'avais envie de lui demander ce qu'elle faisait avec Peter, à l'époque où ils sortaient ensemble, mais ce n'aurait pas été très malin de mentionner Peter. Elle était sortie avec lui pendant un an, puis il l'avait jetée pour une fille de seconde. John m'avait assuré que c'était le moment de foncer et de l'inviter à sortir.

« D'accord, elle est plus vieille que toi, et elle a de la classe, mais en ce moment elle est vulnérable, elle veut montrer à tout le monde que ça va bien. Elle sortira avec toi. »

Et voilà le travail. Un peu à retardement, d'accord, n'empêche qu'elle était bien là. John m'avait également mis en garde :

« Seulement, Alex, n'oublie pas qu'elle est sous le coup d'une déception amoureuse. Ce qu'elle voudra, c'est peut-être juste quelqu'un pour l'aider à traverser cette mauvaise passe, le temps de retrouver ses repères. »

Ce salaud de John – là encore, il avait eu raison. Peter possédait une bagnole, il avait dû l'emmener en balade. Belfast, la côte du comté d'Antrim... Ils étaient sûrement allés dans des pubs. À seize ans, je n'avais pas encore l'âge d'y être admis. Qu'est-ce qu'elle pouvait ressentir en ce moment, à marcher comme ça dans Carrickfergus, sous la flotte, avec un grand dadais comme moi ? Tu parles d'une rétrogradation, quelle galère, une sortie bidon...

« À quoi tu penses ? m'a-t-elle demandé.

— Euh, à de la poésie.

— De la poésie ?

— Oui.

— Je n'aurais pas cru que c'était ton genre.

— C'est quoi, mon genre ?

— Je l'ignore, mais ça n'a pas l'air d'être celui-là. »

Bien vu. En réalité, je ne m'étais intégré à aucune bande. Je ne jouais ni au rugby, ce qui aurait fait de moi un athlète, ni à Donjons et Dragons, ce qui m'aurait classé parmi les allumés. Comme je ne sniffais pas de colle, je n'étais pas une racaille ; je n'étais pas copain non plus avec les « créatifs » de la revue du lycée, bref, je n'avais de place nulle part. J'ai répliqué :

« Yeats, j'aime Yeats.

— Tu ne trouves pas que ça finit par devenir lassant, ces histoires de fées ?

— Euh, non. »

Nouveau silence. Oui, je suis là, au bord de l'eau, transporté dans le passé par mon flash, et je me revois, et je la revois. Moi, sept kilos de plus, imberbe, bien peigné, soigné, clean. Elle, Indienne, belle, exotique. Moi, le fils de hippies, le petit génie allergique à la discipline ; elle, la déléguée de classe douée en tout, promise à une bonne université. On était faits l'un pour l'autre. J'ai repris :

« C'est de la mythologie celte.

— Vraiment ?

— Vraiment. Par exemple, tu sais pourquoi les croix celtiques comportent un cercle ?

— Non.

— C'est le symbole de Lugh, le dieu du soleil. L'Église locale a toléré son culte au moins jusqu'au Moyen Âge. Le jour de Lugh tombait le dimanche, comme celui du Seigneur, ça arrangeait tout le monde[1].

— Tu t'y connais là-dedans ?

— Pas vraiment », ai-je avoué.

Son petit sourire ne m'a pas échappé. Elle s'est vantée :

« Moi, j'en connais un rayon, en mythologie indienne.

---

1. En anglais, le dimanche se dit *Sunday*, « jour du soleil ». *(Toutes les notes sont du traducteur.)*

— Parle-m'en un peu », lui ai-je demandé en souriant.

Victoria s'est fait prier :

« C'est plutôt barge. J'aime mieux garder ça pour la prochaine fois.

— Il y aura une prochaine fois ?

— Peut-être. »

Après avoir marché jusqu'à la cafétéria de la piscine, on a regardé les nageurs aller et venir dans leurs couloirs. On a parlé lycée, livres. Il pleuvait toujours. Je l'ai raccompagnée chez elle. Elle était trempée. On s'est tenus devant le portail de la grande maison de son père, une folie de deux étages en stuc blanc avec fenêtres de style roman, gargouilles, petite tour gothique sur le toit. J'en avais entendu parler, mais je ne l'avais jamais vue. Elle portait un nom : le Petit Taj.

« Le Petit Taj ? »

J'ai essayé de ne pas sourire, et Victoria a poussé un gémissement.

« Cette demeure a été construite dans les années 1930 par un fonctionnaire de l'Administration indienne à la retraite, et elle s'appelle comme ça depuis. Évidemment, papa a craqué en la voyant. C'est très embarrassant. Vivre dans une maison qui porte un nom, ce n'est déjà pas facile – mais franchement, le Petit Taj ! »

Elle s'est mise à rire. Son visage luisait sous la lampe de la véranda. Je lui ai demandé :

« Tu comptes me revoir ?

— J'y compte bien.

— On se parlera au lycée ?

— Oui. On sortira la semaine prochaine, ça devrait te laisser le temps de lire un poème de Yeats.

— Ça devrait.

— D'accord. Bonne nuit.

— Bonne nuit. »

Victoria a tourné vers moi ses yeux sombres, magnifiques, aux paupières lourdes. Ses lèvres pleines et rouges.

« Eh bien, a-t-elle demandé, tu ne m'embrasses pas ? »

Sans rien dire, je me suis penché en avant et, avec le plus grand soin, comme si c'était une rose délicate, j'ai posé une main contre sa joue mouillée et je l'ai embrassée sur les lèvres. Elle avait un goût de pêche. On est restés là, sous la pluie, à s'embrasser en retenant notre souffle. Ensuite, elle a remonté la grande allée qui conduisait à sa maison. Et je suis rentré chez moi à pied, en me disant que jamais plus, sans doute, je ne connaîtrais un tel bonheur.

J'avais raison.

3

Le ghât[1] en feu

Nous n'avions pas pris de parapluies. La journée avait d'abord été ensoleillée ; mais c'était un enterrement dans l'est de l'Ulster, et qui a jamais entendu parler de soleil en pareilles circonstances ? Une traînée de nuages noirs s'étendait maintenant du comté de Donegal jusqu'à la chaîne des Mournes ; il en dégringolait une pluie battante, si drue qu'elle creusait des cratères dans l'argile.

Carrickfergus, église paroissiale Saint-Nicolas, le 12 juin 1995.

Il fait froid. Difficile de voir ce qui se passe devant, et impossible de l'entendre. Le service funèbre est conforme au rituel de l'Église d'Irlande. Le cercueil de pin, très simple, est placé à côté des fonts baptismaux. Il y a des cantiques et Colin, le frère aîné de

1. En Inde, volée de marches menant à un fleuve, pour favoriser notamment les ablutions rituelles ; on y édifie des brasiers sur lesquels sont incinérés les cadavres.

Victoria, lit un texte commémoratif. Cette église date du XIIe siècle ; William Congreve et Jonathan Swift la fréquentèrent. Je suis venu à contrecœur, je ne voulais pas assister à cette messe. Le dernier enterrement auquel j'ai été présent, c'était celui de… maman. Pas évident d'organiser le service funèbre d'une humaniste juive athée à Belfast. Une fois écartée l'option synagogue, on avait loué une salle pour l'occasion. Et pour présider le service ? Un type rencontré par mon père, un acteur à la voix de stentor. Il a parlé de maman, qu'il n'avait pas vraiment connue, parlé, un vrai moulin à paroles, jusqu'à ce que ça tourne à la farce. Le contraire d'une catharsis – faudrait voir s'il y a un terme pour ça.

« Merde.

— Chut », murmure John.

Le service funèbre de Victoria se termine. Les poignées de main, les larmes. Facey a sa Ford Fiesta, on s'entasse dedans tout trempés, lui, John et moi.

La pluie ruisselant le long de l'essuie-glace cassé. Le convoi funéraire. Facey fait patiner l'embrayage et cale sur le front de mer. Le Belfast Lough, blanc d'écume sous les nuages noirs. Le virage dans Downshire Road. Le cimetière. En descendant de voiture, chapeau sur la tête, parapluie au poing, nous sommes aspirés au-dehors par le vent. Les véhicules garés. Seuls les hommes marchent jusqu'à la tombe. Selon la tradition protestante de l'Ulster, les femmes attendent devant l'entrée du cimetière, quand elles ne sont pas restées à la maison pour préparer la veillée mortuaire.

Les sépultures. Les inscriptions et, sur certaines, les images ; sur d'autres, des fleurs. Des messages d'adieu pathétiques à des enfants. Et cette tombe, la plus triste de toutes. Ne regarde pas dans cette rangée. Ne regarde surtout pas. Tu es venu la voir trois fois en six ans. La souffrance, l'hébétude. La panique qui monte dans la gorge. Flash-back sur ce lit d'hôpital, maman bourrée de médocs et tordue par la souffrance, rien qu'elle et moi. Oh, mon Dieu.

John et Facey sont encore à mes côtés, silencieux. Je dois m'appuyer un instant sur John. Le cercueil est porté par Monsieur Patawasti, ses deux fils, Colin et Stephen, et un oncle qui m'est inconnu. Ils glissent dans la gadoue, avec ce poids mort à l'intérieur de la boîte. On sait maintenant ce qui s'est passé. Victoria a été assassinée par un cambrioleur mexicain, dans son appartement de Denver. Quelle absurdité. Quel gâchis.

Du brouillard sur les collines, en particulier Knockagh, où le monument aux morts, de profil, se drape dans des boucles pâles de gris et de vert. Une odeur de terre humide. Enveloppant le cimetière, les relents excrémentiels d'un champ retourné. La cérémonie. La soutane blanche de l'ecclésiastique, toute mouillée, qui lui vole dans la figure. Soixante types trempés dans leurs costumes sombres. Personne n'entend ce que raconte le pasteur.

Je finis par percuter. C'est un enterrement chrétien. Victoria était chrétienne. Alors, à quoi rimait cette mythologie hindoue ? C'était de la frime ? Une bouffée d'air exotique dans notre Ulster sectaire, coupée en deux ?

Oh, Victoria. On se ressemble tellement, toi et moi. Tu ne t'en rends pas compte, du fond de ton cercueil martelé par la pluie, tandis que tes frères titubent dans la boue ? On se ressemble tellement. Toi, la troisième enfant, la dernière-née, la plus jeune. Toi et moi, héritiers de peuples anciens, étrangers dans cette terre ancestrale, ivre de Dieu. La similarité de nos destins, on dirait la chute d'une histoire drôle. Nous avons tous deux échoué. Tu es morte, et je ne suis que l'ombre d'un homme. Je détourne les yeux vers le bas de la colline de Knockagh, vers la forêt et les premières maisons de la ville.

Je me tiens tranquille et je regarde n'importe où, sauf vers la quatrième rangée.

Le cimetière est situé un peu en hauteur, au-dessus du bourg de Carrickfergus. Les vents descendent du plateau d'Antrim, remontent depuis le Belfast Lough. John se plaint de la pluie et, accompagné de Facey, s'approche discrètement du seul arbre en vue. Le ministre du culte doit être en train de réciter :

« Nous recommandons à Dieu tout-puissant l'âme de notre fille… Tu es poussière, et à la poussière tu retourneras… »

Sous l'effet du ruissellement, la terre s'est effondrée des deux côtés de la tombe et les porteurs ne parviennent pas à y descendre le cercueil. Monsieur Patawasti demande à ses assistants de réessayer. Ils effectuent trois nouvelles tentatives, mais Victoria ne veut rien entendre.

Je pense à elle, si fière, si obstinée. La seule fille à la peau sombre dans un lycée de six cents élèves.

Présidente du club de rhétorique et capitaine de l'équipe de hockey sur gazon.

Tout le monde se fait tremper jusqu'aux os. Décidant que la plaisanterie a assez duré, Monsieur Patawasti s'éloigne à pied en compagnie de ses deux fils, de l'oncle, de mon père et d'autres membres de l'ancien club de cricket, aujourd'hui dissous. Pour le bien que tu vas leur faire, papa. Si tu crois que je ne t'ai pas vu mettre ta kippa en douce. Hypocrite. Est-ce que tu avais récité le kaddish lors du précédent enterrement ? Est-ce que tu avais essayé de nous convaincre qu'elle revivrait un jour, sous une forme ou sous une autre ? Est-ce que tu nous as apporté le moindre réconfort ?

« Votre mère est partie pour toujours, mais son souvenir restera vivant dans nos mémoires. »

Comme si ç'avait pu me suffire, espèce de salaud. Ils viennent dans ma direction. Mon Dieu, Monsieur Patawasti marche droit vers moi, au côté de mon père. Le dos appuyé contre une pierre tombale, je n'ai qu'une envie, m'enfuir. Il ouvre la bouche pour dire quelque chose, mais rien ne sort. Ses traits sont défaits, son regard vide. On voit le crâne sous la peau. On dirait que c'est lui qu'on va enterrer, c'est horrible. Il m'observe un instant avant de s'éloigner avec mon vieux, qui me jette un coup d'œil en hochant la tête.

Tous regagnent leurs voitures. Tremblant, je reste abrité sous l'arbre dans l'espoir que la pluie se calme. Les fossoyeurs s'en vont, tandis que les gouttes crépitent sur l'inscription funéraire, sur les souvenirs. Je m'approche de la tombe. Il y a au moins une douzaine de gerbes. La plus grande vient d'Amérique : « En mémoire d'une personne merveilleuse, affectueusement, de la part de toute l'équipe de la SAS – Charles, Ambre et Robert Mulholland. »

Je baisse les yeux vers les eaux pâles du bras de mer, en imaginant les navires vikings, faits d'un bois analogue à celui de ce cercueil, le pin ou l'épicéa. Un navire sculpté dans le pin, évanoui parmi les marais de l'autre monde.

« Viens, me lance John, on ferait aussi bien de courir jusqu'à la bagnole, c'est parti comme ça pour la journée.

— Qu'est-ce qui est parti ?

— La pluie.

— On n'a qu'à aller au pub », propose Facey.

Tu regagnes la voiture comme un somnambule et tu montes à bord. Pendant qu'elle roule vers Carrickfergus, John et Facey, assis à l'avant, discutent. L'un d'eux mentionne la marque Triumph, et dit qu'on en refera un jour. Des motos. Quelle connerie. John, Facey, vous ne voyez pas l'océan de souffrance qui vous entoure ? Ces tribulations qui s'abattent des cieux. Vous n'avez jamais lu Bède le Vénérable ? Bien sûr que non. La vie est pareille à un oiseau de nuit, surgissant à tire-d'aile dans une grande salle de festin ; derrière, il y a les ténèbres et, devant, encore les ténèbres, et l'expérience de l'émerveillement est brève, incompréhensible, terrible – terminée.

« On y est », annonce Facey en coupant le contact. Il se retourne et répète avec un grand sourire :

« Ouais, on y est… »

Au Dolan's, il y avait du feu dans la cheminée. Je

me suis posté juste en face, histoire de faire sécher mon costard pour enterrements et entretiens d'embauche. Quelle sale journée glaciale ! Les flammes faisaient vraiment du bien. Une fois sec, je suis allé me procurer des chips au bar. John m'a donné quelques explications sur ces obsèques chrétiennes. Les Patawasti étaient des Hindous de haute caste originaires d'Allahabad, en Inde, mais Monsieur Patawasti et son frère avaient été envoyés à un très jeune âge à Londres pour y faire leurs études dans une école privée, et ils étaient progressivement tombés, tous les deux, sous le charme hypnotique de l'Église d'Angleterre.

Après le lycée, Monsieur Patawasti était allé à Oxford. Il avait épousé une jeune Anglaise, qui lui avait donné deux fils. D'après John, on lui avait offert un poste en physique et en mathématiques appliquées à l'université d'Ulster, et il était venu s'installer en Irlande du Nord juste à temps pour le début des Troubles, en 1967. J'ai répliqué à John :

« En maths, hein ? »

À ce stade, ça ne m'étonnait pas. Encore un point commun avec mon dab, en plus du végétarisme et du cricket. Le cricket, le végétarisme et les maths, sûrement les trois choses les plus chiantes du monde.

On a parlé de Victoria, mais les gars savaient que j'étais sorti avec elle et ils se sont montrés réservés. Quand je me suis levé pour partir, Facey m'a proposé de me déposer ; j'ai décliné son offre.

J'étais complètement trempé lorsque je suis rentré à la maison, par la porte de derrière. Mon père était dans la cuisine, nerveux, perturbé. Il avait échangé son costume HS contre un sweat-shirt et un jean. Le sweat, orné d'une baleine bondissante, proclamait : « Sauvez la forêt tropicale. » On ne se serait pas douté que la forêt tropicale abritait tellement de baleines ; mais justement, c'était peut-être pour ça qu'il fallait la sauver. Je lui ai demandé :

« Qu'est-ce qu'il y a ?

— Un type t'attend dans le salon. Un Anglais. Tu as des ennuis ?

— Pas que je sache. »

J'ai tiré l'échelle pour grimper dans ma chambre, au grenier. Des centaines de mes vieux bouquins l'encombraient, souvenirs de mon adolescence. *L'Attrape-cœur* de Salinger, *L'Étranger* de Camus, *Les Outsiders* de S. E. Hinton. Des disques, des petits trains. J'ai enfilé une robe de chambre et un pantalon de survêtement, et je me suis assis par terre, dans la poussière. J'étais heureux, maintenant, d'être revenu à la maison. J'avais eu un appart sur la marina, je l'avais décoré dans les tons pastel, une grande chaîne stéréo noire, deux ou trois chaises, un style minimaliste. Peu de livres. Quelques disques et CD choisis. Une guitare. Je voulais impressionner les nanas par mon aptitude zen à trouver la paix dans l'essence de l'être. Pas d'encombrement. Un mensonge, bien sûr. Ici, malgré la saleté, je me sentais plus à mon aise ; je pouvais retirer l'échelle et me glisser sous le duvet, et personne ne m'atteindrait jamais. Je resterais là, et l'automne viendrait, puis l'hiver. La neige s'entasserait sur le rebord de la fenêtre, et je patienterais en sécurité, bien au chaud, jusqu'à ce que maman m'appelle, prenne le crochet pour abaisser l'échelle et m'apporte du chocolat brûlant et des sablés. Oui.

Rejetant ces enfantillages, j'ai secoué la tête, descendu l'échelle et parcouru le couloir qui menait à la salle de séjour.

Où m'attendait un type très grand, disons un mètre quatre-vingt-dix-huit, cent quinze kilos, vêtu d'un coûteux costume bleu, à coupe large et revers étroits. Le front ridé, le teint un peu gris, l'expression un peu amère, le nez cassé à maintes reprises ; des cheveux poivre et sel. Il sirotait son thé en examinant les disques de jazz, les piles de vieux journaux, les conneries qui traînaient. Un coriace, et en pleine forme. Je l'aurais catalogué comme videur ou agent de recouvrement, sans cette grosse moustache de poulet. Bien – un flic anglais. Un flic de Scotland Yard. J'ai tout de suite su ce qu'il faisait là, et pourquoi il m'avait suivi. La commission d'enquête Samson. J'ai tout de suite compris que j'étais cuit.

Il a serré la main que je lui tendais. Paume calleuse, cicatrices aux jointures, bon Dieu, ce type n'était vraiment pas un rond-de-cuir ; ou, en tout cas, il ne l'avait pas toujours été.

Je me suis assis. Il a ouvert une serviette pour en sortir un porte-bloc à pince, et s'est présenté avec un sourire déplaisant :

« Je suis le commandant Douglas.

— Qu'est-ce que c'est que ça, commandant ? »

Il m'a regardé, en essayant de déterminer si je me fichais de lui.

« Dans la police de Londres, le commandant est au-dessus du capitaine.

— Voyez-vous ça. Si j'étais encore un poulet, je saluerais. »

Douglas a émis un « Hum » perplexe et irrité. J'ai hasardé :

« Vous savez qui je suis.

— En effet. Et j'aimerais vous poser quelques questions, Monsieur Lawson. »

Il s'était exprimé si bas que je l'avais à peine entendu.

« Sur quoi ?

— Eh bien, je suggère que nous ayons une petite conversation informelle, Monsieur Lawson. C'était facile de vous faire arrêter, on aurait causé à Belfast ou à Londres. »

Il a ajouté avec un sourire sinistre :

« Magnétophones, avocats, tout le cirque. »

S'il espérait me foutre les jetons, c'était réussi. J'ai dissimulé ma panique derrière ma barbe, et enfoui mes mains dans les poches de ma robe de chambre.

« Exprimez-vous, commandant. Je suis prêt.

— Vous ne semblez pas étonné de me voir, Monsieur Lawson.

— Disons que votre récente filature, façon Panthère Rose, m'avait mis la puce à l'oreille.

— Que voulez-vous, j'aime tenir un suspect à l'œil pendant quelques jours avant de passer à l'attaque. Ce qu'on apprend dans un dossier est forcément limité.

— Qu'est-ce que vous entendez par le terme *suspect* ? »

Son sourire s'est élargi. C'était beau comme une fissure dans un mur de chiottes en granit.

« Ce que je veux dire, Monsieur Lawson, c'est que

vous n'avez pas l'air surpris d'être interrogé par un enquêteur de Scotland Yard.

— Je suppose que vous êtes de la commission Samson ? »

Il a hoché la tête.

L'année précédente, en 1994, après des années de lobbying par les Irlandais d'Amérique, le gouvernement britannique de Londres avait fini par diligenter une enquête sur le Royal Ulster Constabulary afin de répondre à trois questions. Les catholiques d'Irlande du Nord subissaient-ils une discrimination de la part des forces de police ? Celles-ci tiraient-elles pour tuer lorsqu'elles avaient affaire aux indépendantistes de l'IRA ? Enfin, la corruption était-elle largement répandue dans les rangs de ces policiers ? La responsabilité de l'enquête avait été confiée à quelqu'un de l'extérieur, John Samson, un directeur adjoint de la police de Londres. Ayant reçu carte blanche pour examiner les opérations du RUC sous toutes les coutures, il avait détaché une vingtaine d'agents chargés de lui prêter main-forte ; la plupart étaient des flics de Londres, comme lui. Cette enquête avait dérangé beaucoup, beaucoup de gens du RUC. Comme je n'avais jamais tué personne, ni été chargé du recrutement, Douglas devait faire partie de l'équipe qui enquêtait sur la corruption. D'après ce que j'avais entendu dire, l'enquête de Samson était passée à la vitesse supérieure au cours des dernières semaines, et il n'allait pas tarder à remettre son rapport préliminaire au Premier ministre – ce qui me rendait très nerveux. J'ai glissé mes mains sous mes fesses.

Douglas a bu une gorgée de thé et replacé le disque de jazz sur la table basse. *Kind of Blue*, de Miles Davis. De toute évidence, ce type n'était pas connaisseur ; il avait pris le seul disque dont il ait entendu parler. Il portait une alliance. Marié, dans les cinquante-cinq ans. Gradé mais pas trop : plus de zèle que d'ambition, et donc d'autant plus dangereux. Par ailleurs, il était armé. On lui avait fourni un flingue, qui faisait une bosse sous le revers de son veston. Son regard satisfait m'a inquiété.

« Pourquoi avez-vous démissionné des forces de police d'Irlande du Nord ? »

Douglas s'est allumé une cigarette.

« Pardon ?

— Six bonnes années dans la police, et soudain vous pliez bagage. Pourquoi avoir démissionné du RUC, Monsieur Lawson ? »

Il a déposé sa cendre dans un des pots de fleurs de maman – des fleurs mortes depuis longtemps.

« Eh bien, commandant, j'en avais assez, ça ne me convenait pas, cet endroit. Je ne voulais plus faire partie de forces principalement protestantes, considérées par les catholiques comme un instrument de répression. Vous l'avez sans doute remarqué, mon père est plutôt progressiste ; moi aussi. Je me suis rendu compte que je m'étais orienté vers la mauvaise profession, et j'ai démissionné.

— J'ai ici votre dossier. Entré dans la police à dix-huit ans. Bombardé inspecteur trois ans plus tard. Vous savez combien de flics ont été nommés inspecteurs au bout de trois ans ? À vingt et une berges, nom de Dieu !

— Non, mais vous allez me le dire, ai-je répliqué avec une insouciance factice.

— Personne n'est nommé inspecteur à cet âge. Personne. C'est du jamais-vu.

— Ouais, ils ne supportaient plus ma façon de les saluer, alors ils m'ont mis en civil. Sérieusement, c'est pour ça. C'est Buck McConnell qui me l'a dit.

— Vous étiez très brillant, Monsieur Lawson. Je sais bien qu'à Belfast l'apprentissage est accéléré, mais tout de même – inspecteur à vingt et un ans ? Au bout de trois années ? Vous étiez promis à une grande carrière, et aviez de toute évidence des mentors. L'inspecteur John McGuinness. L'inspecteur de police divisionnaire Michael McClare. Le commissaire William McConnell. J'ai lu tous leurs comptes rendus sur vos performances.

— Où voulez-vous en venir ?

— Au fait que vous étiez un policier d'exception, Monsieur Lawson. J'ai examiné vos résultats d'examens. Vous avez fini premier de votre classe. Quant à votre test de QI… Le tiers supérieur du quatre-vingt-dix-neuvième centile.

— Plus personne de sérieux ne croit encore aux tests de QI. Et le quatre-vingt-dix-neuvième centile, avec cinq milliards de personnes sur terre, ça en fait au moins cinquante millions qui ont ce score. Y a pas de quoi s'exciter, mon vieux.

— Et vos notes du bac ? s'est enquis Douglas en souriant.

— Et mes résultats universitaires ? Vous ne trouvez pas que ça fout tout en l'air ? J'ai complètement merdé à la fac, et j'ai été éjecté en deuxième année.

— L'année du décès de votre mère. Il y avait de quoi être perturbé.

— Bon, d'accord, c'est moi Jésus-Christ, le seul, le vrai, et qu'est-ce que… ?

— Pendant vos deux premières années en tant qu'inspecteur, vous avez travaillé sur quatorze affaires. Elles ont *toutes* été résolues, ce qui représente un taux de réussite deux fois supérieur à la norme dans la police d'Irlande du Nord. Vous avez élucidé deux homicides inexpliqués.

— Ouais. Vous savez, c'est pas de la fausse modestie, mais vous débarquez d'Angleterre et vous pensez sans doute qu'ici la qualité du poulet est la même que chez vous ; seulement, c'est pas le cas, mon vieux. La plupart des flics avec qui je bossais étaient des truands, des poivrots, des abrutis, l'autre soir encore j'étais mêlé à une bagarre de bar avec deux d'entre eux, c'était saignant et vraiment…

— Ce que je vois, Monsieur Lawson, c'est que vous étiez destiné à faire une très belle carrière dans le RUC et que, néanmoins, pour des raisons mystérieuses, vous avez brusquement démissionné. Je me suis renseigné – vous veniez d'être reçu à votre examen de brigadier. Merde, vous auriez pu être inspecteur principal avant trente ans, tout ça ne tient pas debout. Aucun motif n'est invoqué dans le rapport. Je veux comprendre. Pourquoi avez-vous démissionné, Monsieur Lawson ?

— Écoutez, j'en avais assez. Je m'étais coltiné deux affaires de violence domestique vraiment moches. Des meurtres. Y compris un meurtre d'enfant. Ce genre de truc n'est pas sorcier à élucider ; le plus difficile, c'est d'arriver à se le sortir de la tête. J'avais eu ma dose, c'est tout.

— Mensonges ! »

Il a écrasé brutalement son mégot dans le pot de fleurs de maman.

« Quoi ?

— Je ne suis pas quelqu'un de très patient, Monsieur Lawson, a grondé le commandant.

— Ben, vérifiez. C'est dans vos dossiers. L'affaire Donovan McGleish – *mon* affaire. C'est moi qui l'ai fait arrêter ; il en a pris pour perpète, dans la prison de Long Kesh. Ne me traitez pas de menteur.

— Vous êtes trop jeune pour avoir été lessivé par le boulot. Ce n'est pas la raison de votre démission. »

Il s'est caressé la moustache et a pris son porte-bloc afin de relire une de ses fiches. En remontant, la manchette de sa chemise a dévoilé la paire d'ailes tatouées sur son poignet. Un ex-para, un vrai dur. Génial.

« Après avoir travaillé deux ans et demi comme enquêteur, vous avez été affecté à la brigade des stupéfiants.

— C'est exact.

— Vous aviez demandé à être transféré ?

— Affirmatif. Je vous ai dit que j'en avais assez des homicides.

— Aux stups, vous n'avez pas élucidé une seule affaire. Et puis cette mystérieuse démission.

— Elle n'est pas mystérieuse, il n'y a rien de mystérieux là-dedans, j'en avais ma claque. Des tas de poulets laissent tomber au bout d'un an, quand ils ne se font pas sauter la cervelle. Si vous regardez le taux de suicide chez les hommes du RUC, je crois que vous verrez qu'il est…

— Monsieur Lawson, vous ne jouez pas franc-jeu, nom de Dieu ! Mais vous allez coopérer avec moi, et je vais vous expliquer pourquoi. En tant que membre de la commission d'enquête Samson, je dispose de pouvoirs extrêmement étendus. Je peux arrêter les gens, les faire comparaître devant un tribunal ou les poursuivre comme témoins matériels pour refus de coopération. Pour outrage à magistrat. Ce ne sont pas les possibilités qui manquent. Je vais vous faire coffrer ! »

Je me suis mis à transpirer. Ce type ne se payait pas de mots, ça se voyait à son regard froid, indifférent. Totalement pro. Il s'est allumé une nouvelle cigarette et je me suis essayé à la désinvolture :

« Il y a une vieille règle à Belfast, concernant les interrogatoires policiers : Quoi que vous disiez, ne dites rien. »

Douglas n'a pas paru impressionné.

« J'ignore ce qui vous est arrivé, Monsieur Lawson, et ce que vous avez découvert aux stups. Mais je ne crois pas qu'un inspecteur en pleine ascension vers le sommet puisse démissionner sans raison. Je vous ferai parler, je saurai le fin mot de cette histoire. Je veux les noms et je vais les avoir. Si vous avez subi des pressions, on peut vous protéger.

— Me protéger ? Ha ! Vous êtes moins malin que vous n'en avez l'air. Qu'est-ce que vous imaginez ? Que j'aurais pu découvrir un vaste complot bien sanglant visant à noyer l'Ulster sous les drogues ? Un gigantesque racket ? Vous êtes complètement à côté de la plaque, mon vieux. Vous croyez qu'ils m'auraient forcé à démissionner, et que ça se serait arrêté là ? Putain, ils m'auraient déjà descendu. Il n'y a pas de complot, pas de racket. Je ne sais rien. J'ai démissionné parce que je n'en pouvais plus.

— C'est qui, "ils" ?

— Hein ?

— Vous avez dit "ils". C'est qui, "ils" – ceux qui vous auraient tué ?

— Il n'y a pas de "ils", il n'y a pas de mystère. Vous ne pigez pas, mon vieux, j'ai filé ma dém parce que j'avais assez fait le flic pour toute mon existence. Ras le bol. Oubliez vos complots, vos conspirations. Ça n'existe pas. Les gens comme vous et Samson, vous expliquez l'histoire par la théorie du complot, eh bien moi, je l'explique par la théorie de la foirade. Les merdes se produisent toutes seules, y a pas besoin d'aller chercher des raisons. »

Douglas est resté un moment immobile et silencieux. Tandis qu'il me scrutait en écoutant le bruit de la pluie sur le toit, une vague de dégoût a semblé le parcourir, et ses traits ont été déformés par la rage. Qu'est-ce qu'il foutait là ? Je savais ce qu'il pensait. Putains d'Irlandais. Même les plus intelligents, cons comme de la tourbe. Huit cents ans que l'Angleterre était empêtrée dans ce coin abominable. Huit cents putains d'années. Quand il était dans les paras, il avait dû venir ici avec l'armée et en baver. Cette fois, il a écrasé son mégot sur le tapis.

Il a eu l'air de prendre une décision, s'est levé, avancé vers moi. Et m'a empoigné par les revers de ma robe de chambre, en tirant si fort que je me suis mis à étouffer.

« Maintenant, tu vas m'écouter, tête de con d'Irlandais. »

Son visage souriant était tout proche du mien. En essayant de respirer, je sentais son haleine puante.

« Tu vas m'écouter, Irlandais de mes deux. Je vais te briser. Je vais t'avoir, espèce de petit plouc de merde. Je veux les noms. Je suis pas du genre à me laisser emmerder.

— J'étouffe… »

Douglas a resserré sa prise. Je ne pouvais vraiment plus respirer, je voyais des étoiles, je perdais connaissance. J'ai attrapé ses énormes poings pour essayer de les repousser, mais en vain.

« Écoute-moi, connard, maudite tête de lard. On va t'arrêter. On va t'obliger à témoigner. Je m'assurerai personnellement que tu écopes de la peine maximale pour ce que tu essaies de cacher. »

Je suffoquais. J'ai réussi à bafouiller :

« Arrêtez… Je vais parler… »

Il a relâché l'étranglement et m'a laissé retomber sur ma chaise en m'ordonnant :

« Parle. »

J'ai pris deux profondes inspirations.

Tous les flics d'Irlande du Nord doivent suivre un stage de survie ; on y apprend notamment à réagir en cas de kidnapping, torture et interrogatoire par l'IRA. Au premier stade de l'interrogatoire, on ne répond pas et on se laisse démolir. Au stade suivant, on raconte une histoire. Si les bourreaux continuent, on se laisse arranger jusqu'au troisième stade et, là, on leur sert des salades qui ne correspondent pas tout à fait à la vérité mais lui ressemblent beaucoup, afin qu'ils croient avoir enfin obtenu ce qu'ils voulaient. Je venais déjà de donner deux versions différentes de ma démission, et me retrouvais malheureusement au troisième stade plus tôt que je ne l'aurais souhaité. Pas si loin de la vérité.

« D'accord, Douglas, écoutez, je vais tout vous dire. Putain, c'est le coup classique. Pour infiltrer un réseau, il a fallu que je me fasse passer pour junkie. J'ai commencé à prendre de l'héroïne. Je suis devenu accro, j'ai plus rien maîtrisé, je suis vraiment devenu un junkie. Pour m'approvisionner, je tirais de l'héro au commissariat, dans le local des pièces à conviction. Jusqu'au jour où je me suis fait pincer. Le RUC m'a obligé à démissionner. Ils ont été gentils avec moi, ils ne m'ont pas poursuivi pour vol, ils ont juste demandé ma dém. Pas de complot, pas de corruption. C'est juste moi qui ai merdé. Je sais qu'aux stups y a rien de plus banal, n'empêche que c'est la vérité. »

Il m'a observé pendant un moment. Il hésitait. Après être allé se rasseoir sur sa chaise, il s'est rallumé une clope, qu'il a presque fumée en entier pendant qu'il réfléchissait – et que je croisais mentalement les doigts. Il a toussé et m'a déclaré, en pesant chaque mot :

« Monsieur Lawson, vous me décevez. Je m'étais douté que vous me raconteriez cette histoire, mais je pensais que vous vous montreriez un peu plus inventif.

— C'est pourtant la putain de vérité.

— Peut-être en partie, Monsieur Lawson. Seulement,

ce n'est pas une partie de la vérité que je veux, aussi pathétique soit-elle – c'est la totalité. »

Il a poussé un soupir théâtral, avant de se relever pour s'approcher à nouveau. Soudain, il a refermé une main sur mes deux poignets et m'a coincé les bras sous son genou, en y mettant tout le poids du corps. En souriant, il a approché de mon visage la main qui tenait la cigarette. Je me suis mis à hurler, mais il m'a écrasé la bouche de sa main libre. De son genou, de tout son corps, il m'aplatissait contre mon siège. Je me suis débattu. Il a appliqué la braise de sa clope contre mon sourcil gauche, pour le roussir. J'avais beau me tortiller pour me dégager, il était trop costaud. Costaud, et complètement taré pour le même prix. Il a laissé la cigarette me griller le sourcil pendant environ cinq secondes, c'était atroce. Puis il m'a relâché.

Je haletais pour retrouver mon souffle.

Il s'est levé, en s'emparant de sa serviette et de son porte-bloc.

« Je reprends l'avion pour Londres ce soir. On n'a pas que des petits branleurs comme toi sur les bras, nous avons d'autres chats à fouetter. J'ai pas le temps de m'occuper de tes conneries, mais je reviendrai dans deux semaines. Ton cas est le plus intéressant du lot. Le 22 – ce sera un lundi, tu as intérêt à être libre ce jour-là. Ce délai est une bonne chose, tu vas avoir le temps de réfléchir. Si tu ne coopères pas, je te chierai dessus de très haut. Je détruirai ta putain de vie. Je veillerai à ce que tu fasses dix ans de taule à Londres – à Wormwood Scrubs, bordel. Et ils sauront que tu étais flic. Oh, ouais. Je me débrouillerai pour te briser, espèce de pauvre petite merde. Je m'en occuperai personnellement. »

Il a traversé le salon, s'est retourné vers moi pour me faire un sourire et a craché avant de sortir.

Je m'étais appuyé contre le dossier de ma chaise. J'essayais de reprendre mon souffle sans vomir lorsque j'ai entendu claquer la porte de devant. Mon père est entré.

« Qu'est-ce qui s'est passé ? Il t'a touché ? Tu vas bien ? »

Pantelant, je lui ai demandé :

« Papa, combien d'argent tu as ?

— Je n'ai rien. Tu sais bien, tout est passé dans la caution pour l'élection – mais si je gagne, je sauve ma mise. Comment tu vas ? Qu'est-ce qui s'est passé ?

— Bref, tu n'as rien.

— On te cherche des ennuis ?

— Non, mais il va peut-être falloir que j'aille quelque part pendant un moment, le temps que les choses se calment.

— Qui c'était, ce type ? Qu'est-ce qu'il voulait ?

— Un flic. Il voudrait que je balance des collègues.

— C'est la commission d'enquête Samson, hein ? Mais tu n'as fait aucun mal !

— Je sais, mais ce type ne va pas me lâcher. Faut que je me tire quelque part.

— Ton frère pourrait t'héberger à Londres.

— L'Angleterre, c'est pas indiqué. De toute façon, il ne serait pas d'accord.

— Bien sûr que si, Alexandre. Écoute, qu'est-ce qui se passe ? »

Je me suis levé pour gagner le couloir. En montant sous les combles, je me sentais au bord des larmes. Douglas avait raison : j'étais pathétique. Je me suis arrêté, avant de prendre mon pardessus et de redescendre l'échelle.

« Où vas-tu ? m'a demandé mon vieux.

— Dehors. »

Je savais ce que j'avais à faire. Il fallait que j'aille au bord de l'eau, que je gagne mon refuge. La pluie avait recommencé à tomber ; mais je devais y aller. Tout s'éclaircirait, là-bas.

« Où vas-tu ? a insisté mon père.

— Nulle part.

— Tu ne veux pas manger quelque chose, Alex ? a-t-il demandé en secouant la tête d'un air inquiet. On dirait que tu ne manges jamais.

— Je prendrai quelque chose dehors. »

J'ai mis mon pardessus et mon bonnet, et filé.

Il pleuvait à seaux ; la flotte bombardait les pavés, formait des lacs sur le macadam. Mon bonnet de laine a été trempé en une minute. Mon refuge. Pas le moment de paniquer. Mon refuge. Tout proche. Bientôt. Oui. Réfléchis. Réfléchis, mec. Peut-être que John pourrait me prêter un peu de blé. Peut-être que mon dab allait trouver une solution. Quoi qu'il arrive, j'avais intérêt à rester planqué. Mais où ? Chez mon frère et ma sœur, en Angleterre. On s'était à peine parlé depuis l'enterrement. On n'était pas tellement proches. C'est maman qui avait maintenu des liens entre nous ; alors, depuis sa mort… Et puis, j'étais certain que chez eux on me retrouverait.

J'ai secoué la tête. Non. Un billet d'avion ? Je ne pouvais même pas me payer un ticket de bus jusqu'à l'aéroport. J'avais mal au sourcil, j'avais mal à ma vie. Que faire ? M'éloigner des emmerdes. Garder un profil bas. J'avais pour deux semaines de smack, pas besoin de voir Spider pendant ce délai. Ouais, ça allait bien se passer, tout allait finir par s'arranger. Ce Douglas avait fouiné dans mon dossier. L'ordure. Qu'est-ce qu'il savait ? On s'était servi de moi. Buck McConnell s'était servi de moi. J'avais été transféré aux stups à cause de mon arrogance. De ma curiosité. Ils savaient que je suivrais toutes les pistes, où qu'elles mènent. Quel con, j'étais tombé dans le panneau. Ils étaient plus malins que moi. Heureusement qu'il y avait le smack, le smack m'avait sauvé la vie…

Les voies de chemin de fer. La plage. L'héroïne, Dieu merci.

Tout est dans la poche de mon pardessus, au sec, à l'intérieur de ma boîte à sandwichs. Ah, voilà mon refuge, sous ce petit surplomb rocheux, à l'abri du vent et de la pluie. J'ouvre la boîte. Le smack est emballé dans un sachet de Cellophane. Les aiguilles, la seringue. Des aiguilles neuves, c'est aussi important que le produit lui-même. On ne peut pas partager une aiguille, jamais. Gare au sida, à l'hépatite B, C – à la mort. L'eau distillée ; les tampons d'ouate. Certains consommateurs utilisent l'acide citrique pour faciliter la dissolution. Ce sont des mesures de sécurité élémentaires, une aiguille neuve, le tamponnage à l'alcool, un filtre en coton ; la cuillère. L'héroïne est devenue tellement pure que certains la fument. Ils la roulent dans du papier d'alu et la fument, ces abrutis. C'est comme ça qu'on attrape des lésions cérébrales, le cancer du poumon. L'injection, c'est la sécurité. Tranquille comme Baptiste. La cuillère, l'eau, l'héroïne, le briquet sous la cuillère. Ça bout. Comme le smack est beau. Vérifie que c'est bien une veine. Allez, injecte, injecte…

La plage.

La plage n'est pas une plage. La mer n'est pas une mer. Les nuages ne sont pas des nuages.

La plage est une nappe d'algues, d'épaves, d'ordures, de chariots de supermarché encastrés dans le sable telles des sculptures abstraites. La mer, c'est une langue du détroit. S'échappant des deux cheminées de la centrale électrique, les nuages de vapeur d'essence ruinent définitivement les ultimes espoirs de beauté qu'on aurait pu nourrir à l'égard du paysage irlandais.

De l'autre côté du bras de mer, Belfast. Ses grues jaunes, son terminus de ferries, ses rangées de maisons adossées les unes aux autres, sa lèpre de HLM. Tout se dissout. La pluie s'arrête. Le ciel s'éclaircit, le monde cesse de tournoyer. Le temps se ralentit. La centrale électrique est emportée dans les égouts de l'histoire. Il y a des oiseaux dans le ciel paisible et, sur la terre, des phoques gris. Le soleil. L'Irlande avant l'arrivée des êtres humains. Avant cette barque viking, le cercueil de pin de ce matin – et même avant le coracle, l'esquif traditionnel des Celtes. Un éden. Les collines, les forêts pensives. Et moi au milieu, anachronique. Une jeune fille morte s'approche, pieds nus sur l'or du rivage.

« Hé, tu es chrétienne, en fait. Qu'est-ce que c'est que ces trucs hindous dont tu parlais toujours ?

— Mon héritage.

— Tu es vraiment belle.

— La mort, en effet, embellit mes traits.

— Non, ils n'ont jamais eu besoin d'embellissement. Mais c'est vrai que tu es morte.

— Je le suis. Et qu'est-ce que tu es, toi – un junkie ?

— Pourquoi personne ne comprend ? Je suis pas un junkie, il faut vraiment le vouloir pour devenir un junkie. Je ne suis même pas un héroïnomane qui assure, vu que je ne suis pas héroïnomane.

— On dirait que tu as répété ton texte.

— Tu es venue ici pour me chercher des crosses ?

— Je ne suis pas venue ici du tout.

— Ah ouais ?

— Rien que toi et moi sur le bateau.

— Je me souviens.

— Je sais. »

Tes lèvres, tes cheveux, oh ! Victoria ! J'étais terrifié. La première fois de ma vie. Tes seins, tes yeux sombres. Mon Dieu. Toi aussi, tu en avais envie. Tu as repoussé le spinnaker de soie pour nous faire de la place. Tu m'as embrassé, et il y a eu un reflet sur ta salive quand tu t'es redressée pour me chevaucher. Et tu as déclaré, avec un accent de princesse indienne :

« La vingt et unième position du Kama-sutra ! »

Toi, l'Orientale, tu te moquais de ton exotisme. Et j'ai trouvé ça tellement drôle que j'ai éclaté de rire, ça m'a détendu ; on a baisé pendant une heure et demie. Je me souviens. La vérité, est-ce là ce qu'apporte l'héroïne ?

« Non », répond Victoria.

Pourtant, c'était la vérité. Ses paroles s'estompent. Se dissolvent dans la fumée qui plane au-dessus du fleuve. Et, à chaque halètement, je ne peux m'empêcher d'aspirer un peu de cendres, de petites particules de bois de santal et de cerisier et de Victoria. Le vent change de direction et la pluie tombe. J'ouvre la bouche. Le froid de la pluie est comparable à celui qui règne dans mon cœur.

Il vous arrive des trucs qui vous foutent dans la merde. Des petits trucs, comme se faire virer d'un bateau et paumer son héroïne. Du coup, vous voilà obligé de participer à un quiz de pub, mais une réponse de travers à la question subsidiaire fait qu'on doit chourer de l'héro à son dealer – Spider. Spider comprend qu'une seule personne peut l'avoir volé, et il veut le lui faire payer. Mais comment ?

En racontant aux poulets du coin qu'on a vu un flic anglais entrer chez Alex Lawson. Pas besoin d'en dire plus, tout le monde aura compris.

Ils ne m'ont pas raté. Une semaine après l'enterrement de Victoria Patawasti, je marchais sur le front de mer, la Land Rover est arrivée si doucement que je ne l'ai même pas entendue s'arrêter. Une voix s'est élevée :

« Lawson. »

En me retournant, j'ai avisé le hayon ouvert et je me suis tiré à toutes jambes. J'avais parcouru une douzaine de mètres quand j'ai été rattrapé par un gros balèze qui m'a plaqué au sol. Je ne l'ai pas reconnu. Un peu plus de quarante balais, veste en cuir, tête d'alcoolo. Un vétéran, un gars fiable. Il lui manquait deux doigts à la main gauche. Attentat à la bombe ? Fusillade ? Accident ?

« T'es en état d'arrestation, Lawson.

— Pour quelle raison ?

— Ferme ta gueule. »

Il m'a passé les menottes vite fait, remis debout, traîné jusqu'à la Land Rover. Trois autres types à l'intérieur. Facey et son air coupable ; un flic au visage hâlé, en casquette plate et pull vert ; un chauve à lunettes qui tâchait de planquer son uniforme de policier sous son imperméable. Pas de la petite bière – un commissaire divisionnaire, au bas mot. La Land Rover a démarré et j'ai retrouvé cette vieille puanteur de gas-oil, de peinture au plomb, de munitions. Cette vieille claustrophobie. Facey m'a lancé :

« Je suis désolé, Alex, ils avaient besoin de quelqu'un pour t'identifier. »

Casquette Plate s'est tourné vers Facey.

« Tu la boucles, et t'as pas intérêt à la rouvrir. »

D'un signe de tête, le Chauve a indiqué au malabar de me tenir les mains, puis il m'a cogné dans le bide. J'ai jeté un coup d'œil à Facey, mais il regardait ailleurs. Casquette Plate m'a attrapé par la tignasse et s'est mis à me secouer. Merde, ils n'allaient quand même pas me descendre – si ? J'ai réussi à bafouiller :

« Qu'est-ce que vous me voulez ? »

Le Chauve m'a gueulé à la figure :

« On sait que t'as parlé à la police de Londres. »

Et Casquette Plate a pris le relais :

« Tu crois qu'on est pas informés de tout ce qui se passe dans cette ville, dans ce pays ? Ton copain Spider nous a causé. Chaque fois que tu te torches le cul, bordel, on est au courant.

— Tu sais ce qu'on te fera, enfoiré, a grondé le Chauve. On te crèvera. On te crèvera, Lawson. Peu importe ce que les autres t'ont promis.

— Ouais, a repris l'autre. Je sais pas de quoi ils t'ont menacé, Lawson, mais ce sera mille fois pire si t'essaies de nous entuber. Souviens-toi de ça. Tu serais déjà mort si t'étais pas aussi nul. T'as une dette envers nous. T'as une dette. On a été indulgents. On pourrait te descendre maintenant. On pourrait faire tout ce qu'on veut, Lawson. Tu comprends ? Tu comprends ? »

J'ai répondu en tremblant, entre deux halètements :

« Je comprends.

— D'après ton dossier, m'a accusé le Chauve, t'es même pas protestant, t'es juif. Est-ce qu'on devrait se poser des questions sur ta loyauté ?

— Non », ai-je réussi à cracher en réponse à cette humiliante question.

Il a insisté :

« Putain, j'espère que c'est pas le cas. T'es vraiment une merde à face humaine.

— Ça, tu peux le dire, l'a approuvé Casquette Plate. Mais il a pigé. Arrêtez la bagnole, a-t-il ordonné.

— Arrête la bagnole ! » a gueulé le malabar au chauffeur.

La Land Rover s'est immobilisée – au milieu de nulle part, d'après ce que je distinguais à travers les vitres blindées. Ils m'ont retiré les menottes et poussé dehors par la portière arrière. J'ai trébuché, roulé au sol.

« Réfléchis, m'a menacé le Chauve avant de refermer

le hayon. On sait où tu vis, on sait tout ce que tu fais, on connaît chaque personne que tu fréquentes, nom de Dieu. »

La Land Rover s'est arrachée dans une gerbe de bouillasse. Je me suis relevé, épousseté, et n'ai pu m'empêcher de sourire. La totale. Si je ne coopérais pas avec Douglas, il me faisait arrêter. Si je coopérais, le RUC rendait mes aveux publics, dans le meilleur des cas. Dans le pire, ils me faisaient la peau. Pareil pour mon dab. Peut-être le vieux scénario, bagnole, flingue, on se débat brièvement au milieu d'un champ éloigné de tout – on se prend une balle dans la nuque…

Je me suis orienté. Ils m'avaient largué au diable vauvert, dans une rue nommée Empire Lane. Une fois calmé, j'ai descendu la colline. Mes poignets me faisaient mal. Je suis passé sans m'arrêter devant la grande demeure asymétrique des Patawasti. À mesure que j'avançais, le quartier changeait de physionomie, s'appauvrissait. Des HLM, des pavillons sans étage. Un feu de joie que l'on dressait pour le 12 juillet, jour férié.

Ma maison. La cuisine. Mon vieux était sorti mener sa campagne électorale. J'ai essayé de trouver quelque chose à boire, mais il n'y avait rien. Que faire ? M'enfuir ? Aller voir Douglas ? Emprunter du pognon ? J'avais beau me creuser la cervelle, je ne trouvais pas de solution.

J'ai ramassé les factures éparpillées sur le sol, dans l'entrée. Ultimes relances pour l'électricité, le fioul, le loyer. La maison était dans le désordre le plus complet. Maman n'aurait jamais toléré ça. Quand elle était malade, elle obligeait mon père à faire le ménage.

Maman. Bon Dieu… Qu'est-ce que j'allais faire, bordel ? J'avais besoin de gamberger, mais je ne pouvais pas reprendre du smack. Deux fois dans la même journée ? Jamais. Je suis retourné à la cuisine et j'ai ouvert le frigo.

Le téléphone a sonné. Je l'ai pris. C'était Madame Patawasti. Elle a demandé si j'étais passé par Empire Lane dans la matinée, devant chez eux. J'ai répondu que oui ; elle a dit que Monsieur Patawasti avait essayé de me rattraper, mais qu'il avait été trahi par ses genoux, et elle a ajouté qu'ils aimeraient beaucoup me voir. Est-ce que cet après-midi me conviendrait ? J'ai répondu que ça ferait l'affaire.

J'ai raccroché. Pas besoin d'être un génie pour deviner ce qu'ils voulaient. Tous les facteurs étaient maintenant réunis pour m'expédier en Amérique, où je n'aurais normalement jamais dû mettre les pieds. Je connaissais Victoria, je l'aimais, j'étais désolé qu'elle soit morte, mais j'avais renoncé pour toujours aux investigations policières. Je m'étais gaufré dans ce secteur de mon existence, et seule l'héroïne m'avait permis de tenir. Contrairement à beaucoup d'autres agents du RUC, je ne m'étais pas logé une balle dans la cervelle. Mes enquêtes m'avaient détruit. Pourquoi étais-je parti de la police ? Parce que j'avais fait la lumière sur une certaine affaire. La vérité ne m'avait pas libéré, mais enchaîné.

Les choses s'étaient goupillées de manière à me laisser une seule issue. Je sentais sur ma nuque le souffle des flics britanniques, j'avais les poulets irlandais au cul. Il fallait que je file. C'était tout un ensemble – le bateau, la came, le quiz, Spider… Et maintenant, les retombées du meurtre de Victoria. Douglas, le policier anglais, n'était que le conducteur de ce grand train en plein déraillement. Et, moins d'une semaine plus tard, je me retrouverais en Amérique avec mon pote.

Ouais. On serait en Amérique, on aurait buté un mec et fait capoter l'affaire, et là-bas aussi on serait en fuite.

4

La fleur de joie

Deux jours après la mort de Victoria, Colin prit l'avion pour aller recueillir les affaires de sa sœur à Denver, capitale du Colorado. Le meurtrier s'était déjà fait pincer. Sitôt ouverte, l'affaire était close ; près de la moitié des meurtres élucidés le sont dans les vingt-quatre heures. La police de Denver avait mis la main sur un criminel récidiviste, un gars déjà condamné à plusieurs reprises aux États-Unis pour vol et cambriolage, et dont le permis de conduire mexicain avait été trouvé dans la chambre de Victoria. Apparemment pas très malin, il avait été appréhendé au domicile de son frère. Les flics assurèrent à Colin qu'ils tenaient le coupable et que la tâche du parquet serait facile ; il pouvait rentrer chez lui en sachant au moins que l'assassin de sa sœur allait devoir rendre des comptes, peut-être même écoper d'une condamnation à mort, vu que le crime avait été aggravé par l'effraction et le cambriolage.

Les flics de Denver semblaient si compétents qu'ils

impressionnèrent et convainquirent Colin. Ils enfreignirent le règlement pour l'emmener voir en prison le type qui avait tué sa petite sœur. Ensuite, Colin fit une virée de trois quarts d'heure en voiture jusqu'à Boulder, petite ville du Colorado, afin de visiter le bureau où avait travaillé Victoria ; il y trouva un accueil plein de compassion. Victoria avait été une collaboratrice très appréciée. Son employeur, une ONG appelée « Sauvegarde de l'Amérique sauvage », s'efforçait d'étudier la protection de l'environnement sous des angles inédits ; la SAS était en pleine expansion, à tel point qu'elle abandonnait son siège de Boulder pour aller s'établir dans des bureaux flambant neufs, au centre de Denver. Victoria s'était vu confier la supervision d'une bonne partie de ce déménagement, et sa disparition se faisait cruellement sentir. Tout le monde témoigna beaucoup de gentillesse à Colin, particulièrement les coprésidents de la SAS, Charles et Robert Mulholland. Charles et son épouse, Ambre, l'invitèrent à déjeuner à l'hôtel Brown Palace.

Aucun testament ne fut découvert. Victoria n'avait que vingt-six ans, après tout. Après avoir rassemblé les affaires de sa sœur, Colin en fit don à une friperie caritative ; puis, la police s'étant dessaisie du corps, le jeune homme le fit rapatrier en avion par une entreprise de pompes funèbres.

Quatre jours après l'enterrement de Victoria Patawasti, le 16 juin, son père reçut une lettre postée de Boulder. Un message laconique, à l'encre pâle, non pas dactylographié mais sorti sur une imprimante d'ordinateur :

`Ne le laissez pas s'entiré avec l'assassinat de votre fille.`

Une piste. Qui fournissait quelques informations sur l'expéditeur, bien que la famille ne s'en soit pas rendu compte. Les poulets locaux non plus, d'ailleurs.

Lorsque les Patawasti téléphonèrent au commissariat de Carrickfergus, celui-ci leur dépêcha un certain agent Pollock. Après avoir vainement cherché des empreintes, et placé la lettre devant une source de lumière sans rien y distinguer de particulier, il conclut que son auteur devait être un déséquilibré. Après tout, les Américains avaient bien mis le meurtrier en cabane ? L'Amérique était pleine de déséquilibrés. Le mieux à faire était de jeter cette lettre, de la brûler.

Monsieur Patawasti, diplômé d'Oxford, professeur d'université, ne pouvait se satisfaire de l'analyse de l'agent Pollock.

Il appela la police de Denver et, non sans de grandes difficultés, réussit à joindre Anthony Miller, l'inspecteur chargé de l'enquête. L'inspecteur Miller assura à Monsieur Patawasti qu'ils tenaient leur homme et que tout se déroulait sans problème. Bien sûr, il pouvait leur transmettre la lettre et elle serait incluse dans le dossier de l'affaire ; mais la police d'Irlande du Nord avait probablement raison, ce devait être l'œuvre d'un déséquilibré.

Monsieur Patawasti m'avait vu à l'enterrement. Il avait discuté avec mon père, médité…

Le coup de téléphone. Changement de fringues.

Chemise, cravate, jean, Doc Martens. La maison de Monsieur Patawasti sur Empire Lane – cette grande demeure des années 1930. Les deux ailes, la tour gothique ; l'escalier de service ; l'immense jardin de devant, avec une pelouse et des roses. La vue sur le Belfast Lough. Par beau temps, on devait apercevoir les côtes de l'Écosse.

La sonnette. Dans la salle de séjour, Monsieur et Madame Patawasti et leurs fils, Colin et Stephen.

Stephen était mon aîné de six ans, Colin de quatre. Je les avais vaguement connus tous les deux au lycée. Stephen était capitaine de l'équipe de rugby, Colin délégué de classe ; lorsqu'il était en terminale et qu'il faisait le pion, Colin m'avait infligé au moins une dizaine de devoirs supplémentaires et de colles. Il m'intimidait encore.

Les murs du living-room, tapissés de photos de la disparue – jouant au hockey pour le lycée de Carrickfergus ; passant son bac à Oxford ; en famille devant le Fort Rouge, à Delhi ; émergeant en sari d'un fleuve indien… Le reste de la pièce, bien rangé et briqué, était d'une austérité universitaire. Bibliothèque, affiches de cricket encadrées, surfaces luisantes.

J'ai dévisagé les personnes assises autour de moi. Monsieur Patawasti avait l'air d'un centenaire. Colin manifestait de la colère, de l'impatience. Stephen était distant et triste ; et Madame Patawasti, mortellement pâle sous ses cheveux gris, complètement brisée. Elle m'a demandé :

« Un peu de thé, Alexandre ? »

J'ai secoué la tête. C'était le moment où j'étais

censé prendre la situation en main, poser des questions, mais j'hésitais sur le protocole à suivre.

« Hum, eh bien, euh… », ai-je bafouillé.

Les lèvres blêmes de rage, Colin m'a fusillé du regard en s'adressant à son père :

« Regarde-le. Mais regarde dans quel état il est ! Tu ne penses pas qu'il serait temps de mettre fin à cette farce ? »

Visiblement, Colin avait gardé de moi le souvenir d'un inadapté à la grande gueule, et ce n'était pas mon allure d'épave qui risquait de modifier cette image. Est-ce que je n'avais pas quitté la police dans des circonstances mystérieuses ? Est-ce que je ne me débattais pas avec des problèmes d'argent ? Et voici qu'à présent, tel un vautour, je venais exploiter la douleur de ses parents. Son père l'a admonesté :

« Colin, je t'en prie.

— Mais regarde-le ! Qu'est-ce qu'il pourrait faire de plus que la police de Denver ? »

J'ai fini par réussir à placer :

« Hum, Monsieur Patawasti… Au téléphone, vous avez parlé d'une note anonyme. On pourrait peut-être y jeter un coup d'œil, si ça ne vous gêne pas.

— Oh, oui, bien sûr. »

Il s'est levé pour se rendre à l'étage. Après son départ, le silence a englouti la pièce.

Le tic-tac d'une horloge ; les pignons qui vibraient dans le vent. Victoria me scrutait obstinément depuis le cadre de sa photo. On aurait eu grand besoin à cet instant de la personne dont on ne parlait pas ; dans ce genre de situation, elle avait toujours été très douée pour détendre l'atmosphère.

« Vous ne voulez vraiment pas de thé ? m'a demandé Madame Patawasti.

— Cette fois, je ne dis pas non, s'il vous plaît. »

Autant lui donner quelque chose à faire. Elle s'est rendue à la cuisine.

Encore une longue pause, pendant laquelle Colin, Stephen et moi avons contemplé le plancher. Monsieur Patawasti est redescendu et m'a tendu la note, dont je me suis emparé avec reconnaissance.

« Hum, très intéressant », ai-je fait en l'examinant.

Je savais que j'allais devoir bluffer un peu si je voulais qu'ils me confient cette affaire. Pas très moral ; mais c'était une question de vie ou de mort.

« Pourquoi ? a demandé Colin. Comment ça ? L'agent Pollock affirme que c'est l'œuvre d'un déséquilibré. »

J'ai commencé lentement :

« Cette lettre nous apprend beaucoup de choses. Il est clair qu'on a apporté un grand soin à sa préparation…

— Qu'est-ce que tu racontes ? m'a interrompu Colin. Tout le monde est d'accord pour dire qu'on a affaire à un cinglé.

— Non, je ne crois pas. Cet envoi a été mûrement réfléchi. L'absence méticuleuse d'empreintes. La faute d'orthographe dans “pas s'entiré”.

— D'après l'agent Pollock, il s'agit d'un individu sans instruction, est intervenue Madame Patawasti en revenant de la cuisine sans le moindre thé.

— Hum, possible – mais ça m'étonnerait. Je pense que c'est ce qu'il veut faire croire. Il souhaite que vous le preniez pour un idiot. Il commet une erreur pour déguiser son identité – je dis “il”, mais évidemment c'est peut-être “elle”. Est-ce que cette faute est vraiment plausible dans un document produit par ordinateur ? La plupart des traitements de texte ont un vérificateur d'orthographe qui l'aurait repérée. L'erreur la plus commune, que les traitements de texte ne savent pas détecter, consiste à confondre les terminaisons en “er” et en “ez”. Erreur que l'auteur ne commet d'ailleurs pas en épelant “laissez”. Je dirais que, s'il était vraiment ignare, il y avait des fautes plus évidentes à faire dans cette phrase – sur “assassinat”, par exemple. Vous me répondrez qu'il était pressé, qu'il n'a pas eu le temps d'utiliser le correcteur orthographique. Mais ça ne prend qu'un instant ; et, de toute façon, ce message a été rédigé de façon très méticuleuse. Un courrier anonyme à propos d'un meurtre, ce n'est pas le genre de truc qu'on bâcle. »

Colin m'a demandé, un peu moins agressivement :

« D'accord, Alex. Et tout cela nous mène à quoi ?

— Eh bien, on veut savoir qui est l'auteur. Quelqu'un qui fréquentait Victoria, qui connaît ou croit connaître l'identité du meurtrier, qui ne pense pas que la police a arrêté la bonne personne – quelqu'un de suffisamment instruit pour craindre que ça ne se voie, au point d'introduire délibérément une faute dans un courrier anonyme. Je dirais : un collègue de Victoria, ou un voisin, ou un ami proche. Il veut attirer notre attention sur cette affaire et confondre l'auteur de ce crime, mais il n'a pas trop envie d'être impliqué. Vous avez gardé l'enveloppe ?

— J'ai peur de l'avoir jetée, a avoué Madame Patawasti. La police ne s'y intéressait pas. »

Elle s'est néanmoins rendue dans la pièce du fond. Quand elle est revenue, quelques minutes plus tard, elle tenait l'objet en question. Le contenant, comme c'est souvent le cas, allait se révéler plus significatif que le contenu ; cette enveloppe, postée de Boulder le 12 juin, portait l'adresse suivante :

M. Patawasti
Le Petit Taj
78 Empire Lane
Carrickfergus, Comté d'Antrim,
Irlande du Nord BT38 7JG
Royaume-Uni

« Est-ce que ça vous apprend quelque chose, Alexandre ? m'a demandé Madame Patawasti.

— Oui. L'enveloppe est datée du 12 juin, à Boulder. Votre fille a été tuée le 5 juin et, deux jours plus tard, les policiers de Denver arrêtaient leur suspect. L'auteur de ce message a bien réfléchi pendant cinq jours. Il craignait de révéler ce qu'il savait. Il ne voulait pas parler aux flics mais vous inciter, vous, à faire quelque chose, secouer le cocotier, mettre la police sur la bonne voie. Il ne pouvait le faire lui-même de peur d'être impliqué, étant un proche de la victime. Comme je l'ai dit, un voisin, un ami, un collègue. Peut-être un collègue, puisque Victoria habitait Denver mais allait travailler tous les jours à Boulder.

— Il aurait pu se rendre à Boulder uniquement pour poster cette lettre, a remarqué Colin d'un ton brusque.

— Oui, ai-je admis.

— Victoria avait un carnet d'adresses, s'est rappelé Madame Patawasti.

— J'aimerais y jeter un coup d'œil. »

Colin, sur la défensive, a objecté :

« Elle ne connaissait pas grand monde, elle n'avait guère le temps de rencontrer des gens en dehors de son travail.

— Eh bien, je pense qu'on peut éliminer d'emblée certains noms. On sait que notre auteur a un ordinateur, ou accès à un ordinateur. Ce n'est pas le genre de message qu'on imprime à la bibliothèque du quartier. Je ne voudrais pas me lancer dans des déductions hâtives, mais avez-vous remarqué que le message et l'adresse sont tous deux extrêmement pâles ?

— En effet, a répondu Monsieur Patawasti.

— La cartouche d'encre était presque vide. Peut-être parce qu'il ne savait pas la changer – que c'était plutôt le travail de sa secrétaire ?

— Tu n'en sais rien, a objecté Colin.

— Non, ai-je reconnu. Quoi qu'il en soit, j'aimerais jeter un coup d'œil au passeport de Victoria, à ses lettres, les choses qui se trouvaient dans son appartement et qui portaient son adresse. »

Lourdement, tristement, Madame Patawasti a apporté la pauvre boîte contenant les objets que j'avais réclamés. Après les avoir examinés rapidement, j'ai aperçu ce que je cherchais et compris que je tenais une piste, une vraie.

« Vous êtes toujours sur liste rouge ? » me suis-je enquis.

Je n'avais pas oublié ces moments de panique,

huit ans plus tôt, lorsque j'avais temporairement égaré le numéro de téléphone de Victoria.

« Oui, et alors ? a demandé Colin.

— Et alors, c'est le nom de la maison qui m'intéresse. Je suis sûr que Victoria n'aurait jamais révélé à quiconque que cette demeure s'appelle le Petit Taj. Ça… l'embarrassait. La poste refuse de communiquer les adresses, et ce nom n'apparaît pas sur son passeport, ni sur une seule de ses lettres. Qui donc aurait pu le connaître ? On ne le trouve nulle part dans ses papiers. Quand vous lui écriviez, est-ce que vous l'inscriviez au dos de l'enveloppe ? »

Tout le monde s'est tourné vers Madame Patawasti.

« Non, je ne mets jamais "Petit Taj", et je ne le mentionne en aucun cas. C'est vrai que c'est embarrassant.

— Comment quelqu'un a-t-il pu être au courant ? Je parie que le seul moyen était d'accéder aux dossiers du personnel de la SAS. Victoria n'aurait sûrement pas mentionné ce nom, mais elle peut très bien avoir noté son adresse postale complète dans le fichier du personnel. Ça tient debout. Et, par conséquent, qui pouvait détenir cette info, à part un collègue de Boulder ayant eu accès à sa fiche ? Ce n'est qu'une hypothèse, mais je dirais qu'en allant à son bureau et en posant quelques questions, on aurait des chances d'apprendre qui a rédigé ce message. »

Message que j'ai posé sur la table basse, avec l'enveloppe et les autres affaires. Un bref silence. J'avais un peu baratiné, n'empêche que ça collait. Colin a décroisé les bras, et le visage de Monsieur Patawasti s'est éclairé d'un faible sourire. J'avais réussi à les impressionner.

« Alexandre, pensez-vous pouvoir trouver l'homme qui a tué ma fille ? »

J'ai regardé Monsieur Patawasti, et j'ai hoché la tête.

« Trouve-le, Alex, m'a prié Colin d'une voix qui se brisait. Trouve celui qui a fait ça.

— Ça peut très bien être le type qu'ils ont en détention.

— Découvrez la vérité, a insisté Monsieur Patawasti.

— D'accord. »

Madame Patawasti s'est éclipsée en compagnie de ses fils, afin que je puisse m'entendre avec son mari sur les conditions. Il me paierait trois cents livres par semaine, plus mon billet d'avion et mes frais éventuels. Je me suis efforcé de ne pas voir dans ce job la solution de mes problèmes personnels. Une affaire à élucider, voilà de quoi il s'agissait. Je travaillais pour des amis de la famille ; je leur rendais service en rentabilisant ce que j'avais appris chez les poulets. Tout ce que je m'étais promis de ne jamais refaire. Mais c'était par altruisme, non pour moi. Pour Victoria. Aucun rapport avec le fait que ça représentait le moyen idéal de trouver du fric, de quitter l'Irlande, d'échapper à Douglas et au RUC.

Une fois rentré chez moi, j'ai lu tout ce que m'avait confié Monsieur Patawasti : les papiers personnels de Victoria, son contrat de travail, ses reçus de loyer, les profils de ses collègues, une copie du rapport de la police du comté de Denver. Elle avait été tuée par balle dans son appartement, après s'être débattue. D'après la femme de ménage, pas mal de choses avaient disparu. La théorie de la police voulait que le cambriolage ait foiré et que son auteur, Hector Martinez, ait supprimé Victoria. Au cours de la lutte, son permis de conduire mexicain était tombé de la poche de sa veste ou de son pantalon. Il était trop tôt pour connaître les résultats des expertises médico-légales, mais les preuves indirectes étaient plutôt convaincantes. Ce type avait déjà encaissé deux condamnations pour vol simple et, suite à une accusation de vol de voiture qualifié, pris la tangente afin d'échapper à la juridiction du tribunal. Il habitait chez son frère, et les flics l'avaient alpagué sans difficulté. Enrique Monroe, l'avocat d'Hector Martinez, s'était vu refuser la mise en liberté sous caution de son client, au motif qu'il risquait d'en profiter pour disparaître. L'ensemble était accablant ; néanmoins, de toute évidence, l'auteur de la lettre ne croyait pas à la culpabilité de Martinez. À moins qu'il n'essaie de noyer le poisson pour blanchir ce type – ou pour impliquer quelqu'un d'autre. Ça valait le coup de vérifier. J'ai appelé John et je lui ai demandé de faire parler discrètement les ordinateurs du commissariat.

Le soir même, on se retrouvait au Dolan's. Je lui avais confié un gros boulot et il était rayonnant.

« Voilà, Alex. L'enveloppe et la lettre, c'est de la papeterie normale de bureau, rien de passionnant de ce côté-là. Par contre, la police de caractères est du New Courier 2, une version mise à jour de Courier, sortie il y a environ trois mois. Elle n'est disponible que sur les toutes dernières livraisons de WordPerfect, et encore, pas séparément, mais intégrée dans des suites logicielles. Pas la peine de me demander de vérifier, c'est déjà fait : la boîte de Victoria, la Sauvegarde de l'Amérique sauvage, utilise effectivement WordPerfect au lieu de Word. Et ils possèdent la dernière version. Bon, comme des dizaines de milliers d'autres sociétés. Dans le Colorado, disons quelques centaines… Ils sont pas évidents à contacter, j'ai parlé à un étudiant qui bosse pour eux, ils transfèrent tous les bureaux de Boulder à Denver, ils ne sont pas encore installés et fonctionnent avec un personnel réduit au strict minimum. Mais bon, c'est pas impossible que l'auteur du message soit quelqu'un qui bossait avec elle à Boulder, et qui l'ait imprimé sur place. »

Je lui ai fait un grand sourire. Il avait bien travaillé, trouvé tout ce que je lui avais demandé. Convenablement encadré, John pouvait se montrer extrêmement efficace.

« C'est du bon boulot, t'en as fait plus qu'il ne fallait. À moi de jouer, maintenant.

— Écoute, t'admettras que je t'ai aidé.

— Ouais, ai-je concédé d'un ton soupçonneux.

— Ben, j'ai toujours voulu aller en Amérique. Les poulets me doivent des mois de congé, et je ne bosse au commissariat qu'un jour ou deux par mois, va savoir pourquoi…

— Peut-être à cause de ta coupe de cheveux à la noix. T'aurais l'air plus à ta place sur la couverture d'un roman d'amour qu'en train de distribuer des PV…

— Laisse-moi finir, Alexandre. Ce que je veux dire, c'est que je t'ai vachement aidé. Ils ont des promos à British Airways, deux vols pour le prix d'un. Tu as besoin de moi, je veux t'accompagner. »

Je l'ai dévisagé. Sa grande face d'idiot était fendue par un sourire. Je ne voyais aucune raison de dire non. Il pourrait peut-être se rendre utile sur le terrain ; je ferais Holmes, et lui Watson. C'était un poulet, après tout. Et mon meilleur ami. Et puis je n'avais pas envie de partir seul.

Le bleu du ciel épouse celui de la courbe de l'océan Atlantique. L'Amérique n'est plus éloignée que d'une heure. Pourtant, je ne suis pas là, je me trouve quelque part de l'autre côté du monde.

Les pics et les hautes vallées de l'Himalaya occidental. Les plus hautes montagnes du globe, formées il y a cinquante millions d'années, quand l'Inde les a fait gicler en venant percuter le continent asiatique.

Je les vois en fermant les yeux. Les glaciers du Cachemire. Les petits lacs du Ladakh. Les champs de pavot enneigés de l'Hindu Kush.

Je me tortille sur le siège de l'avion. Mon organisme est affamé d'héroïne.

Un village. Des feux sur lesquels on fait rôtir de la nourriture. Penché sur sa récolte, un vieil homme au cuir tanné sort son canif pour inciser avec amour le bourgeon du pavot somnifère – nom scientifique : *Papaver somniferum*. Les Sumériens et les anciens peuples de la vallée de l'Indus l'appelaient Hul Gil, « la fleur de la joie ». Lorsque les Aryens s'installèrent en Inde, ils découvrirent que cette fleur permettait de contempler Brahma, le créateur de l'univers.

Il y a de cela quelques semaines seulement, les pétales rouge et jaune ont éclos à l'extrémité des tiges vertes, tubulaires. Le vieux est content. Les pétales sont tombés mais les plantes ont survécu à la neige. Le péricarpe ovoïde est intact. Sous la lame du canif suinte une sève opaque, laiteuse. L'opium sous sa forme la plus brute.

Le vieil homme appelle ses fils. On extrait la sève en pratiquant une fente verticale sur les capsules ; exposée à l'air de la haute montagne, elle s'assombrit et s'épaissit, devenant une gomme d'un brun noirâtre. La famille ramasse cette gomme en riant, c'est une véritable moisson ; les garçons les plus âgés la moulent en forme de briques ou de gâteaux, qu'ils enveloppent ensuite dans des sacs en plastique.

L'opium ne rapporte pas des fortunes, néanmoins les villageois sont ravis de vendre leur récolte à des experts qui sauront gérer l'étape suivante. Par une belle journée de janvier, voici qu'arrive une file de mules ; elles vont faire franchir la frontière afghane à la production d'opium du village, et la transporter jusqu'au Pakistan. À Lahore, la raffinerie est une usine délabrée située au centre-ville, en plein quartier résidentiel. L'opium est mélangé à de la chaux, dans de l'eau bouillante. La morphine recueillie à la surface est à nouveau chauffée, cette fois avec de l'ammoniaque, bouillie, puis encore filtrée. Pendant six ou sept heures, la pâte de morphine brune est chauffée avec de l'anhydride acétique, à une température de quatre-vingt-cinq degrés centigrades. On adjoint de l'eau et du chloroforme afin de précipiter les impuretés. Une fois la solution purifiée, du carbonate de sodium est ajouté pour solidifier l'héroïne, que l'on filtre à travers du charbon de bois et de l'alcool. La quatrième phase de purification, faisant intervenir de l'éther et de l'acide hydrochlorique, est notoirement risquée et peut faire exploser le labo ; mais, en admettant que tout le monde survive à cet ultime filtrage, on juge alors le produit propre à être expédié. La poudre blanche cristalline obtenue au final est appelée « numéro quatre ». Il a fallu dix kilogrammes d'opium pour produire un seul kilo d'héroïne, mais ça en valait la peine ; un kilo de numéro quatre va chercher dans les cent mille dollars.

C'est C. R. Wright, un chercheur anglais, qui synthétisa le premier de l'héroïne, en 1874, à l'hôpital Saint-Mary de Londres. Il la jugea trop dangereuse pour être utilisée. En 1897, Heinrich Dreser, du laboratoire pharmaceutique Bayer, se vit présenter deux nouveaux médicaments, l'acide acétylsalicylique et la diacétylmorphine. Après avoir testé les deux, Dreser décida que le premier, qui devait se faire connaître sous le nom d'aspirine, n'avait aucun avenir ; mais il nomma le second héroïne, car il lui paraissait destiné à devenir la panacée « héroïque » du XXe siècle.

Le produit issu de cette raffinerie de Lahore est transporté à Karachi et, là, embarqué à bord d'un avion-cargo rempli de chemises de prix. Une fois débarqué aux États-Unis, au nez et à la barbe des douaniers de l'aéroport de Newark, trop débordés pour inspecter tous les arrivages de textiles en provenance du Pakistan, l'opium est transféré vers un entrepôt d'Union City, dans le New Jersey, où on le charge sur une camionnette qui va l'emporter vers l'ouest.

Ce voyage imaginaire de mon smack ne doit pas être éloigné de la réalité – à part l'avion, qui a toutes les chances d'être un bateau. Mais comment me le procurer ? Je ne suis pas idiot au point d'avoir apporté le restant de ma réserve. Il va falloir que je m'approvisionne à Denver dès mon arrivée. Le plus tôt possible. Tout de suite.

Je sais bien qu'il y a une affaire à élucider. Beaucoup de questions en suspens. Qui a tué Victoria Patawasti ? Qui a envoyé la lettre anonyme ? Combien de temps est-ce que je vais pouvoir rester en Amérique avant que les poulets britanniques ou irlandais retrouvent ma trace ? Mais la question la plus importante, nom de Dieu, c'est de savoir comment je vais trouver de l'héroïne à Denver dans les quelques heures qui suivront mon débarquement.

Neuf mille mètres. Le Groenland. John regarde le film, mais il a du mal à contenir son excitation. Je me replonge dans mon bouquin, une édition bilingue de la *Bhagavad-Gita*. L'influence de Victoria, sans doute. Je sais, c'est pas une excuse.

La côte. Des îles, des lacs, des champs marron, irrigués de manière à former d'énormes cercles. Des fleuves, des plaines. Quand l'avion survole le Mississippi, nous regardons tous les deux par le hublot. Encore des champs ; de temps en temps, une agglomération tentaculaire. Une autoroute. Ces couleurs passées, on dirait des fringues de géants trop souvent lavées et rapiécées.

Des montagnes dressées au bord du monde telle une barrière. Comment les colons ont-ils pu les franchir ? Pourquoi est-ce que tout le monde ne s'est pas arrêté là ? Un crissement de pneus, un rebond. L'avion atterrit à Denver, dont l'aéroport international est flambant neuf. Le faîte blanc de la grande aérogare, conçu pour évoquer des tipis indiens. John et moi nous avançons vers l'Immigration. Ma peau commence à brûler, mes mains à trembler. Merde, voici les bureaux. Il y en a cinq. L'un des agents s'appelle O'Reilly, autant choisir celui-là, un peu d'indulgence ne fera pas de mal.

« Quel est le but de votre visite aux États-Unis ?

— Tourisme.

— Vous êtes déjà venu ici ?

— Oui, quand j'étais étudiant. J'étais resté quelques mois, j'avais voyagé en train. Seulement sur la Côte Est.

— Vous avez froid ? me demande l'agent en remarquant que je tremble.

— J'aime pas la clim, c'est toujours glacial. »

Je réprime la panique qui m'a envahi, mais le type est déjà passé à autre chose. Il a remarqué que je suis irlandais.

« L'Irlande. J'aimerais vraiment y aller. Des terrains de golf formidables, je parie.

— Oh, ouais, formidables, Royal Portrush, de superbes vues de l'Écosse.

— Combien de temps comptez-vous séjourner aux États-Unis ?

— On est là pour quelques mois. »

Il vise le passeport, sourit. Je lui rends son sourire avant de m'éloigner.

Le tapis roulant. La trieuse automatique de l'aéroport a égaré environ un tiers de nos affaires. « On essuie les plâtres », déplore humblement un officiel auprès des lyncheurs potentiels qui l'entourent. Nous retrouvons nos sacs à dos sans problème.

Le bureau des douanes. Un formulaire bleu. On n'a rien à déclarer, bien que je trimbale une boîte à sandwichs remplie d'aiguilles sur laquelle j'ai marqué « seringues pour diabète ». Je craignais que ce ne soit un peu gros, et que la douane ne les confisque en devinant l'usage auquel je les réservais ; mais on avance dans la file et personne ne nous dit rien. J'aurais pu apporter ma putain d'héroïne, c'est toujours comme ça.

Nous voici dehors. Bon Dieu, quelle chaleur. Un ciel sans nuages. Trois heures de l'après-midi et trente-sept degrés et demi, d'après ce thermomètre au-dessus de la pub d'une banque. C'est dingue, la quantité de pubs. Même le taxi dans lequel on monte en est tapissé. Avant que John puisse parler, je lance :

« On cherche un hôtel, pas trop cher.

— Faut que ce soit au centre, intervient John, armé de son guide *Lonely Planet USA*. Mais pas le Brown Palace ou l'Adam's Mark, moins cher que ça. »

Le chauffeur se retourne. Un vieux Noir à la voix râpeuse.

« J'ai exactement ce qu'il vous faut, les gars, » nous assure-t-il avant de démarrer.

John lui demande, incrédule :

« Comme il peut faire aussi chaud ? Il neigeait bien y a deux semaines, non ?

— C'est Denver ! réplique le chauffeur en riant. Plus de trois cents jours de soleil par an. C'est mieux que l'Arizona. Des fois, il neige la nuit, et le lendemain midi c'est parti. Cette grande tempête de neige qu'on a eue y a deux semaines, plus aucune trace en deux jours. Quelle sale météo, cette année ! Il nous faudrait de la pluie, on a une méchante sécheresse. »

Je regarde par la vitre. Il n'exagère pas. Des champs

jaunes, bruns – un ciel implacable. Pas d'animaux. Depuis l'autoroute, le paysage paraît carrément semi-désertique. La ville, une rangée de tours, puis les montagnes. Un soleil agressif, teigneux.

Peu de gens connaissent la ville de Denver. Ils y sont peut-être venus une fois pour skier, ou assister à une conférence ; voiture à l'aéroport, séjour au centre, escapade dans les montagnes. Même ceux qui vivent ici, dans ces banlieues blanches, ne la connaissent pas. Ils ne connaissent pas le Denver de Kerouac et de Cassidy, des vagabonds qui sautent des trains de marchandises dans la plus grande gare de triage de tout l'Ouest. Et si les gens ne connaissent pas Denver, c'est parce que les clodos ont été virés des rues, que le centre-ville a été régénéré. Lofts, bars à vins, petits restaurants et cafés branchés ont remplacé les tripots et les gargotes. John Elway sourit de toutes ses dents sur les affiches publicitaires qui vantent les mérites de sa chaîne de garages. Mais le vieux Denver existe toujours le long d'avenues telles que Colfax, où les gens ne vont jamais, ou Federal, ou encore dans le quartier black, au nord.

Pour nous, ce sera Colfax, ses motels suant l'accablement, ses magasins de vins et spiritueux aux vitrines blindées, ses restos et épiceries hispaniques. Des individus traînent aux intersections, des prostituées, des dealers. Qu'est-ce qu'ils vendent ? Est-ce que tout le monde carbure encore au crack dans ce pays, ou bien l'héroïne connaîtrait-elle par hasard un regain de faveur ?

En tournant dans Broadway, la grande artère du centre-ville, on longe deux des bâtiments les plus moches que j'aie jamais vus. Une vaste dalle sans fenêtres, couleur de vomi de bébé, et un assemblage complètement dément de blocs et de pyramides, façon Lego.

« Le musée des Beaux-Arts et la bibliothèque », commente le chauffeur.

Il s'arrête devant un endroit appelé le Western Palace Hotel 1922, tout plat et tout rose, avec une piscine. Un peu décrépit, bon marché. Ça fera l'affaire. Le centre-ville de Denver est à environ huit cents mètres par le ruban de Broadway chauffé à blanc.

Après avoir payé le taxi, en n'oubliant pas les quinze pour cent de pourboire, on prend nos sacs pour aller se présenter à la réception.

« C'est trop cool ! » s'enthousiasme John.

Je le regarde de travers ; je me sens nerveux, transpire et n'ai aucune envie de parler.

Afin d'aller me piquer à la plage, je me suis réveillé tôt. Une fois rentré, j'ai fait mes bagages pendant deux heures, planqué ma came et mon matos. Facey a mis une heure à atteindre l'aéroport, en effectuant un crochet pour aller chercher John au passage. Il conduisait sa Ford Fiesta lentement, précautionneusement. Après l'incident de la Land Rover, il était encore trop emmerdé pour me parler. Pourtant, je lui avais pardonné ; si ce n'avait pas été lui, ç'aurait été quelqu'un d'autre. On m'aurait retrouvé de toute façon. Une fois effectué ce long trajet jusqu'à l'aéroport, deux heures d'attente avec John, le contrôle de sécurité, un vol d'une heure de Belfast à Londres, cinq heures d'attente à Heathrow. Dix heures de vol de Londres à Denver. Trois heures pour récupérer nos sacs, passer la douane, prendre le taxi jusqu'ici. Mon dernier fixe remonte à vingt-quatre heures.

Le hall de l'hôtel semble avoir connu des jours meilleurs ; il y règne une atmosphère de désespoir. Au-dessus du bureau de réception Art déco ébréché, une énorme glace fêlée, illuminée par le soleil couchant qui se déverse brutalement par les stores vénitiens. L'employé de la réception est plongé dans un illustré. John et moi, on peut se voir en noir et blanc sur l'écran d'une caméra de sécurité. Un cactus mort, ou en hibernation. Des tourbillons de poussière dans ce soleil stroboscopique. Il manque des carreaux à l'échiquier du carrelage. Sur un canapé orange, un vieux au visage en lame de couteau, avec son réservoir à oxygène portatif. Comme le réceptionniste, il tire sur une clope.

« Attention à pas te faire exploser, l'ancien ! » lance John d'un ton guilleret.

Le vieux lui répond, avec une lenteur remarquable :

« Qu'est-ce que ça peut te foutre, enfoiré ? »

On s'avance jusqu'au bureau de la réception. L'employé nous donne une chambre, sans nous demander nos passeports ni nous expliquer le règlement de l'hôtel ou quoi que ce soit d'autre. On paie d'avance pour une semaine. Il nous remet les clés et nous indique la direction de l'étage avant de se replonger dans sa BD, *Justice League of America*.

En haut de l'escalier, une enfilade de portes identiques. La clé.

On ouvre, et nous voici dans la chambre. Les fenêtres donnent sur Broadway, sa chaleur, ses embouteillages.

« Merde, y a la clim ! » s'émerveille John.

Il pose ses affaires, bondit vers l'air conditionné et l'allume. Le temps de déballer rapidement nos affaires, la température a baissé de huit degrés.

John est excité comme une puce.

« L'Amérique, putain. L'Amérique !

— Oui.

— Je veux dire, bon Dieu, c'est pas rien, quand même. C'est l'*Amérique*.

— Je sais.

— T'es déjà venu ici, mais moi pas. J'ai toujours voulu voir ce pays. T'as remarqué les motos, en route ? J'ai aperçu deux Harley et une Indian. Une Indian, tu te rends compte ? Et les bagnoles, putain, elles sont énormes. On se croirait dans *Starsky et Hutch* ou…

— John, écoute, faut que je me trouve du smack. »

Il secoue la tête.

« Non. Non, non, non. Réfléchis, Alexandre, tu pourrais pas profiter de l'occasion pour te sevrer ? »

Excellente question.

Je le regarde dans les yeux.

« Non.

— Alex, si tu… »

Il s'interrompt en voyant l'état dans lequel je me trouve. Tremblant, livide, j'essaie d'empêcher mon estomac d'expulser son maigre contenu.

« Bon, d'accord, Alex. J'ai aucune chance de te convaincre ?

— Non.

— OK, si tu insistes vraiment, ben, vas-y. Et rapporte-moi donc un peu de shit, pendant que t'y es.

— Peut-être. John, tu es un vrai mentor.
— C'est ça, t'as raison. Essaie de pas te faire arrêter.
— Je leur dirai que c'est toi qui m'as envoyé. »

J'ai descendu Broadway. Le soleil brûlant illuminait les larges rues, les chaussées plates, les rampes des trottoirs. J'ai retrouvé Colfax Avenue. Beaucoup de piétons. Il faisait chaud à crever, et la barbe me démangeait. Le Capitole. La statue d'un soldat de la guerre de Sécession. Les dix commandements.

Sur le trottoir, des sans-abri, des alcoolos, des malheureux.

Ah, un bar cradingue.

À l'intérieur, c'est sombre, enfumé. Par les craquelures de la peinture noire qui recouvre les vitres, les rayons de soleil entrent comme des lasers. Très américain. Des affiches de Budweiser, de Coors, un billard, des trucs bizarres à la pression. Des solitaires qui contemplent leur petit verre d'alcool en se cramponnant à leur bière. Pas de femmes. Ai-je vraiment choisi le bon endroit ?

Le barman est un Noir chauve d'environ quarante-cinq ans, avec des mains énormes qui ont l'air de pouvoir vous tordre le cou sans aucun problème.

« Une bière, s'il vous plaît.
— Vous avez une pièce d'identité ?
— Hein ?
— Une pièce d'identité.
— Pour quoi faire ?
— Vous êtes pas d'ici ?
— Non.

— Ici, faut avoir vingt et un ans pour consommer.

— J'en ai vingt-quatre. D'habitude, on me trouve plus vieux.

— Rien à branler. Vous avez une pièce d'identité ?

— Euh, attendez. Ouais. Mon passeport.

— Ça ira, faites voir. »

Je lui montre le document, qu'il examine. J'ignore comment il arrive à le lire dans cette pénombre.

« Vous venez d'Angleterre ?

— Ouais.

— Touriste ?

— Ouais.

— Déjà venu à Denver ?

— Non.

— Vous arrivez trop tard pour le ski. »

Ses traits sont déformés par un gloussement déconcertant.

« Je suis pas venu skier.

— Qu'est-ce que vous voulez comme bière ?

— Je m'en fous.

— Coors, ça ira ?

— Ouais. »

Le barman s'empare d'une Coors et la pose devant moi.

« Trois dollars. »

Je lui donne un billet de cinq et laisse un dollar de monnaie sur le zinc, comme je l'ai vu faire dans un film.

« Touriste, hein ? Moi, je suis né ici. Né natif, c'est très rare. Vous savez quel était le premier bâtiment permanent de Denver ?

— Non.

— Un bar, répond-il d'un air satisfait.
— Vraiment ?
— Ouais. Et le deuxième, vous savez ce que c'était ?
— Non.
— Un bordel.
— Fascinant.
— Vous connaissez la série télé *Dynastie* ?
— Ouais.
— Ça se passe à Denver.
— Sans déconner ?
— Eh, oui. »

J'ai vidé ma bière avant d'en commander une autre. Je sentais monter l'anxiété. Ce n'était pas que j'aie *besoin* d'un shoot ; mais j'en avais envie. En tout cas, c'est ce que je me suis dit. Le bar commençait à se remplir. Encore quelques paumés, mais aussi un groupe d'étudiants. Quatre mecs, deux nanas. Peut-être qu'ils sauraient. Les types avaient tous des coupes en brosse et des muscles saillants ; en fait, ils avaient l'air de flics en civil, et ce ne serait peut-être pas très malin de m'adresser à eux. Ç'allait donc devoir être le barman. Je me suis éclairci la gorge.

« D'après ce que j'ai entendu dire, y aurait un gros problème de drogue, par ici.
— Vous avez entendu dire ça ? »

Son masque figé reste impénétrable.

« Ouais.
— Ah.
— Vous savez, hasch, smack, ce genre de truc.
— C'est un fait établi ? demande-t-il avec un regard interrogateur.

— C’est ce que j’ai entendu dire.»

Il essuie son comptoir et va servir un client tout au bout. Visiblement, ça gamberge sous son crâne lisse. Il sait que je ne suis pas du coin, il a vu mon passeport, bon Dieu, ce n’est pas un piège tendu par des flics en manque de flag. C’est peut-être un peu douteux, mais ce n’est pas un piège. Le barman m’annonce en revenant vers moi :

«Ça fait vingt dollars.»

Je ne lui dois rien. Pour mes deux bières, j’ai payé et laissé un pourboire. Je sors un billet de vingt de mon portefeuille et le pose sur le zinc. Le barman le prend et déclare lentement, après l’avoir glissé dans sa poche :

«Il paraîtrait que les problèmes de came, c’est surtout derrière le refuge de l’Armée du Salut, à l’angle de Colfax Avenue et de Grant Street. En tout cas, à ce qu’on raconte. D’après ce que j’ai entendu dire, faudrait préciser qu’on vient de la part de Hacky.

— De la part de Hacky ?

— Hacky.»

J’ai abandonné ma bière et enfilé ma casquette de base-ball avant de foncer dehors, dans le crépuscule. Tandis que la nuit tombait rapidement, je me suis dirigé vers l’est. Les prostituées s’étaient multipliées sur Colfax Avenue, des Blacks et des Latinos maigrichonnes à qui on aurait donné une quinzaine d’années. La plupart carburaient à quelque chose, sans doute au crack. Elles étaient tendues, nerveuses, à l’affût des michetons motorisés. Les maquereaux, à l’angle des rues, n’étaient pas discrets pour un rond. Grands ou petits, ils se foutaient pas mal qu’on les voie, même les gros bras, et ne se souciaient guère des flics. J'ai trouvé le foyer de l'Armée du Salut, je l'ai contourné. Derrière, il y avait des tas d'ordures, un petit feu, une douzaine de types tenant des bouteilles à moitié planquées dans des sacs en papier. Surtout des Blancs, et plus tout jeunes.

Le premier que j'ai vu, prématurément vieilli, blême, maigre, buvait de la vodka. Dents et gencives pourries, une puanteur horrible. Je me suis avancé.

« Salut, j'aurais un achat à faire, je viens de la part de Hacky. »

Le type m'a regardé.

« Faut que tu voies le gamin. T'es flic ?

— Non.

— T'as pas intérêt à être flic. »

J'ai secoué la tête. Qu'est-ce qu'il aurait pu faire de toute façon, m'envoyer son haleine dans la figure ? Il a gueulé :

« Hé, gamin ! Y a un mec qu'a besoin de toi. »

Le gamin est sorti de l'ombre. C'était *vraiment* un gamin. Peut-être dans les seize balais, certainement latino, bien fringué – chemise de cow-boy noire, jean. Il s'est approché lentement, en tirant sur sa cigarette. C'était lui, le dealer ? Pourquoi il traînait avec cette bande de losers blancs, trois fois plus vieux que lui ?

Parvenu à mon niveau, il m'a adressé la parole :

« T'es pas un keuf. Les keufs, je les connais tous.

— Je sais. Je viens de la part de Hacky.

— De la part de Hacky ?

— Ouais.

— Qu'est-ce que tu veux ? »

Une lueur de suspicion dansait dans ses yeux.

« Du smack. Je veux dire, de la blanche, de l'antigel. De l'héroïne.

— Combien ?

— Je sais pas, quelques grammes, disons sept bons fixes.

— Qu'est-ce que tu racontes ? D'où tu sors ?

— D'Irlande.

— C'est où, ça ?

— En Angleterre.

— Fais voir ton blé. »

Ses joues lisses de bébé reflétaient la lumière. Il m'a regardé ouvrir mon portefeuille. J'ai remarqué qu'il avait une cicatrice sous le menton. Nerveusement, je me suis mis à caresser ma barbe pendant qu'il prenait cinq billets de vingt dollars, les fourrait dans sa poche sans rien dire, se dirigeait vers un bâtiment voisin et disparaissait dans l'embrasure d'une porte. J'ai attendu pendant une dizaine de minutes. Est-ce que je venais de me faire entuber ? Ç'aurait été l'arnaque la plus facile du monde. À qui aller me plaindre ? Je me foutais de l'argent, tout ce que je voulais, c'était cette putain d'héroïne. Ils pouvaient bien m'escroquer, tant qu'ils me filaient mon smack.

Le soleil a basculé derrière les montagnes et je suis resté là, à regarder la lumière oblique jouer avec le sillage de vapeur des avions en route vers l'ouest.

Vénus a surgi dans le ciel, qui était maintenant d'un bleu sombre.

D'un pas traînant, un SDF est sorti de la ruelle, du côté de Colfax Avenue. Il s'est approché de moi et m'a tendu un sac de papier brun, en me disant :

« C'est pour toi. »

J'ai ouvert le sac. Dedans, il y avait un sachet en plastique contenant de la poudre blanche. C'est facile de se faire avoir dans ce genre de situation, alors j'ai ouvert le sachet pour goûter l'héroïne. Elle avait un goût laiteux, acide, c'était de la vraie. J'ai demandé au sans-abri :

« D'où ça vient ?

— Aucune idée. »

J'aurais voulu savoir si elle provenait de Birmanie, d'Afghanistan, d'Amérique du Sud. Connaître son degré de pureté. Mais ce type était bourré, il ignorait tout, c'était juste un pauvre type de livreur, au cas improbable où j'aurais été un poulet. J'ai fourré le sachet dans ma poche avant de regagner l'hôtel au trot. Il faisait nuit, et il n'y avait pour ainsi dire pas de piétons. J'ai coupé par le parc du Capitole sans que personne me prête la moindre attention.

Quand je suis rentré dans la chambre du motel, John dormait et ça puait le shampooing et l'après-shampooing. Ce type se croyait obligé de laver sa longue crinière deux fois par jour.

« Qui est là, bordel ? a-t-il marmonné dans son lit.

— C'est moi.

— T'as eu ton smack ? s'est-il enquis de sous ses couvertures.

— Ouais. Mais pas le shit.

— Putain. Bon. Le mec était fiable ? Je veux dire, tu vas quand même t'injecter ce truc dans les veines. Est-ce qu'il avait l'air fiable ?

— Il était cool.

— D'accord. C'est ta vie.

— Tu l'as dit. »

J'ai emporté mes seringues dans la salle de bains. Là, j'ai pris ma cuillère et l'eau distillée, et sorti l'héroïne du sachet en plastique pour la tamiser entre mes doigts. Après l'avoir fait bouillir au creux de la cuillère, je l'ai aspirée dans la seringue, que j'ai enfoncée sous ma peau. J'ai vu qu'il y avait du sang, je trouve toujours une veine du premier coup, toujours. Je me suis shooté.

Un drôle de shoot. Putain de flash.

Je me suis allongé sur le carrelage. Bon Dieu, cette came était autrement plus pure que celle qui parvenait en Irlande. Houlà ! Toute souffrance a déserté mon corps. Mes pensées sont devenues claires. Le rideau de la douche, le sol carrelé, le plafond couleur crème. La circulation sur Broadway. Le ventilateur de la clim dans la chambre, les tuyaux de la salle de bains. Seul motif d'irritation : un hélicoptère – probablement celui du journal télévisé. À Belfast, il n'y a pas d'hélicos civils, ils appartiennent tous à l'armée britannique. Leur bruit menaçant annonce des ennuis, il faut que je le zappe. Qu'il se fonde dans celui des bagnoles, des tuyaux, de l'air conditionné. Un, deux, trois – et puis s'en va.

Les bruits. L'absence de douleur.

Avant de s'être shooté, on ne se rend pas compte de toute la souffrance que le corps trimbale. La plupart des humains s'y habituent. Mais avec l'héroïne le moindre petit bobo s'évapore. Chaque douleur du corps et de l'âme. Les blessures de la mémoire. La peur, cette peur lancinante qui ne cesse jamais vraiment de nous tarauder. Car comment vivre heureux sur cette terre, sachant que notre conscience sera annihilée, avec tout ce que nous chérissons ? Toute la matière de l'univers finira par se réduire à une poussière aléatoire de photons et de neutrinos. Les diamants ne sont pas éternels. Rien n'est éternel. Toutes les œuvres de l'homme s'abîmeront dans la Mort Brûlante de l'univers. Est-ce que ça ne rend pas toutes choses parfaitement insignifiantes ?

La fille est morte ? On est tous morts.

L'héroïne te soulage de ces considérations. Et c'est elle, après tout, qui t'a sauvé la vie. Sans le smack, tu aurais calanché quelque part dans un fossé de l'Ulster. La pluie sur ton corps meurtri.

Mais tu as été plus malin qu'eux. Peut-être pas très malin, mais plus qu'eux.

Les voitures. L'obscurité. Les avions. Des types qui gueulent. Une nuit de juin bien grasse, une symphonie urbaine. Un lourd manteau de vide. L'impression de flotter sur l'océan de l'éternité à bord d'un matelas pneumatique, sous le néant infini des cieux noirs.

Une motrice Diesel qui donne de la bande. L'avertisseur à air d'un train de marchandises. Des véhicules. Des voix. La télé dans une autre chambre. Une ville qui respire. On se débat dans les griffes du passé. Je me suis documenté sur l'histoire de cette ville ; je pense aux Espagnols, à la ruée vers l'or, à ces hommes de Denver au visage dur qui jetèrent les corps de femmes et d'enfants indiens dans une rivière, Sand Creek. Je pense à Oscar Wilde à Union Station, la gare de Denver. La pointe d'or plantée en 1869 dans la dernière traverse de la voie ferrée transcontinentale – quelqu'un ne m'a-t-il pas raconté qu'elle était au musée du Chemin de fer? Même Walt Whitman et sa barbe sont venus un jour à Denver. Contrairement à un certain père, trop éploré.

La photo d'une belle fille en sari orange, au sourire rayonnant.

Tout devient plus facile…

Plus tard.

Le smack de Denver.

L'héroïne la plus pure que j'ai jamais testée. De quoi me rendre toxico, étendu là, à planer en me remémorant le poète Novalis : « La voie du mystère mène vers l'intérieur. » Je ne suis même pas forcé de prendre de l'héroïne, désormais. Maintenant que me voici hors d'Irlande, je ne suis plus obligé de me piquer. Je pourrais m'en libérer, elle a joué son rôle. Elle m'a servi de bouclier – comme la barbe, la maigreur voûtée, la voix cassée.

Il n'y a plus de raison. Ouais, je vais arrêter, je vais cesser d'en prendre. Élucider ce meurtre, en me sauvant moi-même. Oui. Ces pensées… Je commence à descendre d'une sacrée défonce. Ce n'est pas comme sortir d'une anesthésie. Le monde vous éjecte doucement.

Enfin – parfois, ça se passe doucement.

John me secoue.

« Debout, abruti.

— Quelle heure il est, Ducon ?

— Dix heures.

— Du matin ?

— Du soir.

— Bon Dieu, qu'est-ce que je t'avais dit sur le décalage horaire ?

— J'ai faim, je voulais voir si t'as envie de sortir bouffer. Merde, c'est l'Amérique, faut qu'on se bouge, qu'on voie des choses, qu'on fasse des trucs, tu sais.

— Ouais, mais, John… La nuit, on est censé dormir, histoire de s'adapter à un nouveau fuseau horaire.

— Tu comptais roupiller toute la nuit en caleçon sur le carrelage de la salle de bains ?

— Non.

— Eh ben, remue-toi, alors. Je veux aller chercher de la bouffe. Tu viens, oui ou non ? »

Une fois habillés, on est descendus. Le réceptionniste regardait un match de base-ball sur sa télé portative. John lui a demandé :

« Y a un endroit pour becqueter, dans le coin ?

— Le White Spot Diner, à trois rues d'ici, vers le sud. »

Un petit restaurant bon marché. La serveuse a le teint cendreux. Une blonde oxygénée, fumeuse, quarante ans et quelques, épuisée, assommée par ses journées, par la vie. On a jeté un coup d'œil au menu. Au moins une douzaine de plats dont on n'avait jamais entendu parler : *sloppy joes*, *meat loaf*, *submarine sandwiches*, *huevos rancheros*… On a opté pour des hamburgers au fromage avec des frites, ce qui était quand même furieusement américain de toute façon. Lorsque mon hamburger est arrivé, je n'avais plus d'appétit, mais John a dévoré le sien et la moitié du mien. J'ai grignoté quelques frites. On a bu du Coca, et John a grillé une cigarette avant qu'on largue les amarres. Une soirée sympa. Je me sentais mieux, maintenant.

On a descendu Broadway. La ville de Denver s'étendait devant nous. Le ciel criblé d'étoiles était sillonné par des avions traversant le vaste continent d'une côte à l'autre. Étonnant de se retrouver là. Très différent de la vie sur une petite île… En Irlande, si l'on veut faire une virée en voiture, on ne peut s'éloigner de chez soi de plus de trois cent vingt kilomètres. Ici, il était possible de prendre sa caisse et de rouler jusqu'en haut de l'Alaska, ou jusqu'aux jungles du Salvador.

Les néons, la chaleur nocturne, les grosses bagnoles américaines. Les véhicules de police, les sirènes. En avisant une file de jeunes devant l'entrée d'une boîte de nuit, John s'est tourné vers moi et j'ai protesté :

« Non, non, pas question. Je vais rentrer à l'hôtel, j'ai besoin d'une bonne nuit de sommeil. Pas question, mon pote, pas question. »

Un peu plus tard, dans la boîte…

Des filles au bar de l'étage. Une rousse aux yeux bruns, qui préparait un doctorat d'astronomie à l'université du Colorado. Intelligente, féline. John expliquait à une Asiatique en sandales et short hypercourt que Marlon Brando montait une Triumph dans *L'Équipée sauvage*, pas une Harley. Elle feignait admirablement l'intérêt.

John a commandé une tournée ; son grand sourire nous a tous mis de bonne humeur. Il a emmené la petite brune sur la piste de danse et j'ai parlé d'astronomie avec la rouquine. Je lui ai confié que mon père était prof de mathématiques, et elle m'a appris que l'astronomie, c'était quatre-vingts pour cent de maths.

Peut-être pour la première fois de l'histoire, une

conversation sur les mathématiques a déclenché un phénomène de séduction mutuelle. Bientôt, je mordillais sa lèvre inférieure humide et rose. Après m'avoir embrassé, elle a quitté son tabouret pour venir s'asseoir sur mes genoux ; ses seins, sous son tee-shirt aux armes du groupe REM, m'effleuraient la poitrine. Ses baisers avaient un goût de bière et de miel.

Elle s'est arrêtée pour reprendre son souffle et m'a demandé :

« Hé, tu sais quel jour on est, aujourd'hui ?

— Mon jour de chance. Mais à part ça…

— Parle pas trop vite, mon bonhomme.

— D'accord, quel jour on est ?

— C'est le début du solstice d'été – depuis le coucher du soleil. Tu sais ce que c'est, ce solstice ?

— Le jour le plus long de l'année.

— C'est exact, a-t-elle confirmé, quelque peu surprise. On va à une rave dans les Flat Irons, une chaîne de collines derrière Boulder. T'as déjà été à Boulder ?

— On vient de débarquer d'Irlande aujourd'hui.

— Denver, c'est nul, mec, mais Boulder est complètement branchée. Vous êtes déjà allés dans des raves ? Tu auras besoin d'un sac de couchage. Je pourrai t'en trouver un. Tu prends de l'ecsta ? On va danser toute la nuit jusqu'au lever du soleil.

— Pourquoi ?

— Tu n'as pas entendu ce que je t'ai dit ? La nuit la plus courte de l'année ! La nuit de la Saint-Jean. Attends, on a un flyer. »

Elle a cherché dans la poche arrière de son jean moulant. Ces raves étaient des fêtes improvisées illégalement sur des terrains publics, dont l'emplacement était tenu secret jusqu'au dernier instant ; elles se faisaient connaître par le bouche à oreille. La culture rave/ecstasy n'en était qu'à ses débuts, aux États-Unis. Encore pleine d'enthousiasme, elle se distinguait par son absence d'ironie – il suffisait de regarder ce flyer. Un grand « e » en lettre minuscule surmontant l'inscription « Rave de folie de la Saint-Jean. Acid house. Fête jusqu'au lever du soleil ».

J'ai pris un air quelque peu sceptique pour remarquer :

« Ça en fait, de l'animation.

— Laisse tomber, alors. »

Je l'ai regardée. Elle était jolie, elle me plaisait. J'avais envie de lui être agréable. J'ai cité Heine, mon écrivain favori – tout du moins sur le pavot. Elle n'a pas compris et m'a demandé :

« Qu'est-ce que tu as dit ?

— *Du bist wie eine Blume.* Tu es pareille à une fleur. »

Elle a rougi, et aspiré une goulée d'air. Puisque, curieusement, ce vers lui était inconnu, c'était peut-être l'effet de l'allemand, langue que personne n'a pourtant jamais accusée de romantisme débridé.

Quand elle s'est penchée vers moi, on s'est encore embrassés, jusqu'à ce que John revienne de la piste avec sa copine.

« Ça paraît sérieux, a-t-il commenté avec un clin d'œil. Vous parliez des raisons pour lesquelles la barbe revient à la mode ?

— Et vous, de quoi vous bavardiez, de l'idée

platonicienne de moto dont ta Triumph Bonneville est la représentation ?

— Non. Par ailleurs, ta phrase était trop longue pour constituer un sarcasme efficace. Dis donc, mon pote, t'es au courant pour la rave ? Ça te branche ? »

John arborait un grand sourire plein d'espoir. J'ai protesté :

« Je sais pas où tu puises ton énergie, mais je crois que j'ai envie de rentrer me coucher.

— Non, non, non, la rave est à Boulder, et faut bien qu'on aille à Boulder demain, non ? Faire un tour au bureau de Victoria ?

— Et alors ?

— Ben, ça nous épargnera le voyage. »

Je n'avais pas la force de résister. Et la fille était mignonne.

« D'accord. »

Une décision mineure, mais qui sait ? Si nous avions bénéficié d'une bonne nuit de sommeil, les événements du lendemain ne se seraient peut-être pas produits.

Une heure plus tard, on roulait sur l'autoroute de Boulder. À l'université, on a rejoint des jeunes gens ivres qui hurlaient : « Chut ! » Puis jeeps et autres 4 x 4 se sont élevés à flanc de montagne. Une longue marche à travers bois, jusqu'au sommet. Une clairière. Quelques kilomètres en contrebas, on apercevait Boulder.

Des tentes, des haut-parleurs. Un DJ. Environ trois cents ados. On se passait solennellement les petits comprimés d'ecsta. Le DJ imitait un accent british. Une face souriante sur un poster jaune – le vieux symbole de l'acid house. On se serait crus revenus à Manchester en 1989. Le groupe électrogène s'est mis en route, les projecteurs se sont allumés, les haut-parleurs ont craché de la trance hollandaise. Les montagnes. La ville. Tout le monde a commencé à gueuler et à danser. La fille m'a donné une pilule d'ecstasy. J'étais peut-être un camé au chômage, et en pleine crise existentielle, mais je n'étais pas encore complètement idiot. Si plusieurs centaines de personnes meurent chaque année d'une overdose de smack, les cocktails d'héro, eux, en éliminent environ quatre mille. Héroïne et coke, héroïne et amphés, héroïne et ecsta ne font pas bon ménage – faut pas déconner avec ça.

J'ai pris le comprimé et fait semblant de l'avaler avant d'embrasser la fille. On a dansé. Ils ont joué de l'acid house, de l'eurodance, du trip-hop ; et aussi, pour changer, les Soup Dragons, les Stone Roses, Radiohead. Vers deux heures du mat', on s'est éloignés.

Après avoir étendu nos sacs de couchage sur le sol, on a retiré nos tee-shirts et nos jeans. Je me suis glissé contre elle, j'ai embrassé ses seins, ses longues jambes.

On a fait l'amour, et j'ignorais toujours son nom. Ç'aurait pu être n'importe qui, dans le noir. Nos gestes étaient théâtraux, nos paroles rituelles. Tu es belle. Tu es ma petite fleur. Tu es la négation de l'ennemi. Mais seulement une doublure. Eh oui, ma chère, une doublure.

J'ai joué des hanches ; mon cœur a battu très fort. Venu de nulle part, quelque ultime vestige de cet opium merveilleusement raffiné a produit une réaction chimique dans mon cerveau. J'ai souri et la douleur du monde s'est envolée. On s'est mis debout, pour marcher nus jusqu'à la tente. Éclairés par les étoiles, nous avons foulé d'un pas léger les graminées du Nouveau Monde – herbes fines à la longue mémoire.

5

Le jour le plus long de l'année

Dans l'obscurité régnant sous la tente, la flamme claire et frêle de la lampe à pétrole brûlait presque d'un bleu de cobalt. Répandant sa couleur et un peu de chaleur, elle s'emparait du noir pour le mouler en petites formes qui paraissaient étranges et spectrales sous la vieille toile kaki, noir boueux, terre d'ombre.

Le tube de verre protégeant la mèche était brûlant ; le métal olive du réservoir se déformait légèrement à mesure qu'augmentait la chaleur. J'ai réglé la soupape d'admission pour lui faire consommer plus d'oxygène. L'odeur du combustible était riche et forte, évoquant un opiacé ou un somnifère exotique ; je l'ai humée pendant un moment, agenouillé tel un fanatique devant son idole.

J'ai poussé un long soupir. Je me suis assis et, savourant le calme de l'instant, suis demeuré ainsi, à retenir mon souffle avant de le laisser s'échapper dans l'air frais de la nuit.

L'héroïne aussi, doucement, s'échappait de moi.

Je me suis secoué. La lampe brûlait toujours, rehaussant d'un indigo fragile la joue de la jeune dormeuse. Je n'avais pas fermé l'œil de la nuit. En sortant de la tente, j'ai aperçu un groupe qui attendait l'aube. Mêlé à ces lève-tôt, John fumait devant un feu.

« Ça va, mon pote ? m'a-t-il demandé en souriant.

— Pas trop mal.

— T'as vraiment une sale gueule. T'as repiqué au truc, hein ?

— Ouais.

— Et ton petit baratin, comme quoi "Faut être un toxico pour se shooter deux fois en vingt-quatre heures" ?

— Le décalage horaire. Ça compte pas.

— Pourquoi t'as pas laissé ton matos à l'hôtel ? Tu l'emportes partout avec toi, maintenant ?

— John, j'ai pas dormi de la nuit, j'y arrivais pas, alors je me suis dit que j'allais me faire un fixe. Je suis épuisé comme c'est pas possible. On aurait dû rentrer à l'hôtel. »

John a commencé à s'énerver :

« C'est ça, dis que c'est de ma faute.

— Putain, on a déjà eu cette discussion, on va pas recommencer. Pas question.

— D'accord. »

Qu'est-ce que j'aurais pu lui répondre ? « John, l'héroïne américaine est vraiment géniale » ? « John, je commence à avoir de sérieux doutes sur mon come-back d'enquêteur » ? Il avait raison, le con. Le fait que je me sois piqué avant l'aube sans y être obligé n'avait rien d'anodin.

« Hé ! s'est-il enquis. Ça s'est bien passé avec la nana, au moins ? »

Perdu dans mes réflexions sur la journée qui nous attendait, je n'ai pas réagi. On avait un tas de trucs à faire. Interroger les voisins de Victoria Patawasti, ses collègues de travail, la police, le meurtrier supposé et son avocat – et aussi, si possible, examiner la scène de crime et reconstituer les faits et gestes de la victime. Il fallait qu'on mène notre enquête lentement, minutieusement. La hâte est l'ennemie de l'enquêteur, elle lui fait négliger certains éléments, aboutir à des conclusions prématurées. Elle est l'alliée du mensonge. J'avais élucidé environ vingt-cinq affaires pour le RUC, comme simple flic ou comme inspecteur. Chaque fois, ç'avait été grâce à un solide travail d'investigation, au cours duquel les faits et les preuves avaient émergé progressivement, jusqu'à ce qu'un tableau cohérent finisse par se former de lui-même. Dans aucune de ces affaires, je n'avais eu de trait de génie, ni vu quelqu'un craquer pendant un interrogatoire et se confesser. C'était l'accumulation de détails qui avait permis de déjouer les pièges de l'ambiguïté et de la dissimulation, de parvenir à la vérité en reconstituant le puzzle.

Et c'est ainsi qu'il fallait approcher la présente enquête.

Enfin, qu'il aurait fallu. Est-ce que, quelque part, j'avais envie d'échouer ? D'être mon propre saboteur – de me dérober à l'affreux commandement qui pesait sur moi ? Peut-être que c'est ce que souhaite vraiment le poulet, se faire épingler lui-même, piéger, confondre. Peut-être qu'il n'en peut plus, de la vérité.

John a retiré sa casquette de base-ball marquée Belfast Blues Festival, avant de s'essuyer le front, de secouer sa crinière d'une manière délibérément agaçante, et de me chambrer :

« Me dis pas que tu gobes leurs conneries sur le solstice d'été ? »

J'étais résolu à ne pas céder à la rogne.

« Ben, John, on dit que c'est le jour le plus sacré de l'année. Propice à l'illumination, pour les Hindous et les Bouddhistes.

— T'es jamais allé à Newgrange, dans le comté de Meath ?

— Non.

— J'y ai été une fois à moto. Aujourd'hui, c'est aligné sur le solstice d'hiver, pas sur celui d'été, ça paraît plus logique, tu vois, ça tient la route, on supplie le soleil de revenir… »

Toujours obsédé par moi-même, par Victoria, par ce grand mot de Vérité, je ne l'écoutais pas. Je ne crois guère à cette putain de posture schizo des avocats, pour lesquels « tout est relatif, tout est subjectif ». Mon point de vue personnel est plus conservateur. Aristote distingue cinq méthodes de connaissance : *technê*, la technique ; *epistêmê*, la méthode scientifique ; *phronêsis*, la sagacité ; *sophia*, la sagesse ; et enfin, *noos*, l'intelligence. Des cinq, la *technê* est la plus importante pour un flic. Pour moi. Faite de patience, de concentration, d'approfondissement méthodique, ma propre technique était infaillible – avant l'héroïne.

Sur presque tous les sujets, Aristote s'est gaufré. Galilée a réfuté sa physique, Darwin sa biologie, et son élève Alexandre sa politique… Mais, pour la technique, il avait raison. La minutie passe avant l'intelligence. Nous avions beaucoup de choses à faire, John et moi, en ce jour qui se trouvait être le plus long de l'année ; et, avec un peu de patience, on aurait pu y arriver. Au lieu de quoi, on a atterri dans un merdier pas possible. Adieu la *technê*, bonjour les glandes.

Quatorze heures plus tard, en effet, lorsque le soleil couchant aurait finalement scellé cette longue journée de la Saint-Jean, nous serions en train de fuir les flics de Denver, la police du Colorado et toutes les forces de l'ordre possibles et imaginables.

John m'a donné une tape sur l'épaule, et on a tourné le dos au soleil levant pour revenir vers les tentes.

On a décidé de diviser le travail. J'irais inspecter les locaux de la SAS, à Boulder, pour voir si notre anonymographe était toujours dans les parages ; quant à John, il se chargeait de cuisiner les voisins de Victoria dans son immeuble de Denver. Il faudrait que je repasse derrière, mais ça l'occuperait en attendant ; et puis ce système nous permettrait de détecter d'éventuelles incohérences entre les témoignages. Tout poulet qu'il était, je lui ai rappelé le b.a.-ba : on ne fournit aucune info à la personne interrogée ; on écoute flegmatiquement l'intégralité de ce qu'elle a à dire ; on note chaque détail et, si elle parle trop vite, on lui demande de ralentir.

À un moment ou à un autre, il faudrait aussi que j'appelle l'avocat d'Hector Martinez, le prétendu meurtrier. Je contacterais ensuite la police afin de prendre rendez-vous avec l'inspecteur en chef.

Les filles nous ont conduits à Boulder, où l'on a partagé un petit déjeuner à base d'œufs. Comme elles avaient un programme chargé, on s'est séparés et John est rentré à Denver en autocar. Je portais un jean et une chemise, mais j'ai acheté une cravate pour avoir l'air plus respectable.

L'atmosphère de Boulder ne manquait pas d'intérêt. Voilà donc ce qui arrivait lorsque les fans du Grateful Dead devenaient des yuppies friqués et installés. Un magasin sur trois vendait des cristaux et des drapeaux de prière tibétains. Le parking du centre de yoga était bourré de Volvo et de Range Rover flambant neuves. Blancs, minces, fringués L. L. Bean, les habitants sentaient le soja et les vitamines. Le genre de branleurs prétentieux issus du babyboom, obnubilés par leur épanouissement et littéralement incapables de voir les dizaines de SDF qui faisaient la manche dans le centre commercial piétonnier.

Après avoir trouvé une cabine téléphonique, équipée d'un panier de pot-pourri censé atténuer l'odeur de pisse, j'ai composé mon premier numéro – et raccroché avant d'avoir obtenu mon correspondant. J'avais intérêt à peaufiner mon histoire, à adopter une approche feutrée. Bien placé, en tant que flic, pour savoir que la corporation déteste cordialement les détectives privés, j'ai décidé de me faire passer pour un journaliste.

Et j'ai appelé les services de police de Denver.

« Je voudrais parler à l'inspecteur Miller, s'il vous plaît. Je m'appelle Jones, je travaille pour l'*Irish Times*, je m'intéresse à l'affaire Victoria Pat…

— L'inspecteur Miller est absent pour quelques jours, a répondu la voix féminine.

— Oh. Euh, eh bien, est-ce que je pourrais parler à un autre enquêteur ayant travaillé sur l'affaire Victoria Patawasti ?

— L'inspecteur Hopkins est en congé.

— D'accord. Je peux savoir qui est le commissaire ?

— David Redhorse. Il n'est pas encore arrivé. »

Silence glacial sur la ligne. Avant de raccrocher, j'ai lâché :

« D'accord. Je rappellerai. »

Chiottes ! Mais j'ai eu plus de chance avec l'appel suivant. L'annuaire, qui était encore fixé à la paroi de la cabine, m'a fourni les coordonnées d'Enrique Monroe, l'avocat commis d'office par le bureau d'aide judiciaire. J'ai composé son numéro et, à la secrétaire qui me répondait, je me suis présenté comme un reporter irlandais intéressé par l'affaire Victoria Patawasti. Elle m'a passé l'avocat.

« Bonjour ! m'a-t-il lancé d'un ton amical.

— Bonjour, Monsieur Monroe, je m'appelle, euh, Simon Jones, je suis un reporter irlandais. J'enquête sur l'affaire Victoria Patawasti, et j'aimerais beaucoup vous parler.

— Je ne demande pas mieux que de vous aider. Je serais ravi de causer avec vous. Est-ce que vous vous trouverez bientôt en ville ?

— Oui, je compte me rendre à Denver très prochainement et…

— Eh bien, je vais vous dire une chose, Monsieur Jones. La police se trompe de coupable. Vous pouvez garantir à vos lecteurs que mon client a un alibi pour la nuit du meurtre – si seulement j'arrive à persuader ses amis de témoigner en sa faveur.

— Quel est le problème ?

— Pour ne rien vous cacher, ce sont tous des immigrés clandestins et ils ont peur de s'attirer des ennuis. J'espère quand même pouvoir les convaincre. Figurez-vous que la police n'a aucune preuve matérielle. Aucune ! Cette affaire est un scandale. Vous travaillez pour quel journal, dites-vous ?

— Euh, l'*Irish Times*.

— Écoutez, je sais que les citoyens irlandais souhaitent voir triompher la justice, je le souhaite moi-même, mais mon client est innocent. J'ai vérifié son alibi, c'est du béton. Je travaille ses amis, croyez-moi, je les travaille au corps. Une fois que l'alibi aura été établi, le procureur devra abandonner les poursuites.

— Voilà qui paraît intéressant, Monsieur Monroe. Est-ce qu'on pourrait se parler plus tard dans la semaine ?

— Impossible. Je suis toujours prêt à rencontrer ces messieurs de la presse, mais cette semaine ce n'est pas jouable, je dois me rendre à Pueblo et ensuite plaider au tribunal pour enfants. Qu'est-ce que vous diriez de lundi, lundi prochain ? À neuf heures.

— Quelle adresse ?

— Denver, la tour Calendar, à l'angle d'Evans Avenue et de Downing Street, suite onze, très facile à trouver, je vous assure. Bon, maintenant, j'ai un avion à…

— Je voudrais vous demander un truc. La profession de votre client.

— Hector est déménageur. Il travaille pour une boîte qui s'appelle Grant Moving.

— Et il travaille *où* ?

— Oh, Denver et les villes voisines.

— Y compris Boulder ?

— Je crois.

— Laissez-moi deviner. À Boulder, il n'aurait pas participé au déménagement du siège de la SAS, des fois ? Ils ont bien déménagé de Boulder à Denver, non ?

— Je ne sais pas », a répondu Monroe d'un ton légèrement embarrassé.

J'ai insisté :

« Vous ne croyez pas qu'il aurait pu perdre son permis de conduire dans les locaux de la SAS ?

— Je n'en sais rien, je n'y ai pas vraiment réfléchi. Je me suis échiné à convaincre ses amis de témoigner pour confirmer son alibi, ça m'a donné tellement de mal que je n'ai pas eu de temps à consacrer à autre chose. J'avais envisagé que la victime, Victoria Patawasti, ait pu ramasser quelque part le permis d'Hector, et qu'elle l'ait rangé dans son sac à main en comptant le remettre plus tard à la police. Mais votre hypothèse est intéressante. Son permis est l'unique preuve matérielle qui implique mon client dans ce crime. Si j'arrive à écarter cette preuve, ou à démontrer la validité de son alibi, je crois vraiment que Monsieur Martinez sera tiré d'affaire.

— Aucune empreinte sur lui, ni résidu de poudre ?

— Eh bien, ce n'est pas le genre de sujet dont j'aie envie de discuter au téléphone, mais d'après les échos que j'ai eus du bureau du procureur, toute l'accusation tourne autour du permis. C'est plutôt tiré par les cheveux. On accuse mon client d'avoir crocheté la serrure, alors qu'il n'y a aucune éraflure à l'extérieur. On l'accuse d'avoir abattu la jeune femme sous le coup de la panique. Mais Hector est un costaud, il n'aurait pas eu de mal à l'assommer. Franchement, le dossier paraît extrêmement léger. »

Je suis revenu à mon idée :

« Vous savez quoi ? Je vous parie que c'est Grant Moving qui a déménagé la SAS. C'est comme ça que Victoria a trouvé le permis d'Hector, c'est pour cette raison qu'elle l'avait en sa possession. Non, mieux encore – quelqu'un d'autre l'a ramassé, et s'en est servi pour faire porter le chapeau à votre client. »

Au bout d'un long silence, Monroe a réagi :

« Maintenant que vous le dites, cela paraît tout à fait plausible.

— Vous pensez pouvoir le vérifier d'ici lundi ?

— Bien sûr, je vais interroger mon client. Ça pourrait se révéler précieux.

— C'est votre aide qui m'a été précieuse, Monsieur Monroe. J'ai hâte de vous rencontrer.

— Merci. À bientôt. »

J'ai raccroché. Les avocats spécialisés dans la défense des droits des immigrés sont toujours surmenés ; et j'avais appris à mes dépens à ne pas accorder trop de crédit aux propos de la défense en général. Néanmoins, il était parfaitement concevable que l'assassin de Victoria, avant de passer à l'acte, soit tombé sur le permis de conduire mexicain de ce pauvre diable. Reconstitution : le meurtrier comprend qu'il a affaire à un clandestin sans la moindre crédibilité et, qui sait, décide même de s'en servir comme bouc émissaire après avoir découvert, en causant un peu avec lui, qu'il a un casier judiciaire. Cela pouvait se révéler très intéressant de faire parler Victor Martinez, il avait peut-être rencontré ou du moins approché le tueur. Une fois de plus, ce bureau de Boulder clignotait dans ma ligne de mire.

Il était midi et je ne tenais plus debout. La température dépassait les trente-deux degrés. L'altitude, plus de quinze cents mètres au-dessus du niveau de la mer, n'avait pas l'air de faire peur à la chaleur. J'ai décidé de sauter le déjeuner et de me rendre à pied à la SAS, dont l'immeuble donnait directement sur la principale rue piétonne.

Ce bâtiment étroit, datant des années 1950, se dressait au milieu d'un terrain vide mais entouré de constructions. Trois étages, des climatiseurs attachés à la plupart des fenêtres par des bouts de ficelle. Est-ce que je tenais là l'une des raisons du départ de la SAS ? Maintenant que Boulder était devenue riche, ce terrain avait pris une valeur considérable ; l'acheteur des locaux, quel qu'il soit, les démolirait sans doute pour les remplacer par un immeuble de bureaux beaucoup plus grand et moderne.

J'ai remis ma cravate avant de franchir les portes battantes.

Le bureau de la réception était vide, à part un grand panneau indiquant :

`SAS appelez Denver 303 782 9555.`

Bien que je ne sois pas spécialiste, ça m'avait tout l'air d'être du New Courier. Je suis resté dans le hall pendant un moment avant de crier :

« Hé ho ? »

Pas de réponse.

Je me suis dirigé vers l'ascenseur, j'ai pressé le bouton du premier étage et je suis bientôt parvenu à destination. Quand la porte de la cabine s'est rouverte, les lumières étaient éteintes, le palier vide, les lieux silencieux. J'ai repris l'ascenseur pour aller jeter un coup d'œil au deuxième étage, puis au troisième, où j'ai enfin trouvé de l'éclairage et entendu le bruit d'une photocopieuse. Tout l'étage avait été évacué et réduit à sa plus simple expression, à savoir une moquette blanche tachée – et déserte, à part l'angle où un type travaillait à l'ordinateur, cerné par des cartons, une photocopieuse, quelques classeurs à tiroirs noirs, un classeur chromé, un minifrigo, une déchiqueteuse, des sacs en plastique noirs. Il ne m'a pas vu approcher.

« Bonjour », j'ai fait.

Il s'est levé, en dépliant son mètre quatre-vingt-quinze. Mince, maussade, dans les quarante-cinq ans, il avait un début de calvitie et le teint pâle, le genre de visage habité qui suggérait l'expérience – jusqu'à ce qu'il ouvre la bouche et montre que ce n'était pas de l'expérience mais de la rage, de longues années de rage, quel qu'en soit le motif : ambition contrariée, mariage malheureux, mauvaise santé… Son nez arborait un réseau de capillaires à l'agonie. Porté sur la bouteille, en plus.

« Vous n'avez rien à faire ici ! » m'a-t-il lancé d'un ton brusque, en s'avançant vers moi telle une énorme mante religieuse.

Hésitant toujours, Dieu sait pourquoi, à décliner ma véritable identité, je me suis présenté :

« Je m'appelle, euh, Jones.

— On est fermés, il n'y a plus rien ici. Toute l'organisation s'est délocalisée à Denver, sauf Margaret et moi, et deux ou trois étudiants qui sont partis ce matin. Moi aussi, je devrais être parti. Il faut vous adresser au bureau de Denver, c'est déjà ouvert. Comment avez-vous fait pour entrer, de toute façon ?

— Je suis entré, c'est tout.

— Eh bien, vous pouvez ressortir par le même chemin.

— Écoutez, euh, Monsieur…

— Je m'appelle Klimmer, je suis vice-président et je dirige ces opérations. Comment se fait-il que Margaret vous ait laissé entrer ?

— Je n'ai vu personne.

— Attendez un instant. »

Il a pris un téléphone, composé un numéro. Comme ça ne répondait pas, il a raccroché, et reporté son attention vers moi :

« Elle a dû aller me chercher mon déjeuner. Bon, qu'est-ce que vous voulez ? Si c'est pour louer des locaux, laissez tomber, cet immeuble va être démoli.

— J'aurais voulu parler de Victoria Patawasti avec quelqu'un.

— Quoi ? »

Visiblement secoué, il a reculé et s'est rassis.

« C'est à propos de son meurtre. Je suis détective privé, envoyé par sa famille.

— Euh, oh, d'accord. Hum, oui, bien sûr. D'accord. Vous devriez vous asseoir. Regardez, il y a une chaise là-bas, vous pouvez déplacer ce carton. C'est quoi, déjà, votre nom ?

— Jones.

— Jones. Et c'est sa famille qui vous envoie ? D'Irlande ?

— Oui.

— Bien, bien, bien, a-t-il répété avec un petit sourire.

— Vous la connaissiez ?

— Vous voulez un Coca ? m'a-t-il demandé en croisant ses longues jambes. J'ai une glacière bourrée de Coca.

— Non, merci.

— Vous avez de la veine d'avoir trouvé quelqu'un ici. Je suis en train de tout boucler, j'aurai fini aujourd'hui, demain au plus tard. On ferme ce bureau, on déménage tout à Denver.

— Vous connaissiez Victoria ?

— Si je la connaissais ? Je la connaissais très bien. Très, très bien.

— Vous bossiez avec elle ?

— Oui. Victoria flottait un peu entre différents services. Elle travaillait pour moi et pour les frangins. Une fois le déménagement terminé, il était prévu qu'elle ait sa propre secrétaire. Le nouveau bâtiment, à Denver, est beaucoup plus spacieux, il pourra accueillir plus de personnel. »

Je l'ai observé. Il s'était exprimé rapidement, d'un ton guilleret quelque peu suspect.

« Combien de gens travaillaient ici ?

— Disons une douzaine d'employés à temps plein, et une douzaine de militants de base pour faire du porte-à-porte. On est une toute petite organisation. Avant le déménagement, on s'est séparés de la plupart de nos jeunes démarcheurs, des étudiants de l'université du Colorado. Quelques-uns viendront au bureau de Denver, bien sûr. Le trajet ne prend que trois quarts d'heure, si on évite les heures de pointe. Je le fais tous les jours, c'est facile en car.

— Ah, vous ne vivez pas à Boulder ?

— Non. À la SAS, presque personne n'habitait Boulder, alors ça valait vraiment le coup de déménager. J'habite Denver, les Mulholland aussi. Victoria habitait Denver. Boulder est une ville très chère. »

Bien que je connaisse la réponse, j'ai demandé :

« Ça veut dire quoi, déjà, SAS ?

— Sauvegarde de l'Amérique sauvage.

— Mais encore ?

— On est une société à but non lucratif, qui fait pression sur le gouvernement pour infléchir la politique de l'environnement. Nous avons des adhérents, ils sont de plus en plus nombreux. La SAS est une organisation écologique très récente – une des plus récentes, en fait, créée par Charles et Robert il y a trois ans.

— Charles et Robert ?

— Mulholland. Les fils de Ryan Mulholland. »

À son expression, j'ai riposté par un regard inexpressif.

« Vous avez entendu parler de Ryan Mulholland ? m'a-t-il demandé.

— Non.

— Non. Bien sûr, pourquoi en auriez-vous entendu parler ? Vous débarquez d'Irlande, n'est-ce pas ? Eh bien, Charles et Robert sont les enfants de son second mariage.

— Et lui, qui est-ce ?

— Un banquier, un financier. Il dirige la société d'investissement Mulholland. Un de ces mecs friqués, vous voyez le genre. Classé dans le magazine *Fortune 500.*

— Son second mariage ?

— Ouais. Il a une fille du premier mariage, Arlene ; et, du second, les deux garçons. Il vient de se marier pour la troisième fois. Sa nouvelle femme est enceinte, ses fils font la gueule, j'ai remarqué.

— Ils ont quel âge ?

— Ah, je suppose que ce ne sont plus vraiment des "garçons". Robert a trente-deux, trente-trois ans, Charles doit avoir dans les trente-huit, trente-neuf, dans ces eaux-là.

— Pourquoi partir pour Denver ?

— Davantage d'espace, de visibilité, d'accès aux réseaux. On est en pleine expansion, il nous faut un plus grand bâtiment. Le conseil municipal de Boulder ne voulait pas nous laisser nous agrandir, il n'y a pas besoin d'être un génie pour voir que le conflit était inévitable. C'est la République populaire de Boulder, par ici. On est une organisation de centre droit, alors que Boulder est quelque part à gauche de Che Guevara. Par ailleurs, en termes de couverture médiatique, Boulder pourrait aussi bien se trouver sur la lune. Denver nous convient beaucoup mieux. C'est la capitale de l'État, un vrai QG médiatique, aéroport et bibliothèque flambant neufs, la meilleure croissance de l'Ouest après Las Vegas et Los Angeles.

— Et votre rôle à vous, là-dedans ?

— Je gère les mailings – et ce grand chambardement, en punition de mes péchés. »

Une légère contrariété avait percé dans la voix de Klimmer. J'ai rapproché imperceptiblement ma chaise de son fauteuil.

« Vous connaissiez Victoria depuis longtemps ?

— Près d'un an, a-t-il répondu avec réticence.

— Et vous dites qu'elle travaillait pour vous ?

— Elle travaillait pour moi, et aussi pour Charles et Robert. Elle n'avait pratiquement aucune expérience administrative. Au départ, elle bossait dans une des sociétés de Ryan Mulholland, en Angleterre ; puis la SAS a repéré son intelligence. Une fille très douée.

— Qu'est-ce qu'elle faisait pour vous ?

— Oh, eh bien, tout était sens dessus dessous depuis deux mois, elle m'aidait à organiser le déménagement. C'est très complexe, vous savez. Les deux villes ne sont éloignées que de quelques kilomètres, mais vous n'avez pas idée des conneries qu'on a eu à gérer.

— Par exemple ?

— Eh bien, les nouveaux bureaux, le bail, l'installation des téléphones, ce genre de trucs. Par ailleurs, la société propriétaire de cet immeuble, Hughes Developments, possédait à Denver plusieurs appartements loués à bail par la SAS. La résiliation du bail de l'immeuble a entraîné celle du bail des appartements.

Le mien, entre autres. On a été plusieurs à devoir se chercher un nouvel appart au milieu de tout ça, vous imaginez la crise.

— Victoria faisait partie des gens qui ont dû chercher un autre appartement ?

— En fait, oui, je crois. »

L'effort de mémoire lui a fait plisser les yeux. Il a essuyé la goutte de sueur qui lui perlait au front, s'est levé et a empoigné un Coca pour dissimuler sa nervosité. Je n'ai pas été fâché de le voir rasseoir sa grande carcasse osseuse. Il a ouvert la canette métallique et s'est mis à boire, à petites gorgées. J'ai poursuivi mon interrogatoire :

« Quand le gros des troupes est-il parti pour Denver ?

— Le 10, il ne restait quasiment personne. Je le sais, parce que c'était l'anniversaire de Robert et qu'il y a eu une petite fête dans les nouveaux locaux, à Denver. Maggie et moi, on n'y a donc pas assisté. De toute façon, a ajouté Klimmer d'une voix non exempte de colère, ce n'était pas forcément de très bon goût de faire une fête après ce qui s'était passé.

— Le meurtre de Victoria.

— Oui.

— Donc, le 10, tout le monde était parti ?

— Pratiquement.

— Et depuis, il n'y a eu que vous, ici ?

— Moi, Margaret et deux étudiantes, Julie et Anne. Mais c'est moi qui étais chargé de fermer tout le bazar. Il fallait un cadre, pour ça.

— Quelle est la structure hiérarchique ? Vous y occupez quel rang ?

— Et pourquoi avez-vous besoin de le savoir ?

— Simple curiosité.

— Oh. Bon, d'accord. Tout en haut, il y a Charles et Robert, les coprésidents. Ensuite, trois vice-présidents, Steve West, Abe Childan et moi-même. Je sais ce que vous pensez, ça fait beaucoup pour un staff permanent de douze personnes, mais la boîte va prendre de l'ampleur et…

— Est-ce que Margaret, Julie ou Anne connaissaient Victoria ?

— Eh bien, c'est une petite organisation, tout le monde connaissait tout le monde.

— Permettez-moi de reformuler cette question. Est-ce qu'elles la connaissaient bien ? Suffisamment pour échanger des confidences ?

— Euh… Je n'en sais vraiment rien.

— Donc, Monsieur Klimmer, ces dix derniers jours, depuis le transfert à Denver, c'est surtout vous qui avez fait tourner la boutique ?

— Sur Boulder, oui.

— Et Victoria a été assassinée juste avant le déménagement ?

— C'est exact. Un épisode très pénible.

— Le 5 juin, ai-je insisté sur un ton monocorde. Quelques jours avant le déménagement.

— Oui.

— C'est intéressant, non ?

— Quoi donc ?

— Qu'on l'ait tuée juste avant qu'elle change d'appartement, à Denver. Si quelqu'un voulait la supprimer à son ancien domicile, c'était le moment ou jamais.

— Oui, je suppose, a fait Klimmer en sirotant nerveusement son soda.

— À quelle société avez-vous fait appel pour déménager de Boulder à Denver ?

— Je ne m'en souviens pas, c'était un nom espagnol, je crois ; mais je pourrais retrouver facilement. Je peux demander à Charles quand je le verrai.

— Ouais, j'aimerais savoir. Dites-moi, Monsieur Klimmer, vous êtes allé à quelle université ?

— Cornell, dans le nord de l'État de New York.

— Excellent établissement. Charles et Robert ?

— Harvard. Pourquoi me demandez-vous ça ?

— Juste un peu de patience, s'il vous plaît.

— Très bien, s'est-il incliné.

— Est-ce que vous pouviez accéder au dossier de Victoria ?

— Qu'est-ce que vous dites ? »

Un nouveau frémissement d'irritation a parcouru sa lèvre supérieure.

« Vous aviez accès à son dossier, dans le fichier du personnel ?

— Oui, mais franchement, je ne vois pas le rapport.

— Margaret et les étudiantes, elles y accédaient ?

— Bien sûr que non. C'est confidentiel.

— D'accord. J'aimerais vous poser une autre question. Je vois que vous n'avez pas d'imprimante, ici. Comment feriez-vous si vous aviez un document à imprimer ?

— Quoi ?

— Vous voulez bien répondre à ma question ?

— Toutes les imprimantes ont été transférées à

Denver. Margaret en a une sur son bureau, je pense. Enfin, à quoi rime cette question ?

— Est-ce que je pourrais voir la fiche de Victoria ?

— La plupart des dossiers du personnel ont également été transférés à Denver. »

Au ton de sa voix, j'ai su que celui de Victoria avait échappé à la règle.

« Pas le sien, ai-je répliqué. Vu qu'elle ne fait plus partie des employés. »

Klimmer a hoché la tête et posé sa canette. Quelle qu'en soit la raison, il avait conservé ce dossier – et savait exactement où il se trouvait, bien entendu. Il s'est levé, a pris une clé pour ouvrir le grand classeur à tiroirs chromé et en a sorti une chemise cartonnée qu'il m'a tendue, en s'abstenant de grommeler que c'était confidentiel ou que ça ne me regardait pas. Son petit sourire triste montrait à quel point Victoria avait compté pour lui.

« Vous ne l'aviez pas rencontrée, en Irlande ? »

Pris de court, j'ai réussi à répondre :

« Non, non.

— C'était vraiment une fille formidable. Pas seulement belle, intelligente aussi », a-t-il ajouté distraitement en remettant la clé du classeur dans sa poche.

La chemise de couleur crème contenait six feuilles de papier. J'y ai jeté un coup d'œil, afin de vérifier que Victoria mentionnait bien le Petit Taj dans l'adresse de son domicile. Évidemment qu'elle le mentionnait. Après avoir rendu la chemise à Klimmer, qui l'a soigneusement rangée dans le classeur, je l'ai examiné pendant quelques instants. La lettre anonyme pouvait avoir été envoyée par quatre personnes, dont lui, ayant été postée le 12 juin, date à laquelle seul ce quatuor n'était pas encore parti pour Denver. Il travaillait en étroite collaboration avec Victoria. J'allais devoir cuisiner Margaret, Julie et Anne, mais mon intuition me disait que c'était lui. Il avait fait des études supérieures, et même dans une excellente université – ce que son message avait essayé de dissimuler. Une assistante ne se serait probablement pas donné ce mal ; en revanche, elle aurait eu le temps de réimprimer sa lettre si elle avait été interrompue en pleine action. On peut très bien imaginer un chef qui se sert de l'imprimante en l'absence des secrétaires ; elles sont peut-être sorties déjeuner, il est à la bourre, il se contente d'une encre pâle. Le plus significatif, c'est que lui seul, sur les quatre personnes encore présentes dans les locaux, pouvait avoir eu connaissance de l'adresse de Victoria en consultant sa fiche, dans le dossier du personnel. C'était sans doute lui, le corbeau. Tout collait. Mais pourquoi ? Pourquoi avoir fait ça ? Parce qu'il appréciait Victoria ? Pourquoi ne pas avoir contacté les flics ? Il redoutait quelque chose ? Quelqu'un ? Il craignait pour sa propre vie ? Si Hector Martinez avait perdu un permis de conduire dans les bureaux de la SAS, la personne qui avait ramassé ce document afin d'impliquer son propriétaire dans le meurtre de Victoria devait être quelqu'un d'ici, de la SAS. Peut-être Klimmer lui-même ? En ce cas, avait-il trouvé le moyen indirect de se confesser ?

J'ai repris mon interrogatoire.

« Quelle différence y a-t-il entre la SAS et Greenpeace, ou les Amis de la Terre, ou le Sierra Club… ?

— Oh, on est très différents.

— En quoi ?

— Eh bien, nous défendons une politique dite d'Usage Raisonné.

— C'est-à-dire ?

— C'est-à-dire une approche de l'écologie plus équilibrée. On est devenus très bons pour contrer la propagande environnementale relayée par les médias.

— Qui a pu tuer Victoria, à votre avis ? »

Technique de police standard : on pose un tas de questions anodines à la personne, et hop, on lui balance la bonne. Tout standard que ce soit, ça fonctionne souvent. Klimmer est devenu blême.

« Je… Je ne sais pas », a-t-il balbutié.

M'indiquant par là même, chose incroyable, qu'il *savait*. Ou, du moins, qu'il ne croyait apparemment pas à la version officielle, « circulez y a rien à voir », selon laquelle les flics détenaient le meurtrier de Victoria Patawasti, un cambrioleur nommé Hector Martinez. Klimmer avait-il donc la preuve du contraire ? Savait-il qui avait fait le coup ? Le téléphone a sonné et il a décroché.

« Oui… Oh, oui, ç'a été très animé. »

Il a posé la main sur le combiné.

« Monsieur Jones, je suis extrêmement occupé, on pourrait peut-être se revoir ici dans quelques jours, ou en début de semaine prochaine.

— Vous disiez que vous seriez parti avant le week-end.

— Oh, ah oui, désolé, oui, eh bien… Tenez, voici ma carte, appelez-moi et on pourra parler, vous tombez au mauvais moment. »

J'ai secoué la tête. Je ne voulais pas partir, je sentais que j'étais sur le point de découvrir quelque chose. Sans bouger de mon siège, j'ai lancé :

« J'aurais encore quelques questions. »

Klimmer s'est levé brusquement, livide. Il me dominait de toute sa hauteur et a répliqué vivement, presque rageusement :

« J'ai dit que vous tombez mal, appelez-moi et on pourra parler. »

Histoire de le chercher un peu, j'ai insisté :

« Ça ne prendra qu'une minute.

— Non, je suis au téléphone, je suis occupé, ce sera pour une autre fois. »

Sa voix s'était élevée d'une demi-octave et avait encore gagné en agressivité. Je ne tenais pas à le pousser à bout ; son témoignage dans cette affaire était trop important. J'ai hoché la tête, pris sa carte, quitté son bureau, repris l'ascenseur. Une fois ressorti de l'immeuble, j'ai composé le numéro indiqué sur la carte. La standardiste m'a annoncé que cette ligne avait été coupée.

Aucune importance. Même si ce n'était pas lui qui avait envoyé le message, il savait quelque chose – quelque chose qu'il avait beaucoup de mal à cacher. Il faudrait que je le revoie.

Je me suis assis une minute au bord de la rue piétonne, pendant qu'un musico s'approchait en entonnant une chanson du groupe Phish. J'ai repris le car pour Denver et je suis rentré au motel, où j'ai retrouvé un John hagard et frustré. Il n'avait pas réussi à pénétrer dans l'immeuble de Victoria pour interroger les voisins. Depuis le meurtre, on avait renforcé la sécurité et il fallait connaître le code.

« John, il suffisait d'appuyer sur tous les boutons, quelqu'un aurait fini par te laisser entrer. »

Ma fatigue était en train de me rattraper. John se sentait dépité, mais les nouvelles que je lui apportais lui ont redonné du tonus et il est devenu intarissable :

« Alex, on doit exploiter notre avantage, faut qu'on aille le voir ce soir, dès que possible, pour le faire parler. Tu vois bien que tu le tiens. T'as gagné, mon vieux. On va y aller ensemble, tirer tout ça au clair, conduire ce type chez les poulets, faire libérer un innocent, remettre l'enquête sur ses rails. Élucider l'affaire – et se faire octroyer une bonne prime par Monsieur Patawasti ! »

Tandis que John parlait, parlait, je regardais par la fenêtre, épuisé. Un soleil pesant rôdait dans le ciel. Des avions. Des hélicoptères.

Oh, si cette journée pouvait être effacée de ma vie. Annulée. Par pitié. Tout ce que j'avais à répliquer, c'était : « Non, John, on ira demain. » Je n'avais qu'à décider de lui dire non. En irlandais, il n'y a pas de mot pour dire « non » ; c'est peut-être ça, le problème. Tout ce que j'avais à faire pour échapper à l'enchaînement fatal, c'était refuser.

Mais je n'ai pas dit non. J'étais assommé par la rave, par ma nuit blanche. Affaibli.

Je n'ai pas moufté.

J'ai opté pour la facilité.

« Allez ! » m'a lancé John en m'aidant à me mettre debout.

Une de ces décisions qui vous envoient dans le mur – ces petites décisions aux lourdes conséquences. Paul de Tarse a piqué une crise et le christianisme est né. Le chauffeur de François-Ferdinand, l'archiduc d'Autriche, tourne à gauche plutôt qu'à droite, et cent millions d'Européens passent de vie à trépas.

Pauvre John. Je n'assisterai pas à ton enterrement de guerrier. Le bruit des tracteurs, les cris des mouettes t'accompagneront jusqu'à ta dernière demeure. Oui, des mouettes, à plus de seize cents bornes de l'océan, dans cette décharge publique où ton corps pourrira, sur la route du Kansas, recouvert par la terre et les monceaux d'ordures.

En route pour le chaos et la mort. Exténué, j'ai marmonné :

« D'accord, espèce de blaireau. On y va. »

Arrivés à la gare routière à quinze heures, nous avons fait le guet à tour de rôle. Pendant que John montait la garde, j'ai lu le journal. C'était très différent de ce qu'on lisait au Royaume-Uni. Deux mois plus tôt, un attentat à la bombe avait tué cent soixante-huit personnes dans l'Oklahoma ; néanmoins, les États-Unis se passionnaient surtout pour le procès ouvert en Californie contre un ancien joueur de football américain dont je n'avais jamais entendu parler, un certain O. J. Simpson, qui avait assassiné sa femme, apparemment.

Dans le Colorado, les principaux centres d'intérêt étaient la sécheresse prolongée, la banqueroute de plusieurs stations de ski, la perspective décourageante d'un été long et brûlant.

Klimmer s'est pointé à la gare routière de Denver juste après seize heures trente. Il portait une serviette et n'avait pas l'air le moins du monde nerveux. John et moi l'avons suivi discrètement; on portait tous les deux une casquette de base-ball et des lunettes de soleil.

Il a marché jusqu'au passage piétonnier de la Seizième Rue, avant de couper par le parc au niveau de cette hideuse bibliothèque principale.

Ç'a été pour nous l'occasion de découvrir Denver en plein jour. Pas mal. Du gazon mort dans les parcs, mais à part ça des bâtiments officiels en granit, un centre d'affaires international, plusieurs loges maçonniques imposantes à moins d'une rue du Capitole de l'État – ce qui devait avoir donné matière à réflexion aux amateurs de théories du complot.

Klimmer habitait un vaste édifice donnant sur Chessman Park, dans le quartier correspondant au Capitol Hill de Washington. John a remarqué qu'il vivait à moins de deux cents mètres de chez Victoria Patawasti; mais il était trop tôt pour en tirer des conclusions.

Après avoir poireauté devant l'immeuble pendant environ un quart d'heure pour lui laisser le temps de s'installer dans ses pénates, on a pressé le bouton de son interphone.

« Monsieur Klimmer ?

— Oui ?

— Monsieur Klimmer, c'est Peter Jones, on s'est vus ce matin. Je me demandais si vous pourriez répondre à quelques questions supplémentaires. »

Long silence à l'interphone.

« Montez, a-t-il fini par proposer. C'est l'appartement 714. »

La porte a émis un bourdonnement ; nous l'avons poussée et sommes montés dans l'ascenseur.

« Oublie pas que mon nom est Jones, ai-je rappelé à John.

— Pourquoi tu lui as dit ça ?

— J'en sais rien.

— Ben, moi, alors, je veux m'appeler John Smith.

— Putain, on peut pas s'appeler Smith et Jones.

— Quoi, alors ? a paniqué John. On y est presque.

— Wilson. Maintenant, tu la boucles et tu me laisses causer, d'accord ? »

On est sortis de l'ascenseur pour se diriger vers le 714. Klimmer nous a accueillis en tongs, pantalon de survêtement et tee-shirt en coton léger. De toute évidence, le grand verre d'eau-de-vie qu'il tenait à la main n'était pas le premier de la soirée. Il n'était pas rentré depuis vingt minutes, et son haleine empestait déjà l'alcool. J'avais oublié à quel point ce type était grand – encore plus grand que John, c'est dire.

« Monsieur Klimmer, permettez-moi de vous présenter mon associé, John Wilson. »

Klimmer a hoché la tête et brièvement examiné John de haut en bas, d'un air pensif.

« Enchanté. Entrez donc tous les deux », a-t-il fait d'un ton réservé.

L'appartement où nous avons pénétré était spacieux et nu, à part un canapé et quelques chaises longues. Il y avait un balcon qui regardait vers les montagnes, à l'ouest ; des portes donnant sur des chambres ; des cartons constellés d'étiquettes de transport.

« Spartiate, n'est-ce pas ? Tout le reste a été enlevé, je vais emménager de l'autre côté du parc. Ce sera plus grand, bien sûr ; mais je perdrai le coucher de soleil.

— Vous aurez l'aube.

— L'aube ne compte pas. Que puis-je vous offrir à boire, messieurs ?

— On prendra la même chose que vous. »

Klimmer s'est éclipsé et n'a pas tardé à revenir de la cuisine, armé de deux grands verres d'eau-de-vie.

« Ça, c'est pas de la gnognote ! a-t-il lancé à John en lui clignant de l'œil.

— Ah ouais ? » a fait John.

Tout sourire, Klimmer lui a donné une tape joviale dans le dos avant de proposer :

« Allons nous asseoir sur le balcon. Quand le soleil se couche derrière les premières montagnes, c'est vraiment très spectaculaire, la sécheresse rend la lumière diffuse. Il y a tellement de poussière dans l'air... Des cendres, aussi, à cause des incendies. Vraiment splendide, vous verrez ce que je veux dire. »

C'est à peine si les chaises en osier tenaient sur l'étroit balcon. J'ai posé une main sur la balustrade, qui ne m'arrivait qu'à la ceinture ; quand je l'ai retirée, elle était couverte d'une couche de poussière rouge, ou peut-être de cendre. Tout était revêtu de ce film, y compris les chaises.

« Un été extrêmement sec », s'est excusé Klimmer en s'efforçant d'essuyer mon siège avant que je ne m'assoie dessus.

Il semblait détendu. Ni surpris de nous voir, ni irrité par notre visite. Pas le comportement escompté de la part d'un type qui organisait le transfert de sa boîte d'une ville à une autre tout en devant gérer son propre déménagement.

Une fois assis, il a attendu que je commence. C'est toujours pareil. J'avais l'impression de me retrouver brusquement six mois en arrière, dans l'exercice de mes fonctions. Les gens attendent que vous preniez l'initiative. À la télé, dans les romans, ils font systématiquement quelque chose d'intéressant pendant qu'on les interroge. Mais, dans la vraie vie, ils restent assis là, à se préparer patiemment, à rassembler leurs idées. Quelle approche devais-je adopter ? Comment amorcer la conversation ? En parlant de tout et de rien pour en venir progressivement au fait, comme ce matin ? Ou en assenant à ce type ce que je savais, afin de lui donner l'occasion de nier ?

« Monsieur Klimmer, me suis-je lancé, pourquoi avez-vous envoyé cette lettre anonyme à Monsieur Patawasti ? Où vous dites que la police a arrêté la mauvaise personne pour le meurtre de sa fille Victoria. »

Son sourire s'est évaporé. Ses traits se sont instantanément tendus, son teint est devenu cendreux. Ce type était tout, sauf un joueur de poker.

« J'ignore de quoi vous parlez, a-t-il réussi à répondre d'une voix calme avant de finir son brandy.

— Je vais vous résumer les choses le plus simplement possible. Cette lettre a été postée de Boulder le 12 juin. Par quelqu'un qui connaissait l'adresse de

Victoria en Irlande. Aucun de ses voisins d'immeuble ne connaissant cette adresse, il s'agissait donc nécessairement d'un collègue de travail. Détail crucial : seul un collègue ayant accès à son dossier dans le fichier du personnel pouvait savoir que la maison de ses parents s'appelait le Petit Taj. Victoria n'avait confié ce détail à personne. Le 12 juin, il ne restait que quatre membres de la SAS dans les locaux de Boulder – dont vous, qui étiez le seul à avoir accès à son fichier. On a retrouvé une empreinte digitale partielle à l'intérieur de l'enveloppe, et je suis sûr que si j'allais la montrer aux flics, ils découvriraient que c'est la vôtre.

— C'est impossible ! a grondé Klimmer.

— C'est impossible qu'il y ait eu une empreinte sur l'enveloppe ? Pourquoi ? Parce que vous aviez mis des gants ? Est-ce que c'est bien cela, Monsieur Klimmer ? On devrait peut-être laisser la police en décider. »

Il a émis un son plaintif. Mon bluff avait fonctionné. Klimmer n'avait pas l'habitude de ce genre de situation ; ce n'était pas un indic, ni un maître-chanteur. Persuadé qu'il avait foiré quelque part et vraiment laissé une empreinte, il a froncé les sourcils de frustration et s'est pris la tête dans les mains, en répétant :

« Merde. Merde, merde, merde. Je n'aurais jamais dû envoyer cette lettre. Je n'aurais jamais dû me mêler de ça. »

John a ouvert la bouche pour dire quelque chose mais, d'un signe de tête, je lui ai intimé l'ordre de se taire. À partir de maintenant, on avait intérêt à faire très attention.

« Monsieur Klimmer, je pense que vous vouliez que je vous trouve. C'est ce que vous souhaitiez. Le fait que vous ayez posté cette lettre de Boulder – le fait que vous l'ayez postée, tout simplement. Vous vouliez que quelqu'un remonte jusqu'à vous pour mener l'enquête. Je vous en prie, Monsieur Klimmer, dites-moi ce que vous savez.

— Oh, mon Dieu, je ne sais rien, non, rien du tout.

— Monsieur Klimmer, vous aviez de l'affection pour Victoria, et on dirait que vous savez qu'elle n'a pas été victime du type détenu par la police. Vous croyez savoir qui l'a tuée – eh bien, dites-le-moi. Vous avez envoyé ce message parce que vous ne vouliez pas que le coupable s'en tire à si bon compte. Indiquez-moi qui a fait le coup, dites-moi ce que vous savez. Je m'occuperai de tout, vous ne serez pas impliqué. »

Klimmer nous a jeté un regard, à moi puis à John, avant de retourner à la cuisine. Il en ressortait, quelques instants plus tard, un nouveau verre d'eau-de-vie à la main. Entre-temps, ses yeux à l'expression lasse étaient devenus rouges et bouffis.

« Et si je vous demandais de partir tout de suite ?

— Nous nous rendrons tout droit chez les flics.

— Nom de Dieu ! a-t-il juré avant d'avaler une gorgée. Ce n'est pas permis d'être aussi con. Je serai le suivant sur la liste. Il a déjà tué deux personnes, la prochaine ce sera moi. Où est-ce que j'avais la tête ? J'ai eu tort de m'en mêler. J'aurais dû rester dans la boîte pendant deux ou trois mois de plus, et puis démissionner. Il n'y aurait pas eu de problème, j'aurais bossé jusqu'à Noël, critiqué mon nouveau cadre de travail et donné ma démission. Il a fallu que je fourre mon nez dans ce qui ne me regardait pas.

— Qui a tué deux personnes ?
— Vous enregistrez tout ça ? »

Klimmer, roulant des yeux de fou, s'est levé lourdement et approché de John afin de palper ses fringues. Après quoi, il s'est dirigé en tanguant vers mon côté du balcon, pour me soumettre au même traitement.

« Pas de micro ! s'est-il exclamé d'un ton triomphal. Votre parole contre la mienne. »

Sa grande carcasse interceptait le soleil.

« Monsieur Klimmer, asseyez-vous, on ne vous enregistre pas. On veut vous aider. Maintenant, dites-moi, qui a tué deux personnes ? »

J'avais posé la question très doucement.

« Un des deux. Un des deux, a marmonné Klimmer en se rasseyant, avant de s'essuyer la bouche.

— De qui parlez-vous ?

— Un des deux, un des frangins », a-t-il répondu avec irritation.

Ses doigts, crispés sur son verre de brandy, étaient blancs.

« Les Mulholland ?

— Oui, les Mulholland, bien sûr, les Mulholland ! Qui d'autre ? Soit Charles, soit Robert, je ne sais pas lequel. Mais c'est un des deux, c'est la seule possibilité. »

J'ai siroté mon alcool avant de réagir. Il fallait y aller en douceur, lui tirer les vers du nez petit à petit.

« Pourquoi ne pas commencer par le commencement, Monsieur Klimmer ? Dites-nous tout.

— Le commencement… Ah. Vous ne savez pas. »

Un sourire triste a éclairé son visage. Je l'ai encouragé :

« Parlez-moi de Victoria.

— Victoria, oh, mon Dieu… Elle était charmante. On s'entendait à merveille. Elle avait des problèmes d'insomnie, se réveillait souvent pendant la nuit. Je lui avais offert un petit mouton musical qui jouait “Beautiful Dreamer”.

— Continuez, s'il vous plaît.

— Je suppose que j'ai été un peu jaloux lorsque les deux frères ont voulu qu'elle collabore avec eux à la préparation du transfert à Denver. Avant ça, voyez-vous, elle travaillait pour moi. Elle était tellement sympa, c'est surtout pour ça que Charles et Robert réclamaient sa présence, parce que, en réalité, elle n'avait pas l'expérience nécessaire à l'organisation d'un tel déménagement. Ce qu'elle faisait pour moi, c'était du publipostage – des mailings de masse.

— Elle a été tuée parce qu'un des deux frangins en pinçait pour elle ?

— Mais non. Vous n'écoutez pas ce que je vous dis ? Robert n'était pas amoureux d'elle. Quant à Charles, sa femme, c'est Ambre Mulholland. Vous ne l'avez jamais vue ? *Ambre Mulholland.* Croyez-moi, il avait ce qu'il lui fallait sous la main. Très belle, ravissante, une beauté fatale. Même Victoria n'aurait pu rivaliser avec elle.

— Elle est belle, et alors ? est intervenu John. Merde, ça n'a jamais arrêté personne. Marilyn Monroe a bien été trompée…

— *Personne* ne trompe Ambre Mulholland. Mais de toute façon, c'est hors sujet, il n'a jamais été question de liaison avec Victoria. Personne n'a eu de liaison avec elle, bon Dieu, a proclamé Klimmer avec agacement.

— Vous avez l'air bien sûr de vous», l'a accusé John.

À qui j'ai décoché un regard noir.

«Non, non, non. Si seulement vous vouliez écouter ! Sans ce putain de déménagement à Denver, Victoria ne serait jamais tombée sur les comptes. Elle serait encore vivante aujourd'hui.»

Blême, en sueur, le voilà qui recommençait à s'énerver.

«Détendez-vous, Monsieur Klimmer. Vous allez tout me raconter très lentement.

— J'ai besoin de reboire un coup», a-t-il protesté en vidant son verre.

Que j'ai pris et tendu à John.

«Ressers-lui une eau-de-vie. Juste une petite.»

John s'est exécuté et n'a pas tardé à revenir avec un grand verre dont Klimmer s'est emparé avidement, en remarquant :

«Nous y voici, le soleil est en train de se coucher, on va s'en prendre plein la vue.»

J'ai répété doucement :

«Commencez juste par le commencement.

— On efface tout et on recommence, d'accord. Victoria tenait un journal sur son ordinateur. À part moi, seuls Charles et Robert avaient accès à son bureau. Puisque je ne l'ai pas tuée, ça ne peut être que l'un d'eux, vous voyez ?

— Ou alors les deux», a fait John en me jetant un coup d'œil.

De nouveau, je l'ai regardé en secouant la tête. On n'avait pas besoin de ses putains d'interruptions. J'ai reporté mon attention sur Klimmer.

« Dites-m'en un peu plus.

— Donc, pour m'aider à gérer le déménagement, Victoria a dû assumer un tas de nouvelles responsabilités. L'une d'elles consistait à fermer nos comptes bancaires à Boulder pour en ouvrir d'autres à Denver. On était clients de la Bank of Boulder, cette banque était trop petite de toute façon, ça faisait des années qu'on aurait dû la quitter.

— Revenons à Victoria, Monsieur Klimmer.

— Elle est tombée sur quelque chose qui ne collait pas, des prélèvements inexpliqués, qu'elle a contrôlés discrètement. Ces prélèvements concernaient un compte appartenant à la SAS, mais accessible uniquement à Charles et à Robert. Ils n'ont pas autant de fric qu'on pourrait le croire, vous savez. Millionnaires, évidemment, et leur père est milliardaire – mais les revenus de leurs investissements s'élèvent à trois fois rien. La SAS leur verse un bon salaire, et Charles est sociétaire de son cabinet juridique, n'empêche que c'était insuffisant pour payer Houghton. Vous voyez ?

— Je ne vois que dalle. Qui est ce Houghton ?

— Il devait les croire plus riches qu'ils ne le sont. Tout le monde se raconte des histoires à ce sujet, ça fait partie de leur image. Prenez Charles, il se débrouille peut-être bien comme avocat, mais il ne risque pas de faire de l'ombre à Bill Gates, hein ? Vous comprenez, maintenant ? Surtout si on lui ponctionne des millions.

— Des millions ? À qui ? »

Je voulais désespérément que Klimmer ralentisse un peu.

« À l'un des deux frères. Peut-être aux deux, je n'en sais rien. Ce que je veux dire, c'est qu'ils sont friqués, mais pas assez. Problème qu'ils ont résolu, de toute évidence, en se mettant à siphonner les comptes de la SAS. Vous pigez ? Vous voyez ce que je veux dire ?

— Je suis désolé, Monsieur Klimmer, mais je ne vois pas grand-chose. Qui est ce Houghton ? De quoi parlez-vous ?

— Vous devriez faire plus attention à ce que je vous dis ! Charles ou Robert peuvent prélever des sommes sur les fonds de la SAS pour couvrir les dépenses concernant l'organisation, mais ces montants doivent être détaillés, justifiés. La SAS est un organisme d'intérêt public, pas une caisse noire ! Le problème, c'est que les paiements en question n'apparaissaient pas dans la comptabilité ; ces prélèvements avaient été effectués sans être consignés dans la colonne des dépenses. Pire encore, l'argent n'avait pas été versé à une institution, mais à un individu – un nommé Houghton. Victoria a reconstitué la chronologie des versements au cours des deux années précédentes. Il y en avait pour plus d'un million de dollars, alors elle s'est inquiétée et, comme j'étais son chef, elle est venue m'en parler.

— Quelle a été votre réaction ?

— Je lui ai dit de ne plus y penser. Je lui ai déclaré que ce n'étaient pas ses affaires. Que ça ne nous concernait ni l'un ni l'autre. La SAS était l'enfant de Charles et de Robert Mulholland et, s'ils voulaient payer leur fournisseur ou leur putain de chauffeur ou leur amant homo ou je ne sais qui avec le fric de la SAS, cela n'avait pas d'importance. Je lui ai rappelé qu'elle était très jeune, qu'elle avait encore beaucoup à apprendre et qu'elle ferait mieux de se concentrer sur son boulot et d'oublier ce qu'elle avait vu. Et je pensais vraiment ce que je disais, je m'inquiétais pour elle.

— Qu'est-ce qu'elle a fait ?

— Elle a suivi mon conseil, elle n'est pas allée plus loin. Mais, comme c'était une fille intelligente, elle a voulu se protéger.

— De quelle façon ?

— Victoria m'a annoncé qu'elle allait tenir un journal. Afin d'être couverte si jamais il y avait un audit ou une enquête.

— Qu'est-ce que vous en avez pensé ?

— Je me suis foutu en rogne. Je lui ai expliqué qu'elle ne pouvait pas laisser de traces écrites. Que ça avait perdu Nixon !

— Et qu'a-t-elle répondu ?

— Que c'était ça ou bien quitter la SAS, s'est remémoré Klimmer d'un ton désolé.

— Et vous souhaitiez qu'elle reste. Vous l'aimiez bien, vous l'aimiez beaucoup.

— Je souhaitais qu'elle reste. Je lui ai dit, d'accord, tiens-le, ton journal, mais pas sur papier, sur ton ordinateur. Utilise un logiciel de cryptage. Ne mentionne surtout pas mon nom dedans et ne m'en parle plus jamais, ni à personne d'autre.

— Et ensuite ?

— Elle a été assassinée. »

Sa voix et son regard trahissaient la peur.

« Ce qui ne prouve pas que Charles ou Robert aient fait le coup, ai-je objecté.

— Vous ne m'avez pas écouté ? À part moi, seuls Charles et Robert entraient dans son bureau.

— La femme de ménage ? Les secrétaires. Le petit livreur de sandwichs. Je suis sûr que d'autres personnes pouvaient accéder à son bureau.

— Ouais, c'est ça, c'est le petit livreur de sandwichs qui l'a tuée. Ou alors Madame Mulholland, déguisée en père Noël. L'électricien venu réparer une panne a décidé de risquer son job pour fouiner dans l'ordinateur d'une inconnue, il a lu le journal de Victoria et décidé de l'abattre sauvagement, en collant le meurtre sur le dos d'un Mexicain. Écoutez-moi, espèce d'idiot. Seuls Charles et Robert avaient accès aux relevés confidentiels des comptes bancaires. Seuls Charles et Robert peuvent avoir lu le journal que Victoria tenait sur son ordinateur. Vous ne voyez vraiment pas ?

— Franchement, non. »

Klimmer a grimacé et s'est mordu la lèvre, avant de se relever puis de se rasseoir. Il était exaspéré. Furieux.

« Pourquoi ne voulez-vous pas comprendre ? Celui des frangins qui effectuait les paiements a dû se rendre compte que quelqu'un avait mis le nez dans ses comptes bancaires privés. Il a trouvé, je ne sais pas, une trace informatique laissée par quelqu'un – qui ne pouvait être que Victoria. Il a découvert qu'elle avait examiné le compte et, en fouillant dans son ordinateur, il est tombé sur son journal. Et il l'a tuée. Une fraude à une telle échelle, c'était la prison garantie, le déshonneur.

— Je ne sais pas. Ce n'est pas suffisant pour tuer quelqu'un.

— Ouais ? Eh bien, pendant quelque temps, c'est également ce que je me suis dit. J'ai presque réussi à avaler cette histoire à dormir debout de cambriolage chez Victoria – durant deux ou trois jours, c'est-à-dire jusqu'à ce qu'Alan Houghton disparaisse. Et Alan Houghton, mon cher Monsieur Jones, était le bénéficiaire des versements, celui qui recevait le fric du compte secret. La police a retrouvé sa voiture abandonnée du côté de Lookout Mountain. Je l'ai lu dans les informations locales et je me suis souvenu de son nom. Ce type s'est volatilisé. Appelez les flics, si vous ne me croyez pas. Personnes disparues. On ne le retrouvera jamais, et vous savez pourquoi ? Parce qu'il est mort. Vous voyez, maintenant ? Le type qui a descendu Victoria l'a buté lui aussi. Vous ne comprenez pas que c'est pour ça que Victoria devait mourir ? Parce que l'assassinat d'Alan Houghton avait déjà été programmé. Il a disparu la nuit où Victoria a été tuée.

— C'est plausible », ai-je admis en hochant la tête.

Klimmer s'était montré perspicace. Il avait peut-être raison. Ce Houghton touchait du fric d'un des frères Mulholland, peut-être des deux. Est-ce qu'il les faisait chanter ? Un million de dollars, ce n'était pas de la petite bière. Peut-être qu'il avait augmenté ses exigences ; sa victime s'était cabrée et préparée à l'éliminer. C'est à ce moment-là, tout étant déjà planifié, que Victoria, chargée de la clôture des comptes bancaires, avait découvert le pot aux roses. Se rendant compte qu'on avait fouiné dans la caisse secrète, son futur meurtrier avait soupçonné Victoria, accédé à son ordinateur, lu son journal et pris une décision.

Il me fallait découvrir qui était cet Alan Houghton, et s'il s'était réellement évanoui dans la nature. S'il était effectivement enregistré parmi les personnes disparues. Dans ce cas, tout voudrait peut-être se mettre gentiment en place. Celui des frangins qui avait fait le coup pouvait avoir laissé une preuve matérielle sur la scène de crime, ou éventuellement chez Alan Houghton. À la police de s'en assurer. Le tueur avait certainement pris soin d'effacer ses traces, détruit l'ordinateur de Victoria, fait disparaître toute preuve de tripatouillage des comptes, nettoyé le domicile de Houghton ; néanmoins, il était toujours possible qu'un indice quelconque subsiste. Il faudrait convaincre les flics qu'ils avaient arrêté la mauvaise personne, que le vrai tueur était un membre influent et respecté de la communauté ; mais Klimmer était convaincant. Il m'avait bien convaincu, moi.

« Qu'est devenu l'ordinateur de Victoria ?

— Oh, il a disparu. Je l'ai cherché, vous pouvez me croire. On m'a raconté qu'il avait dû être envoyé en réparation. Comme c'est vraisemblable !

— Mais, d'après vous, Victoria avait crypté son journal. Comment aurait-on pu le déchiffrer ?

— Je n'en sais rien. Les frères Mulholland sont allés à Harvard, ils sont malins. Je ne sais vraiment pas. Victoria m'a dit qu'elle avait crypté ses fichiers elle-même, peut-être qu'elle s'y est mal prise. »

John a objecté :

« Peut-être qu'elle s'y est bien prise, que les frangins

n'ont jamais rien découvert, et qu'elle a été tuée pour une raison complètement différente.

— Peut-être qu'un million de choses ! s'est emporté Klimmer. Je vous dis ce que je sais, on l'a tuée et je crois savoir qui a fait le coup. »

Un tic nerveux, qu'il s'efforçait de réprimer, agitait maintenant la paupière de son œil gauche. Je voulais qu'il retrouve son calme pour pouvoir nous accompagner au commissariat. Il fallait l'y conduire pendant qu'il était d'humeur à coopérer. Le soir même, le lendemain, bientôt. On allait peut-être réussir à boucler cette affaire plus vite qu'on ne l'avait espéré.

Aussi malin que soit le tueur, il avait commis une erreur funeste en n'envisageant pas un instant que Victoria ait pu confier ses soupçons à quelqu'un. Mais pourquoi était-il aussi certain qu'elle ne l'avait pas fait ? Il devait l'avoir connue intimement. Peut-être même, quoi qu'en pense Klimmer, avait-il eu une liaison avec elle ? Si c'était le cas, pourquoi ne pas avoir essayé plutôt de l'acheter ? Pour quelle raison avoir recouru au meurtre ? Il avait compris que Victoria n'était pas du genre à se laisser corrompre. Et, de cette façon, plus de racket, finie la gangrène. Il ne pouvait se permettre de laisser en vie quiconque au courant et risquant à son tour de le faire chanter. Pas question non plus de se servir d'elle comme fusible, il ne fallait pas qu'elle puisse raconter sa version de l'histoire. La seule solution était de s'en débarrasser. Inutile de doubler son salaire et de la muter en Amérique du Sud ; la connaissant, le meurtrier savait qu'elle dirait la vérité en cas d'interrogatoire – telle était bien ma Victoria, aussi honnête et intelligente que belle. Il avait perçu toutes ses qualités et décidé de mettre un terme à son existence.

« Parlez-moi de Charles et de Robert Mulholland, ai-je demandé à Klimmer.

— Ils ont des doctorats dans je ne sais quelle science sociale à la noix. Robert n'a jamais eu de vrai boulot, il n'a pas travaillé un seul jour de sa vie. Charles est diplômé en droit et a grandi dans l'opulence, à Boulder ; il a été recruté par un cabinet juridique local, Cutter & May, où il s'occupait de droit de l'environnement. Ils ont tous deux publié des articles dans des magazines conservateurs, vous savez, du genre *Commentary*, *The National Review*. Et l'un d'eux a eu un jour la grande idée de lancer un mouvement écolo, en démarrant avec le pognon de papa, je vous en ai déjà parlé…

— Redites-le-moi, s'il vous plaît.

— Eh bien, ils ont donc créé la Sauvegarde de l'Amérique sauvage. Charles a été promu sociétaire chez Cutter & May ; et, quand la SAS a vraiment commencé à décoller, tout le monde en a profité. Je pense qu'ils ont des ambitions politiques, c'est pour quoi on transfère les bureaux à Denver. Et puis le papa s'est remarié, alors qui sait, ils se font peut-être du mouron au sujet du testament. »

D'une grande patte maladroite, Klimmer a essuyé le brandy qui humectait ses lèvres minces, tordues par un petit sourire. Je lui ai demandé :

« Ça fait combien de temps que vous travaillez pour eux ? »

Il a encore bu un petit coup avant de retourner dans la cuisine. On a entendu quelque chose se briser sur un dessus de table, puis un juron. En revenant avec la bouteille, il m'a interrogé :

« Vous savez ce que je pense ?

— Quoi ?

— Je pense que j'en ai ras le bol de vos putain de questions, m'a-t-il répondu d'un ton belliqueux. Voilà ce que je pense.

— Écoutez, Monsieur Klimmer, ne…

— Je pense vous en avoir dit plus qu'assez. En fait, je vous en ai même dit beaucoup trop ! »

Il avait élevé la voix. J'ai hoché la tête.

« Monsieur Klimmer, vous avez été très coopératif et je vous en suis reconnaissant. Je… Je pense qu'on reprendra cette conversation une autre fois.

— Il n'y aura pas d'autre fois », a-t-il riposté en riant.

L'alcool lui empâtait la langue. En se laissant tomber sur son siège, il a renversé la bouteille ; l'eau-de-vie s'est répandue partout.

« Monsieur Klimmer, vous savez qu'on va devoir communiquer ces informations à la police.

— Allez-y, je m'en fous, je nierai tout en bloc. Je dirai que je ne vous ai jamais vu, Monsieur Jones. Margaret était sortie déjeuner, elle ne pourra pas confirmer votre version. Vous n'êtes jamais passé à nos locaux de Boulder ce midi, et vous n'êtes jamais venu ici ce soir. Merde, vous ne voyez pas que, s'il a supprimé Victoria et Houghton, il peut me buter, moi aussi ?

— Non, la police vous protégera.

— La police… La police ne peut rien faire. Je ne sais pas ce qui m'a pris… Je ne vous ai jamais rien dit ! Je ne vous ai jamais vu. Je ne vous ai jamais vu, bon Dieu ! »

Élevant de nouveau la voix, il a agrippé les bords de sa chaise avant de pointer un doigt vers moi, en secouant la tête.

« D'accord, Monsieur Klimmer. Bon, écoutez, je crois qu'on va vous laisser. On reparlera de tout ça demain.

— On ne reparlera de rien du tout, demain. J'ai commis une grossière erreur, je ne sais pas où j'avais la tête. J'ai voulu un moment que quelqu'un me retrouve, mais je me trompais. Putain, vous m'avez baisé, vous m'avez baisé ! Je ne sais pas de quoi vous parlez. J'ai tout inventé. Non, je ne vous ai jamais vu.

— Monsieur Klimmer…

— Vous n'êtes jamais venu ici, vous avez tout inventé ! »

Klimmer était enragé, au bord de la crise de nerfs. Il était temps de partir, de le laisser se calmer. J'ai fait un signe de tête à John, qui a commencé à se lever.

« Où est-ce que vous allez ? s'est écrié Klimmer, hargneusement. Qu'est-ce que vous faites ? Je ne viens pas avec vous. Asseyez-vous, je vous dis de vous asseoir. »

Il était à bout. Nous avions trop tiré sur la corde. Nous n'aurions pas dû lui rendre visite ce jour-là. C'était le genre de poisson qu'il fallait ferrer en douceur, avec légèreté, et non pas sortir de l'eau brutalement. Le lendemain matin, on aurait pu se rendre gentiment au commissariat, tous les trois. Ç'avait été une erreur de venir le harceler ce soir-là.

Klimmer s'est levé et écarté de nous. Il avait l'air dingue, et ce n'était pas seulement la colère, ou l'alcool ; il s'est donné une grande gifle, puis a brandi le poing.

John se tenait tout près de lui. Dans le meilleur des cas, il y avait à peine assez de place sur ce balcon pour trois chaises, ces deux géants et moi. Maintenant que tout le monde était debout, on se retrouvait serrés comme des sardines et la tension était à son comble.

« Reculez ! a crié Klimmer à John. Je ne viens pas avec vous.

— Du calme, mon vieux, a répondu John, on s'en va, on va pas te toucher.

— Je ne sais pas qui vous êtes, laissez-moi tranquille ! »

Son corps tremblait de furie. Était-il bourré ? En train de péter les plombs ? Toutes ces semaines d'émotions réprimées, avec ces infos qu'il gardait pour lui… Et, maintenant qu'il se lâchait, tout se bousculait, sa colère, sa peur, son amour pour cette jeune femme morte. Sa haine du gosse de riches, de l'enfant gâté qui l'avait tuée. En venant remuer toutes ces émotions, John et moi étions devenus ses ennemis.

Les veines de ses tempes avaient gonflé, son teint pâle s'était empourpré.

« Laissez-moi tranquille ! a-t-il encore hurlé à John, dont le visage n'était qu'à quelques centimètres du sien.

— Doucement, mon vieux », a fait John.

J'ai renchéri :

« Tout va bien… »

Mais il roulait des yeux fous. D'écarlates, ses joues sont devenues blêmes, puis terreuses. Il s'est mordu la lèvre – jusqu'au sang.

« Tirez-vous, tirez-vous, tous les deux, je ne sais rien…

— On s'en va», lui ai-je assuré.

Et j'ai essayé de joindre le geste à la parole. Sauf que je n'avais nulle part où aller.

«Pas question que je me rende où que ce soit, a grondé Klimmer.

— C'est bon, tout va bien. Viens, John, on se tire.

— Partez, barrez-vous ! a martelé Klimmer. Tout de suite.»

John lui a tourné le dos et a commencé à se glisser derrière la chaise en osier pour essayer de regagner le salon. Klimmer l'a poussé. John lui a saisi la main. Klimmer lui a donné une nouvelle bourrade.

Tout a paru ensuite se dérouler au ralenti. Le temps a marqué une pause sur la route de l'éternité. J'ignore ce que faisait John, s'il essayait de rétablir son équilibre ou de bousculer Klimmer à son tour. Et Klimmer, qu'a-t-il imaginé ? Que John essayait de le maîtriser, de le plaquer au sol avant de le conduire de force au commissariat ? Il a frappé John et, l'ayant touché à la gorge, s'est mis à le pousser vers son siège. John a réagi en repoussant brusquement Klimmer, qui a grondé et saisi son adversaire par le colback. De nouveau, John l'a écarté – sans aucun ménagement, cette fois, agressivement, un réflexe de flic. Klimmer était le plus grand des deux, mais John avait une charpente massive, des épaules de déménageur. Et ce balcon était tellement étroit, beaucoup trop étroit pour nous. Klimmer et son mètre quatre-vingt-quinze, quatre-vingt-seize, avec un centre de gravité trop élevé – la balustrade ne lui arrivait qu'à hauteur des hanches. J'ai vu l'accident avant qu'il ne se produise, j'ai tendu la main.

Klimmer a trébuché. Emporté par son élan, il a percuté le garde-fou. Sur lequel, basculant en arrière, il est demeuré étendu à l'horizontale pendant une fraction de seconde. Figé sur place, j'ai murmuré :

« John… »

Et Klimmer a griffé l'air. John a essayé de le rattraper, mais l'autre culbutait déjà par-dessus la balustrade. Il est tombé à la vitesse de dix mètres par seconde, les yeux agrandis, la bouche ouverte dans un cri muet. Pendant environ une seconde, il a eu le loisir de se préparer. Il est retombé sur ses pieds, et ses fémurs lui ont traversé les genoux. À l'intérieur de son corps, ses organes se sont télescopés. Une partie de son cerveau s'est liquéfiée dans son crâne. Avec un bruit écœurant, sa grande carcasse s'est cassée et recroquevillée sur le béton de l'allée. Klimmer est mort sur le coup, sans émettre un son.

6

Le nain

À l'ouest, au-delà du parc et de la ville, cinq chaînes de montagnes inégalement éloignées se découpaient sur le couchant. Au-dessus des contreforts planait un halo semblable à une énorme chrysalide, à un piège qui nous enfermait dans cette ville, dans cet État. Pendant quelques instants, nous sommes restés pétrifiés par la panique, la crainte religieuse du châtiment. Le jour le plus long de l'année – et il était loin d'être fini. Une douzaine de témoins dans le parc. Deux ou trois d'entre eux, au moins, avaient tout vu.

On s'est écartés de la balustrade.

John était abasourdi, les yeux écarquillés, le visage livide.

« Que... Qu'est-ce qu'on fait, maintenant ? La police ?

— On se tire.

— Quoi ?

— C'est ça ou bien prendre vingt ans.

— Alex, c'était un accident.

— C'était un putain d'homicide. Vingt ans.

— On réussira pas à quitter l'immeuble.

— On va essayer. »

Je l'ai empoigné par le bras, pour qu'il dégage de ce balcon et rentre dans l'appart. Quand j'ai aperçu les verres d'eau-de-vie que nous avions vidés, je suis allé les essuyer avec une serviette en papier, en tentant de me remémorer tout ce que j'avais pu toucher d'autre afin d'y passer un coup aussi.

Des sirènes de police ont retenti. John s'est affalé dans le fauteuil en répétant encore et encore, dans sa prostration :

« Oh, bon Dieu… Oh, bon Dieu…

— Lève-toi ! » j'ai gueulé.

Il restait là, incrédule, comme tombé en catalepsie. Dire que c'était moi l'héroïnomane. Je l'ai soulevé de son siège et traîné jusqu'à la porte, sans oublier de nettoyer la poignée avant de sortir de l'appartement. Après avoir refermé la lourde derrière nous, j'ai dû le pousser jusqu'à l'escalier de secours, devant lequel je lui ai soufflé :

« On va sortir comme si de rien n'était. »

John a hoché la tête. Je ne crois pas qu'il se rendait compte de ce qui se passait. En tant que poulet, il portait un flingue en Irlande, mais n'avait jamais imaginé refroidir un jour quelqu'un. Hors de son élément, il était paumé ; toute cette histoire venait de se transformer en cauchemar. Quand il avait accroché son wagon à ma locomotive pour venir en Amérique, pour échapper à son Ulster déprimante balayée par les pluies et ravagée par la guerre, j'aurais dû m'y opposer. Maintenant,

John nous tirait vers le fond, comme une ancre. On allait se noyer tous les deux. Je lui ai demandé :

« Où est ta casquette ?

— Ma quoi ?

— Ta putain de casquette de base-ball ! »

Et je suis reparti au galop vers l'appart. Il a braillé :

« Où tu vas ?

— John, t'as intérêt à te secouer, on est dans la merde ! Je retourne chercher ta casquette.

— Faut qu'on se tire d'ici, a-t-il bredouillé.

— John, ferme ta gueule, bon Dieu, et bouge pas, je reviens. »

Une fois devant la porte, j'ai tourné le bouton après avoir tiré sur la manche de ma chemise pour qu'elle me recouvre les doigts. Ça ne s'est pas ouvert. Tout s'est bousculé dans ma tête. Il y avait un système de verrouillage automatique, bien sûr. Je n'allais pas pouvoir entrer. Les flics trouveraient la casquette de John, couverte d'empreintes et portant l'inscription Belfast Blues Festival. S'ils étaient malins, ils risquaient fortement d'enquêter à l'aéroport international de Denver sur les vols récents en provenance de Belfast. Et là, on était cuits. Dans le meilleur des cas, on réussissait à quitter cet immeuble, cette ville, et à regagner le Royaume-Uni ; pendant ce temps-là, les flics de Denver trouvaient nos noms sur une liste de passagers, comprenaient à qui ils avaient affaire. Extradition. Jugement.

Il fallait que je retourne dans l'appartement pour retrouver cette putain de casquette. J'ai inspecté le couloir. Par chance, personne n'était encore venu voir ce qui causait tout ce chambard. Chouette immeuble – la plupart des résidents de l'étage devaient être absents dans la journée, pour cause de chouettes boulots.

J'ai senti des bras dans mon dos, on me tirait en arrière.

Je me suis retourné.

John gesticulait, hors de lui. Il perdait les pédales.

« Alex, laisse tomber cette casquette, putain, faut qu'on se taille.

— John, si on ne la retrouve pas, on l'a dans le cul, y a tes empreintes dessus, les miennes aussi, et en tant que poulets on est fichés dans les ordinateurs d'Interpol. Faut qu'on rentre dans l'appart pour la retrouver, crois-moi. Va falloir qu'on enfonce cette porte.

— On peut retrouver des empreintes sur du tissu ?

— Ouais, et aussi sur ta putain de visière.

— Laisse tomber, faut qu'on se casse ! »

Je lui ai saisi le visage pour le forcer à me regarder. Trempé de sueur, tremblant de tous ses membres, il était à deux doigts de l'effondrement nerveux, je m'en suis rendu compte. Inutile d'essayer de le convaincre. Je l'ai pris au collet et traîné jusqu'à la porte.

À nouveau, des sirènes ont résonné. John a insisté :

« Faut qu'on y aille, Alex, ils vont nous serrer.

— On va se jeter sur cette lourde, l'enfoncer, la foutre par terre. »

Le couloir était large, c'était déjà ça, on pouvait prendre un peu d'élan.

« Alex, on n'a pas le temps. »

Je lui ai répondu, le plus calmement possible :

« Écoute, espèce de branleur, si on ne récupère pas

cette casquette, on va se retrouver en taule, putain, est-ce que tu piges ?

— Alex, faut qu'on… »

Il n'a même pas terminé sa phrase. Ses yeux se sont clos ; il ne savait plus ce qu'il faisait. Ses épaules se sont affaissées et j'ai su qu'il obéissait à la loi du moindre effort, en soumettant sa volonté à la mienne.

Un immeuble aussi solide, ç'aurait été étonnant que la porte cède aussi facilement que dans les séries policières ou les films. Ne m'étant jamais livré à cet exercice, je n'avais aucune idée de sa difficulté. Il fallait quand même essayer, et on a reculé d'une dizaine de pas.

« Maintenant ! » j'ai fait.

On s'est rués sur la lourde. Un grand coup d'épaules, un choc violent, et nous avons rebondi en arrière sans lui avoir infligé le moindre dommage apparent. Mais nos épaules nous faisaient un mal de chien.

Les sirènes étaient de plus en plus proches. Au moins deux véhicules différents. John m'a vainement imploré du regard.

« On recommence ! »

Alors que nous reprenions notre élan, un voisin est sorti de son appart, un très vieil homme en chemise blanche, pantalon à carreaux, pantoufles.

« Qu'est-ce que c'est que ce raffut ?

— Faut qu'on le descende », m'a soufflé John.

J'ai pris mon plus bel accent américain :

« On est de la police, Monsieur. Quelqu'un a sauté de son balcon, on pense que c'est un suicide. J'aimerais que vous rentriez dans votre appartement, on va devoir interroger tout le monde.

— Un suicide, où donc ?

— Dans le parc, c'est là que se trouve le corps

— Faut que j'aille voir ça ! » a fait le vieux schnock avant de retourner chez lui.

John n'en démordait pas :

« Maintenant, on doit vraiment se tirer.

— Encore une fois », ai-je plaidé.

On a reculé, foncé sur la porte. Rebondi.

« Encore une fois, John. J'ai senti quelque chose céder.

— T'avais dit que c'était la dernière.

— Encore une ! »

On s'est de nouveau précipités contre cette lourde. Cette fois, les vis métalliques qui fixaient le verrou au bois ont sauté, et la porte a cédé légèrement. Si seulement je pouvais trouver quelque chose pour la fracasser… J'ai examiné le couloir.

« L'extincteur ! »

Je l'ai sorti de sa vitrine et balancé contre la porte. Le verrou a cédé et je l'ai ouverte d'une poussée.

« John, essuie l'extincteur pour enlever mes empreintes, et aussi sa poignée, et la boîte en verre où il était. D'accord ? »

Il avait un regard absent. Je lui ai donné une tape sur le sommet du crâne.

« D'accord ? »

John a hoché la tête. Je me suis rué à l'intérieur de l'appart, j'ai cherché la casquette, je l'ai aperçue sur la table basse et m'en suis emparé avant de ressortir au pas de course.

« C'est essuyé », m'a annoncé John.

J'ai hoché la tête et on a cavalé vers l'escalier de secours.

« Remets ta casquette, enfonce-la un max. »

Il l'a enfoncée le plus possible, et j'en ai fait autant avec la mienne. Pas idéal pour dissimuler notre identité, néanmoins c'était mieux que rien.

« Une fois sortis de l'immeuble, on s'éloigne calmement, et dès que la voie est libre on détale. D'accord ?

— Quoi ?

— John, tête de nœud, contente-toi de suivre le programme, de faire tout ce que je te dis, d'accord ?

— D'accord », a-t-il maugréé.

On s'est engouffrés dans l'escalier de secours.

Au bas des marches en béton, on a émergé dans un hall secondaire. Quelques pots de fleurs, des murs de ciment peints en vert, une glace, un avis concernant les ordures ménagères – et pas âme qui vive. On a franchi une porte au galop et on s'est retrouvés dehors, dans la lumière du couchant.

Un type se tenait là qui nous bloquait le passage, un grand Noir en short et chaussures de tennis. Les mots United States Army barraient au niveau de la poitrine son tee-shirt gris trempé de sueur. Ayant suivi toute la scène en joggant devant le bâtiment, il l'avait contourné dans l'intention de stopper les meurtriers ou quiconque s'aviserait de prendre la tangente. Je lui ai lancé, tout en tâchant de l'esquiver :

« *Por favor, señor, muy urgente, es tarde*...

— Personne ne quitte cet immeuble avant l'arrivée des flics ! »

Quand John a voulu s'avancer à son tour, le soldat

l'a fait rouler au sol de sa grosse paluche – au mépris de toute légalité, mais le moment était mal choisi pour faire une réclamation. À terre, John a pivoté sur lui-même pour prendre en ciseaux les jambes du troufion, qui s'est écroulé comme une masse. Je lui ai balancé un coup de latte dans la tête, ce qui a failli lui rompre les cervicales, et il a perdu connaissance.

De quoi il se mêlait, ce con? J'ai aidé John à se redresser. On ne savait pas dans quelle direction partir. Vers les rues, à l'est? Ou le parc, à l'ouest? Une voiture de police a réglé la question en apparaissant à l'est, à quelque dix rues de là. On a commencé à traverser le parc, où une vingtaine de personnes s'était agglutinée autour du cadavre.

Aussi calmement que possible, nous avons parcouru environ quinze mètres. Une voix s'est élevée:

« Qu'est-ce qu'ils fabriquent, ces deux-là ? »

John s'est mis à courir et j'en ai fait autant.

Six années comme flic au sein du Royal Ulster Constabulary, qui a l'un des taux de mortalité les plus élevés du monde occidental, et pas une seule fois je n'avais perdu mon sang-froid et tiré sur quelqu'un – ni ne m'étais fait tirer dessus. Le principal danger venait de mon propre camp, à cinq échelons au-dessus de moi ; et il ne s'agissait pas de flingues, rien d'aussi grossier. Mais à présent…

On avait traversé la moitié du parc lorsque les poulets se sont écriés :

« Stop ! Police. Stop ou on tire ! »

La pelouse était d'un cuivre sale, l'azur pareil à une piscine, la température supérieure à trente-trois degrés.

Aveuglé par des bandes de lumière blanche, j'avais les poumons en feu. À l'ouest, au-dessus des contreforts verts, le bleu des premières montagnes obstruait tout l'horizon ; les autres chaînes se dessinaient à l'arrière-plan. Un grand pic se dressait au milieu, telle une corne, dominant une vallée incurvée, magenta. Splendide. Un des sommets avait même conservé une trace de neige depuis la tempête au cours de laquelle avait péri Victoria Patawasti.

On a encore couvert une petite cinquantaine de mètres, d'abord parmi les pins, puis dans une sorte de théâtre en plein air. La fin de l'après-midi et toujours le cagnard. Pas grand monde – un joggeur juste devant nous. Ses écouteurs l'empêchaient d'entendre les cris des poulets.

Nous avons atteint la lisière du parc.

Je me suis retourné.

Trois flics en uniforme marron, le pétard à la main. Ils étaient à plus de soixante mètres, deux gros et un maigre plus âgé – mais ce salopard se rapprochait comme un lévrier.

John a grimpé une pente herbeuse pour émerger du parc sur la Sixième Rue, et je le talonnais. Des sirènes tous azimuts. J'ai compris en un instant qu'elles convergeaient vers nous. Parvenu devant un immeuble, j'ai glissé au milieu d'une flaque d'eau répandue par un arroseur détraqué. En se retournant pour voir ce que je faisais, John a heurté un vieux barbu portant un scottish-terrier dans les bras. Ils se sont étalés tous les trois. J'ai relevé John, que le chien était en train de mordre.

« Nom de Dieu ! » a-t-il gueulé en essayant d'écarter l'animal.

Le vieux a hurlé quelque chose en russe.

J'ai attrapé le clébard par les pattes de derrière et je l'ai balancé à une demi-douzaine de mètres de là. Le vieux lui a couru après en poussant des jurons.

« Viens ! » j'ai crié à John.

On s'est élancés dans une rue bordée d'immeubles massifs. Il y avait aussi quelques grandes maisons individuelles, protégées par des grilles en fer et de hauts murs couverts de lierre, impossibles à franchir.

« Hé, vous ! » a hurlé quelqu'un derrière nous.

Quand John s'est retourné, je lui ai crié :

« Cours, espèce de con ! »

Nous avons piqué un sprint sur le trottoir. Le portier d'un luxueux groupe d'immeubles résidentiels a tendu le bras sans que je sache si c'était pour nous arrêter, héler un taxi ou vérifier si la saloperie de pluie se décidait à tomber.

Je l'ai bousculé d'un coup d'épaule et il a roulé à terre. John m'a sermonné :

« Putain de merde, Alex, faut jamais fuir les poulets.

— Ménage ton souffle et cours, tête de con ! »

D'autres sirènes ont retenti. Je savais que les flics, tout en traversant le parc au pas de charge, communiquaient par radio notre position à des collègues qui allaient nous intercepter.

Ils connaissaient la ville, pas comme nous. Ils étaient habitués à l'altitude. Pas comme nous. Ils étaient en forme, alors qu'on était les rois de la défonce. Et, par-dessus le marché, on se coltinait le décalage horaire. Ça commençait à sentir le roussi.

« Par là ! » a grondé John.

On a tourné dans une ruelle. Personne en vue. Des complexes résidentiels séparés par de grands murs. Des poubelles, le bitume brûlant. Raide, la transition du soleil à l'ombre.

Les flics toujours à nos trousses. J'ai indiqué une autre allée à John :

« Là ! »

Celle-là était plus petite mais toujours orientée à l'ouest, avec vue sur les montagnes. Mes poumons étaient sur le point d'exploser, le sang battait si fort à mes oreilles que je n'entendais plus rien d'autre.

Une rue latérale, maintenant. Pas de piétons, des murs en béton, des pavillons avec garage au rez-de-chaussée.

« J'entends un hélico », a remarqué John.

Je n'ai pas levé les yeux.

Une ruelle – cette fois, on filait plein nord. Des gamins se renvoyaient une balle avec d'énormes gants de baseball. Un Blanc, un Noir, un Latino, chacun en tee-shirt de couleurs vives, on aurait dit une scène de cette connerie d'émission pour les enfants, *Sesame Street*. Nous nous sommes faufilés entre eux et, quelques secondes plus tard, les flics en faisaient autant.

On a encore tourné, cette fois dans une large allée déserte, au macadam lisse, sur laquelle donnait l'arrière d'une série de maisons et de garages.

John me précédait désormais d'une bonne demi-douzaine de mètres. À sept ou huit rues de là, on apercevait une artère, apparemment Colfax Avenue. La lumière baissait. Si seulement on parvenait à cette avenue où défilaient passants et véhicules, on avait peut-être une chance de s'en tirer.

Les poulets ont dû se dire la même chose, parce que c'est l'instant où ils ont décidé de faire feu, sans prendre la peine de lancer un avertissement. Juste le claquement bruyant d'une détonation – puis quatre autres. Les balles se sont écrasées contre un compacteur d'ordures ménagères. Lorsque des policiers tentent d'arrêter un suspect, ils n'ont le droit de lui tirer dessus que s'il paraît les mettre en danger, eux ou le public. Ça crevait les yeux que ce n'était pas le cas. Ces putain de flics voulaient nous descendre, un point c'est tout. Une balle a mordu le béton en hurlant, devant moi. Ils canardaient comme des malades, à présent, et leurs balles nous rataient de peu ; ils ne tiraient pas en courant, non, ils s'arrêtaient pour viser, ce qui nous a permis d'augmenter notre avance. Quand j'ai jeté un coup d'œil en arrière, ils se trouvaient à une distance correspondant environ à la longueur de deux courts de tennis. Ce n'étaient pas les flics du parc mais, curieusement, deux types trapus en tenue vert et bleu. À demi aveuglé par la lumière du couchant que renvoyait le béton des murs, j'ai quand même eu l'impression qu'ils n'étaient plus tout jeunes. Peut-être plus très en forme non plus – c'était leur problème.

En tout cas, ils tiraient pour tuer. C'est seulement à la télé que les flics essaient d'atteindre les jambes ou les bras ; dans la vraie vie, ils visent le torse. On a continué à courir, et eux à faire feu.

« Zigzague ! j'ai crié à John.

— Quoi ?

— Cours en zigzag ! »

Et je me suis mis à pratiquer ce que je prêchais. Un

tireur armé d'un semi-automatique de neuf millimètres a toutes les chances de rater une cible qui se déplace de façon rapide et imprévisible.

Les poulets avaient presque vidé un chargeur chacun. Leurs balles soulevaient des fragments de goudron, de béton, arrachant d'horribles échos aux murs des propriétés et des immeubles.

En plus, ils nous gueulaient dessus, maintenant ; mais on ne distinguait pas ce qu'ils disaient. Putain de flicaille de merde, qui allait bientôt faire des étincelles dans des affaires comme le meurtre de la petite JonBenét Ramsey ou le massacre du lycée Columbine. Ils ont fini de vider leurs chargeurs. Ces balles, qui saccageaient la ruelle, pouvaient causer des dégâts jusqu'à près de mille mètres. Leurs tirs se sont interrompus ; les gars devaient recharger leurs armes.

« Je me rends, a lâché John.

— C'est la putain de chaise électrique, connard.

— Ils vont nous descendre.

— Cours, gros con, ils sont en train de recharger, on va y arriver. »

John s'est remis à courir. L'héroïne était à la fois mon ennemie et mon alliée. Elle ralentissait ma course, mais apaisait mes pensées. Le smack du matin continuait à me faire de l'effet et je me voyais comme d'en haut, tranquille, au ralenti, poursuivi par les poulets dans de larges allées, à l'heure où le soleil doré basculait derrière les montagnes, où l'on apercevait dans le ciel cramoisi, entre les immeubles, des rangées de cirrus d'un blanc brillant. Presque un instant de transcendance. John et moi fonçant tous deux parmi les piles de pneus et les palettes de bois, les cartons, les poubelles, les machines, les accessoires d'automobiles, les ordures. Les ombres rayant la chaussée. Nos reflets dans le verre teinté des fenêtres d'appartements.

« On y est presque ! » j'ai crié.

Un des flics a tiré deux fois. Les balles nous ont frôlés sans rien toucher. Enfin, elles ont atteint un tas de choses, mais pas nous. Comment allaient-ils expliquer ça dans leur rapport ? Ils raconteraient sans doute qu'on avait des flingues à canon scié ou des fusils d'assaut, ou je ne sais quoi.

Colfax Avenue était toute proche.

Le smack permet d'évoluer en dehors du temps et de l'espace, et de se voir de l'extérieur comme si l'on était un autre. On se sent invulnérable, désincarné. Je courais toujours, fou d'orgueil – ils ne pouvaient pas m'atteindre.

Une balle a percuté une canette de soda avant de labourer le sol devant moi, en biais. Je suis tombé et j'ai roulé sur l'asphalte, en me cognant brutalement l'épaule. J'ai paniqué, gueulé :

« Je suis touché ! »

Cette fois, c'est John qui a su garder la tête froide. Il m'a relevé d'un seul bras.

« C'est rien, tout va bien. »

Un coup d'œil à mon épaule. Une vilaine coupure, sous la déchirure de la veste et du tee-shirt trempés de sueur, mais pas de casse. J'avais eu de la chance. John m'a encore examiné pendant un quart de seconde, puis on s'est retournés tous les deux. Un seul flic en vue, qui nous jetait des regards frustrés. On était arrivés trop près de l'avenue, il n'osait plus tirer ; comme quoi il lui restait un minimum de bon sens.

« Allons-y ! » a fait John.

On s'est engouffrés dans la première ruelle à gauche, pour ensuite revenir sur Colfax Avenue en filant vers le nord.

Sept heures du soir. L'artère principale de Denver, similaire, du moins sur cette portion, à toutes les grandes avenues occidentales : large, animée, populeuse, flanquée d'immeubles bas et de grandes vitrines de magasins ; et par ailleurs sur le déclin, décrépite, dégueulasse. Des prostituées partout, des hordes de prostituées, comme la veille, des Blacks et des Latinos moulées dans des minijupes et des débardeurs, des proxos, des mecs en repérage qui inspectaient la marchandise depuis leur bagnole, cherchant à retrouver des visages familiers. Des dealers, des camés. Des branleurs qui passaient. Pas de flics.

« Ça va ? » m'a demandé John.

J'ai vérifié l'état de mon épaule. Ça saignait, mais rien de profond.

« Ça va. »

On a repris notre souffle. Les trottoirs étaient noirs de monde, on allait pouvoir se fondre facilement dans la masse. J'ai ajouté en haletant :

« Cours pas, cours pas, je crois qu'on est bons. Marche. »

Je sentais mon épaule se raidir, mais elle saignait déjà moins. Personne ne nous regardait, personne ne nous prêtait la moindre attention.

Au bout d'environ cinq rues, on a plongé derrière

une bagnole afin de vérifier si quelqu'un nous suivait. Le dernier poulet en course faisait preuve d'inventivité pour essayer de nous repérer ; il était grimpé sur une voiture en stationnement et regardait dans toutes les directions en parlant dans sa radio. Nous étions deux points dans la foule qui grouillait sur le trottoir ; de plus, il avait le soleil couchant dans les yeux.

« T'es cuit, mon poulet, a murmuré John d'un ton satisfait.

— Ouais, j'ai approuvé.

— Et maintenant ? a demandé John.

— On retourne chercher nos affaires à l'hôtel et on quitte la ville.

— On laisse tomber Victoria ? »

Je l'ai regardé de travers. Putain, il était devenu cinglé ? J'ai aboyé :

« Évidemment, on laisse tomber Victoria ! »

Après être revenus à pied au centre-ville, en passant devant le Capitole de l'État, nous avons regagné notre hôtel. Le réceptionniste ne nous a pas remarqués, il regardait un jeu télévisé.

Notre chambre n'avait pas été nettoyée ; nos effets personnels étaient tous en place. Dire que nous n'avions même pas dormi dans ces lits. On a fait nos bagages en vitesse et en silence. À un moment, John est allé vomir dans les toilettes. Quand il est revenu, je lui ai parlé doucement :

« Bon, John, écoute-moi, maintenant, écoute-moi bien. Tu vas te couper les tifs, les couper court, du mieux que tu pourras, et moi je vais me raser la barbe. D'accord ? »

Il a hoché la tête.

J'ai saisi mon rasoir et taillé ma barbe, avant d'éliminer complètement cette saloperie. Puis j'ai pris une douche rapide et cherché quelque chose pour me bander l'épaule. Comme je ne trouvais rien, je me suis collé quatre ou cinq pansements sur la peau. En sortant de la salle de bains, j'ai constaté que John ne s'était pas trop mal débrouillé. Au moins, sa nouvelle coupe ne lui donnait pas une tête d'épouvantail.

« John, t'aurais pas de l'aspirine ou quelque chose ?

— Non. Comment va ton épaule ?

— Ça va.

— T'as ramassé un gadin.

— Je sais.

— Bon Dieu, Alex, j'ai tué un homme. J'ai tué quelqu'un, putain. Oh, mon Dieu, oh, mon Dieu, c'est pas possible. »

La tête dans les mains, il s'est assis au bord du lit et s'est mis à pleurer. Je l'ai laissé tranquille pendant une ou deux minutes, c'était une bonne chose que les larmes coulent. Ensuite, je lui ai expliqué en douceur :

« Écoute, John, c'est lui qui t'a cherché, il s'agit d'un accident. Comme un accident de bagnole. C'est la faute de personne. En plus, faut pas le confondre avec mère Teresa, ce gars, rappelle-toi, c'était un sale mec, il était complice d'un meurtre après coup, rétention de preuves, tout ça. »

N'importe quoi. Klimmer avait simplement paniqué ; en s'y prenant mieux, on aurait peut-être pu le convaincre d'aller voir les poulets. John avait merdé, et grave. Il a acquiescé :

« Ouais, je suppose.

— Bon, on va devoir quitter la ville.

— Comment ?

— En car Greyhound, pour n'importe où. Tout de suite. »

Une fois descendus au rez-de-chaussée, nous avons laissé nos clés au réceptionniste.

« Vous partez ?

— Ouais.

— OK. »

Comme il avait vraiment l'air de s'en foutre, je n'ai pas pris la peine de lui raconter d'histoires. On est sortis dans Broadway. Il faisait sombre, maintenant. On a demandé la direction de la gare routière ; c'était au centre-ville, mais il y avait une navette.

Les passagers de la navette, qui se heurtaient constamment à nos bagages, nous jetaient des regards dépourvus d'aménité. Le centre commercial en plein air de la Seizième Rue était bondé. Les Colorado Rockies disputaient un match de base-ball, ce soir-là. Au terminus, on a aperçu deux policiers devant le bâtiment. Ils étaient peut-être là à cause du base-ball, à moins que ce ne soit leur poste habituel – ou qu'ils aient reçu notre signalement. On ne pouvait pas courir de risque ; la chute de Klimmer remontait à plus d'une heure et les flics avaient largement eu le temps de se donner le mot.

« Merde, a marmonné John. Et maintenant ? »

Nous étions noyés parmi la foule qui se rendait au match, mais la situation n'allait pas s'éterniser. J'ai répondu :

« On suit tous ces gens, ça va nous éloigner des flics. »

Un vrai coup de chance. On a marché quasiment jusqu'au stade de Coors Field. En nous approchant, nous avons repéré un train qui attendait dans la gare d'Union Station.

« Le train, John, on va prendre le train.

— Ouais. »

On a essayé de traverser la rue avec nos sacs à dos, mais la circulation était dense là aussi, toujours à cause du match de base-ball.

Un avertisseur sonore, une pause, puis l'énorme train s'est ébranlé. Je me suis exclamé :

« Putain de merde, il s'en va ! »

Lors de mon précédent séjour en Amérique, j'avais voyagé par Amtrak, la ligne de chemin de fer nationale, et je savais que c'était très mal desservi dans le sens est-ouest. Ce train était peut-être le seul de la journée à quitter Union Station.

« John, ai-je crié, faut qu'on prenne ce train ! »

Il a hoché la tête.

Nous avons traversé la rue au galop, en slalomant au milieu des bagnoles. Hurlements de freins, coups de klaxon, jurons. Après avoir couru sur la rampe prévue pour les fauteuils roulants, on a émergé sur le quai. Le convoi avançait très lentement, mais ça ne paraissait quand même pas évident de sauter dedans avec le poids du sac à dos et cette douleur à l'épaule, sans parler de l'épuisement et du décalage horaire qui entamaient ma coordination.

On a vu un tout petit mec bondir dans la voiture qui nous précédait. John a trouvé une portière ouverte et sauté à bord, puis il a tendu la main pour me hisser jusqu'à lui.

L'obscurité. Le train a changé de voie à la sortie de Denver, en décrivant de vastes méandres. Il m'a fallu un moment pour réaliser qu'on roulait vraiment vers l'ouest. Quand je suis allé aux toilettes afin de jeter un coup d'œil à mon épaule, j'ai découvert une vilaine écorchure, à l'endroit où l'os affleure sous la peau. Toute la zone n'était plus qu'une croûte sanglante ; les pansements s'étaient décollés. Ça ne faisait pas trop mal, mais il y avait un risque d'infection. Je me suis mis torse nu et j'ai recueilli de l'eau du lavabo au creux de mes mains pour laver la plaie. Après l'avoir nettoyée avec de l'eau et du savon, je l'ai bandée au moyen de serviettes en papier. Puis j'ai changé de tee-shirt et remis ma veste. On a trouvé deux sièges libres dans le wagon-restaurant et commandé des bières et des sandwichs au barman ; on lui a aussi demandé où allait ce train. Habitué aux questions connes, il a répondu qu'on roulait vers San Francisco à bord du California Zephyr. Ce qui nous convenait parfaitement. Très bien, la Californie. À San Francisco, on pourrait prendre un vol pour Londres ou Francfort – pour n'importe où, en fait, à condition que ce soit le plus loin possible.

Le train s'est lancé à l'assaut des montagnes. La voie passait sous des tunnels et dessinait de grandes boucles, au hasard desquelles on découvrait Denver illuminée sans interruption jusqu'à Boulder d'un côté et Castle Rock de l'autre. On avait presque fini nos bières lorsque la contrôleuse s'est approchée. Petite taille et cou épais, le tout surmonté d'une coiffure afro de vingt centimètres, elle a pointé vers nous ses longs ongles vernis, décorés de la bannière étoilée.

« Vous êtes assis où ? a-t-elle demandé.

— Ici », a répondu John.

Il n'essayait pas d'être drôle, mais elle l'a mal pris et a brusqué le ton :

« Vous êtes assis où dans le train ?

— On vient de monter, on n'est assis nulle part. »

Cette fois, elle a fusillé John du regard.

« Montrez-moi vos billets.

— On n'a pas de billets », a-t-il répondu.

Je me suis hâté d'ajouter, avec un grand sourire :

« Le train démarrait, on nous a dit qu'on pourrait acheter nos billets à bord, nous sommes des touristes.

— Qui vous a raconté ça ?

— Euh, le type à la gare.

— Quel type ?

— Je sais pas, ai-je répondu d'un ton conciliant, le type, il était en uniforme, je sais pas.

— Eh bien, je ne vois pas pourquoi il vous a dit ça, vu que personne n'est admis à bord sans billet. Vous êtes sur une grande ligne, pas dans un train de banlieue – une ligne Amtrak transcontinentale. Il faudra descendre au prochain arrêt pour acheter un billet à la gare avant de remonter à bord.

— D'accord.

— D'accord, a répété John.

— Le prochain arrêt est à Fraser, dans le Colorado. Vous descendez à Fraser et, là, vous achetez vos billets », a-t-elle martelé sèchement.

On a répété en chœur, tout sourire :

« D'accord ! »

La contrôleuse s'est éloignée dans le couloir de la voiture.

« Quelle salope ! a marmonné John. Je te parie qu'elle pouvait nous les vendre, les billets, si elle voulait.

— Ouais, mais on s'en tape, on les achètera à la gare.

— Ouais…

— On s'en tape », ai-je insisté.

Nous avons vidé nos bières d'un commun accord. Difficile d'imaginer deux mecs plus à côté de la plaque, vu que le fait de descendre du train à Fraser, dans le Colorado, allait justement faire une sacrée différence. Le programme que nous avait concocté le destin ne comprenait pas plus de Californie que de parc du Golden Gate, pas plus de Chinatown que d'aéroport ou de vol de dix heures pour l'Europe. Non, le centre de gravité de notre histoire, celui qui nous aspirait invinciblement à la façon d'un trou noir, celui où tout avait commencé, où Victoria Patawasti était morte et où nous allions retourner, c'était Denver – mais on l'ignorait encore.

Vishnou prit jadis l'apparence d'un nain pour rendre visite à la Terre. Sous le nom de Vamana, il empêcha le démon Bali de détruire notre planète. Grâce à sa petite taille, il se joua de lui et l'expédia aux enfers, en lui rappelant au passage que les apparences peuvent être trompeuses et qu'il faut toujours se méfier des petits mecs.

Je repensais à cette histoire tandis que John et moi jetions des regards furieux au nain. Ce n'est pas après lui qu'on en avait; il n'y était pour rien si on s'était heurtés à un guichet fermé… Si le panneau disait «Billets en vente au Continental Divide Saloon»… Si ce café se trouvait en ville, à près de cinq cents mètres de la gare de Fraser… Si notre train, ayant quitté Denver en retard, avait dû rattraper le temps perdu en repartant de Fraser plus tôt que prévu… Si nous avions entendu l'avertisseur trop tard… Bref, si le convoi avait filé sans nous.

Le prochain à destination de l'ouest passerait le lendemain, à la même heure. Mais le type qui vendait les billets, au Saloon, nous avait expliqué qu'en patientant une demi-heure on en aurait un pour Chicago. Avec John, on s'était dit que ce train de Chicago nous irait comme un gant – ignorant, évidemment, que ça nous faisait revenir à Denver.

Le nain était descendu à Fraser, lui aussi; sans se préoccuper du guichet, il était allé passer un moment dans un bar. Et il attendait maintenant sur le quai, non loin de nous, ce qui me rendait quelque peu nerveux.

D'autant que le train de Chicago avait du retard.

Une demi-heure de retard. Une heure de retard.

À minuit, toujours pas de train.

Quand on appelait le numéro gratuit d'Amtrak, on entendait une voix de zombie annoncer que le convoi entrait justement en gare de Fraser. Ça faisait des heures que la voix répétait cette annonce…

Les oiseaux. Le clair de lune, si lumineux qu'on distinguait des traînées de vapeur dans l'air froid. La neige sur les sommets encerclant cette petite station de ski de deuxième catégorie. Les rails d'acier qui, depuis le XIXe siècle, fonçaient inlassablement vers la montagne.

Tout cela rendait John philosophe :

« C'est pas si mal, d'attendre. On remarque des trucs. Le temps ralentit, se décompose en ses éléments constitutifs. Notre conscience a trop souvent tendance à fonctionner sur pilote automatique, on met le régulateur de vitesse et on regarde passer la journée, la semaine, toute notre vie sur cette planète… »

D'où est-ce qu'il me sortait cette psychologie à deux balles ? De son manuel de moto ? En tout cas, pas question que je morde à l'hameçon. Il faisait très froid, on ne se serait pas douté que c'était l'été. Ça caillait nettement plus que dans les montagnes près de Boulder.

J'ai promené mon regard le long du quai. Le nain grillait une cigarette. On n'avait pas de clopes, et je me suis demandé si je n'allais pas lui en taxer une, histoire de me réchauffer.

« Vise un peu toutes ces étoiles ! » s'est extasié John.

Il commençait à me gonfler, et je me suis consciencieusement abstenu de lever les yeux.

« J'aurais dû étudier l'astronomie. J'aurais dû aller à Oxford, ou à Cambridge, seulement j'ai pas eu mon bac. Tu l'as eu, toi, Alex, il aurait fallu que t'ailles à l'université. Mais je suppose que t'étais obligé de rester auprès de ta mère. »

Je l'ai regardé de travers, mais il n'a rien vu.

« Quelle histoire terrible, avec ta mère. Moi aussi, j'étais très proche d'elle, tu sais. Je dois dire que j'étais d'accord avec leur décision. À ton père et ta mère. »

C'était un thème de conversation remarquablement

inapproprié – surtout maintenant, alors que John venait de tuer quelqu'un, bon Dieu, et que je m'étais fait tirer dessus, et qu'on avait les flics au cul, et que je n'avais pas eu mon fixe d'héroïne pour me remettre d'une journée éprouvante qui n'en finissait pas de ne pas finir, bordel.

« Quelle décision ? » j'ai demandé d'un ton froid.

Il a répondu de manière presque désinvolte :

« Tu sais bien. Refuser la chimio. »

Si les bras ne m'en étaient pas tombés, j'aurais pu le cogner, cet enfoiré.

« Tu approuves leur attitude complaisante envers la mort ?

— Écoute, Alex, sois pas injuste. L'homéopathie aurait pu marcher. Ces traitements parallèles, c'est pas de la connerie, il y a plus de choses dans le ciel et sur la terre que n'en peut rêver ta philosophie, comme disait l'autre, et tout le toutim. T'es vraiment dur avec ton père, Alex. Ils avaient pris cette décision tous les deux, ensemble. »

John ne se doutait pas à quel point il était près de se faire démolir la gueule. J'étais fou de rage. Il savait pourtant que c'était un sujet dont on ne parlait jamais. Ça, et ma démission de la police. Mais surtout ça. Est-ce qu'il cherchait la bagarre pour oublier ce qui s'était produit ? Ou bien c'était juste de la connerie ? Je sentais mon sang bouillir. Tout ce qui nous arrivait était de sa faute, après tout. Je me suis mordu la langue et dirigé vers le nain.

Qui, d'ailleurs, n'en était peut-être pas un, techniquement parlant. Si ç'avait été une femme, on l'aurait trouvée très petite, menue. Il faisait, quoi, un mètre cinquante-deux. Barbu, veste en cuir, casquette marquée Denver Nuggets. Dans les quarante balais, j'aurais dit.

« Je pourrais pas vous taper une clope, des fois ?

— Pas de problème. »

Il m'a tendu un paquet de Marlboro Lights. J'en ai pris une et je l'ai allumée à la sienne, en expliquant :

« D'habitude, je ne fume pas, mais ça gèle.

— Ouais, on est à deux mille sept cent cinquante mètres au-dessus du niveau de la mer, ça fait une différence.

— Le train est en retard, ai-je commenté en aspirant ma fumée de tabac avec gratitude.

— Ouais, le California Zephyr est en retard. Le California Zephyr est toujours en retard. Il roule à soixante-quinze kilomètres à l'heure et s'arrête chaque fois que le mécanicien veut laisser descendre quelqu'un.

— Vraiment ?

— Ouais. Vous saviez que zéphyr, en grec, signifie vent d'ouest ? Amtrak a embauché un comique pour donner des noms à ses trains. »

J'ai souri.

« Très drôle.

— David Redhorse », s'est-il présenté en me tendant la main.

Je l'ai serrée. Ce nom exotique avait quelque chose de curieusement familier. Redhorse était sans doute aussi commun ici que Lawson en Irlande – ça devait grouiller dans tous les coins.

« Alex, euh, Wilson, Alexandre Wilson. Vous vous retrouvez coincé, vous aussi ? Je vous ai vu monter à

Denver, et puis descendre du train un peu après nous, à Fraser.

— Non, non, j'ai de la famille ici, je suis venu leur rendre une petite visite. Je voyage en train gratuitement. Qu'est-ce que vous êtes venus faire à Fraser ?

— Euh, rien, on se balade. On est des touristes.

— J'avais cru remarquer un accent. Australiens ?

— Ouais, ouais, on est australiens. »

En me rendant compte que John risquait de vendre la mèche et d'éveiller les soupçons de ce type, je lui ai fait signe de s'approcher.

« John, viens par ici. Je te présente David, il a demandé d'où on était et je lui expliquais qu'on était deux clodos australiens en train de faire le tour du monde. »

John a répondu en me jetant un regard noir :

« Ouais, on est de Sydney. Sydney, en Australie. On va à Chicago, maintenant… »

On peut entendre divers accents, à Belfast. Le nôtre, caractéristique du nord de la ville, était complètement différent de celui de l'Irlande du Sud, beaucoup plus connu. Après tout, il n'était pas inconcevable de le confondre avec un accent australien.

« À Chicago ? s'est étonné Redhorse. Pourquoi êtes-vous descendus ici ? »

Je l'ai regardé. Il y avait quelque chose chez ce type… Quelque chose de pas tout à fait net. Où avais-je déjà entendu ce nom-là ? J'ai répondu :

« On s'est trompés à Denver. On allait à Chicago, mais on a pris le mauvais train et on est partis vers l'ouest au lieu de l'est. Direction Chicago, puis New York, et puis l'Europe.

— Le mauvais train, hein ? Ça ne m'étonne pas, ils ne vous disent rien, à Denver. Vous avez eu du bol de vous rendre compte que vous alliez vers l'ouest. Mais c'est formidable de voyager comme ça à travers le monde. J'aimerais en faire autant, seulement j'ai peur de l'avion, j'en ai toujours eu peur. Faudrait me payer cher pour me faire monter à bord d'un avion !

— Statistiquement, a objecté John, c'est le moyen de transport le plus sûr. Plus sûr que le train, et beaucoup plus que la bagnole.

— Ben, c'est pas comme ça que je vois le problème. Si vous avez un accident de voiture ou de train, ce n'est pas obligatoirement fatal – par contre, dans la plupart des crashs, tout le monde reste sur le carreau. »

John a répliqué quelque chose, mais j'avais du mal à me concentrer. J'entendais le smack qui m'appelait. Redhorse me rendait nerveux. Après qu'il a répondu à John, ils se sont tournés vers moi tous les deux.

« Alex, m'a interpellé John en me donnant un coup de coude, David veut savoir quels sports on pratique en Australie.

— Oh, des tas de sports. Le football, mais avec un règlement australien, le cricket, le rugby, ce genre de trucs… Vous avez pas ça en Amérique.

— Vous ne devinerez jamais quel est mon sport favori », nous a défiés Redhorse avec un grand sourire.

John a haussé les épaules.

« Allez-y, devinez », nous a encouragés le nain en hochant la tête.

J'ai suggéré :

« Je sais pas, le base-ball ?

— Non. Réfléchissez, quel est le sport le moins évident à pratiquer pour moi ? »

Il a réprimé un gloussement.

« J'en sais vraiment rien, ai-je admis. Le foot ?

— Non. Le basket ! » s'est-il exclamé avec impatience.

L'humour de la chose nous échappait, à John et moi, mais Redhorse a éclaté de rire.

« Vous ne voyez pas ? a-t-il insisté en s'étouffant de rire.

— Pas vraiment, a fait John.

— Faut mesurer plus d'un mètre quatre-vingts. Qu'est-ce que je raconte, plus de deux mètres dix, bon Dieu ! Je croyais que le basket-ball cartonnait en Australie, c'est ce que j'ai entendu dire, que ça devenait vraiment populaire, là-bas.

— Oh, oh, ouais, a approuvé John, on suit ça de près, pas vrai, Alex ?

— Ouais, ouais. »

Je commençais à regretter d'avoir mêlé l'Australie à cette conversation. Redhorse a demandé innocemment :

« Quelle est votre équipe favorite, en Amérique ?

— Euh, a bredouillé John, notre équipe favorite, euh, oh ouais, j'aime les, euh, les Harlem Globetrotters, ils sont vachement doués, on dirait qu'ils sont abonnés à la victoire. »

J'ai approuvé d'un hochement de tête. Redhorse nous a lancé un regard bizarre et a décidé de changer de sujet.

« Vous êtes étudiants, les gars ?

— Oui, j'ai répondu, on a pris une année pour faire le tour du monde avant de retourner à la fac.

— Ouais, ben, comme j'ai dit, ça me botterait bien, mais ça revient trop cher par bateau. En plus, je n'aime pas m'éloigner trop longtemps de la réserve où habite ma famille, je suis le seul à vivre à Denver.

— Vous êtes indien ? s'est enquis John.

— Oui.

— Cool », a fait John.

J'ai ajouté :

« Il paraît que les Amérindiens ont morflé, du côté de Denver.

— Je suppose que vous avez lu quelque chose sur le massacre de Sand Creek », a marmonné Redhorse.

Il a jeté son mégot et s'est allumé immédiatement une nouvelle cigarette.

« Ouais, ai-je admis.

— Bon, c'est bien de connaître cette histoire, mais c'est pas le plus important. Il y a eu des tas de petits massacres et de tueries dont on n'a gardé aucune trace. Ils nous ont volé cette terre, Denver est une terre volée, ces montagnes sont des terres volées. Ce n'est pas qu'on avait la prétention de les posséder, on en était les gardiens – l'homme blanc, lui, prétend les posséder. »

Redhorse s'était exprimé avec précision et rapidité, comme s'il avait souvent prononcé ce discours. Je l'ai interrogé :

« C'est ce que vous faites dans la vie, alors ? Avocat, militant ?

— Non, non, je suis flic », a-t-il répliqué avec un petit sourire.

John m'a jeté un regard et s'est figé. J'ai secoué légèrement la tête ; pas question de tomber dans le panneau, de réagir par une connerie. D'un ton hésitant, John a demandé :

« Vous êtes policier ?

— Oui.

— Quelle spécialité ? Circulation, drogue... ?

— Les homicides », a répondu Redhorse d'une voix monocorde.

J'ai répété malgré moi :

« Les homicides ?

— Oui. Je sais ce que vous vous dites, je suis trop petit pour intimider les gens, particulièrement les témoins, hein ? »

Ce discours-là aussi, il était clair que Redhorse l'avait souvent prononcé.

« Non, je ne pensais pas à ça.

— Non ? Pourtant, beaucoup de gens le pensent. Ils me trouvent trop petit, et ils croient aussi que je dois être bourré tout le temps, sous prétexte que je suis indien et que mes parents vivent dans une réserve. Eh bien, ils ne sont pas alcoolos, moi non plus, et j'ai un des meilleurs taux de réussite de la brigade criminelle.

— J'en suis sûr, ai-je affirmé. Je n'avais pas du tout ce genre de choses en tête, je suis certain que vous êtes un enquêteur formidable.

— Je le suis », m'a-t-il approuvé.

J'ai voulu en savoir plus.

« Sur... Sur quoi vous bossez en ce moment ? »

John, livide, muet, ne réussissait qu'à se faire remarquer en tétant désespérément sa cigarette.

« Où est ce train ? a-t-il réussi à marmonner dans son coin.

— Oh, m'a répondu Redhorse, je dirige le service des VH. Je ne suis pas sur une affaire particulière.

— Je vois. Ça veut dire quoi, les VH ?

— Vols avec homicide. »

Toujours cette voix monocorde.

« Vous n'avez pas une affaire intéressante à nous raconter ?

— Eh bien, mon plus gros problème, en ce moment, c'est une agression criminelle qui s'est transformée en meurtre depuis le décès de la victime. Les avocats du suspect soutiennent qu'on a enfreint l'ordonnance Miranda en ne lui lisant pas ses droits en chinois dans les vingt-quatre heures qui ont suivi son arrestation. Il est chinois, comme sa victime. Malgré le nombre de témoins oculaires, on risque d'être obligés de le laisser filer. Ce n'est plus de notre ressort, maintenant, c'est le procureur que ça regarde. N'empêche que si le criminel s'en tire, ce sera dans nos dossiers, il y a de quoi avoir les boules. »

Il a secoué la tête, serré les poings, visiblement énervé de repenser à cette affaire. À un coupable esquivant le châtiment de son terrible crime. J'ai souri avec une certaine nervosité.

« Mais où est ce foutu train ? » a pesté John.

J'ai fumé, en essayant de me détendre. Ce flic avait l'air correct. Comme la plupart de ses confrères, il avait sans doute envie de se plaindre de son boulot. Le mieux était de le mettre à l'aise en le faisant parler jusqu'à l'arrivée du train, mais mon esprit avait du mal à fonctionner ; et, visiblement, on avait merdé d'une façon ou d'une autre en mentionnant les Harlem Globetrotters.

Pour le distraire, n'importe quelle question ferait l'affaire.

« Qu'est-ce qui lui est arrivé, à ce fameux Miranda ? On parle toujours de l'ordonnance Miranda dans les séries télé, *NYPD Blue*, *New York District*... mais Miranda lui-même, personne n'en parle jamais. C'est quelqu'un qui s'en est sorti parce qu'on avait omis de lui lire ses droits, je suppose ?

— Ouais, c'est ça. Ernesto Miranda s'est tiré d'affaire après avoir kidnappé, torturé et violé une jeune fille retardée. Putain, mec. Mais l'histoire se termine bien », a ajouté Redhorse avec une satisfaction farouche.

Ses yeux se sont illuminés et, à la clarté de la lune, j'ai constaté qu'ils étaient marron foncé.

« Ah ouais ?

— Ouais. Quelques années plus tard, il était poignardé à mort dans un bar. Bien joué, c'est ce que j'aurais fait pour ma propre gosse – attendre quelques années avant de descendre le fumier.

— Sûr. »

À cet instant, je me suis enfin souvenu de mon appel aux services de police. Ça ne remontait vraiment qu'à ce matin ? Le commissaire Redhorse. Nom de Dieu. C'était un bon, un vrai fox-terrier, de ceux qui ne renoncent jamais. Et il se trouvait là comme ça, par hasard ? Tu parles. Seuls les mauvais flics croient aux coïncidences. Il était monté dans le train à Denver, comme nous. Il en était descendu à Fraser comme nous et, maintenant, il repartait vers Denver – avec nous. Je l'ai observé. Non, il ne s'agissait pas d'une coïncidence. Redhorse était du genre à suivre son intuition. Il apprend que deux individus se sont enfuis d'une scène de crime, il fonce à la gare, prend des mecs en filature et attend de voir ce qui se passe.

« Qu'est-ce que vous avez à l'épaule ? m'a-t-il soudain demandé.

— Quoi ?

— Vous saignez. »

J'ai jeté un coup d'œil à mon épaule. Bien entendu, le sang avait imbibé les serviettes en papier et suintait à travers le tissu de ma veste. Juste une ou deux taches. J'ai décidé de la jouer désinvolte.

« Vous vous y connaissez, en secourisme ?

— Un petit peu.

— Ouais, hier on a escaladé des rochers du côté de Boulder, et… »

Redhorse m'a interrompu en secouant la tête :

« Pas la peine de me dire ce qui s'est passé. Vous n'étiez pas convenablement équipé, et vous avez fait une chute, pas vrai ?

— Ben, ouais, ai-je répondu en essayant de prendre un air embarrassé.

— C'est toujours pareil ; vous n'avez pas idée du nombre de jeunes qui se blessent chaque année. Il y a des morts, vous savez. Vous autres, les jeunes, vous n'êtes pas raisonnables de partir comme ça en montagne sans préparation. Merde, c'est toujours la même chose. La région est tellement aride… Avec une sécheresse pareille, une branche ou une racine ont vite fait de vous péter sous la main. Vous devriez me laisser examiner la plaie », a ajouté Redhorse avec un soupir.

Un refus aurait paru suspect. J'ai enlevé tout le haut,

même mon tee-shirt, et je me suis penché afin de laisser l'inspecteur jeter un coup d'œil. John me jetait des regards horrifiés et j'ai froncé les sourcils, pour lui faire comprendre que ce n'était pas le moment d'ouvrir sa gueule.

« D'accord, d'accord, voyons voir. Ouais, juste une égratignure. Gardez-la bien propre, mettez un grand pansement dessus, ne la grattez pas quand il y aura une croûte. Et ne faites plus d'escalade sans un matériel de sécurité adapté.

— Le train ! a gueulé John. Voici le train ! »

J'ai regardé au loin, sur la voie. Il y avait une petite lumière. John était surexcité :

« Regardez, qu'est-ce que c'est que cette lumière ? Vous la voyez, cette lumière ? C'est pas un camion. Je vous dis, voici le train. Ça peut être que lui, c'est le train, croyez-moi. Alex, t'as nos billets ? Regardez, il grossit. C'est le putain de train. Il arrive. Peut-être que c'est la lumière d'une maison ? Non, c'est lui. »

Un bruit de trompe, l'énorme locomotive, la sonnerie du passage à niveau. Le train est arrivé agressivement avant de ralentir et de s'immobiliser. On est montés dans une voiture bondée et on a cherché des places en se cognant contre les gens avec nos bagages, mais tous les sièges semblaient occupés. Un convoi dégueulasse, puant la transpiration, rempli de passagers épuisés qui venaient de traverser le désert et de franchir les Rocheuses pendant trente heures d'enfer, version Amtrak. L'employé en uniforme a fini par nous dégoter trois sièges voisins dans une section non-fumeurs.

Redhorse s'est assis à côté d'un type velu qui lui a

demandé s'il avait été sauvé personnellement par Jésus. Au lieu de répondre, l'inspecteur s'est allumé une clope, a sorti *Les Raisins de la colère* et s'est plongé dedans avec ardeur. Le type velu s'est tourné vers moi :

« Avez-vous accepté Jésus dans votre vie ?

— Oui ! » ai-je répondu solennellement.

La seule réponse sensée dans ce genre de circonstances.

« Splendide. Et vous ? a demandé le raseur à John.

— Ben, non, pas vraiment », a répondu John.

J'ai poussé un gémissement, pendant que l'autre insistait :

« Si vous n'y voyez pas d'inconvénient, j'aimerais vous parler un peu de Notre Seigneur Jésus-Christ.

— Je n'y vois aucun inconvénient », lui a assuré John.

Ayant tué un homme quelques heures auparavant, il était psychologiquement vulnérable. Je me suis levé et j'ai pris ma trousse à savon.

« John, je suis aux toilettes, OK ? »

Et j'ai serré les lèvres très fort, espérant traduire par cette mimique mon souhait ardent qu'il la boucle, même si le Messie en personne lui apparaissait pour exiger une confession. Un poulet d'un côté, un putain de missionnaire de l'autre. Génial. Qui d'autre allait monter à bord au prochain arrêt ? Un mec équipé d'un détecteur de mensonges ?

Les toilettes étaient remarquablement propres, compte tenu de la longueur du voyage et du nombre de passagers. Après avoir trouvé mon héroïne, je l'ai fait bouillir, j'ai pris une aiguille propre, exposé une veine, posé un garrot et basculé très loin de toute cette folie. Le cliquetis du train, les voies interminables, l'air de la montagne. Je me suis assoupi, j'ai roupillé un petit moment avant d'être réveillé par un changement de voie.

Lorsque j'ai regagné mon siège, Redhorse avait disparu.

« Où est le flic ? j'ai demandé à John.

— Il a été transféré dans la section fumeurs. »

Le missionnaire est intervenu :

« Et Jésus déclara aux incroyants : "Il ne suffit pas que vous respectiez les commandements, il vous faut naître à nouveau." »

Je me suis assis. Le smack m'avait apaisé. Rien n'avait plus d'importance, on pouvait convertir John, venir m'arrêter, je m'en battais les flancs.

On est arrivés à Denver à trois heures du matin. David Redhorse est réapparu pour nous souhaiter un bon voyage ; de mon côté, je lui ai souhaité bonne chance dans sa chasse aux tueurs, après quoi il nous a dit au revoir sans plus de cérémonie. Sa présence à bord de ce train n'était donc due qu'au hasard, après tout. Il ne recherchait pas deux types en cavale ; ou alors, de toute façon, il ne nous avait pas trouvé des gueules d'assassins. Ce n'était pas un mauvais gars, pour un poulet. J'espérais seulement qu'il ne ferait pas le rapprochement entre Klimmer et nous. La plupart des flics peuvent être de vraies billes, mais Redhorse n'entrait visiblement pas dans cette catégorie ; j'ai été soulagé qu'il s'en aille.

Et horrifié de le voir rappliquer vingt minutes plus tard, alors que, tranquillement assis, nous attendions que le train reparte.

Mes idées se sont bousculées, oh merde, il a fini par percuter et il vient nous arrêter. J'ai attrapé John par l'épaule pour essayer de le mettre debout. On pouvait s'enfuir dans le couloir, sortir par la voiture suivante, disparaître dans Denver. Redhorse n'avait sans doute pas eu le loisir de faire boucler la gare.

« John, faut qu'on se bouge ! »

Le temps que je réussisse à le hisser de son siège, il était trop tard, le commissaire s'était approché de nous.

J'ai pris une profonde inspiration, prêt à me battre ou à me barrer. Je pouvais l'avoir, ce petit enculé, fastoche.

« Les gars, je suis revenu vous dire, parce que je sais que vous n'avez pas de couchette, le train va être immobilisé ici toute la nuit, il y a eu un grand déraillement plus loin sur la voie, elle est bloquée. Pas de blessés, mais je connais Amtrak, ils vous diront rien avant demain matin, et le train ne repartira pas avant l'après-midi… S'il repart.

— Merde, j'ai fait.

— Vous voulez le nom d'un hôtel, les mecs ?

— Ouais.

— On trouve toujours des chambres au Holburn, sur Sherman Street, même à cette heure de la nuit.

— Merci, on va aller voir ça.

— D'accord. Ben, salut, ç'a été sympa de vous rencontrer. »

Je lui ai serré la cuillère et il est reparti le long de la voie. J'étais à présent convaincu qu'il nous avait catalogués comme des zigues inoffensifs.

« Qu'est-ce qu'on fait, Alex ?

— Une chose est sûre, j'ai murmuré, c'est qu'on descend de ce putain de train. »

Et nous voici arpentant les rues de Denver à quatre plombes du mat'.

Un temps mort dans une ville morte. Les pies et les corbeaux tiennent conciliabule dans le labyrinthe de ruelles et de culs-de-sac déserts. Les prostituées ont disparu de Colfax Avenue, les clients ont déserté le LoDo's Bar & Grill, qui donne sur un Coors Field encore tout illuminé bien que le match soit fini depuis longtemps.

Fait chier, le Holburn, pas question d'y mettre les pieds. On décide de retourner plutôt à notre hôtel. Mais là-bas, le fumier veut encore nous faire payer une semaine d'avance, cash. C'est louche, il doit penser qu'on a des ennuis quelconques. Ça ne me plaît pas et, d'un petit ton léger, je lui dis de laisser tomber.

Je m'en explique à John qui, après consultation du guide *Lonely Planet*, suggère l'auberge de jeunesse de la Dix-Septième Rue. En chemin, on avise un mec qui livre le *Denver Post* ; je me fends de vingt-cinq cents et trouve l'article en page trois :

Un locataire du complexe résidentiel de Mountain View, qui donne sur le parc Cheesman, a fait aujourd'hui une chute mortelle du troisième étage. Des témoins affirment l'avoir vu se débattre contre un agresseur. D'après Jean Simmons, une voisine, « l'immeuble a été cambriolé deux fois au cours du mois dernier ». On dit que la police recherche deux hommes, des Latinos au teint clair, âgés de vingt à trente ans. Il semblerait qu'un policier soit parvenu à atteindre et blesser gravement l'un des agresseurs.

Je cesse de lire et pose le journal. Avant tout, rassurer John.

« John, tu peux te détendre, il y a une douzaine de témoins oculaires, dont trois flics, et ils nous prennent pour des Mex illégaux. Merde, ça valait le coup de sortir ce petit speech en espagnol au gars en tee-shirt militaire. »

Il me fait un grand sourire.

« Ouais, c'est toujours pareil, on voit ce qu'on veut voir. Enfoirés de racistes. Xénophobes ! Tous les cambrioleurs sont forcément des putain de Latinos. »

Je hoche la tête. On n'est pas sortis d'affaire, mais les choses s'arrangent un peu. C'est peut-être la raison pour laquelle Redhorse a changé d'avis à notre sujet. Inutile, évidemment, de rappeler à John que les flics manipulent parfois leurs infos avant de les communiquer. En tout cas, il a l'air nettement soulagé.

Une marche épuisante jusqu'à l'auberge de jeunesse. La réception est propre, agréable, accueillante ; ventilateurs au plafond, jeunes Suédois insomniaques flirtant avec de jeunes Allemandes. Tandis que John s'effondre dans un fauteuil, je m'avance vers le bureau.

Le réceptionniste chauve, qui transpire dans son marcel blanc, m'annonce que c'est complet. Il nous prend pour Joseph et Marie débarquant à Bethléem, ou quoi ? Je le supplie :

« Écoutez, on n'en peut plus, faut qu'on se pose.

— Y a plein de motels sur Colfax Avenue, du côté de l'aéroport.

— C'est loin ?

— Cinq, six bornes, je sais pas.

— Rien de plus près ? »

Le type me regarde sous le nez et me demande à l'improviste :

« Vous venez d'où ? C'est quoi, comme accent ?

— Irlande. »

Je n'ai même plus la force de mentir. Le réceptionniste répond :

« C'est bien ce que je pensais. C'est exactement ce que je pensais. Sean Dillon, ex-pompier de Denver, se présente-t-il en me tendant une main que je serre mollement.

— Alex Flaherty.

— J'ai joué au golf sur le terrain de Kerry.

— Vraiment ?

— Pas une seule journée sans flotte. L'horreur. Bon, pour cette chambre, vous êtes difficiles ?

— On est prêts à dormir n'importe où, on est à bout.

— Faut pas obligatoirement que ce soit un hôtel ? Juste une piaule ?

— C'est ça.

— Montrez-moi vos passeports. »

On s'exécute. Ils sont britanniques, mais enregistrés et visés à Belfast. Sean paraît satisfait, il n'a pas remarqué que je lui ai donné un faux nom.

« Ouais, bon, écoutez. Si Pat vous laisse entrer, y a un immeuble à quelques rues vers l'est, sur Colfax Avenue. C'est plutôt bruyant, par là, mais Pat vous laissera dormir pour, je sais pas, dix dollars la nuit.

— Super, n'importe quoi fera l'affaire.

— Vous me filez vingt dollars pour servir d'intermédiaire et j'essaie de vous arranger le coup. »

Je lui tends sa commission.

« D'accord. Il est tard, j'appelle Patrick et on voit ce que ça donne. »

Il prend le téléphone et compose un numéro.

« Désolé, Pat, mais je savais que tu serais pas couché. Ouais, t'as raison, moi non plus, mais au moins je suis payé pour. J'ai deux gars pour toi. Je leur ai dit que tu leur prendrais dix dollars pour cette chambre. Des petits Irlandais… Non, d'Irlande, des vrais… Ils ont l'air OK, y en a un qui ressemble au yéti, mais mal peigné, et l'autre, je sais pas, au petit frère anorexique de Val Kilmer. »

Il raccroche.

« Pat dit que vous pouvez y aller. Vous avez un sacré bol, une de ses chambres meublées est libre pour l'instant. C'est au quatrième étage, il vous attendra dans le hall. »

On se tape tout le chemin à pied, depuis l'auberge de jeunesse jusqu'à l'immeuble. « Quelques rues », tu parles, une putain de vingtaine. La porte d'entrée est ouverte, on entre. Pas le moindre Pat en vue. En plus, l'ascenseur est niqué, on monte l'escalier jusqu'au quatrième. Une clé a été scotchée contre la porte d'un des appartements, avec un message qui dit : « Pour les deux Irlandais. On se verra demain. »

Un studio constitué d'un séjour avec lit escamotable et d'une kitchenette, plus une boîte à chaussures en guise de chambre annexe. Les murs sont humides, le plafond s'effrite ; tout le sol est recouvert par un carrelage en plastique imitation bois. La petite salle de bains orientée à l'ouest a une vue formidable sur Colfax Avenue et les montagnes.

« Ça fera l'affaire », estime John.

Il est trop épuisé pour protester lorsque j'exige de dormir dans la minuscule pièce annexe. Je m'y traîne et referme la porte derrière moi. John éclate en sanglots et chiale pendant je ne sais combien de temps, vu qu'en moins de dix minutes je suis dans un putain de cirage intégral.

7

Par qui vient l'orage

John s'est réveillé le premier. Il avait mal dormi dans ce paddock escamotable. Pas de draps, et son sac de couchage était beaucoup trop chaud. De mon côté, je m'étais correctement reposé, ayant emporté dans mes bagages un drap de sac en plus de mon duvet. L'appart était petit, mais remarquablement propre ; nous avons appris plus tard que Pat le nettoyait lorsqu'il en avait la force. On est sortis par la fenêtre afin d'admirer la vue depuis l'escalier de secours.

Nous n'étions pas loin de notre hôtel de Broadway, peut-être un kilomètre et demi vers l'est, mais Colfax Avenue, c'était vraiment autre chose. À l'origine, c'est par là qu'accédaient à Denver les voyageurs en route vers l'ouest, et l'ancienne ville frontière se devinait encore derrière les façades. Il n'y avait pas de bâtiments élevés ; en éliminant les voitures, la chaussée goudronnée, les fast-foods et les salons de tatouage, on aurait pu se croire à Hadleyville dans *Le train sifflera trois fois*. En plus, la chaleur de l'air pollué par les véhicules paraissait plus brûlante par ici.

Il s'agissait apparemment de l'un des rares quartiers noirs de Denver, et certainement l'un des plus pauvres. East Colfax était l'exact opposé de tout ce que représentait Boulder – déglingué, black, crasseux, dégueu, honnête, un peu flippant. J'adorais ça.

Mais John était horrifié. Les vieilles bâtisses en ruine ou les terrains vagues dont le caractère me transportait lui rappelaient Berlin en juin 1945, ou encore…

« L'ouest de Belfast par un mauvais jour ! Putain, c'est vraiment pas comme ça que j'imaginais l'Amérique. »

Avant que je puisse répondre, on a frappé à la porte. Nous avons quitté l'escalier de secours et réintégré l'appartement pour aller ouvrir.

Patrick. Un mètre quatre-vingt-deux, quarante-cinq kilos, pâle comme la mort, les yeux rouges, des boutons de fièvre, une petite toux, bref, sida avéré. Patrick O'Leary avait trente-trois ans et déclinait rapidement ; un an plus tôt, il pesait le double et c'était encore un pompier beau gosse et baraqué. Après s'être présenté, il nous a assuré qu'on se trouvait dans le deuxième plus bel appartement de l'immeuble, expliqué le fonctionnement des divers appareils, préparé du café, raconté toute son histoire. Une fois qu'on a été au courant pour le sida, John et moi, on a préféré ne pas toucher à son café. Originaire de Fort Morgan, dans le Colorado, il avait été auxiliaire médical chez les pompiers de Denver pendant neuf ans ; ils l'avaient hélas viré sans délai en apprenant qu'il était séropo. Le syndicat ne s'était pas interposé, vu que Pat mettait en danger non seulement ses patients mais aussi ses collègues de travail ; et lui avait en outre refusé ses indemnités, vu qu'il avait menti sur son état. Il était en procès avec son syndicat *et* son employeur, tout en se rendant parfaitement compte que les choses ne se régleraient que longtemps après sa mort.

Pat avait tout de même un ami chez les soldats du feu, un gars qui possédait quelques immeubles à Denver et le logeait gratuitement dans celui-là. Tout ce qu'il avait à faire, c'était approvisionner l'immeuble en locataires – tâche plus difficile qu'on aurait pu le croire, car seuls quatre des appartements étaient convenablement meublés, la plomberie faisait des caprices, le chauffage c'était pire, le quartier était dangereux, il n'y avait pas de concierge, personne pour s'occuper de l'entretien… Par ailleurs, Denver connaissait un boom immobilier autour du campus universitaire de Lowry et des milliers de logements s'étaient libérés quand la vieille base de l'armée de l'air avait fermé. La banlieue s'ouvrait vers l'ouest à Lakewood, vers l'est et le sud du côté d'Aurora et de Littleton, respectivement. Les gens friqués mettaient le cap sur les zones les plus sûres pour leurs gosses. Le dernier endroit où quiconque voulait vivre à Denver en 1995, c'était ce quartier mal famé de Colfax, avec ses magasins de vins et spiritueux, ses sex-shops, ses putes, ses junkies et tout ce qui allait à vau-l'eau depuis que l'avenue était devenue une simple bretelle de raccordement pour le nouvel aéroport.

D'après Pat, les autres meublés étaient occupés par un instit à la retraite de soixante-dix ans et quelques, une infirmière d'une cinquantaine d'années et, au rez-de-chaussée, par une famille éthiopienne de six personnes.

En tant que représentant du proprio, Pat était armé, percevait des loyers minimes et ne prêtait l'oreille à aucune réclamation. On lui a dit qu'on n'était à Denver que pour deux jours, le temps de modifier nos billets de retour pour l'Irlande. Il estimait que nous devrions rester plus longtemps ; le quartier n'était pas aussi craignos qu'il en avait l'air et, par ailleurs, les problèmes de rats et de cafards avaient été enfin résolus, grâce à un dispositif sonore. Malgré cette information réconfortante, notre décision était prise.

Pat avait le téléphone dans son propre appartement et nous a permis de l'utiliser.

J'ai appelé British Airways. Le changement de date de notre vol ne nous coûterait qu'une centaine de dollars ; j'y ai donc procédé, sur quoi j'ai raccroché. Voilà, notre aventure américaine s'achevait. Le désastre. La cata. Le fiasco intégral. On pouvait repartir. On n'aurait pas tardé à le faire, à voler de Denver à Londres puis de Londres à Belfast, et l'assassin de Victoria n'aurait jamais été identifié, et j'aurais été abattu par une cellule secrète du Royal Ulster Constabulary dans les vingt-quatre heures suivant mon retour sur le sol irlandais, si Patrick n'avait déclaré à ce moment précis :

« Écoutez, les gars, vous pouvez appeler qui vous voulez, je ne paie que dix cents la minute pour l'Irlande.

— Qui on veut ? j'ai demandé.

— Ouais. »

J'ai réfléchi un instant.

« Ben, je pourrais appeler mon vieux et lui annoncer notre retour.

— Vas-y », m'a encouragé Pat.

J'ai composé le numéro. Mon père n'a pas tardé à décrocher.

« C'est toi, Noël ?

— Non, c'est moi, papa.

— Alex ! Je suis content de t'entendre. J'ai cru que c'était Noël qui m'appelait pour les nouveaux prospectus. Les Verts de Dublin m'ont donné cent livres et… »

Je l'ai interrompu sans faire attention à ce qu'il disait :

« Papa, je rentre à la maison.

— Tu as découvert quelque chose ?

— Ouais, le type qui a envoyé le message est juste un cinglé du coin, c'était un tuyau percé. N'empêche qu'en attendant, je crois que la police s'est trompée de coupable. Je suis sûr qu'il sera bientôt libéré. Il a un bon avocat, et je pense l'avoir un peu aidé. Les flics vont rouvrir le dossier, c'est leur travail maintenant. J'ai fait mon possible, je rentre à la maison.

— Il n'y a rien d'autre que tu puisses faire ? a demandé mon père d'un ton un peu déçu.

— Non. Tu pourras en parler à Monsieur Patawasti ? Je serai rentré dans deux jours, j'irai le voir en personne, mais j'aimerais que tu le mettes au courant, si tu peux.

— Je suis très occupé, mais je te promets d'aller le voir. En fait, je souhaite lui parler, je me demande s'il ne voudrait pas m'accompagner dans ma tournée électorale. Ça lui changerait les idées.

— Papa, pour l'amour du ciel, tu ne vas pas lui demander de faire campagne avec toi, dis-lui juste que j'ai retrouvé l'auteur du message et que c'était une fausse piste, d'accord ?

— D'accord.

— Bon, écoute, je t'appelle de chez quelqu'un, je ferais mieux de racc…

— Oh, Alex, attends une seconde, ton copain Ivan a appelé trois fois hier, il voulait te parler. J'ai chopé son troisième appel.

— Facey t'a appelé ?

— Oui.

— Qu'est-ce qu'il voulait ?

— Te parler de toute urgence. Je lui ai dit que tu étais toujours en Amérique, et il a répondu que c'était une bonne chose que tu sois loin. Je trouve ça un peu bizarre.

— Moi aussi.

— Il a demandé que tu le contactes, quel que soit l'endroit où tu te trouves. En PCV si nécessaire. Il a répété que c'était très, très important.

— Merde.

— Comme tu dis. Il n'avait pas l'air d'être lui-même.

— Quel air il avait ?

— Je ne sais pas, effrayé, inquiet. Tu n'as pas d'ennuis, dis-moi ?

— Non. Il a laissé un numéro ?

— Tout à fait, attends une seconde, 6-7-0-9-3, tu as noté ?

— Ouais.

— Très bien, Alex.

— Bien, p'pa. Tu parleras à Monsieur Patawasti, d'accord ?

— D'accord. »

J'ai raccroché et appelé Facey. Il n'était pas chez lui.

Pat m'a apporté du lait.

« Alex, tu veux du lait dans ton café ? Moi, j'en mets pas, mais j'oublie toujours ce que les gens préfèrent.

— Non, merci. Dis, euh, je pourrai me servir de ton téléphone un peu plus tard ? Faudrait que je passe un appel très important. »

Pat nous a enveloppés d'un regard mélancolique, John et moi. Il s'est éclairci la gorge et a essuyé une main squelettique sur son front, avant de se lancer dans une déclaration :

« Bien sûr, vous l'utilisez quand ça vous chante, et… euh… Vous savez, je suis plutôt seul dans cet immeuble. Personne veut me rendre visite, les gens ont des préjugés, ils n'aiment pas venir par ici, pourtant on est juste à quelques rues d'East High School, ce lycée à l'architecture splendide, euh, enfin, bon. Donc, bref, je me disais comme ça, les gars, que vous pouvez rester aussi longtemps que vous voudrez. Gratis, jusqu'à tant que vous trouviez des jobs. Qu'est-ce que vous en dites ? On reçoit pas ce genre d'offre tous les jours.

— Euh, non, ai-je répondu. Merci, c'est sympa, mais je suis désolé, on… on doit rentrer dans notre pays. J'ai déjà modifié nos billets, on s'envole dimanche. »

La figure de Pat s'est allongée.

« D'accord. Bon, ben, c'est quand même sympa de vous avoir ici pendant quelques jours, a-t-il ajouté plus joyeusement. Et si vous changez d'avis, rappelez-vous qu'il n'y a plus de bestioles, et pas de loyer. »

Je l'ai remercié, et John et moi sommes rentrés dans notre appart. J'ai pris une douche. Lorsque j'en ai émergé, John, en short et tee-shirt, s'apprêtait à sortir. Je l'ai apostrophé :

« Putain, où tu crois aller comme ça ?

— Faut que je me casse d'ici, je deviens chèvre. Juste un petit aller et retour dans la rue.

— Non, mais t'es taré ou quoi ? On est recherchés par la moitié des flics de Denver, tu t'imagines que le simple fait d'avoir coupé tes cheveux et ma barbe, ça va les tromper longtemps ?

— Écoute, je peux pas rester cloîtré ici, putain, fait trop chaud, je veux sortir, aller au ciné, je sais pas. Je vais mettre ma casquette de base-ball, changer de chemise, tu disais toi-même qu'ils poursuivent des Mex. »

J'ai observé John. Il avait l'air un peu nerveux, mais j'ai été inflexible :

« Pour commencer, ta casquette va à la poubelle. Ensuite, pas question de mettre le nez dehors, en tout cas pas aujourd'hui ; peut-être demain, quand il fera moins chaud. Mais aujourd'hui, on ne bouge pas, d'accord ?

— D'accord », a accepté John à contrecœur.

Environ une heure plus tard, voyant que nous n'étions pas sortis, Pat est arrivé avec des boissons, ces cocktails de vermouth blanc et de gin qu'on appelle « martinis » aux États-Unis. Pour un type affligé d'un tel problème de santé, il s'est lâché au bout de quelques verres, et révélé un vrai moulin à paroles. On l'a trouvé sympa tous les deux – allumé mais marrant. Il en voulait particulièrement à la population blanche et chrétienne du Colorado, la rendant responsable du tristement célèbre référendum antigay qui avait abouti à la modification de la Constitution de l'État ; les organisations comme celle des sapeurs-pompiers de Denver étaient maintenant autorisées à renvoyer les homosexuels, séropositifs ou non. Le plus curieux, c'est qu'avec ses cheveux roux et son teint spectral, Pat était la personne la plus blanche que j'aie jamais vue. Et, théoriquement, il était chrétien.

« Ouais, les gars, ils ont niqué la Constitution. L'affaire doit passer devant la Cour suprême l'an prochain, j'espère vivre assez longtemps pour voir cette décision annulée. Leurs gueules blanches bouffies rigoleraient un peu moins. C'est le seul État de ce pays à avoir pris une telle initiative. Le Colorado, État de la haine. Ces ordures de bourgeois blancs ! a-t-il conclu avec amertume, tandis que nous sirotions ses martinis sur l'escalier de secours.

— Et y a pas de Noirs qui ont voté pour ? »

Sur cette pique, John m'a adressé un clin d'œil en suçotant une olive. J'étais heureux de le voir noyer les événements de la veille dans les brumes de l'alcool.

« Sûrement quelques-uns. Mais ces putains d'Anglo-Saxons… C'est que des chrétiens fondamentalistes, par ici. Ils peuvent pas blairer tout ce qui est homo, tout ce qui est non chrétien. Ils exècrent les cathos, les Latinos. Vous ne me croyez pas ? Allez faire un tour sur Federal Avenue, un de ces quatre, demandez aux Mexicains comment ils sont traités. Et, pendant que vous y êtes, jetez un coup d'œil aux bagnoles : elles portent toutes des autocollants avec le nom de Jésus et le symbole chrétien du poisson. Il y en a même avec le poisson de Jésus qui en bouffe un autre, marqué “Darwin”… J'en ai vu un récemment qui disait : “Attention, cette voiture se retrouvera sans conducteur au moment du Ravissement."»

Comme John et moi on ne comprenait pas de quoi il s'agissait, Pat s'est expliqué. Les intégristes chrétiens croient qu'ils monteront tous au ciel lors du Ravissement, qui précédera l'Apocalypse et le Second Avènement.

Pat a aussi évoqué la corruption qui rongeait à Denver le corps des sapeurs-pompiers et les services de police – corruption dont il rendait responsables les loges maçonniques blanches. Ensuite, il a embrayé sur John Elway et ses garages franchisés. Pat accusait la brasserie Coors d'être à l'origine de la sécheresse, et il était même remonté contre le zoo de Denver, pour des raisons que ni John ni moi n'avons bien saisies. Parano et azimuté, mais distrayant, en tout cas pendant un moment. Malheureusement, il faiblissait à vue d'œil. Son énergie limitée lui permettait de pousser une gueulante, voire deux, mais pas d'y passer l'après-midi. Il n'a pas tardé à devoir aller se coucher. Après son départ, John m'a demandé :

« Qu'est-ce que tu dis de ce mec ?

— Il a l'air OK.

— Et qu'est-ce que tu penses de ce qu'il raconte ?

— Ses histoires du genre "tout le monde veut avoir ma peau" ?

— Ouais.

— J'en sais rien. Il y en a vraiment qui veulent sa peau. Putain, il s'est fait virer. Il se sent trahi, alors je pense qu'il a un peu pété les plombs, isolé dans ce quartier black. »

John a hoché la tête. Quand la dernière édition du *Denver Post* a été livrée, on a appris les mauvaises nouvelles. Les services de police de la ville surveillaient la gare, les gares d'autocars, l'aéroport, pour essayer de capturer les deux agresseurs impliqués dans le meurtre de la veille. Le journal citait un certain Jack Wegener, membre du Congrès, représentant de la huitième circonscription du Colorado. D'après lui, on allait peut-être commencer à prendre au sérieux l'idée, défendue par Pat Buchanan, d'installer une clôture électrique à la frontière mexicaine.

Nous avons essayé de piquer un somme. Plus tard, ayant entendu Pat fredonner un petit air, on est retournés lui rendre visite au bout du corridor, sans exclure l'éventualité d'utiliser son téléphone.

Tout en nous préparant deux nouveaux martinis, il a réenfourché ses dadas. Il abominait les banlieues bourges, les 4 x 4 et la société Starbucks, les rois du café. Si jamais Pat touchait du pognon, il ouvrirait une chaîne de salons de thé appelés Queequegs – en partant du principe que, dans le *Moby Dick* de Melville, Starbuck, le pisse-vinaigre de la Nouvelle-Angleterre, est l'antithèse de Queequeg, le bon sauvage.

« Pat, euh, à propos du téléphone…

— Ah, ouais, vas-y, emporte-le dans ma chambre pour être tranquille. »

Une pièce spartiate, et le mot est faible. Un futon par terre, un drap, un oreiller.

Le soleil se couche derrière Lookout Mountain.

Le coup de téléphone qui va tout changer…

J'appelle l'Irlande.

« Allô ?

— Allô, Facey ?

— Merde, Alex, c'est toi ? murmure-t-il.

— C'est moi.

— Alex, nom de Dieu, où tu es ? Toujours en Amérique ?

— Je suis…

— Non, me dis pas !

— D'accord. »

Je commence à avoir les boules.

« Alex, écoute-moi bien, d'accord ? Fais très attention. J'essaie de te joindre depuis un moment. Je suis seulement un messager. Je suis seulement un messager, faut pas m'en vouloir, d'accord ? »

Pour baliser, il balise.

« D'accord, Facey, crache le morceau.

— Alex, j'ai noté ça sur un bout de papier. Attends que je le retrouve, je le détruirai après te l'avoir lu. Tu te rends compte ? »

La moutarde commence à me monter au nez.

« Putain, Facey, accouche !

— Alex, ça émane de sphères situées loin au-dessus de ma tête, j'ai reçu des instructions, ça vient pas de moi, faut que je t'avertisse, je dois t'avertir que si tu reviens en Irlande du Nord tu seras, je sais pas comment te dire ça, Alex, ils disent qu'ils se démerderont pour te faire descendre. Ils disent que, si tu reviens, ils te descendront. Ils te descendront.

— Qui me descendra ?

— Alex, oh mon Dieu, je sais pas, me demande rien.

— Allez, Facey, faut tout me dire. »

Facey s'étrangle, les mots n'arrivent plus à sortir. Je lui accorde quelques instants avant d'insister :

« Dis-moi, Facey.

— Oh, bon Dieu. Je suis censé t'avertir de pas remettre les pieds en Irlande du Nord, ni dans le Royaume-Uni, et s'ils entendent dire que tu collabores d'une manière ou d'une autre à l'enquête de la commission Samson, toi et, euh, ton père, vous aurez de très gros ennuis. »

Facey se tait. Je l'entends haleter. Pour que quelqu'un de la police lui ait transmis ce message, Samson doit être à deux doigts de découvrir des trucs énormes. Ils n'étaient pas obligés de me prévenir. De toute évidence, ils ne tiennent pas à me buter ; mais ils le feront si je me repointe en Ulster. La situation doit être en train de devenir sérieuse, là-bas. Si je retourne en Irlande du Nord vendredi comme prévu, dès samedi soir je me retrouverai étendu face contre terre dans un fossé, près de la frontière. Ils auront contacté une cellule terroriste pour qu'elle m'abatte ; ils auront raconté aux protestants que j'étais un traître, à l'IRA que j'étais une grosse pointure de la police, peu importe. Bien sûr, ça fera un scandale – mais pas énorme. Vaut mieux pour tout le monde que je ne rentre pas.

« Merci, Facey.

— Comment ça va, Alex ?

— Ça va.

— Tu vas pas revenir, hein ?

— Non.

— C'est bien. »

Facey est soulagé. Il a fait son boulot, sauvé sa

carrière et, *last but not least*, empêché son vieux copain Alexandre de se faire trouer sa putain de peau.

Au bout d'une semaine, on n'avait presque plus de blé et la vie à Denver avait perdu l'attrait de la nouveauté. Je n'avais aucune idée de ce qu'il fallait faire. Impossible de retourner en Irlande. Et, bien que ce ne soit pas vraiment sûr de rester ici, dans cette ville, il serait peut-être encore plus risqué d'essayer d'en gagner une autre, étant donné que les flics continuaient à surveiller les gares et l'aéroport. On pouvait toujours louer un véhicule pour aller quelque part – mais où ? Et puis notre signalement avait pu être communiqué aux sociétés de location de véhicules. Quant à faucher une bagnole, hors de question, c'était le meilleur moyen de se faire pincer. Mieux valait ne pas bouger. Beaucoup de flics sont paresseux, ils ont du mal à rester concentrés. Au bout d'une semaine, leur attention commencerait à se détourner de l'affaire Klimmer ; dans deux semaines, ils auraient bien d'autres chats à fouetter ; d'ici trois semaines, on pourrait quitter la ville en arborant des tee-shirts marqués « C'est nous les meurtriers de Klimmer », et personne ne ferait attention à nous. Par ailleurs, on disposait en attendant d'un appartement sûr, gratos, propre – et situé à quinze minutes à pied de l'endroit où je pouvais claquer nos derniers dollars en héroïne.

Mon dealer, le petit gars sympa qui opérait derrière le bâtiment de l'Armée du Salut, était un Costaricien nommé Manuelito. Il m'aimait bien, car peu de gens lui réclamaient de l'héroïne dans cette ville d'amateurs de crack, amphés, méthamphétamine et autres formes de speed.

John aurait pu rentrer au pays s'il l'avait voulu, mais il a décidé de rester avec moi. De faire pénitence en partageant mon exil. J'avais fini par tout lui raconter. On se connaissait depuis l'enfance ; mais, pour les protéger, lui et mon père, et tout le monde, en fait, j'avais gardé pour moi les motifs de ma démission de la police. Maintenant, il fallait que John sache. En apprenant que je ne pouvais pas rentrer en Ulster, il a déclaré qu'il allait me tenir compagnie à Denver, en tout cas pendant un moment.

Pat s'est montré ravi qu'on reste. Quand on a commencé à manquer de thune, il nous a indiqué un type capable de nous fournir une carte verte, ou de nous bricoler un visa de type J-1. On a refusé courtoisement son offre ; autant éviter de se faire pincer en faisant un truc illégal.

Il avait ses bons et ses mauvais jours, Pat. Quand il tenait la forme, il nettoyait l'appart et nous faisait la conversation. Parfois, il restait au lit toute la journée et on lui apportait de l'eau et du thé très léger. On a aperçu un jour le vieux qui vivait au troisième ; mais jamais l'infirmière. Peut-être qu'elle était partie, et que Pat avait complètement oublié son départ.

En revanche, on voyait constamment les Éthiopiens. Ils étaient six, le père, la mère, la grand-mère, deux garçons majeurs et une fille de dix-huit ans, Areea. Seuls celle-ci et le garçon le plus jeune, Simon, parlaient anglais ; ils faisaient tous deux du gardiennage à l'université de Denver, où ils espéraient pouvoir suivre des cours lors du trimestre suivant. Les parents nettoyaient des bureaux du centre-ville de Denver, et l'aîné des frangins bossait dans un restaurant. Une tribu intéressante, et remarquablement douée pour la cuisine. Même si on adorait traîner avec eux, on évitait néanmoins de trop s'imposer, vu qu'ils tiraient le diable par la queue, malgré le montant minuscule de leur loyer. Le père était un homme de caractère, et Simon nous a traduit nombre de ses récits. Ils tournaient autour de la corruption et de l'impopularité générale de Hailé Sélassié, de la folie de ces Jamaïcains qui l'avaient pris pour le Messie, de la légendaire Arche d'Alliance, censée se trouver dans un monastère des montagnes éthiopiennes.

C'est peut-être Simon qui parlait le mieux anglais, mais c'est la fille, Areea, qui nous a trouvé la petite annonce. Elle était mince et jolie, yeux de biche, cheveux défrisés, teint doré. Pour améliorer leur maîtrise de la langue, ils lisaient non seulement le *Denver Post* mais aussi le *Rocky Mountain News* ; et, quand ils les avaient finis, Areea nous les apportait. Elle semblait avoir un faible pour John, montrant par là qu'elle n'était pas très douée pour jauger les individus.

L'annonce était parue dans le *Denver Post*.

Le centre universitaire de premier cycle de Red Rocks cherche des chargés d'enseignement pour son diplôme commun en études irlandaises et celtiques. Exp. de l'enseignement indisp., de préférence au niveau universitaire. Contacter Mary Block, Red Rocks Community College, 303-914-6000.

Areea trouvait que ce job nous conviendrait parfaitement, en tant qu'Irlandais. Seulement, nous n'avions ni l'un ni l'autre la moindre expérience de l'enseignement. On avait beau être en manque d'oseille, ça paraissait impossible. Et puis John a remarqué l'annonce suivante.

« Nom de Dieu ! s'est-il exclamé. Vise-moi ça, Alex. »

Recherchons jeunes gens dynamiques et enthousiastes, soucieux de l'environnement, pas d'expérience nécessaire, rémunération motivante. Envoyer CV à : Sauvegarde de l'Amérique sauvage, Suite 1306, 1 New Broadway, Denver, CO 80203.

J'ai rendu le journal à John en secouant la tête.

« Je sens que ça va pas le faire, mon Johnny. »

Il m'a pris par le bras et entraîné sur le balcon afin qu'Areea ne nous entende pas.

« Alex, on va juste se promener là-bas, histoire de vérifier de quoi il s'agit, c'est tout. Ces gens-là ne nous connaissent ni d'Ève ni d'Adam. Ils ne feront jamais le rapprochement avec Victoria ou Klimmer. Qui a été tué par deux Latinos, je te rappelle.

— Primo, fait chier. Deuzio, on n'a pas de permis de travail.

— L'ami de Pat.

— John, ce serait vraiment chercher à s'attirer des emmerdes.

— Arrête tes conneries, Alex. Tu vois pas que c'est une putain d'aubaine ? C'est pour ça qu'on est venus ici, c'est presque un message du destin, on doit aller bosser là-bas. Toutes les annonces qu'Areea aurait pu nous montrer… Et il faut que ce soit celle-là !

— Elle nous a montré la précédente.

— Merde, Alex, n'essaie pas de minimiser l'importance de ce signe.

— John, t'es vraiment tombé sur la tête si tu t'imagines que je vais aller me jeter dans la gueule du loup à cause d'une annonce à la con.

— C'est un job, Alex, on n'a plus d'argent pour la bouffe. Ni pour le smack, d'ailleurs. Personne ne sait qu'on a vu Klimmer, il l'a dit lui-même. On se jetterait dans la gueule de rien du tout. Les flics recherchent des Mexicains pour son meurtre. Ils n'ont absolument aucune raison de s'intéresser à nous. Et, une fois qu'on sera revenus sur l'affaire, tu pourras redemander du fric à Monsieur Patawasti, ce sera légitime. Tu vois pas que c'est le moyen de résoudre nos problèmes ?

— Et de soulager ta mauvaise conscience. »

J'ai immédiatement regretté cette remarque.

« Non, a-t-il rétorqué, le moyen pour *toi* de ne pas crever de faim, et de ne pas retourner en Irlande te prendre une balle dans la tête. Je vais aller voir de quoi il retourne. T'es pas obligé de venir, c'est comme tu le sens… »

Je me trouve à moins de trois mètres de l'assassin. Ici, dans cette pièce. Si Klimmer a dit vrai, un de ces deux hommes, il y a à peine trois semaines, a logé une balle de revolver de calibre .22 dans la tête de Victoria.

Charles Mulholland, Robert Mulholland.

Devant moi sont également assis à ce bureau Madame Ambre Mulholland, l'épouse de Charles, et Steve West, vice-président de la SAS et directeur des ressources humaines. Moquette blanche, posters de paysages aux murs, une grande baie vitrée par où l'on aperçoit la librairie Barnes & Noble et le restaurant McDonald's, ainsi que les montagnes Rocheuses déployées sur quatre-vingts kilomètres du nord au sud – un panorama grandiose, à couper le souffle.

Il n'y a pas que le panorama qui soit à couper le souffle.

Klimmer n'exagérait nullement au sujet d'Ambre Mulholland. Il faudrait être fou pour ne pas désirer cette femme.

Comment se concentrer sur Charles ou Robert, comment essayer de déterminer lequel des deux était le tueur, alors qu'Ambre était dans la pièce ?

Grande, blonde, plus que blonde, *the* Blonde. Une Américaine d'une beauté incroyable. Irrésistible. Et moi qui avais cru que le moule était cassé. Un petit quelque chose de rétro. Raffinée, intelligente. Une cascade de cheveux dans son dos élégant. Chemisier blanc, collier de perles, yeux d'un bleu glacial, teint de porcelaine, non, de marbre, non, de vélin – doux, riche et, en fait, extraordinaire. Les pommettes en lame de couteau. Les yeux de Liz Taylor, le cou d'Audrey Hepburn. Mais non, laissons tomber les comparaisons. Si ça n'avait tenu qu'au Führer, voilà à quoi toutes les femmes auraient ressemblé. Radieuse, royale, pleine d'aplomb, forte.

Elle n'était pas artificielle, comme Miss Amérique.

Miss Amérique était tout juste digne de lui faire les ongles. Ambre, c'était de la bombe – sa beauté défiait l'hyperbole, elle avait ce charisme qui fait les stars. Grace Kelly plutôt que Madonna. Hitchcock plutôt que Chandler.

Ses gestes et son attitude respiraient une assurance, un sang-froid hautain qui donnait envie de sortir le grand jeu. Pour pouvoir passer une nuit avec elle, on se sentait prêt à envoyer sa famille trimer dans une mine d'argent. Par ailleurs, quelque chose de menaçant émanait de sa personne. C'était le genre de femme qui n'avait pas eu à porter un objet pesant de toute son existence. Le genre de femme qui aurait pu déclencher une guerre entre les Grecs et les Troyens.

Je devais apprendre plus tard qu'elle avait la trentaine et venait du Tennessee. Heureusement qu'elle n'avait pas l'accent du Sud – ç'aurait été le coup de grâce. Ambre n'aurait eu qu'à s'écrier : « Libérez le Sud du joug des Yankees ! » pour que tous les mecs se précipitent sur leurs flingues et leurs chevaux.

Tandis que Charles discourt et que je me tiens là, à la regarder sans la regarder, deux observations me viennent à l'esprit : d'abord, elle est assez belle et svelte pour être mannequin ou actrice, pour mener une carrière indépendante au lieu de se contenter d'être l'épouse de Charles Mulholland ; ensuite, plus curieusement, elle est l'opposé de Victoria Patawasti. En maths, on parle de « fonction réciproque ». Victoria, les yeux marron, les paupières lourdes, la chevelure noire, le teint cuivré – et belle ; Ambre, le teint pâle, les cheveux d'or, les yeux d'azur, un corps athlétique – et belle.

Et s'il y avait eu un mobile sexuel, après tout ? Si Charles avait eu une liaison avec l'antithèse d'Ambre ?

Peut-être.

Peut-être que cette femme, c'était un peu *too much*.

On ne peut contempler le soleil que pendant un certain temps…

Mais revenons à nos moutons.

Le bureau. Les montagnes.

Charles. Trente-huit ans, grand et cool, beau mec, visage glabre, cheveux blonds avec une mèche fantasque retombant sur le côté gauche d'un long visage intelligent. Des joues pâles, des yeux gris à l'expression légèrement étonnée. Veste en lin, chemise blanche à col ouvert, mains toujours en mouvement, du charme à revendre – tout à fait le genre à pouvoir prendre un air blasé devant sa légitime ou même devant les flics après avoir descendu un gus.

Robert Mulholland, son cadet de cinq ans, encore un blond, on se croirait dans ce putain de film, *Le Village des damnés*. La même mèche, mais le crâne plus dégarni ; bien qu'il soit le plus jeune, c'est lui qui perd ses cheveux. Et il porte des lunettes. Mais il est mince, beau mec lui aussi, pâle dans son tee-shirt noir, avec un petit quelque chose de William Hurt. L'air ennuyé, absent. Encore plus grand que son frère. Plus intelligent, aussi ? Plus impitoyable ? Ses doigts sont entrecroisés devant lui, sur le bureau de chêne. Je les verrais bien se crisper sur la poignée d'un flingue.

Les deux frangins sont sympas, cordiaux, bienveillants. Pas besoin de relire les commentaires de Hannah

Arendt sur la « banalité du mal », je sais par expérience que le tueur peut être n'importe lequel des deux.

Je me sentirais plus à l'aise si John m'avait accompagné.

Est-ce qu'il est là pour me soutenir ? Bien sûr que non. Il m'a embobiné. Après m'avoir convaincu de me rendre à la SAS, en m'exposant tout l'intérêt de la démarche, il a jugé préférable que j'y aille seul, la visite de deux Irlandais risquant de susciter une certaine méfiance.

Il n'avait pas tort – mais quand même…

J'ai franchi la première étape, un entretien avec un type nommé Abe ; maintenant, en avant pour la seconde.

Steve West, la quatrième personne assise derrière le grand bureau, est trapu et barbichu. C'est surtout lui qui parle en ce moment ; ce type ne me revient pas. Comment se fier à quelqu'un qui n'enlève pas son chapeau en entrant ? Il tient à la main le passeport qui m'a été fourni par le copain de Pat. Ce petit faussaire très compétent bosse surtout avec les importantes communautés originaires du Mexique et de l'Amérique centrale, mais, pour un modeste supplément de cent dollars, il a bien voulu me pondre des papiers irlandais dans l'urgence.

« Eh bien, euh, Monsieur O'Neill, poursuit Steve West en examinant mon visa J-1, si Abe vous a laissé arriver jusqu'à nous, vous devez être le genre de personne que nous recherchons. Permettez-moi, euh, permettez-moi de vous décrire un peu le poste. À ce stade, nous recherchons une douzaine de nouveaux recruteurs, afin de développer la notoriété de notre sigle et d'augmenter nos effectifs. Maintenant que nous sommes basés à Denver, nous tenons particulièrement à ce que la SAS recrute de nouveaux adhérents. C'est important en termes de revenus et d'influence politique. Plus on aura de membres, plus on pourra exercer d'influence – et plus on pourra recruter de membres.

— Je vois. Et vous en avez combien, pour l'instant ?

— Dans les huit mille cinq cents, dont cinq mille dans le Colorado. Je sais, une goutte d'eau dans l'océan par rapport à Greenpeace, au Sierra Club ou à la Société nationale Audubon ; mais nous sommes une toute jeune organisation et, maintenant que notre QG a été transféré à Denver, nous pouvons anticiper une croissance exponentielle. On a des bureaux à Fort Collins et Colorado Springs, mais aussi à Santa Fe, Phoenix, Salt Lake City et Los Angeles.

— Quand vous dites "toute jeune", ça veut dire quoi ?

— Nous existons depuis trois ans, intervient Charles avec un sourire engageant, mais c'est seulement au cours des six derniers mois qu'on a vraiment décollé. Je me suis fait mettre en disponibilité par mon cabinet juridique. Maintenant qu'on est installés ici, dans des locaux plus spacieux, on espère pouvoir vraiment se développer.

— Vous venez d'Irlande ? » me demande Madame Mulholland d'un ton étonné, en levant soudain les yeux de mon CV bidon.

Je dois éviter de la regarder pour répondre :

« Oui. »

Elle tend le document à Charles, puis insiste :

« Et vous êtes venu ici avec un visa J-1 ?

— C'est ça. Je vais suivre des cours au centre universitaire de Red Rocks pendant un an pour préparer un diplôme d'études celtiques. Ensuite, je retournerai à l'université d'Ulster. »

Le mari et la femme échangent un regard. Robert prend mon CV et retire ses lunettes afin de mieux l'examiner.

« Vous êtes originaire de quelle partie de l'Irlande ? me demande Charles.

— De Belfast. »

Un léger silence. Robert tousse.

« Vous êtes venu suivre des cours à Red Rocks ?

— En effet.

— Si vous êtes étudiant, vous ne pourrez pas travailler à plein temps ?

— Eh bien, mon emploi du temps est assez flexible.

— C'est votre premier séjour en Amérique ? s'enquiert Madame Mulholland.

— Je suis déjà venu une fois ; je m'étais un peu baladé…

— Très différent de l'Irlande, j'imagine ?

— Oh, oui, très différent. Des étés vraiment chauds, on n'en a pas souvent, là-bas.

— Est-ce que nous ne sommes pas allés en Irlande, Robert ? » demande Charles.

Steve intervient :

« Charles, on manque un peu de temps, si nous pouvions revenir à…

— Dublin, l'interrompt Robert.

— Oui, ce n'était que Dublin. Mais c'était charmant. »

Je l'approuve :

« Jolie ville.

— J'aimerais y aller un jour, glisse Madame Mulholland à Charles.

— Monsieur Mulholland, insiste Steve, s'il vous plaît, on a encore beaucoup de monde à voir.

— Écoutez, Monsieur O'Neill, me déclare Charles, je vais aller droit au but. Nous avons connu une sorte de, eh bien, une sorte de tragédie. Nous avons perdu l'un de nos plus fidèles collaborateurs pas plus tard que la semaine dernière, et nous nous retrouvons désespérément à court de personnel. Pas seulement à cause du déménagement, mais à cause du, euh, bref, ce que nous cherchons vraiment, ce sont des personnes enthousiastes et intelligentes, qui se rendent compte que la politique de l'environnement a été manipulée, et qui souhaitent voir triompher le bon sens. Politiquement, vous n'êtes pas obligé de nous suivre à cent pour cent ; mais vous devez comprendre notre position et être prêt à la faire connaître au public. »

Onctueux, suffisant, sympathique, il me sourit, jette un coup d'œil à Robert, attend ma réaction. Qui ne tarde pas :

« Eh bien, pour vous dire la vérité, Monsieur Mulholland, je n'avais jamais entendu parler de votre organisation jusqu'à tout récemment ; mais j'ai lu votre brochure de présentation, et vos idées me paraissent très raisonnables. Je ne suis peut-être pas américain, mais je pense comme vous qu'il ne faut pas préserver l'environnement à la façon d'un musée. La gestion de la terre et des forêts devrait respecter l'équilibre entre les besoins de la nature et ceux des gens. »

Robert intervient – c'est la première fois qu'il parle autant :

« Nous cherchons aussi d-des gens qui s'entendent bien avec les autres, on est une petite équipe, il faut vraiment que t-tout le monde t-travaille la main dans la main. »

Surprise, il bégaie légèrement. Ce qui ne signifie rien. Le bégaiement n'est pas le reflet de la vie intérieure, ni un signe de culpabilité, ou de timidité, ou de quoi que ce soit. Tout ce que ça pourrait éventuellement laisser supposer chez un individu, c'est l'absence d'une vocation d'orateur – et encore, Démosthène et Churchill étaient bègues tous les deux.

« Admettons qu'on vous prenne à l'essai, est-ce que vous pourriez venir ce soir, me demande Charles en se passant la main dans les cheveux ?

— Bien sûr. Pourquoi le soir ?

— Parce qu'il faut attendre que les gens soient rentrés du travail.

— Abe ne l'a peut-être pas précisé, m'annonce Steve, ce sera surtout un travail du soir. Est-ce que cela vous pose un problème ?

— Pas du tout.

— Vous pensez pouvoir vous adapter à notre équipe ? s'enquiert Madame Mulholland.

— Tout à fait. Je trouve très stimulant de pouvoir collaborer à une jeune organisation. J'aime les défis, et je sens que celui-là va me plaire. »

Échanges de regards autour de la table, soupirs. J'ai comme l'impression que je suis la première personne normale à qui ils ont fait passer un entretien aujourd'hui. Pas évident de recruter de jeunes employés à Denver en plein été, pendant les vacances universitaires. Enfin, rien ne doit être évident pour eux en ce moment, avec ce déménagement, et le décès de deux collaborateurs qui occupaient des postes clés. Ils sont probablement débordés.

« Eh bien, nous vous verrons donc peut-être ce soir, suggère Charles.

— Une ou d-deux autres questions ? demande Robert à son frère.

— On manque vraiment de temps », lui répond Charles.

Robert se mord la lèvre avant d'acquiescer :

« D'accord.

— Enchantée d'avoir fait votre connaissance », m'assure Madame Mulholland.

Tout le monde me remercie de ma visite. Steve, après m'avoir raccompagné jusqu'à la porte, me glisse en aparté :

« Je crois pouvoir vous dire en toute honnêteté, Alex, que nous serions heureux de vous accueillir au sein de la famille.

— Merci. »

Et je vais attendre la décision officielle dans la salle de réception vide.

Une heure plus tard, Charles me fait visiter tous les locaux de la SAS, en s'excusant du désordre. La Sauvegarde de l'Amérique sauvage occupe l'intégralité des neuvième et dixième étages du bâtiment, ce qui représente le double de l'espace dont elle disposait à Boulder, et ça paraît encore très vide. Une douzaine d'employés dans des box, quelques autres dans des bureaux. Charles me présente ; je m'efforce de retenir leurs noms. Il est plus grand que moi et porte une eau de toilette légère, dont j'essaierai de découvrir la marque. Son accent est particulier ; c'est très difficile pour un étranger de différencier les accents américains, à part quelques-uns vraiment évidents comme ceux du Sud profond, de Boston ou de Chicago. Le sien me paraît un peu british, affecté. Est-ce qu'il aurait passé quelques années en Angleterre ? À moins qu'on n'apprenne à parler de cette façon à Harvard, ou dans les lycées privés.

« Et voici un portrait de Margaret Cheverde, notre présidente honoraire. La fille d'un Premier ministre italien. Ce qui, évidemment, ne veut pas dire grand-chose : en Italie, tout le monde peut devenir Premier ministre pendant une ou deux semaines. »

Il rit de sa propre blague, et je ris aussi. Charles a deux tics nerveux : il n'arrête pas de faire tourner son alliance en or blanc autour de son doigt, ni de se passer la main dans les cheveux. N'ayant pas étudié Freud, je n'en tire aucune conclusion.

Une fois que nous avons inspecté le chaotique dixième étage, il m'expose le programme de la soirée :

« En plus d'Abe et Ambre, j'emmène une équipe à la cambrousse, en camionnette. On va faire, vous savez, du porte-à-porte pour essayer de recruter de nouveaux membres. Ça ne m'était pas arrivé depuis un moment, mais je suis certain que tout va bien se passer, affirme Charles en souriant.

— J'en suis sûr.

— Écoutez, il ne faudrait pas que cela vous déstabilise : je vais être suivi par une équipe de télévision, ce soir. Je sais que c'est une vraie plaie, mais on est obligés de supporter ce genre de chose, pour la publicité.

— Une équipe de télé ?

— Oui, ne vous inquiétez pas, on fera simplement comme si de rien n'était, et eux, ils s'occuperont de leur boulot sans nous déranger. Désolé que ça tombe sur votre premier jour, ce sont des choses qui arrivent. »

On parle encore un peu de la soirée, mais il ne cesse de consulter sa montre. Avant qu'il ne s'en aille, je l'interroge tout de même sur Madame Mulholland. Klimmer ne l'avait pas du tout présentée comme un membre de la SAS. Charles se met à rire et me répond que, théoriquement, Ambre n'est pas là ; elle va juste donner un coup de main pendant quinze jours, étant donné le manque terrible de personnel. Elle est merveilleuse, m'affirme-t-il ; et je ne puis que l'approuver. Sait-elle que son mari est un assassin ? Ou peut-être son beau-frère ? Ou les deux ? Et si elle le savait – et qu'elle s'en fiche ? À moins qu'il s'agisse d'une sorte de lady Macbeth, opérant en coulisse… Charles s'interrompt ; mon regard a dû devenir vitreux pendant un instant.

« Est-ce que tout est clair ? » me demande-t-il d'un air légèrement préoccupé.

Je réponds avec enthousiasme, en hochant la tête :

« Tout est formidable !

— Bien. Je vais vous donner votre bloc-notes et votre fiche d'informations, et Abe vous fournira les renseignements nécessaires concernant vos impôts.

Il vous montrera aussi comment vous y prendre pour le démarchage et le pitch. Ce soir, quelqu'un vous accompagnera sûrement. Ce sera Abe ou moi, alors vous devriez vous amuser. Est-ce qu'il y a autre chose que vous voudriez savoir ?

— Euh, non, juste… L'argent, peut-être ?

— Oh, bien sûr. Steve ne vous en a pas parlé ?

— Non.

— Bien, votre commission s'élève à un tiers de tout ce que vous gagnez en sus de votre chiffre d'affaires minimum. Le montant de ce quota est fixé à quatre-vingt-cinq dollars. Si vous faites moins, vous avez un fixe correspondant à quarante pour cent de ce que vous avez collecté. Mais ne vous inquiétez pas, la plupart des gens récoltent dans les trois cent cinquante dollars par soirée, ce qui leur rapporte, euh, ça représente quoi, le tiers ?

— Cent vingt.

— Cent vingt dollars, ce n'est pas mal, hein ?

— Ouais. »

Je calcule mentalement. Cent dollars équivalent à environ soixante livres, ce qui n'est pas si mal en effet pour environ deux heures de travail. Pas mal du tout, et rien que d'y penser me redonne le moral. Abe sort de son bureau, muni d'une planchette à pince et de quelques fiches de documentation. C'est un gros type de mon âge, aux cheveux carotte, qui porte un tee-shirt à l'effigie des Sex Pistols. On s'est parlé brièvement tout à l'heure, il avait l'air cool.

« Allez, me lance-t-il avec son accent new-yorkais, je vais te briefer ! »

Tandis que Charles s'éloigne en balançant nonchalamment un porte-clés, Abe m'invite dans son bureau.

« Il t'a tout dit ? me demande-t-il.

— Ouais, sauf qu'il a été un peu vague, limite mystérieux, concernant certains problèmes de personnel. Il y aurait eu une sorte de tragédie ?

— Oh, merde. Charles veut qu'on tire un trait là-dessus, histoire de se tourner vers l'avenir, mais je dois quand même te dire qu'il nous est arrivé deux trucs terribles le mois dernier.

— Ah ouais ? »

Abe me parle de Victoria et de Klimmer. Il m'explique qu'un des tueurs a été capturé, qu'on recherche les autres, et me demande de ne pas évoquer le sujet à la SAS. Il paraît assez ému, surtout par le sort de Victoria ; et ajoute que le pire, dans tout ça, c'est qu'il ne peut plus porter au bureau son tee-shirt orné d'un titre de Warren Zevon, « Bons plans à Denver une fois qu'on est mort ». Ce type commence à me plaire.

« Pas d'autres questions avant qu'on en vienne au fait, Alex ?

— Ben, Charles a parlé d'une équipe de télé qui allait le suivre ce soir.

— Oui, oui, tout à fait. Il t'a précisé pourquoi ?

— Non, pas vraiment. Il a dit que c'était un coup de pub.

— Bon, s'il ne t'a pas donné de détails, ce n'est pas à moi de le faire.

— C'est quoi, le grand secret ?

— On n'est pas censés en discuter. En fait, je ne suis

même pas censé le savoir, alors si ça ne te dérange pas, j'aimerais qu'on s'en tienne là, OK ?

— OK. »

Pas de problème. Apparemment, c'est le genre de type qui serait incapable de garder un secret si sa vie en dépendait.

Il ouvre le frigo, me passe un Coca et m'explique en quoi consiste le pitch. Ce soir, on va interroger les gens sur la préservation des forêts primitives d'Amérique du Nord, leur demander si c'est une question importante à leurs yeux. Le pitch doit être mémorisé. Abe me le récite plusieurs fois de suite, et je crois que j'ai compris :

« Salut, je m'appelle Alexandre O'Neill, je milite pour la Sauvegarde de l'Amérique sauvage. Je prospecte votre quartier ce soir dans le cadre de notre campagne pour la préservation de nos forêts anciennes. Pourriez-vous me dire si vous vous sentez concerné par ce problème ? »

J'ai retenu une série de réponses en cas de réactions négatives, une autre dans le cas contraire. C'est comme un programme informatique.

« Désolé, je n'ai pas le temps, répond Abe.

— Ça ne prendra vraiment qu'une minute, Monsieur. Une minute pour préserver l'héritage de notre nation.

— C'est bien », m'encourage Abe.

Il me teste en jouant le rôle d'interlocuteurs variés : une femme avec son bébé, un type énervé, ou au téléphone, etc. Dans chacune de ces situations, je suis censé « boucler la boucle », ramener la conversation sur la nécessité de préserver les forêts primitives tout en autorisant l'abattage des arbres dans les forêts aménagées. Je dois non seulement souligner l'aveuglement de Greenpeace, qui s'oppose à tout développement, mais rappeler que les sociétés d'abattage plantent plus d'arbres qu'elles n'en scient ; par ailleurs, je dois expliquer que le Congrès est étouffé par les groupes de pression écolos et dénoncer le manque cruel de porte-parole d'une politique d'Usage Raisonné, c'est-à-dire d'utilisation sensée de nos ressources naturelles.

Tout en écoutant Abe, je pense aux Mulholland. Charles, drôle et sympa. Robert, d'une bienveillance distante. Madame Mulholland, la belle épouse de Charles et l'image inversée de Victoria. Un axe du mal à eux trois ? Hum… Peut-être que je suis à côté de la plaque. Voire à des kilomètres.

À dix-huit heures, on roule en camionnette vers le sud sur une autoroute encombrée. Nous sommes plus d'une douzaine. Uniquement des Blancs, et rien que des étudiants dynamiques et agaçants. Pas de Blacks, d'Asiatiques ou de Mexicains. Je reconnais un seul des candidats de ce matin ; cette fille et moi, en tant que nouveaux, sommes présentés aux autres – qui ne peuvent eux-mêmes être tellement anciens, puisque l'installation de la SAS à Denver ne remonte qu'à deux semaines.

Assise à l'avant à côté de Charles qui conduit, Ambre entortille ses cheveux autour de ses doigts pour se faire de petites anglaises, par ennui plus que par coquetterie. Mes voisins, à l'arrière, sont Abe et une fille qui m'a dit son nom, que j'ai déjà oublié. Elle est jeune, maigre, look d'étudiante.

Pas de traces de l'équipe de télévision. Je me demande si Charles et Abe ne se sont pas payé ma tête.

Pendant qu'on avance au milieu de la circulation, Abe harcèle les membres de son équipe pour leur faire réciter le pitch. Il m'épargne, ce qui tombe bien, car j'en suis toujours à essayer de le mémoriser ; sans parler de toutes les infos à maîtriser et des divers angles d'approche. La première question qu'on doit poser aux gens vise à déterminer s'ils se sentent concernés par la préservation des forêts. La seconde, que l'on formule tout en faisant mine de noter quelque chose sur son bloc-notes, porte sur leur préférence politique. Si l'on tombe sur un Républicain, on doit évoquer le gaspillage, la banqueroute des sociétés minières et des entreprises d'exploitation du bois ; tandis qu'à un Démocrate c'est du déboisement qu'il faut parler, et des écolos zinzins qui, en refusant une utilisation raisonnée de la futaie américaine, encouragent la disparition des forêts tropicales humides. L'extraordinaire potentiel médical desdites forêts est encore inexploité. Si ce Démocrate est une femme, on mentionne les médicaments contre le cancer du sein qui ont été découverts en Amazonie ; si c'est un homme, on fait allusion au cancer de la prostate ou aux maladies cardiaques. Tout doit être mis en œuvre pour ébranler le prospect qui vient d'ouvrir sa porte ; l'essentiel, nous assure Charles en conduisant, c'est de toujours boucler la boucle.

Il slalome habilement entre les voies et nous observe dans le rétroviseur.

« Bien, les enfants, voici venu le moment tant

attendu – la séance de questions pour apprendre à mieux se connaître. »

Quelques grognements s'élèvent.

« Ce soir, chacun va parler de son superhéros favori – et dire pourquoi c'est son favori. Alex, Elena, on commence par vous, puisque vous êtes les petits nouveaux.

— Non, mon chou, intervient Ambre, je crois qu'ils devraient passer en dernier.

— D'accord, tu as raison. Abe, toi d'abord.

— Euh, Spiderman, fait Abe. Parce que c'est un type ordinaire, il vit dans le Queens ; j'ai visité sa maison, c'est une adresse authentique, à Forrest Hills. Évidemment, Peter Parker n'y habite pas.

— D'accord, merci, Abe. Michael, ton superhéros favori ?

— Est-ce qu'on peut choisir l'Homme Qui Valait Trois Milliards ? demande le gros garçon en tee-shirt marron et sandales.

— L'homme bionique ? Bien sûr. Pourquoi est-ce qu'il te plaît ?

— Je sais pas, répond Michael. Parce qu'il pouvait faire des trucs cool. »

Charles interroge tous les passagers de la camionnette. Quand vient mon tour, le seul superhéros encore disponible est Batman. J'en profite pour exposer ma théorie sur la relation entre le feuilleton télé consacré à ses aventures et les présidents américains :

« Le Pingouin est une caricature évidente de F. D. Roosevelt – la façon de parler, le fume-cigarette, etc. Le Sphinx est Richard Nixon – l'énergie, les épaules voûtées. Le Joker, c'est John Kennedy, avec son grand sourire, son drôle d'accent…

— Et Catwoman ? s'intéresse Madame Mulholland.

— Jackie Kennedy, sexy, brune.

— Elle n'était pas sexy, proteste un des étudiants.

— Elle l'était à l'époque », rectifie Charles en me souriant.

Je vois qu'il est en train de se dire : bonne idée d'avoir engagé ce garçon.

Une fois qu'on en a fini avec les superhéros, Charles nous engage à nous rappeler le pitch et toujours boucler la boucle.

Il nous fait psalmodier « Toujours boucler la boucle », ce que personne n'a l'air de trouver particulièrement embarrassant. Il insiste :

« Pensez tous, toujours, à boucler la boucle, même si quelqu'un n'est pas d'accord avec vous – toujours boucler la boucle. Revenez systématiquement à la manière dont le prospect peut se rendre utile, et cette manière, c'est d'adhérer à la Sauvegarde de l'Amérique sauvage, à cinquante dollars l'inscription. Si c'est trop cher, soulignez que ça ne représente qu'un dollar par semaine. S'il ne bouge toujours pas, précisez qu'on a une cotisation spéciale à trente-cinq dollars, qui permet d'adhérer à titre individuel, pas familial, tout en apportant quand même sa contribution. Et si c'est une maison qui en jette, avec une voiture genre Mercedes dans l'allée, vous pouvez proposer une cotisation de cent dollars, ou même une cotisation à vie de cinq cents dollars. Recruter un membre à vie, c'est ramasser cent cinquante dollars en une seule soirée. »

À l'avant, Madame Mulholland lit un roman dont la couverture représente une casquette à la Sherlock Holmes. Sans doute une aventure du célèbre détective. Comment peut-elle lire sans avoir mal au cœur ?

L'idéal serait que je fasse équipe avec Charles ce soir, et avec Robert demain soir, pour les découvrir un peu mieux tous les deux. Je souris et secoue la tête. Quel abruti de ne pas avoir renoncé à élucider cette putain d'affaire, après tout ce qui s'est passé.

« Attention aux secousses ! » annonce Charles.

Nous roulons sur deux ralentisseurs. La camionnette tressaute. Pendant qu'on attend à un feu, un type vient nettoyer le pare-brise avec une raclette ; Charles sourit, baisse sa vitre et lui tend un dollar en le remerciant.

La circulation commence à devenir fluide. Abe se tourne vers nous, annonce qu'on approche et nous demande de répéter le pitch. On doit tous s'exécuter ; quand vient mon tour, je m'en tire honorablement. Ensuite, Abe nous demande de nous imaginer sur le terrain, dans des situations présentant des degrés de difficulté variés. Face à des gens âgés, par exemple, ou qui ne comprennent pas bien la langue. Je répète encore deux ou trois fois mon laïus, puis Abe signale à Charles que nous sommes prêts.

On finit par quitter l'autoroute pour pénétrer dans une petite ville de montagne. Des pavillons individuels, pas d'immeubles. Je pensais que nous couvrions uniquement Denver et sa banlieue mais, de toute évidence, notre rayon d'action est plus étendu.

Il fait sombre. Tous les réverbères s'allument ; ils brillent d'un jaune pâle. Charles s'arrête devant un commissariat et bondit à l'intérieur. Nous sommes tenus d'informer la police, m'explique Abe, que nous allons effectuer du démarchage, au cas où il y aurait un problème. Légalement, on a le droit de frapper à toutes les portes, à condition de dégager de chez les gens qui nous le demandent.

Charles regagne le véhicule. Il bruine ; des gouttes de pluie sillonnent les vitres, brouillant les rues, la ville. Charles met le contact et nous repartons. Si j'avais tué quelqu'un quelques semaines auparavant, est-ce que je pourrais entrer de cette façon dans un commissariat ? Ouais, sans doute. Ça ne veut strictement rien dire.

Enfin, la camionnette pile. Charles distribue les plans et disperse tout son petit monde, demande à Abe de s'occuper d'Elena, me dit d'attendre à l'arrière, fait la bise à Ambre, la laisse partir avec Abe et Elena. Il enfile une veste de couleur fauve et me tend un parapluie. Je lui dis que ce n'est pas la peine, il ne pleut presque plus.

« Prenez-le, ce n'est pas comme en Irlande, ici la flotte risque de vraiment tomber à seaux. Une bonne averse nous ferait d'ailleurs le plus grand bien. »

Je prends le parapluie, trop tard, les gouttes d'eau se sont déjà glissées sous la feuille en plastique qui protège mon bloc-notes et elles ont trempé la fiche de documentation. Charles me sourit et on se dirige vers la première maison de la rue. Il a l'air rajeuni, cette activité lui plaît.

Je regarde autour de moi. Plutôt opulent, le quartier. Des voitures neuves, de grands jardins devant les habitations, des clôtures. La grande différence avec l'Irlande, c'est que les maisons sont en bois et non pas en brique.

« Bon, Alexandre, voici comment se passent les

choses. En une soirée, chacun doit couvrir une zone bien définie, qui correspond généralement à cent cinquante habitations, grosso modo. Vous pouvez espérer recruter une moyenne de sept membres. Sept sur cent cinquante prospects… Mais vous laissez des brochures aux autres, ça sert quand même la cause.

— C'est quelle ville ? »

Nous approchons de la grande maison.

« Colorado Springs. Joli coin, l'École de l'armée de l'air est ici. Un bon terrain de chasse pour nous. Ah, les voilà ! »

Trois hommes descendent d'une Range Rover vert sombre. Deux d'entre eux sont en imperméable à capuche, l'un est équipé d'une caméra et l'autre d'un micro à perche ; le troisième porte une casquette de base-ball marquée Broncos. Ils ont tous trente ans et quelques. Charles ne me présente pas, ce qui me fout en rogne. Il serre la main du type à la casquette.

« Je pensais que la pluie vous aurait découragé, Bill.

— Pas une goutte depuis des mois, et il a fallu que ça tombe ce soir. Mais en fait, c'est un plus, ça souligne l'authenticité de votre engagement. Le problème, Charles, ce serait plutôt la lumière. Elle est en train de se barrer, je crois qu'on a intérêt à ne pas traîner.

— D'accord, comment dois-je m'y prendre ?

— Comme d'hab, sans faire attention à nous.

— OK. Venez, Alex, et tâchez de les ignorer. »

Nous voici donc devant la première maison.

« C'est moi qui vais parler, Alex, et vous allez vous contenter de m'observer. Après, je vous laisserai faire une ou deux portes tout seul, mais pour l'instant laissez-moi vous montrer comment procéder. Comme vous le voyez, le quartier est plutôt prospère, des Volvo, des BMW, je vais donc proposer des adhésions à cent dollars et même éventuellement, si ça marche bien, quelques adhésions à vie. Ce qui représente cinq cents dollars. On verra. Vous êtes prêt ? Vous êtes remonté à bloc ? »

Je mens :

« Ouais.

— Je vous demande si vous êtes remonté à bloc ! » insiste-t-il, plus fort.

J'essaie d'y mettre de l'enthousiasme :

« Ouais ! »

Nous passons la barrière et remontons l'allée à pied en faisant crisser le gravier sous nos pas. L'équipe nous suit et commence à filmer. Le chien des voisins aboie. Un téléviseur s'allume dans le salon. Il fait froid, je réprime un frisson. Charles appuie sur la sonnette et me donne une tape dans le dos.

« Ça va marcher du tonnerre », affirme-t-il.

Un sourire lui fend la bouche jusqu'aux oreilles. Pour des raisons qui ne concernent que lui, il me fait le signe « Longue vie et prospérité », popularisé par Spock dans le feuilleton *Star Trek*. Je répète :

« Du tonnerre ! »

Et réponds à son geste par le V de la victoire churchillien. Il rayonne de joie, ignorant que, là d'où je viens, cela signifie tout autre chose.

L'homme qui vient nous ouvrir la porte approche de la quarantaine. Charles lui sert le pitch. Le type résiste, jette des regards perplexes à l'équipe de télévision.

Charles le cuisine pendant un laps de temps qui me paraît interminable, jusqu'à ce que sa victime consente à adhérer à la SAS, au tarif de trente-cinq dollars.

On fait une vingtaine de portes, Charles réussit à enrôler deux personnes supplémentaires et laisse des brochures aux autres, sans cesser de sourire un seul instant. Bill, le gars de la télé, s'attarde auprès de ceux qui se sont montrés coopératifs et leur fait signer une décharge, avant de nous rejoindre au pas de course.

« Vous pensez pouvoir en faire une tout seul, maintenant, ou vous préférez que je reste à vos côtés ? me demande Charles.

— Je peux me débrouiller.

— Super. On va essayer par là, ce sera peut-être un peu plus dur. Je fais ce côté-ci, vous l'autre, et on se retrouve au bout, d'accord ? »

Je hoche la tête. Dans cette petite rue, il y a plus de Toyota et de Honda que de BMW ou de Volvo, mais ça n'a quand même pas l'air mal. Demeures de style faux Tudor, certaines avec un jardin, une palissade.

Je presse le bouton de sonnette. Ma première maison.

Les occupants sont absents. Je note « O/A » sur mon bloc-notes, remonte l'allée de la maison suivante, frappe à la porte.

« Voilà ! » lance une voix.

Un homme de plus de soixante-dix ans apparaît, blanc et même blême, robe de chambre, cigarette au bec.

« Bonsoir, je représente la Sauvegarde de l'Amérique sauvage, on fait campagne dans votre quartier, ce soir, pour sauver les forêts anciennes… Euh, est-ce que vous vous sentez concerné, euh, par ce problème ?

— Quoi ?

— La SAS, on est une organisation écol…

— Nan », répond le vieux en me claquant la porte au nez.

Je l'entends marmonner tandis qu'il s'éloigne dans le couloir et j'inscris un zéro sur mon bloc-notes, à côté du numéro de son domicile.

Maison suivante. Un pavillon sans étage, peint d'une sorte de bleu engelure ; des poupées flippantes aux fenêtres. La véranda dont je monte les marches est minuscule. Je pousse la porte à treillis, elle se referme derrière moi et je me retrouve coincé sur la véranda encombrée de pots de fleurs. Une plaque émaillée, représentant un gros bonhomme en train de boire de la bière, porte l'inscription : « C'est beau, la Bavière. »

Une femme noire vient m'ouvrir, la cinquantaine et des poussières.

« Bonsoir, je passe dans votre quartier aujourd'hui pour une campagne concernant la préservation des forêts anciennes de…

— Attendez une minute, je vais chercher mon mari. »

Elle s'éclipse, appelle quelqu'un dans la chambre du fond, regagne la pièce de devant pour fermer la porte. Entre-temps, la porte de la cuisine s'ouvre et un type en salopette s'amène dans le couloir. Il transpire, ses mains sont huileuses ; ses yeux d'un gris opaque expriment l'épuisement.

« Quoi que vous voulez ? s'enquiert-il d'un air soupçonneux.

— Bonsoir, je, euh, je suis militant à, euh, la Sauvegarde, euh, de l'Amérique sauvage, on est dans votre quartier ce soir pour se battre afin de sauver les forêts.

— Ouais ? »

Je lui montre la documentation que je trimbale sur mon porte-bloc. Les photos d'arbres avant et après déboisement. Les citations de politiciens, de cadres des sociétés d'exploitation forestière. La liste des espèces en voie de disparition en Amazonie. Il me demande d'un ton bourru :

« Quoi que vous vendez ?

— Rien, je, euh, je fais campagne pour sauver les arbres, les forêts anciennes. Il faut juste…

— Faut que je paie quelque chose ?

— Non, pas vraiment. C'est un…

— OK, où que je dois signer ? »

Je lui tends le bloc-notes, il sort un stylo de sa poche de revers et signe sur la feuille, à côté du numéro de son domicile. Au passage, il colle de l'huile partout sur la chemise en plastique.

« OK ? me demande-t-il.

— Oui, et si, euh, vous souhaitez faire une donation… »

Je me sens horriblement embarrassé.

« Non, je crois pas.

— D'accord, eh bien, merci encore.

— Je vous en prie. Heureux de pouvoir vous aider. »

Je me détourne et m'éloigne dans l'allée tandis qu'il referme la porte à treillis derrière moi.

Fait chier, me dis-je en inscrivant un nouveau zéro sur ma feuille. Parvenu à la maison suivante, je sonne, pas de réponse, je marque « O/A ».

Encore quatre pavillons sans occupants. Une petite fille asiatique en uniforme scout m'accueille à l'entrée du cinquième.

« Tes parents sont là ?

— J'ai pas le droit de parler aux inconnus », répond-elle bravement avant de refermer la porte.

De nouveau, je me détourne et m'éloigne dans l'allée, en me disant, pas bête, la gosse.

Maison suivante, personne. Suivante, idem. Suivante, un vieux Blanc en costard froissé, derrière une porte à treillis rapiécée.

« C'est pas dommage, cette flotte, me lance-t-il, ça va nous rafraîchir.

— Ouais, vous savez, je suis dans votre quartier ce soir pour lutter contre le déb…

— Un Smith & Wesson Blue Steel, calibre .4, voilà ce que j'avais.

— Je vous demande pardon ?

— Et vous savez quel flingue j'ai, maintenant ?

— Non.

— Un Walther PPK, m'apprend-il en plissant les paupières.

— Vraiment ?

— Mouais. On n'est jamais trop prudent quand on ouvre sa porte à des inconnus. »

En baissant les yeux, j'aperçois effectivement une arme à feu dans sa main gauche. Il la fait rebondir contre sa hanche.

« Vous savez qui d'autre a le même flingue ?

— Euh, non. Non, je ne sais pas.

— James Bond. C'est le flingue à James Bond. »

Là-dessus, il me fait un sourire peu engageant.

« Eh ben, formidable, merci beaucoup. Je vais vous laisser à présent.

— Qu'est-ce que tu voulais, mon gars ?

— Juste vous proposer une brochure, tenez, voilà.

— T'es écossais ?

— Irlandais. Bon, ben, merci beaucoup, hein.

— Irlandais, écossais, c'est pas la même chose, tout ça ?

— Non, non, c'est très différent. En tout cas, merci et bonne nuit. »

Sur cette tirade précipitée, je bats en retraite dans l'allée.

Lorsque je rejoins Charles au bout de la rue, je n'ai réussi à recruter personne. Je ne lui parle pas du type au flingue, de peur qu'il croie que je délire. Mais je lui remets vingt de mes propres dollars, en prétendant avoir reçu deux dons de dix dollars chacun.

« Bien joué, Alex, cette rue-là était plus difficile. Pas évident, comme test. On se fait encore quelques portes ensemble avant de rejoindre les autres, ça vous va ?

— Où est l'équipe de télé ?

— Oh, il n'y avait plus assez de lumière pour eux, mais je crois qu'ils ont obtenu ce qu'ils voulaient, ce soir. »

Charles juge inutile de préciser ce qu'ils voulaient ou qui ils étaient, et moi d'insister. Il nous ramène vers une rue plus cossue, et je me dis qu'il s'agissait peut-être d'un stratagème pour voir si je me laisserais décourager par une avalanche de refus. Dans cette nouvelle rue, nous recrutons quatre nouveaux membres, dont un à vie.

La pluie faiblit. Quand nous retrouvons les autres, ils sont tout excités, joyeux. Ils ont passé une bonne soirée, et chacun va avoir droit au tiers des fonds qu'il a collectés. Sur le chemin du retour, tout le monde parle et rit. Nous nous arrêtons à une pizzeria cradingue, au bord d'une sortie de l'autoroute.

On rapproche plusieurs tables. Les lumières tremblotent. La pizza cuit.

Charles se montre bavard, de bonne humeur. En tant que nouveau, je suis temporairement l'objet de l'attention générale.

« Alexandre, qu'est-ce que vous feriez en ce moment, en Irlande ? me demande Charles.

— Voyons, il est cinq heures du mat' là-bas, je serais sans doute dans mon lit.

— Non, non, non, ce n'est pas ce que je veux dire. Qu'est-ce que vous feriez là-bas le soir, pour vous distraire ? Il y a des pizzerias, comme ici ?

— Euh, pas des masses, et puis elles sont chères, c'est quasiment des vrais restaurants. »

Je suis un peu déconcerté de me retrouver ainsi sous les feux de la rampe.

« Eh bien, qu'est-ce que vous feriez, alors ?

— J'irais au pub, je suppose. »

Ambre m'interroge :

« Est-ce qu'il y a vraiment toujours des tas de musiciens qui jouent dans les pubs ?

— Dans certains, mais la plupart du temps ils…

— Je me rappelle ce pub à Dublin, me coupe Charles, ils ont mis une heure à m'apporter ma pinte de Guinness, j'ai cru qu'ils m'avaient oublié. Ils étaient d'une lenteur !

— C’est normal. La Guinness doit se verser très lentement.

— Eh bien, pour être lent, ça l’était. Et la fumée, dans ce genre d’endroit, c’est atroce. J’en avais mal pour le personnel, c’était vraiment affreux.

— Les Irlandais ne pratiquent pas un sport avec une crosse ? me demande Abe.

— Le *hurling*.

— Tu y joues ?

— Non.

— Charles était champion de *lacrosse*, à Bright. Je crois que c’est assez similaire, non ? »

Ambre et Charles échangent un bref regard.

« C’est quoi, Bright ?

— Tu as lu *Une paix séparée*, de Knowles ? Ou *L’Attrape-cœur*, de Salinger ?

— Non, Abe. »

Inutile de ramener ma fraise.

« Ça décrit des lycées pour snobs où on joue au cricket. Bright, c’est le même genre d’endroit, version Colorado. Charles et Robert y ont étudié tous les deux. »

Abe essaie visiblement de chambrer Charles, de le mettre en boîte, mais il y est allé un peu fort. Ambre l’arrête du regard en plein élan, avant de tourner vers moi ses grands yeux à l’expression glaciale :

« Avez-vous un hobby, Alexandre, un passe-temps quelconque ?

— Non, pas vraiment. Je vais à des matchs de foot – de football européen, c’est très différent du vôtre. Enfin, de temps en temps. À vrai dire, je ne suis pas tellement sportif. »

Heureusement, la pizza finit par arriver.

Je n'y touche pas. Je ne peux m'empêcher de contempler Ambre Mulholland. Elle renverse du Coca sur son chemisier blanc. Quand je lui tends une serviette en papier, elle me remercie d'un beau sourire. Mais il y a quelque chose dans ce sourire... Beau comme un champ de maïs gorgé de soleil, au-dessous duquel serait dissimulé un silo à missiles.

Qu'est-ce qu'elle peut savoir sur ce qui est arrivé à Victoria ? Est-ce qu'elle en aurait seulement quelque chose à cirer, que son mari ou son beau-frère soit un assassin ? Je l'observe attentivement. Peut-être que je me trompe. Elle a aussi quelque chose de vulnérable, qui rappelle Marilyn ou lady Di.

Retour à Denver. On dirait que je suis le seul à me geler. J'essaie de me réchauffer avec un gobelet de café. Charles discourt sans interruption, mais je ne l'écoute pas. Je compte les minutes, impatient de rentrer à la maison. Nous sommes tous épuisés. Ambre, dans un murmure, demande à son époux comment s'est passé le tournage. Admirablement, répond-il avant de lui donner un baiser. La vue de ce baiser m'arrache une grimace.

Ils me déposent sur Colfax Avenue.

On voit des putes. Quelques taxis clandestins prennent des clients dans la rue, alors que leur licence ne les autorise à en accepter que par téléphone. Leurs phares jaune citron sont brouillés par la pluie.

Je me tiens sous l'auvent d'un sex-shop, Kitty's East Porno. Notre appart est encore à quelques rues de là, mais je suis si fatigué. Une fatigue de junkie. La bruine continue à tomber. La dernière pluie avant des semaines.

À partir de maintenant, la sécheresse va reprendre ses droits. Et durer jusqu'en août, lorsqu'une pluie glacée s'abattra sur Fort Morgan et que je prierai pour qu'elle continue à se déverser, en invoquant Vishnou Par Qui Vient l'Orage, Seigneur de la Nuit – oui, je supplierai cette pluie de m'inonder, étendu là dans ce cimetière, la peau trouée par les balles, en me demandant s'il est trop tard. Trop tard pour vivre, pour survivre, pour venger le nouveau meurtre abominable commis dans le cadre de cette saloperie, de cette foutue saloperie d'affaire.

8

L'air, l'eau, la terre, le feu

On est énervés, Patrick et moi. Il fait chaud et sec, on a placé le ventilateur à l'autre bout de la pièce afin que les cartes ne s'envolent pas, et John et Areea ne prennent pas le jeu au sérieux. Il a placé une paume sur les genoux de la jeune fille, et elle a posé sa main au bas du short de John.

Je lance un regard à Patrick et secoue la tête, dégoûté.

« S'il y a une chose que je supporte pas, John, c'est les gens qui prennent le poker à la rigolade quand y a du blé dans la cagnotte.

— Deux dollars », objecte l'interpellé en faisant un clin d'œil à Areea, qui se met à rire sans raison.

« C'est une question de principe, John. »

Je sens que Patrick est de mon avis. Quand les semaines qui vous restent à vivre sur la planète Terre se limitent à quelques dizaines, les minutes sont précieuses, chaque seconde vaut de l'or.

« Tu mises, oui ou non ?

— Eh bien, non ! » s'impatiente John, en abattant son jeu.

Irrité, je concède à Patrick :

« Tu rafles la cagnotte, Patrick. »

Il ramasse ses gains et annonce :

« Je vais peut-être m'accorder une petite pause martini.

— Bonne idée ! »

Sur cette approbation, je lance un regard entendu à John, qui s'est incliné vers Areea pour lui mordiller le lobe de l'oreille. Je me suis piqué il y a deux heures. Une de mes règles est de ne jamais mélanger le smack et l'alcool, mais fait chier, n'importe quoi plutôt que de continuer à subir ces deux tourtereaux comme je le fais depuis plusieurs jours.

Je suis Patrick le long du corridor, jusqu'à son appartement décoré dans un style minimaliste – quelques photos d'amis, une bibliothèque remplie de livres d'art ; une platine laser et des CD de toute sorte, surtout de la musique classique. Il passe un morceau de Stravinski ; c'est pas ça qui risque de m'arranger l'humeur.

On est le 10 juillet. Il y a maintenant plus d'une semaine que je travaille à la SAS. Je me fais dans les cent cinquante dollars par soirée, je descends au centre-ville tous les jours, je m'appuie les courses, et j'essaie d'enquêter discrètement sur le meurtre de Victoria Patawasti. John, de son côté, traîne sur l'escalier de secours à fumer du shit, à bouffer des chips, à boire de la bière, et il nique Areea quand elle ne bosse pas. Ce qui commence à me taper sur les nerfs, ainsi que je le confie à Pat :

« Ça commence à me taper sur les nerfs.

— Moi aussi. Tu sais, je bluffais, tout à l'heure, j'avais que dalle.

— Je sais. »

Pat est dans un de ses bons jours. Il dit qu'il va beaucoup mieux depuis notre arrivée. Avant, il crevait de solitude ; le procès lui a mis à dos la plupart de ses vieux copains pompiers, et la seule famille qui lui reste vit dans le Wyoming.

Tandis que les violons de Stravinski se grincent mutuellement à la figure, Pat balance de la glace au fond du shaker. Ses martinis sont secs, extra-secs. Il mélange le gin – du Bombay Saphir – avec le vermouth, verse le tout dans le shaker et me demande de secouer le récipient pendant qu'il extrait deux verres du congélo pour les garnir chacun d'une olive.

Cela fait, on se replie sur l'escalier de secours. Pat me lance :

« Elle est canon, hein ?

— Ça, tu peux le dire, Pat. Un visage ravissant, des jambes fantastiques… Franchement, je ne vois pas ce qu'elle lui trouve, à ce grand dadais.

— Ah, tout ça finira par des larmes », prédit Pat.

On s'est penchés en avant pour observer deux types qui se battent comme des chiffonniers dans un parc brun, sans pelouse, à l'angle de la rue. Peu sûr du sens de sa remarque, je réclame une précision à Pat :

« John et Areea ?

— Oui.

— À cause des parents de la fille ?

— Elle dit qu'elle a dix-huit ans, mais je crois qu'elle est beaucoup plus jeune.

— Vraiment ?

— Ouais, vraiment. »

Nous sirotons nos martinis.

« Et toi, me demande Pat, t'as quelqu'un de spécial dans ta vie ? »

Quand il prononce les voyelles, ses joues se creusent horriblement.

« Nan. Personne.

— Dans ton pays, je veux dire.

— Négatif. Apparemment, j'ai un peu de mal à faire durer une relation.

— C'est toi qui les jettes, ou bien c'est elles qui s'en vont ?

— C'est elles qui s'en vont, Pat.

— Peut-être que le smack, ça aide pas.

— C'est pas peut-être, c'est sûr. »

Pat me jette un coup d'œil. Il ne veut pas me sermonner ou m'emmerder, mais énonce une simple évidence. Et cette question revient me tarauder une fois de plus, accompagnée de sa réponse : je dois renoncer à l'héroïne. La laisser partir. Je ne suis pas forcé de me shooter, rien ne m'y oblige. Alors – pourquoi je continue à le faire ? J'ajoute, sans trop de conviction :

« On a tous besoin de quelque chose, Pat.

— Ouais, c'est vrai.

— Et toi, Patrick, il y a quelqu'un dans ta vie que tu nous caches ?

— On était ensemble depuis longtemps. Évidemment, il m'a quitté quand je suis tombé malade.

— Merde.

— Comme tu dis. »

Le soleil s'avance sur Colfax Avenue et la rue bâille, s'éveille, déploie son spectacle quotidien. Des gens apparaissent au coin des rues – des femmes tenant des petits enfants par la main ; des gosses jouant au basket ; des vieux qui causent entre eux ; des jeunes Blacks dans de grosses bagnoles anciennes, d'où s'échappent les rythmes de NWA et Public Enemy, ou dans des caisses plus récentes et encore plus grandes, diffusant à pleins tubes le rap de Tupac et de Notorious BIG.

Et aussi, comme toujours, les dealers professionnels, discrets et décontractés, et les novices qui jettent autour d'eux un million de regards, histoire de vérifier à quel point ils peuvent attirer l'attention.

Je m'étire.

« Va falloir que j'y aille, Pat.

— Allons, pas encore. »

Il passe une main sur sa figure décharnée, mal rasée.

« J'aimerais bien rester, mais il est midi, je dois être au centre-ville d'ici une heure.

— Je comprends pas pourquoi tu bosses pour ces enculés de réacs. Ils détruisent nos forêts avec leurs exploitations minières, ils polluent le ciel. Une année entière de sécheresse, deux tempêtes de neige qui n'ont rien arrangé, et ils parlent d'un Usage Raisonné de la flotte pour favoriser le business, ce qui revient à défavoriser la protection de la nature. Je veux dire, merde, pourquoi pas demander plutôt à la putain de famille

Coors de céder à la ville de Denver une partie de ses réserves d'eau ? »

Je dois réprimer un sourire. Visiblement, Pat se sent beaucoup plus concerné que moi par toutes ces questions. Ça ne me dérange pas de défendre un relâchement de la législation sur l'environnement ; je défendrais n'importe quel point de vue pour du fric.

« Faut que j'y aille, Pat.

— D'accord, mon pote. »

Le terme et l'accent de Belfast m'arrachent un nouveau sourire. À force de traîner avec Pat, on finit par déteindre sur lui. Bien qu'on ait foiré dans cette affaire de meurtre et que je sois exilé de l'Ulster, on dirait qu'au moins nous faisons un peu de bien à quelqu'un en ce bas monde.

Juillet à Denver. Une chaleur infernale. Je passe devant l'immeuble d'une chaîne de télé. L'enseigne de Channel 7 indique presque trente-neuf degrés. L'ascenseur m'emporte, trempé de sueur, vers les locaux de la SAS. D'après Pat, Denver est vivable pendant quelques semaines en octobre et en avril. Le reste du temps, c'est l'été ou l'hiver, qui ne valent pas mieux l'un que l'autre. Je veux bien le croire. À cette époque de l'année, les gens qui ont un peu de bon sens quittent la ville pour un endroit plus frais, du genre haut-fourneau ou surface du soleil.

Je pénètre dans les bureaux.

Je suis désormais apprécié, établi dans la place.

Abe me dit bonjour. Il porte le même tee-shirt des Sex Pistols que la semaine dernière ; Johnny Rotten est tellement recouvert de crasse qu'il en est devenu tridimensionnel. Mais il y a la clim, et l'impression générale de chaos s'estompe, tout se met progressivement en place.

Ce qui est étrange, vraiment étrange, c'est que personne n'a mentionné la mort de Klimmer ou de Victoria, à part Abe. Charles mène son équipe à la baguette, et ils tiennent sans doute à montrer les choses sous un jour positif aux nouveaux venus tels que moi. Ou alors ils essaient de faire bonne figure à cause de l'équipe de télé, qui est revenue suivre Charles à deux reprises.

Les posters se sont multipliés sur les murs nus. Des dizaines de scènes de nature, au bas desquelles sont inscrits des mots comme « Persévérances » ou « Sérénité ». Deux nouvelles secrétaires ont été engagées, et les recruteurs commencent à former une véritable équipe. Bien sûr, on se tourne vers l'avenir – pourquoi s'attarder sur des difficultés révolues ?

Chaque journée de travail débute de la même manière. Abe et Steve nous communiquent des infos sur la mission de la soirée : le coin où l'on va se rendre, le type de pitch à préparer, les détails auxquels il faut prêter attention. On s'entraîne, on répète en jouant divers personnages à tour de rôle et, s'il reste du temps, on remplit des enveloppes et on écrit à nos représentants à la Chambre. Il y a maintenant une quinzaine de recruteurs ; l'organisation prend de l'ampleur.

Nous ne voyons jamais Charles et Robert avant dix-sept heures, quand la camionnette est prête à partir. C'est parfois Charles qui conduit, parfois Robert ; il arrive qu'Ambre soit de l'aventure.

Personne ne l'admettra devant Abe ou Steve, mais se pointer au bureau à une heure de l'après-midi est une perte de temps pour tout le monde. Pour quelqu'un qui serait vraiment prêt à servir la cause, je ne dis pas ; mais je sens que la plupart de mes collègues se foutent royalement des forêts ou de la politique d'Usage Raisonné, et ne sont ici que dans l'espoir de se faire un peu de blé.

Ouais, ça fait une semaine que ça dure et j'ai été patient, je me suis montré sympa, amical, il fallait se taper le travail préparatoire. J'ai supporté les théories d'Abe, comme quoi les Clash, Ramones et autres Undertones ne sont que de pâles imitateurs des Sex Pistols ; j'ai écouté ses discours interminables sur le base-ball et les New York Mets. Mortel, mais nécessaire. Je l'ai cultivé, encouragé. Aucun des Mulholland ne parlera, mais je sais qu'avec Abe j'ai toutes mes chances.

L'université du Colorado, à Boulder, comprend un Institut des sciences de la Terre. À l'époque où Abe y étudiait, il s'est mis à travailler pendant les vacances pour la SAS, qu'il a rejointe à plein temps à la fin de ses études. À vingt-cinq ans seulement, il est le numéro quatre dans la hiérarchie.

Ces deux derniers jours, on a déjeuné au Sixteenth Street Pub, dans une rue perpendiculaire à celle où sont situés nos bureaux. Le pauvre Abe ne fait guère le poids : une Stella Artois à six pour cent suffit à lui délier la langue.

On discute de cinéma. Une fois qu'il a vidé sa pinte et qu'elle a commencé à lui monter au cerveau, j'en viens directement au fait :

« Abe, c'est quoi cette équipe de télé qui suit Charles ?

— Je peux pas te le dire, on n'est pas censés en parler. Robert me tuerait. Charles me tuerait. »

J'essaie d'ignorer le terme.

« Tu sais que tu peux avoir confiance en moi. »

Il prend une bouchée de tortilla et jette un regard circulaire. On est les seuls de la SAS dans ce restau. Et il a envie de se confier ; tout ce qu'il lui faut, c'est un dernier encouragement.

« Allez, Abe, merde, qu'est-ce qui se passe ? C'est pas juste que tout le monde soit au courant sauf moi.

— Tout le monde est pas au courant.

— Allez, mon pote, je dirai rien, putain. Je pourrai me rendre plus utile en étant informé.

— C'est vrai.

— Évidemment, que c'est vrai. Alors, qu'est-ce qu'elle fout là, cette équipe de télé ?

— Tu n'en diras pas un mot ?

— Non.

— OK, écoute, je déconne pas, n'en parle à personne.

— C'est promis, mais vas-y, putain, crache le morceau.

— Un membre du Congrès, Wegener, va avoir soixante-dix ans le 6 août. »

Abe a parlé lentement, d'un air plein de sous-entendus. Je le dévisage.

« C'est tout ? Et alors, bordel ?

— Tout le monde croit qu'il va se représenter l'an prochain, en 1996, mais c'est pas le cas, il compte annoncer son départ à la retraite le jour de son anniversaire. Il n'a averti que le responsable du parti républicain dans le Colorado, et ce responsable ne l'a appris qu'à Charles.

— Comment tu le sais ? Par Ambre ? Par Robert ?

— Écoute, Alex, pas un mot de tout ça à quiconque. Dès que Wegener aura fait cette annonce, ça va se bousculer au portillon. Il représente la huitième circonscription du Congrès. C'est un bastion républicain, un siège en béton. Son successeur, quel qu'il soit, est assuré de se retrouver à la Chambre des représentants.

— Et ce sera Charles. C'est pour cette raison qu'il a demandé un congé à son cabinet juridique. Et qu'on le filme en train de faire du porte-à-porte.

— Il y a un moment que les Républicains du Colorado ont Charles dans le collimateur. Il a trente-huit ans, une femme gravement photogénique. Non seulement il affiche une belle réussite, mais il a fondé une organisation écologique – nous – qui pourrait permettre aux Républicains d'intervenir dans le débat sur l'environnement, actuellement monopolisé par les Démocrates. Charles n'aura pas de concurrents sérieux pour ce siège, on va le lui servir sur un plateau. Mais les choses ne s'arrêtent pas là.

— Ah ouais ?

— Je devrais peut-être pas le dire, tu sais.

— Tu vas pas recommencer !

— Bon, d'accord. Mais motus et bouche cousue.

— Pas de problème.

— Bon. À ton avis, qu'est-ce qui va se passer, l'an prochain, pour l'élection présidentielle ?

— J'en sais rien.

— Dole va perdre. Il va se faire aplatir par Clinton,

et le parti républicain se retrouvera dans la panade. Ils seront obligés de se rapprocher du centre pour vaincre Gore en 2000. Ils ne choisiront pas quelqu'un comme George W. Bush ou Pat Buchanan, ils prendront un centriste – exactement le profil de Charles, ce jeune représentant modéré, écolo, cet outsider d'un État de l'Ouest. Tu vois ?

— Je vois quoi ? »

Abe frémit d'excitation. Sous la pression, il ne peut retenir son secret un instant de plus, il faut que ça sorte.

« Tu ne vois pas, Alex ? Pour quelqu'un comme John McCain ou même Colin Powell, Charles pourrait faire un candidat idéal à la vice-présidence. Powell-Mulholland en 2000 ? C'est pas de la rigolade, ça – c'est la cour des grands !

— Bon Dieu… »

Je suis impressionné par son ton solennel, mais Abe rêve sûrement. Non seulement ce n'est pas très crédible, mais c'est carrément du délire. On n'a jamais vu un représentant devenir vice-président au bout de deux mandats, même dans les conditions politiques les plus favorables. Je hasarde :

« Ce n'est pas très crédible…

— Et Bill Clinton, il était crédible en 1992 ? »

Pendant qu'Abe développe son sujet à voix basse, sans plus pouvoir s'arrêter, et que j'essaie de prendre un air passionné, je me rends compte peu à peu qu'il n'est pas très important que Charles ait vraiment des chances d'être vice-président en 2000, ou en 2004, ou à la saint-glinglin. Je vois maintenant pourquoi Alan Houghton devait mourir. Ce qui importe, c'est que

Charles ait réussi à se convaincre que le Congrès et la vice-présidence étaient à sa portée. Conviction qui lui a enfin donné la force d'éliminer son persécuteur, son ombre, le démon familier qui le faisait chanter. Oui. Et la pauvre Victoria a eu le malheur de se trouver sur son chemin. J'avale une gorgée de bière, adresse un hochement de tête à Abe, et me promets de découvrir qui était cet Alan Houghton, et quels rapports il entretenait avec Charles.

La voix d'Abe n'est plus qu'un murmure :

« Alex, je t'ai jamais rien dit, d'accord ? On est tous dans le même bateau, on ne peut pas faire de vagues, rien d'officiel avant la déclaration de Wegener, le jour de son anniversaire. Tu vois ? Faut qu'on la boucle tous.

— Je vois. Et je vois pourquoi ils ont transféré la SAS à Denver. Ce sera aussi un QG de campagne, hein ?

— Change de sujet, voilà Robert », me chuchote Abe.

Robert nous cherche dans le bar. Plus précisément, il cherche Abe, ne réussissant pas à mettre la main sur les plans du quartier où nous devons nous rendre ce soir.

Après un dernier regard m'intimant de me taire, Abe se lève et sort du Sixteenth Street Pub avec Robert.

Quelques heures s'écoulent…

On monte à bord d'une grande camionnette, presque un autocar, pour se diriger vers Littleton, au sud. Une fois de plus, Charles n'est pas avec nous ce soir, et c'est Robert qui conduit. Curieusement, Ambre accompagne son beau-frère. Je ne l'ai rencontrée qu'à deux reprises depuis que je travaille dans cette boîte, et jamais encore je ne l'ai vue sans Charles. Même sobrement vêtue d'un jean noir et d'un sweat-shirt, c'est une bombe. Seuls le dernier des misogynes, le président de Greenpeace, un maoïste aveugle refuseraient d'adhérer à la SAS si elle le leur demandait.

Robert conduit et parle. Il n'a ni le charme ni le sens commercial de son frère, qui, pour « améliorer la cohésion du groupe et l'esprit d'équipe », nous fait raconter nos films ou livres favoris, répéter nos rôles, réciter notre pitch sous la direction d'Abe. Robert sent bien qu'il ne doit pas rester inactif, mais ses efforts sont réfrigérants. Il nous débite des sermons trouvés dans les ouvrages de gourous du management, saupoudrés de métaphores sportives et de références à la renaissance de Chrysler.

Pour aller vers le sud, nous avons préféré Broadway à l'autoroute. On s'arrête au bout d'un moment dans une banlieue verte assez représentative, ou plutôt dans ce qui serait une banlieue verte si les pelouses n'étaient pas aussi roussâtres, et les arbres à l'agonie.

« Nous y voilà », annonce Robert en coupant le moteur.

Il se retourne pour nous observer.

« Tu devrais leur indiquer où l'on est, lui souffle Ambre.

— Oh, oui, Englewood. Une zone un peu limite, avec des revenus diversifiés, alors je veux que tout le monde travaille p-par deux, ce soir. »

Tout le monde hoche la tête.

Ambre lui parle à l'oreille.

« Oh, oui, bien sûr, il faut qu'on soit tous remontés à bloc, p-pas vrai ? demande-t-il mécaniquement.

— Absolument, l'encourage Abe.

— Bon, eh bien, d'accord. Euh, Abe, tu es prêt à y aller ? s'enquiert Robert avec un enthousiasme factice.

— Oui, je suis prêt.

— Je ne t-t'entends pas.

— Oui, je suis prêt !

— Je ne t'entends t-toujours pas. »

Abe hurle qu'il est prêt à y aller. Robert met à cran tous les occupants de la camionnette en leur faisant subir le même traitement de routine. Mon tour arrive :

« Alexandre, es-tu p-prêt à y aller ?

— Oui, mon commandant ! » m'écrié-je, façon infanterie de marine américaine.

Résultat inattendu, Robert se met à rire. Il émet un bruit curieux, pouvant évoquer un petit animal en train de se noyer. Ce n'était pas si drôle que ça. À vrai dire, ce n'était même pas drôle du tout, pourtant quelque chose l'a fait craquer. De la morve s'échappe de ses narines, il prend un Kleenex pour s'essuyer les yeux et se moucher. Je sais bien qu'un poulet digne de ce nom laisse les conclusions hâtives à l'inspecteur Columbo ; mais, brusquement, j'ai du mal à croire que ce type ait pu assassiner quelqu'un.

« Oh, mon Dieu, ça me rappelle, ça me rappelle v-vraiment… »

Il s'adresse à Ambre, comme s'il oubliait la présence de son équipe de recruteurs :

« Tu sais que je m'étais fait virer de la préparation militaire au bout d'une semaine ? J'aurais fait le p-pire soldat du monde !

— Je croyais qu'ils avaient supprimé la PM à Harvard ? s'étonne Ambre.

— Je te parle du lycée. De B-Bright. D'après eux, le seul qui soit encore plus nul, c'était Charles, mais ils ne l'ont pas mis à la porte parce qu'il était le c-capitaine de l'équipe de *lacrosse*. Oh, tu aurais dû me voir, c'était…

— Robert, on s'écarte du sujet. »

Après l'avoir interrompu, Ambre lui jette un regard dont nous ne pouvons qu'imaginer l'expression, et qui le pétrifie.

« Oh, oui, désolé, jeunes gens, j'oubliais un peu où j'étais, là. Euh, à qui le tour ? » demande Robert d'une voix toujours enjouée.

Il continue à interroger les occupants de la camionnette. Chacun, jusqu'au dernier, s'exclame qu'il est prêt, et ravi d'aller travailler dans les rues ce soir.

« Est-ce que tout le monde a son p-plan ? »

Nous hochons tous la tête, en disant oui.

« Est-ce que quelqu'un ne sait pas lire un plan, par hasard ? »

Une fille timide aux boucles brunes lève la main.

« D'accord, je vais vous accompagner », l'informe Robert.

Nous descendons de la camionnette. Englewood ressemble à tous les endroits où nous sommes déjà allés, encore une banlieue de Blancs ; et encore une chaude soirée. Par hasard ou par chance, à moins qu'il ne s'agisse de quelque sinistre dessein, Ambre et moi sommes les seuls à nous retrouver sans partenaire, mais ça ne tombe pas si mal, je suis encore suffisamment novice pour que l'aide de la hiérarchie ne me soit pas inutile.

« On dirait que vous êtes avec moi, soldat, me lance Ambre tout en nouant ses cheveux en queue-de-cheval.

— On dirait », parviens-je à marmonner.

Armés de nos blocs-notes et de notre documentation, nous avançons dans Englewood. Alors que l'on s'approche de la première maison, je ne peux détacher mon regard du cul de mon équipière, tout en me livrant à ce monologue intérieur : du calme, Alex, merde, c'est qu'une nana.

Une fille d'une vingtaine d'années ouvre la porte et nous examine. Un peu dodue, des lunettes, mais jolie, avec des cheveux noirs. Elle tient un verre de vin à la main.

« Laissez-moi deviner, déclare-t-elle à Ambre. Vous êtes plutôt country, et lui, plutôt rock'n'roll. »

Ne voyant pas où elle veut en venir, je tourne vers Ambre un regard perplexe.

« Elle nous prend pour des mormons, m'explique Ambre.

— Quoi ? »

Je ne suis guère avancé, mais Ambre répond déjà à la jeune femme :

« Nous ne sommes pas des mormons, euh, nous militons pour la Sauvegarde…

— Je vais vous dire un truc, l'interrompt le prospect après avoir pris une grande gorgée de vin. Je ne crois pas que l'ange Gabriel soit apparu dans le nord de l'État de New York pour ordonner aux mecs de prendre des dizaines d'épouses. Ça ne rime à rien. D'accord ? À rien du tout.

— Nous ne sommes pas mormons, insiste Ambre.

— C'est ça, et moi, pas de danger que je le devienne. Et ensuite, il est allé dans l'Utah ? Jésus n'est pas un cow-boy, je veux dire, arrêtez vos conneries, vous êtes vraiment à côté de la plaque, vous autres. »

J'interviens :

« Est-ce que le problème du déboisement vous interpelle ?

— Non, c'est pas comme la conversion des morts. Quelle honte ! »

Elle referme la porte à treillis, puis la porte principale, et on se retrouve sur son seuil comme deux idiots. Je demande à Ambre :

« Qu'est-ce que c'était que ce cirque ?

— Je ne sais pas, répond-elle avec vivacité.

— Elle devait être ivre... »

Nous tournons les talons et remontons l'allée. Je confie à Ambre :

« Je ne pige toujours pas ce qu'elle a voulu dire par “Vous êtes plutôt country”, etc.

— C'était une chanson dans une émission de télé que vous n'avez sûrement jamais vue, “Donny et Marie”. Vous savez, les Osmond.

— Oh, oui, la famille de mormons. La remarque de cette fille était assez marrante, alors.

— Oui, concède Ambre.

— Mais je croyais que leurs missionnaires étaient toujours des hommes ?

— Je n'en ai pas la moindre idée, répond-elle d'un ton hautain. Je ne connais rien aux mormons. »

Elle est embarrassée par l'incident, qui ne l'amuse pas du tout. Je pense que c'est hilarant, j'ai hâte de le raconter à Pat et à John. En attendant, j'avoue à ma coéquipière :

« Moi non plus, à part quelques souvenirs d'enfance, à Belfast. Notre voisin jetait des seaux d'eau à leurs missionnaires, en les traitant de prophètes de l'Antéchrist, quelque chose dans ce goût-là. Faut dire qu'il vivait dans la crasse, alors que les mormons étaient toujours nets et propres.

— C'est vrai, réagit Ambre en se tournant vers moi, vous avez grandi à Belfast, n'est-ce pas ?

— Affirmatif.

— C'est tout près d'un endroit qui s'appelle Carrickfergus, non ?

— Ouais, j'en ai entendu parler, mais je n'y ai jamais mis les pieds. »

Mon CV, sur ce point, diffère radicalement de celui de Victoria Patawasti. N'empêche qu'il est temps de changer de sujet.

« En fait, le peu que je sais des mormons vient d'une histoire de Sherlock Holmes, et ce n'était pas très flatteur.

— Vous avez lu Sherlock Holmes ? s'enquiert-elle avec animation.

— Quelques-unes de ses aventures. »

Son visage s'éclaire et elle lâche :

« J'adore Conan Doyle, j'adore les intrigues policières. Les mystères, les énigmes, les enquêtes, je suis passionnée par tout ça. Contrairement à Charles.

— Ce n'est jamais Chuck, ou Charlie, ou Chaz, hein ? Toujours Charles ? »

Elle fronce les sourcils et je comprends que j'ai gaffé.

Le nom de Charles n'est pas un sujet de plaisanterie acceptable. Je redresse la barre :

« Quel est votre auteur de polars favori ?

— Oh, la divine Agatha, fait-elle avec un grand sourire.

— Vous êtes plutôt Poirot ou plutôt Marple ?

— Marple, évidemment ! »

Je lui rends son sourire. Elle est fascinante. Soudain, il me paraît absurde de croire qu'elle puisse avoir été impliquée dans un meurtre sauvage, ou même être proche du meurtrier. Une fois encore, je me demande si je ne jogge pas à côté de mes pompes dans cette affaire, si mon jugement n'est pas obscurci par le smack – ou par ma queue.

Maison suivante. Un vieil homme nous sermonne sur le niveau inquiétant des réservoirs, la sécheresse qui dure depuis un an, l'importance de la protection de la nature, et il refuse de prendre une brochure.

Maison suivante, pas un chat.

Maison suivante, ils ne veulent rien donner.

Maison suivante. Une grosse femme blanche, robe en tissu imprimé, parfum très lourd. Je lui récite le pitch.

« Vous faites toute la rue ? interroge-t-elle.

— Oui.

— Combien ils vous ont donné, à côté ?

— Ils n'étaient pas là.

— Je vous parie que si. La mère est noire, le père japonais, chinois, quelque chose dans ce goût-là.

— Ah bon ?

— Il y a beaucoup de familles noires qui sont venues s'installer dans cette rue.

— Vraiment ?

— Vraiment, fait-elle avec des airs de conspiratrice.

— Ben, c'est l'Amérique », lui rappelé-je.

Je suis pris légèrement au dépourvu. C'est la première raciste avouée que je rencontre depuis mon arrivée dans ce pays.

« Prenez ce type, O. J. Simpson, vous en voudriez comme voisin ? Ils vivent tous de l'aide sociale. Ils n'apportent vraiment pas grand-chose, hein ?

— Qui ça ?

— Les Noirs, qui d'autre ? Ils ne fichent rien. Ils n'ont jamais rien fichu. »

Je cherche un soutien du côté d'Ambre, mais elle observe ses chaussures, honteuse, humiliée. Mon chou, tu vas en rencontrer beaucoup d'autres de ce calibre si tu continues à évoluer parmi les activistes de droite. Elle a l'air de nouveau vulnérable, un peu perdue.

Je souris à la grosse dame.

« Eh ben, ils ont construit les chemins de fer, gagné la guerre de Sécession, ils ont été les bêtes de somme de la révolution industrielle, créé une littérature étonnante et inventé quatre genres musicaux en un siècle : jazz, blues, rock'n'roll et hip-hop. Vous ne trouvez pas que cette vieille planète serait plus ennuyeuse sans eux ? »

Je n'ai pas cessé de sourire, mais la femme a l'air furieuse.

« Qu'est-ce que vous voulez ? demande-t-elle.

— Nous voulons promouvoir l'Usage Raisonné des forêts, répond Ambre.

— C'est pas mon problème. »

La femme claque la porte à treillis si fort qu'elle vibre

sur ses charnières. Je ne peux m'empêcher de rire, et même Ambre sourit.

Encore deux portes sans résultat. À mesure qu'on va vers le sud, le quartier perd de son lustre. La prochaine rue indiquée sur notre plan est nettement plus pauvre. Les voitures garées devant les maisons n'ont pas la même classe, les gamins qui jouent dans la rue sont mexicains. C'est comme s'il y avait une ligne de démarcation invisible; je trouve ça intéressant et j'en fais part à Ambre, mais elle ne me répond pas.

Des maisons en bois, la plupart décrépites. Des sacs d'ordures noirs empilés sur le trottoir. À l'extrémité de la rue, un vaste entrepôt paraît ne pas avoir été utilisé depuis un demi-siècle. Les vitres sont sales ou brisées; quelqu'un a dessiné des buts de football sur les murs.

Il fait sombre maintenant. Le vent s'est levé, le ciel est rempli de nuages, la température est tombée d'une dizaine de degrés. Je frissonne tandis que nous remontons l'allée de la première maison. Un chien aboie dans le jardin de derrière; il nous montre les crocs de l'autre côté d'un grillage, la bave lui coule de la gueule. Je sonne à la porte, un homme d'origine asiatique vient m'ouvrir. Il a droit au pitch, débité par Ambre, mais on n'entend rien à cause des hurlements du chien, et de toute façon le type n'est pas intéressé. Après avoir traversé la cour pour gagner la maison voisine, nous frappons à la porte à treillis.

Un colosse en jean et tee-shirt crades vient ouvrir.

« Ouais, qu'est-ce que vous voulez encore ? »

À l'entendre, on croirait qu'un million de personnes l'a sollicité avant nous ce soir.

« Bonsoir, nous militons pour la Sauvegarde de l'Amérique sauvage et nous…

— Ouais, je sais. Je le sais, qui vous êtes. Vous pourriez vous organiser un peu plus sérieusement, vous êtes déjà passés la semaine dernière pour les mêmes conneries. »

À mes côtés, Ambre frissonne dans son sweat-shirt trop mince.

« Les forêts primitives représentent un élément vital de…

— Je sais ce qu'elles représentent, merci », fait le colosse en refermant la porte.

Je glisse à Ambre :

« Un parfum de désastre flotte sur cette soirée. »

Elle réagit par un hochement de tête morose. Je poursuis :

« On devrait peut-être s'accorder un break, essayer de trouver un endroit où boire du café ? »

Cette fois, elle secoue la tête.

« Non, objecte-t-elle sans enthousiasme, tout le monde doit faire son quota. Robert n'aimerait pas qu'on aille se planquer quelque part.

— D'accord, c'est vous le chef. »

Pas de problème, j'ai eu d'excellents résultats la semaine dernière, ça ne me dérange pas de merder ce soir. Surtout en aussi charmante compagnie.

On se dirige vers le pavillon sans étage situé de l'autre côté de la rue, jardin broussailleux, peinture éraflée, porte à treillis rapiécée.

Ambre frappe à cette porte. Une voix de garçon nous parvient :

« Minute, attendez, je cherche la thune ! »

Il ouvre la porte. Quinze ans, maigre, pâle, les cheveux frisés, l'air barré.

« T'as la pizza, mec ? »

C'est Ambre qui intervient :

« Nous sommes dans votre quartier ce soir pour défendre l'Usage Raisonné… »

Le gamin la laisse conclure son pitch sans l'interrompre, puis revient à la charge :

« OK, vous êtes sympas, mais où est la pizza ?

— Nous ne sommes pas là pour la pizza, mais pour défendre un Usage Raisonné des forêts », insiste Ambre.

Une note de désespoir perce dans sa voix, néanmoins elle lui ressort tout le pitch. Abe lui donne trente ans, je me dis une fois encore qu'elle ne les fait pas. Est-elle vraiment naïve au point de ne pas voir que ce gosse est trop défoncé pour qu'on en tire quoi que ce soit ?

« On peut savoir ce qui te retient, bordel de merde ? » retentit une voix dans le couloir.

Un autre gamin apparaît, il s'amuse à éteindre et rallumer son briquet.

« Ils veulent pas nous filer notre pizza.

— Ouah, elle est canon. »

Je lance à Ambre :

« Venez, barrons-nous. »

Elle hésite un instant, puis me laisse l'entraîner dans l'allée. À cet instant précis, le rapport de force s'inverse entre nous. Alors qu'elle est censée assurer ma formation, elle a craqué. En chaussures plates, elle mesure trois, quatre centimètres de moins que moi, de quoi la contraindre à lever la tête pour m'interroger :

« Quel est leur problème ?
— La défonce.
— À leur âge ?
— C'est l'âge où on se défonce.
— Pas là d'où je viens ! »

Nous avons parcouru la moitié de l'allée menant à la maison voisine lorsque le système d'arrosage se met en marche automatiquement et nous inonde. Ambre est furieuse.

« En plus, c'est illégal ! s'exclame-t-elle. C'est contre les règles de conservation de l'eau. »

Quand nous parvenons à la porte, les occupants font semblant de ne pas être là, et nous devons braver les arroseurs dans l'autre sens. Je propose ma veste à Ambre, qui la refuse.

Personne non plus dans la maison suivante. Les cheveux d'Ambre sont trempés et lui tombent sur la figure. Elle a l'air de plus en plus malheureuse, et je la trouve de plus en plus belle. Je lui pose une question :

« Et d'ailleurs, d'où est-ce que vous venez, vous ?
— De Knoxville », répond-elle au bout d'un moment.

Je feins l'ignorance :

« Qui se trouve ?
— Dans le Tennessee.
— Cool. C'est cool, comme endroit.
— Qu'est-ce qu'un Irlandais peut savoir du Tennessee ? demande-t-elle en me gratifiant enfin d'un petit sourire.
— Beaucoup de choses.
— Par exemple ?
— Par exemple, qu'Elvis venait de là.

— Memphis est à l'autre bout de l'État – ce qui n'a pas empêché mon lycée d'y organiser une excursion. Je n'invente rien. J'ai cru qu'on n'y arriverait jamais.

— Vous êtes allée à Graceland ?

— Ouais. Plus ennuyeux, tu meurs.

— Vous avez vu les toilettes ?

— Quelles toilettes ?

— Celles où Elvis est mort.

— Elvis est mort aux toilettes ?

— Ah, je viens de démasquer votre imposture ! Je sais maintenant que vous êtes une taupe communiste, attendant patiemment la renaissance de l'Union soviétique. Tous les vrais Américains savent qu'Elvis est mort aux toilettes.

— Eh bien, je l'ignorais, avoue-t-elle en riant.

— Tant pis pour vous, vous venez de perdre votre couverture, vous êtes grillée. Pas un Britannique n'ignore que l'écrivain Evelyn Waugh et le roi George II ont trouvé la mort au petit coin. Ce genre de détail nous amuse.

— Je croyais que vous étiez irlandais.

— C'est compliqué. Oh, à propos, il y a un autre gars du Tennessee, Andrew Jackson, le président Jackson, il a la cote en Irlande parce que ses parents étaient originaires de, euh, d'Ulster. »

J'ai failli mentionner à nouveau Carrickfergus, et je me suis rappelé juste à temps que ce nom risquait dangereusement de lui rappeler Victoria.

« Hermitage aussi, la ville natale de Jackson, est très éloignée de Knoxville. Et pas la peine de me sortir Nashville, ça se trouve également à des kilomètres de là.

— Et Dollywood ?

— Vous connaissez le parc à thème de Dolly Parton ? »

Elle est amusée et, de nouveau, épatée.

« Vous voulez rire, elle est célèbre en Irlande. La musique country en général est très appréciée, là-bas, et Patsy Cline est quasiment vénérée comme une sainte !

— Vraiment ? me demande Ambre en me jetant un regard de côté.

— Vraiment. »

Nous voici devant une nouvelle maison, ce qui me contrarie ; on commençait juste à avoir une vraie conversation, et j'étais sur le point de lui demander pourquoi elle n'avait aucune trace d'accent du Sud. On sonne à la porte. Un Noir âgé vient ouvrir, il porte un manteau, comme s'il allait sortir. Il grogne :

« Ouais ?

— Bonsoir, je suis un militant écolo, je passe dans votre quartier ce soir pour attirer l'attention des gens sur la situation désespérée des forêts anciennes.

— Vous êtes sérieux ?

— Oui, Monsieur, tout à fait. Est-ce que vous vous sentez, euh, concerné par cette question ?

— Les arbres ?

— Oui, les forêts anciennes, elles se réduisent au rythme de…

— Je vais vous dire par quoi je me sens concerné. Ce qu'on me réduit, à moi, c'est les bons d'aide alimentaire. J'ai pas les moyens de nourrir mes gosses, c'est tout juste si je les vois encore. Je les ai pratiquement perdus de vue. Ça fait six mois que je suis au chômage, et y a pas de boulot. »

Il m'observe en attendant ma réponse, mais je ne trouve rien à lui dire. Je me tourne vers Ambre, elle récite son pitch comme à l'exercice, en terminant par les adhésions à cinquante dollars. Il lui répond poliment :

« Je vais prendre une brochure. »

Je lui en laisse deux et lui dis au revoir. Tandis que nous parcourons l'allée en sens inverse, j'entends Ambre murmurer :

« Je n'arrive pas à y croire… »

C'est peut-être la première fois qu'elle rencontre des gens insensibles à ses charmes. On est tous les deux gelés. Elle a l'air complètement fumasse. Trempée, malheureuse, adorable, avec sa queue-de-cheval qui flotte dans le vent et ses mamelons qui se redressent sous son sweat-shirt.

« Vous êtes sûre que vous ne voulez pas un café, ou autre chose ? »

J'ai posé une main sur son coude pour la retenir. Elle me regarde et répond doucement, en secouant la tête.

« Charles ne serait pas content si on s'arrêtait maintenant. Encore quelques rues. »

Je proteste :

« Ça ne nous mène nulle part.

— Je sais.

— Jetez un coup d'œil à la prochaine rue. Elle n'a vraiment rien d'accueillant. »

Elle lorgne dans la direction que je désigne. Fenêtres et portes à treillis brisées, ordures et vestiges de mobilier répandus sur le trottoir et les pelouses arides.

« Allons, Ambre, on en a fini, par ici. Il est neuf heures et demie, ç'a été une soirée plutôt désastreuse. On n'a qu'à aller manger un morceau avant de retrouver les autres dans la camionnette, en espérant qu'ils ont eu plus de chance que nous. »

Ambre hoche la tête d'un air résigné. Une mèche blonde s'échappe et vient lui tomber devant la figure ; elle la repousse violemment, tel un sergent instructeur faisant rentrer un troufion dans le rang. Au bout d'une ou deux minutes, elle me lance :

« Les autres n'auront pas fait mieux.

— Pourquoi donc ?

— Eh bien, euh… Ça vous arrive d'aller au théâtre ?

— Pas vraiment.

— J'adore le théâtre, mais je n'ai jamais l'occasion d'y aller. Vous ne trouvez pas ça formidable ?

— Peut-être que ça me plairait. Il faudrait d'abord que je sache comment c'est.

— Je vois. Vous avez peut-être quand même entendu parler d'une pièce qui s'appelle *Glengarry Glen Ross* ?

— Non. Ça ne me dit strictement rien.

— C'est sur des agents immobiliers qui démarchent les gens à domicile, à l'improviste. Pour vendre un lotissement appelé Glengarry Highlands, ils se disputent de précieux tuyaux sur les meilleurs clients potentiels. Nous, à la SAS, on va d'habitude chez des gens qui sont sur les listes du parti républicain, des gens qui ont soutenu financièrement des causes républicaines – on a les "tuyaux Glengarry", en quelque sorte. C'est pour ça qu'on ne s'est pas mal débrouillés jusqu'ici. Mais Robert s'était dit que ce soir on pourrait essayer un quartier de banlieue au hasard, pour voir ce que ça donnait. Comment ça marchait.

— Ouais. Ben, on a vu. »

Elle me jette un regard amusé.

« Vous n'aviez pas mentionné une boisson chaude, Alex ? »

Cinq minutes plus tard, on explore un centre commercial. La plupart des magasins sont fermés, mais une pizzeria est restée ouverte. Nous y entrons et commandons chacun une portion, avec un café. Les clients sont peu nombreux, on n'a pas de mal à trouver une table libre. Je retourne au charbon :

« Le Tennessee, hein ?

— Ouais, fait-elle en attaquant sa pizza avec un plaisir non dissimulé.

— Qu'est-ce qui est arrivé à votre accent ?

— Mon père travaillait pour une compagnie d'électricité. Quand j'avais dix ans, il a été nommé dans le New Jersey. »

Je suis étonné.

« Ah bon ? En fait, vous êtes une fille du New Jersey, alors ?

— Eh bien, je ne sais pas, répond-elle, sur la défensive. Je suis née dans le Tennessee.

— Je vois. Vous faites partie de ces gens qui ont honte d'être du New Jersey, alors vous dites que vous êtes du Tennessee ?

— Je n'ai pas honte. C'est juste qu'au fond de moi j'ai le sentiment d'être une fille du Sud. »

Son sourire est irrésistible. Je la taquine :

« Ah ouais ?

— Écoutez, j'ai vécu dans le Sud pendant onze ans, et à peine six ou sept dans le New Jersey avant d'aller en fac à Boston.

— Vous avez rencontré Charles à Harvard ?

— Oui. Comment le savez-vous ?

— J'ai deviné. Vous avez mentionné qu'il y était allé aussi, quand Robert a parlé de la préparation militaire.

— Vous êtes rapide.

— Non, pas du tout.

— C'est bien là que je l'ai rencontré. Il donnait un cours d'économie extrêmement ennuyeux. J'étudiais plutôt des matières scientifiques, mais j'ai eu envie d'essayer autre chose.

— Il était professeur ?

— Ne soyez pas ridicule, il était étudiant de troisième cycle. On n'aperçoit jamais les profs, jamais. Mais à Red Rocks, vous verrez, les cours que vous suivrez seront assurés par des gens qui ont leur doctorat.

— Ah, ouais, c'est ce que j'ai entendu dire. Le prochain trimestre universitaire ne commencera que dans quelques semaines. Donc, le cours de Charles vous a tellement plu que vous l'avez épousé ?

— Vous voulez vraiment entendre cette histoire insipide ? »

Toute à sa pizza, dont le fromage fondu dégouline partout, elle se tapote les lèvres de ses doigts de premier violon. Je me sens de nouveau troublé. Ces yeux vulnérables. Ces bras lisses et galbés comme le fuselage d'un F16.

« Bien sûr que je veux entendre toute l'histoire. Vous avez l'air de former un couple formidable.

— Merci. Eh bien, quand Charles a quitté Harvard, après avoir obtenu son doctorat, nous n'étions pas encore sortis ensemble. En fait, je ne pense pas que je lui plaisais ; en me collant un C, il avait fichu en l'air ma moyenne de l'année. Après un séjour à la fac de droit de Yale, dans le Connecticut, il a regagné le Colorado, où il a trouvé du travail au sein d'un cabinet d'avocats. Il est originaire de cet État, vous savez. Robert et lui ont créé la SAS et travaillé très dur pour la lancer. Tout le monde s'imagine que c'est leur père qui s'en occupe, mais ils le voient à peine. C'était vraiment leur projet à eux.

— J'en suis sûr.

— Oui, c'est leur œuvre. Pour en revenir à mon histoire, il s'est produit une étonnante coïncidence. J'avais quitté la fac et je ne savais pas ce que j'allais faire de ma vie. J'ai un peu tâté du marketing et des relations publiques, mais rien de très excitant, et puis ma mère a été, enfin, elle avait séjourné à l'hôpital, suite à un accident, et c'était vraiment une mauvaise période pour moi. Je faisais du ski à Vail, et sur qui est-ce que je tombe ? Sur Charles, qui se rappelle m'avoir eue dans sa classe. Je l'accuse d'avoir flingué toute ma moyenne, ça le fait rire, il me parle de ses activités, de cette organisation qu'il vient de créer et qu'il essaie de faire connaître, me suggère de venir travailler pour lui. J'accepte, et voilà – on tombe amoureux et on se marie. Ç'a été aussi simple que ça. Et la SAS a eu un succès fou et tout s'est déroulé parfaitement. »

Son récit, qu'elle termine en même temps que sa portion de pizza, a métamorphosé son humeur. À l'entendre, on se croirait dans un roman d'Horatio Alger, le chantre des réussites sociales spectaculaires, alors qu'il s'agit seulement de gosses de milliardaires qui s'emmerdent et essaient de ratisser le pognon des gens pour se rapprocher du Congrès. De nouveau, je me surprends à me demander ce qu'elle sait. Tout ? Est-ce qu'elle pourrait soutenir Charles, même en le sachant impliqué dans un meurtre ?

« Mais on m'a dit que vous n'y travaillez plus, à la SAS. Pourtant, vous êtes là, les mains dans le cambouis ?

— Oui. Après notre mariage, Charles a estimé que ce n'était pas bon pour un mari et une femme de travailler ensemble ; alors, j'ai démissionné et nous avons embauché une jeune fille brillante. Elle venait de la même région du monde que vous, en fait. Mais, depuis qu'on est venus s'installer à Denver, on manque de bras et il a fallu que je m'y remette. »

Je prends un air surpris, excité.

« Il y a une Irlandaise qui travaille pour vous ? Je ne l'ai jamais vue au bureau.

— Eh bien, on a eu des malheurs de ce côté-là. Deux choses terribles se sont produites au cours de ces dernières semaines. Personne ne vous en a parlé ?

— Non.

— Hum. Ce n'est pas plus mal. Ç'a été vraiment terrible, juste au moment où on transférait nos locaux de Boulder à Denver. Affreux.

— Il faut me dire ce qui s'est passé, vous ne pouvez pas vous en tenir là.

— Deux membres de l'organisation ont été tués. Chacun a été assassiné dans son propre appartement, des gens sont entrés chez eux par effraction et les ont abattus. Ç'a été aussi simple et brutal que cela. Une des agressions a eu lieu en plein jour. Ce sont des Mexicains, ils doivent tous faire partie d'une sorte de gang.

— Et alors, ils ont volé des affaires ?

— Je pense que c'était le mobile. Cambriolage. C'est affreux. Si quelqu'un voulait me dévaliser, je leur dirais de tout prendre, vous savez, ça ne vaut pas le coup de mourir pour un sac à main. »

Elle frissonne. Je l'approuve :

« Ouais.

— À Denver, on ne peut jamais distinguer les bons quartiers des mauvais. Ils se ressemblent tous, vous ne trouvez pas ? Une ville vulgaire et ennuyeuse, à bien des égards. Je sors très rarement. Je fais de l'exercice à la salle de gym.

— J'ai un peu visité Denver, ça n'a pas l'air si mal.

— Très peu pour moi. Dès qu'on a du temps libre, on file à Vail. Ça fait trois ans que je vis ici, et je parie que vous connaissez mieux cette ville que moi. »

Elle sirote son café en jouant avec les restes de fromage qui ont dégouliné sur son assiette. C'est plutôt sexy ; mais tout ce qu'elle fait est plutôt sexy.

« Quelle heure est-il ? s'inquiète-t-elle.

— Dix heures moins le quart. On n'est pas obligés d'y aller avant un petit moment.

— Je commande encore une tranche, et on se la partage ?

— D'accord. »

Ambre se lève pour commander. J'ai déjà eu du mal

à avaler ma pizza, mais je veux lui faire plaisir. Elle revient et balance ma demi-tranche dans mon assiette, en se félicitant :

« Pour un bled paumé, c'est excellent.

— Comment elle s'appelait, cette Irlandaise ? Le monde est petit, je la connais peut-être.

— Victoria quelque chose, elle n'était pas vraiment irlandaise-irlandaise, mais indienne. Vous savez, de l'Inde. Un nom difficile à prononcer, je l'ai rencontrée une fois, je crois. Une fille très sympathique ; elle était née en Irlande, mais ses parents venaient d'Inde.

— Ah. Je n'ai pas connu d'élèves de ce genre dans notre lycée, c'était cent pour cent blanc. Je ne pense pas qu'on avait d'immigrants, pas même venus d'endroits proches, comme l'Écosse.

— Elle vous aurait plu, elle était sympa.

— Je sais que c'est un sujet macabre, mais quelle est l'autre personne qui a été tuée ?

— Oh, Hans était vice-président, c'est lui qui était chargé des mailings. Un peu porté sur la bouteille, personne n'est certain de ce qui s'est passé. Il est tombé de son balcon. On l'avait vu se quereller avec deux Mexicains, semble-t-il. La police leur a tiré dessus, on est toujours à leur recherche. Toute cette histoire est vraiment affreuse. Et vous, vous avez à peine touché à votre pizza.

— Pour vous avouer la vérité, je n'ai pas tellement faim.

— Vous étiez d'accord pour partager.

— J'ai dit ça parce que je savais que vous aviez vraiment envie d'en reprendre. »

Je lui adresse un grand sourire. Elle rit et fronce le nez en faisant semblant de se mettre en colère.

« Eh bien, vous m'avez eue et je suis furieuse !

— Mes excuses. Prenez donc ma part. »

Elle réfléchit un instant à cette proposition.

« Vous n'en voulez vraiment pas ?

— Non. »

Ambre empoigne la pizza et y plonge les dents.

« Ce serait bête de la laisser perdre. »

J'aime vraiment la regarder becqueter. Elle termine sa tranche d'un air ravi et s'essuie les mains.

« Qu'est-ce qu'on mange en Irlande ? Du corned-beef au chou ?

— En fait, non, je n'en avais jamais entendu parler avant d'arriver ici. Mais ce n'est pas mieux, la nourriture est vraiment atroce. On fait tout frire. Pour le petit déj', saucisses frites, bacon frit, œufs au plat ; au déjeuner, des frites ; au dîner, poisson frit avec des frites. Beaucoup de beurre, beaucoup de crème. Du boudin noir, des glaces. À Belfast, c'est comme dans le film de SF *Logan's Run*, personne ne dépasse les trente ans, tout le monde meurt d'une crise cardiaque. »

Elle émet un petit rire et suggère :

« C'est peut-être la culpabilité catholique qui les tue.

— Moi, mes parents étaient juifs. Et hippies, en plus. On n'a jamais reçu d'éducation religieuse.

— C'est un nom juif, O'Neill ?

— Mon grand-père s'était converti.

— Vraiment ? demande-t-elle d'un ton intrigué. On ne vous embêtait pas, à l'école ?

— Pas vraiment. Personne ne faisait attention à moi.

J'avais de bonnes notes, je volais au-dessous des radars, on me prenait un peu pour un barjo.

— Eh bien, en Amérique, on apprécie les barjos, m'annonce-t-elle d'une voix charmante.

— J'espère.

— Et comment qu'on les apprécie ! »

Sur quoi elle tend le bras pour me tapoter la joue. Ambre est ironique, néanmoins l'intimité de son geste me désarçonne quelques instants. Elle a les doigts collants.

« Je vous ai mis du fromage sur la figure, remarque-t-elle, avant de prendre une serviette en papier pour m'essuyer.

— Merci.

— Oh, mon Dieu, Alexandre, quelle soirée horrible, interminable, glaciale ! Chaque fichue maison était pire que la précédente. »

Son délicieux gloussement de jeune fille n'a rien à voir avec le gros éclat de rire de son beau-frère. On dirait un quatuor à cordes improvisant sur un thème de Mozart.

« Je sais, Ambre.

— D'habitude, je ne fais pas de porte-à-porte, je reste dans la camionnette avec Charles pour lui tenir compagnie. Rassurez-moi, dites-moi que les gens ne sont pas toujours aussi excentriques.

— L'autre soir, un type est venu m'ouvrir, il tenait un flingue à la main.

— Non ? s'exclame-t-elle, horrifiée.

— Si.

— Comment avez-vous réagi ?

— J'ai fait comme si de rien n'était. Il se prenait pour James Bond. C'était quand même assez flippant.

— Mon Dieu. Vous en avez parlé à Charles ?

— Non. Pour mon premier soir, je ne voulais pas donner l'impression d'avoir les nerfs qui flanchent, vous comprenez ?

— Si ça m'était arrivé, je crois que j'aurais tout laissé tomber instantanément », avoue-t-elle en riant.

Le dos appuyé au dossier de mon siège, je la regarde jouer avec son fromage, l'étirer de l'assiette à sa bouche sans la moindre vergogne.

« Dix heures, annonce-t-elle, on ferait mieux d'aller rejoindre les autres pour entendre leurs jérémiades. »

Tandis que je quitte le restaurant, elle fait un saut au lavabo. Une fois dehors, en jetant un coup d'œil par la vitre, je la vois ressortir des toilettes et sourire au pizzaiolo. Il lui rend son sourire, elle contourne le zinc pour ouvrir la porte. À l'instant où elle est masquée par un pilier, elle plonge adroitement la main dans le bocal à pourboires, s'empare de la moitié des billets et les glisse dans sa poche.

« Merci ! » lance-t-elle avec désinvolture en partant.

Nous avions presque atteint le lieu de rendez-vous, lorsque Ambre a remarqué des spirales de fumée noire au-dessus de la maison où se défonçaient les ados.

« Ce n'est pas du hasch, si ? a-t-elle demandé.

— Non, c'est leur putain de maison qui brûle ! »

Je me suis mis à courir. Quelques secondes plus tard, nous étions devant le pavillon, mais le feu avait déjà bien pris. Des flammes jaillissaient sous la porte d'entrée, une fenêtre latérale se gondolait sous l'effet de la chaleur. Pas un voisin pour se rendre compte de ce qui se passait.

« Ambre, vous filez appeler le 999 de chez les voisins.

— Qu'est-ce que c'est, le 999 ?

— Bon Dieu, je sais pas quel est le numéro dans ce pays, les pompiers, appelez les putain de pompiers.

— Le 911.

— Eh bien, allez-y, nom de Dieu ! »

Elle semblait hébétée, et j'ai dû carrément la pousser vers la maison d'à côté.

La situation était sérieuse. Le vent et les fenêtres ouvertes avaient favorisé l'incendie. En parvenant au perron, je me suis heurté à un mur de chaleur. J'ai reculé en titubant, placé ma veste par-dessus ma tête et mon bras. Après avoir tendu la manche de ma chemise, de manière à me recouvrir les doigts, j'ai tiré sur la porte à treillis. La porte principale n'était pas verrouillée, mais la poignée était brûlante et j'ai ouvert d'une bourrade.

Quel spectacle !

Dans le fond de la maison, la cuisine brûlait. Les murs et les tapis étaient en feu, et des jets de flamme orange montaient à l'assaut de l'escalier.

Le salon se trouvait sur ma droite, l'escalier sur ma gauche. Pas moyen de respirer. Je me suis élancé dans le couloir. Au bout d'environ soixante centimètres, je me suis mis à ramper ; j'ai cherché à tâtons la poignée de la porte du salon et je me suis ouvert un chemin à coups d'épaule pour pénétrer dans la pièce. J'avais mal aux poumons ; des étincelles me dégringolaient dans le dos et les cheveux.

Les deux gamins gisaient par terre dans le salon, inconscients. La pièce n'était pas encore embrasée, mais une épaisse fumée noire s'y déversait par la porte de la cuisine. Je suis resté à genoux pour reprendre mon souffle. Une énorme flamme tubulaire est arrivée à toute allure derrière moi, par le couloir ; je lui ai claqué la porte au nez. Quelque chose, dans la pièce du fond, s'est fracassé.

Si j'aspirais cette fumée deux ou trois fois, je risquais de tomber dans les pommes. Mais je n'avais pas le choix et je me suis relevé. Un téléviseur était posé sur une caisse en bois retournée, je l'ai balancé par la vitre qui donnait sur la rue ; j'ai fait valser les derniers morceaux de verre à coups de pied, je me suis rallongé par terre pour respirer, puis redressé. J'ai soulevé le premier gamin façon pompier, en le hissant sur mon épaule, j'ai couru avec lui jusqu'à la fenêtre brisée et je l'ai flanqué dehors.

L'autre adolescent a poussé un gémissement. Je l'ai rassuré d'un « Ça va aller, petit con », avant de le soulever à son tour.

Mes jambes flageolaient, cependant j'ai réussi à lui faire traverser toute la pièce. Je l'ai laissé tomber dehors, dans le jardin, et j'ai sauté. La rue était maintenant envahie par les voisins. Ils ont traîné les gamins à l'extérieur du jardin, m'ont aidé à me relever et à remonter l'allée. Deux ou trois d'entre eux m'ont applaudi et donné une tape dans le dos.

Après que j'ai vomi un peu de bile, quelqu'un m'a tendu une bouteille d'eau.

J'ai aperçu Ambre. Elle est accourue et s'est jetée à mon cou, en répétant sans pouvoir s'arrêter :

« Oh, mon Dieu, oh mon Dieu… »

Deux soldats du feu sont arrivés. En quelques minutes, ils ont maîtrisé et éteint les flammes. Une broutille pour eux, étant donné les incendies de plus en plus nombreux qu'ils devaient affronter au cours de ce deuxième été de sécheresse.

Un flic s'est pointé à son tour ; des auxiliaires médicaux ont emmené les gosses aux urgences. Ils avaient tous deux souffert d'avoir inhalé de la fumée, mais rien de grave. Un des auxiliaires m'a demandé si je voulais me rendre à l'hôpital et j'ai répondu que non. Il m'a fait respirer de l'oxygène ; en voyant que je toussais et que j'avais un haut-le-cœur, il a préféré me donner un soda, du Gatorade. Après m'avoir aidé à me relever, Ambre m'a interrogé, incrédule :

« Comment avez-vous fait ? Comment avez-vous su ce qu'il fallait faire ? »

Pas question de lui répondre que mes automatismes de flic avaient repris le dessus. C'étaient six ans que j'avais passés dans la police, pas six mois. Je ne venais de prendre aucune initiative, le pilote automatique s'était simplement remis à fonctionner.

« Je ne sais pas, ai-je répondu. Ça paraissait la meilleure chose à faire.

— Vous allez bien ? Vous n'êtes pas blessé ? Vous devriez peut-être aller aux urgences, non ?

— Je me sens bien. »

Nous étions assis au bord du trottoir, entourés de badauds. Tandis que je récupérais, Ambre me tenait la main, en me tendant de temps à autre une bouteille d'eau pour que je boive une gorgée. L'agent de police n'a pas tardé à s'approcher. Il voulait me questionner. Grand, maigre, l'air éveillé, il risquait de me causer des ennuis. Je me suis mis debout. Il m'a demandé si j'allais bien, j'ai répondu que oui. Il a voulu savoir ce qui s'était passé au juste. Je le lui ai raconté à partir du début, le plus simplement possible. Le flic a tout noté. Et soudain, au milieu d'une phrase, il m'a interrompu :

« Je vous connais !

— Ah bon ?

— Ouais, je vous ai vu quelque part. Mais je n'arrive pas à vous remettre.

— Eh bien, moi, je n'ai pas l'impression de vous connaître. »

J'ai supposé qu'il avait aperçu mon putain de portrait-robot à son commissariat, sur les affiches représentant les criminels recherchés.

« Ouais, ça va me revenir dans une minute. Vous vous appelez ?

— Euh, Seamus Holmes. »

Ambre m'a jeté un regard surpris, mais n'a rien dit.

« Vous habitez ?

— Euh, 208 Broadway, appartement 26.

— Bien, Seamus. C'est quoi, cet accent ?

— Irlandais.

— Irlandais, hein ?

— Ouais.

— Pas australien ?

— Non.

— Attendez une minute », m'a-t-il ordonné avant de s'éloigner.

Il s'est rendu à son véhicule et a parlé dans sa radio.

Je commençais à vraiment baliser. Quand il est revenu, à pas lents, ses traits ne reflétaient aucune expression.

« Je vérifiais juste quelque chose.

— Ah bon.

— Et c'est quoi, votre profession ?

— Euh, je suis prof de collège, j'enseigne le, euh, le foot – le football européen. »

La première idée qui m'avait traversé l'esprit. Encore une belle connerie. S'il me demandait dans quel collège j'enseignais, j'étais sûr de faire un faux pas.

« Vous enseignez dans quel collège ?

— Kennedy.

— C'est près du lycée Washington ?

— Relativement près.

— Ouais, je le connais. Bien. Vous avez vu cet incendie, et vous avez juste foncé dedans ?

— Oui. »

Il a hoché la tête ; il allait me poser une autre question, lorsque son visage s'est éclairé.

« Meeerde, j'y suis maintenant : vous jouez dans la ligue de foot de Cherry Creek, pas vrai ? Je savais que je vous avais déjà vu quelque part.

— Je joue au foot, ai-je admis.

— Je le savais bien, que je vous avais déjà vu, a-t-il fait avec un grand sourire.

— Ouais.

— Je ferais mieux d'annuler cet appel radio, a-t-il marmonné.

— Pardon ? »

Quand il s'est tourné vers moi, ses traits s'étaient détendus.

« Oh, ce n'est rien, c'était à propos d'un autre truc. Je le savais, que je vous connaissais. Merde. Dites donc, mon vieux, avant que les pompiers vous sermonnent, ce qu'ils vont évidemment faire, je veux vous dire que vous avez accompli quelque chose de bien en tirant ces gosses de là.

— Merci. »

Une équipe de Channel 7 a débarqué, ils cherchaient des gens à interviewer et entravaient l'action des pompiers ; le flic avait l'air furieux.

« On peut s'en aller, m'sieu l'agent ? Il commence à se faire tard.

— Une minute, a-t-il répondu sans me regarder. Je règle ça, et puis vous pourrez partir. »

L'équipe de télévision, tout en s'avançant avec détermination sur la pelouse, avait déjà commencé à retransmettre en direct. Le policier a ajusté sa cravate, c'était sa grande chance de passer à la télé. Il est allé à la rencontre des journalistes et leur a parlé pendant une ou deux minutes.

C'est à cet instant que, à ma totale stupéfaction, j'ai vu le commissaire David Redhorse extraire son mètre cinquante-deux d'une Toyota Camry, de l'autre côté de la rue. Nom de Dieu. Je comprenais, à présent. Redhorse était vraiment à notre recherche. Il avait collé une affiche « Wanted » au commissariat, ou avisé les flics de retenir tous les jeunes mecs qui s'exprimaient avec un accent australien, afin de les interroger. Après le meurtre de Klimmer, il s'était bien rendu à la gare pour la surveiller. Il avait dû nous trouver un peu suspects, et décidé de monter à bord du train. Après avoir parlé avec nous, ne trouvant rien à redire à nos déclarations, il avait remis ses soupçons dans sa poche. J'étais légèrement blessé, mais ce n'était pas une blessure par balle. Tout ce qu'on savait à ce stade, c'est que les suspects étaient latinos et que l'un d'eux avait été touché par une praline, vu qu'un flic avait tiré et m'avait vu tomber.

Malgré tout, un doute avait tenaillé Redhorse. En vérifiant notre histoire, il n'avait pas été emballé et il s'était rendu à l'hôtel Holburn, où il ne nous avait bien sûr pas trouvés. Cette fois, il s'était nettement inquiété. Deux jeunes Australiens ressemblant peut-être un peu aux deux Mexicains qui avaient tué Klimmer. John s'était coupé les cheveux, mais il ne pouvait pas raccourcir sa taille. Vraie ou fausse piste ? Pour le savoir, ce Redhorse était prêt à la suivre.

Il me foutait la trouille. Un vrai poulet, un acharné. Sa casquette des Denver Nuggets était de traviole, son jean et son tee-shirt sales, comme s'il avait été dérangé pendant un repas ou des travaux de jardinage ; mais je savais qu'il ne faut pas se fier aux apparences.

Redhorse s'est allumé une cigarette, a parcouru la scène du regard et s'est dirigé vers le flic. J'ai lancé à Ambre :

« Tirons-nous ! »

Je l'ai entraînée rapidement dans la rue, puis on a filé par une longue ruelle.

Quand on a tourné à l'angle de la rue, Ambre m'a agrippé par la manche. Elle m'a conduit sous un grand auvent, à l'entrée d'une école primaire, et m'a poussé contre le mur.

« Vous lui avez menti.

— Oui.

— Vous êtes un immigrant illégal. Il n'y a pas un mot de vrai dans votre CV, n'est-ce pas ? À part l'adresse, pour votre chèque de paie.

— Pas seulement l'ad… »

Elle m'a embrassé. Elle a pressé son corps contre le mien et m'a embrassé violemment, dressée sur la pointe des pieds, en me mordant les lèvres. Elle a pris mes mains pour les placer sur ses seins et nous nous sommes enfoncés ensemble dans l'ombre de l'auvent. Ses mains se sont glissées sous ma chemise, elle a griffé mon dos et ma poitrine de ses ongles. Ambre m'a empoigné le cul de la main droite et m'a attiré vers elle ; et, de la gauche, elle s'est mise à déboutonner mon jean.

« Ici, a-t-elle ordonné. Maintenant !

— C'est de la folie… »

J'ai tiré sur la fermeture Éclair de son pantalon noir. Elle m'a arrêté, a baissé son jean, puis sa culotte, avant de m'empoigner et de me planter en elle. Ambre était trempée. Je me suis adossé au mur et elle s'est appuyée contre moi ; elle m'a monté, et je l'ai baisée comme seul un junkie en est capable. Besoin, désir, transfert, fringale, concentration… Souffrance…

« Tu me tues, a-t-elle gémi.

— Je…

— N'arrête pas. »

Quand j'ai joui, elle a joui aussi. J'ai grondé ; elle a hurlé, mordu son doigt et s'est mise à rire avant de constater :

« Je suis hors d'haleine. »

L'ensemble de l'opération n'avait pas duré cinq

minutes. Elle m'a embrassé et a refermé son zip. J'ai reboutonné mon jean, et je l'ai contemplée en retenant mon souffle. Ambre avait un grain de folie – l'argent volé à la pizzeria, ou cette dernière initiative… Une Vénus en sweat-shirt. Tout ce qu'on pouvait imaginer, et plus encore. Et aussi une tristesse, un sentiment de perte, une insatiable faim.

« On ferait mieux de repartir », a-t-elle commenté.

Elle m'a pris la main et nous avons marché sans rien dire le long des rues, devant les pavillons, les demeures de style faux Tudor, les maisons imitation ranch, en remarquant à peine les boîtes aux lettres, les alignements de boutiques, les passants qui promenaient leurs chiens, les amants, les contrevenants arrosant leur gazon à la faveur de la nuit.

Ambre m'a lâché la main quand la camionnette a été en vue. Tous les autres nous y attendaient déjà avec impatience. Robert a baissé sa vitre :

« Venez, vous deux, a-t-il crié, ç'a été une soirée difficile pour t-tout le monde, il est temps de rentrer à la maison. »

Je me suis assis près de la vitre. Je puais la fumée, puanteur que tout le monde a poliment ignorée, sans émettre la moindre remarque. Ambre, à l'avant, restait muette.

On m'a déposé sur Colfax Avenue.

J'ai regardé la camionnette faire demi-tour, avec Ambre sur le siège avant.

Tu devrais te tirer, Alex. Tire-toi maintenant. Maintenant que tu as vu Redhorse. Va-t'en.

Il avait coulé de l'eau sous le pont depuis la mort de

Klimmer et la police avait d'autres chats à fouetter. On pouvait quitter la ville facilement, de mille manières différentes. Pourtant, je savais qu'il était trop tard. J'avais mordu à l'hameçon.

Ambre.

C'était tellement con de rester.

Je savais que je n'allais pas parler de Redhorse à John. Ni d'Ambre.

La camionnette s'est éloignée. Par la vitre, j'ai vu Ambre brosser ses cheveux d'or.

Je suis resté là. J'ai toussé.

Les putes. Les SDF. Cette large avenue. Ce ciel noir. Les feux arrière qui s'estompaient. Je suis resté là, à regarder dans la direction de la camionnette longtemps après sa disparition.

9

Le sutra du désir

Lookout Mountain flotte dans la brume. Le ciel est calme, d'un bleu méditerranéen rayé par les diagonales incurvées des jets. Le calme devient plus profond, plus tendu. Un vide muet. Une absence qui plane sur l'aéroport engourdit les architectures. Il est encore tôt. Un chien errant. Un chat sans queue. Une fille en châle noir.

Les contreforts des montagnes, aussi proches qu'une araignée sur le mur.

Une perspective à vue d'oiseau.

Cette rue dont la rectitude est encore soulignée par les angles parfaits des intersections. Les rayons du grand soleil, à l'est, aspirés latéralement.

L'inquiétude te tient par les cheveux.

Des ennemis partout, aux quatre points cardinaux, dans tous les azimuts.

Mais pas ce matin, sous l'azur où planent les nuages d'ivoire et cette étoile locale qui répand sa chaleur bienveillante.

Dire qu'il y a juste un instant, tout cela n'était encore que plaine mythique, espace de migration des bisons et de la nation comanche.

Imagine un archer, un instant avant qu'il ne lâche sa flèche. Avant les Espagnols, et avant les chevaux. Prêt à infliger une mort soudaine – ou à la recevoir. C'est la même sensation. Quelle que soit l'issue, désastre ou succès, le sang va couler.

Des moustiques, au-dessus du rebord de la fenêtre.

Les tournesols morts.

Le bruissement des flèches mêlé au galop éperdu des bêtes.

Les braves courent pour prendre davantage de gibier. Les bouchers attendent, armés de leurs longs couteaux en os et en bois de cerf.

Avant de se séparer, ils échangent ce cri : « *Noo nu puetsuku u punine.* »

C'était jadis. Le pouls de la ville bat désormais au rythme de ses voitures et au pas de ses chaussures. Un million de personnes inspirent en chœur en entendant sonner leur réveil à sept heures.

Ce n'est pas pire. Seulement différent.

Les angles droits, la symétrie. L'odeur de cannabis, d'ordures, d'eucalyptus. D'urine.

Mon père dirait que les Comanches sont passés à côté du grand secret de l'univers. Le rapport établi entre les cinq chiffres les plus importants en mathématiques par la formule $e^{i\pi} + 1 = 0$.

Mon père.

Qu'est-ce qu'il sait ?

Rien.

Des voix dans le salon.

Eux deux qui rient, qui parlent.

Puis le silence, indiquant une intimité encore accrue.

Un coup à la porte. Une troisième voix.

Deux hommes et une jeune femme.

Joyeux.

Elle fait la cuisine.

Ils aimeraient que je les rejoigne, mais pensent que je dors encore et me laissent récupérer. Cependant, l'odeur de nourriture me ramène à la vie.

Même un junkie doit manger, parfois.

Bien sûr, si je ne sors pas, le monde extérieur ne peut me faire de mal.

Si je ne sors pas.

Je sors…

Dieu sait ce que prennent d'habitude les Éthiopiens au petit déjeuner, mais je serais étonné que ça ressemble à ce que nous avait préparé Areea : pain perdu et œufs au plat, chapelet de saucisses, bacon ; il y avait aussi un ersatz de sirop d'érable et du café. Pat et moi n'avions jamais grand appétit, même dans nos meilleurs jours, mais John engloutissait sa part et tout était indéniablement délicieux.

Charmante scène. Areea parlait de sa vie en Éthiopie et des raisons pour lesquelles sa famille, parmi toutes les destinations possibles, avait choisi de venir à Denver. Apparemment, cette ville héberge la deuxième plus grande communauté éthiopienne d'Amérique. Ce n'était pas évident de se concentrer, avec ses yeux étincelants, son beau sourire et cette minijupe qui révélait ses jambes magnifiques, longues et noires.

Tout s'est bien passé jusqu'à ce que les tourtereaux recommencent à se bécoter. J'ai protesté :

« Pas au petit déj' !

— Alexandre a raison », a approuvé Areea en repoussant les paluches de John plaquées sur son derrière.

John lui a déposé un baiser sur la joue, avant de se tourner vers nous et de se lécher les babines.

« Ben, les gars, vous mangez pas ? Il est pas bon, le fricot ?

— Tout est formidable, a fait Pat.

— C'est vrai, j'ai renchéri. Tu es une grande cuisinière, Areea.

— Oh, ce n'est rien, a-t-elle protesté. Les plats américains, c'est facile. »

Elle est allée chercher du rab de café à la cuisine. John a pris une expression d'abruti avant de gémir gaiement :

« Alors, elle est pas super ? »

J'ai ronchonné à voix basse :

« Bon Dieu, t'es pas amoureux d'elle, si ?

— Qui sait ? a fait John en souriant.

— Espèce d'idiot. Tu réalises quand même que cette relation n'a aucun avenir ?

— C'est quoi ton problème, Alex ? T'es toujours tellement grincheux, le matin. »

Pat s'est allumé une cigarette et a contemplé le plafond. J'ai serré un poing sous la table. Je trouvais que j'avais été très patient avec John. Pas une fois je ne lui avais rappelé qu'il avait fait tomber un type d'un balcon – et que ce type en était mort, bon Dieu.

« Je veillerai à ses besoins, je m'occuperai d'elle. Je trouverai un job.

— Ouais, j'ai grommelé, suffit de voir le travail que t'abats en ce moment. Pendant que je me casse le cul du matin au soir, t'es là, tu mènes une vie de pacha en fumant ton herbe et en tirant ta crampe.

— Pourquoi est-ce que le bonheur d'autrui t'est aussi insupportable ? C'est peut-être le putain de smack qui te prive de toute compassion pour tes semblables – qu'est-ce que t'en penses, Pat ?

— Moi, je me mêle pas de ça, les gars. »

J'ai pris une gorgée de café. John était peut-être un branleur, mais il n'avait pas forcément tort et j'ai haussé les épaules. Je ne tenais pas à ce qu'on en vienne à s'engueuler. Après tout, j'étais aussi responsable que lui de notre situation.

« Désolé, John. Écoute, j'ai mal à la tête, mal aux sinus et même mal aux arpions à force de marcher. Tu sais – on appelle ça des problèmes.

— Ton problème de sinus vient de la pollution, est intervenu Pat, dont cet État ferait mieux de se préoccuper au lieu de persécuter les minorités. Sans parler de la putain de sécheresse. »

Areea est arrivée avec une cafetière fraîchement remplie.

« Merveilleux, a fait Pat en lui souriant.

— Tu as mal aux pieds ? » m'a demandé Areea.

On est devenus rouges tous les trois, espérant qu'elle n'avait pas entendu le reste de la conversation.

« Ouais, j'ai pas l'habitude de marcher autant. »

Après m'avoir examiné les pieds, Areea a proposé de

me les masser. J'ai jeté un coup d'œil à John. Je ne voulais pas entrer dans une espèce de rivalité macho avec lui ; mais il m'a fait un signe de tête, comme quoi il n'y avait pas de problème. Je me suis allongé sur le divan et Areea, de ses doigts incroyablement forts, a entrepris de me torturer la plante. Quand elle s'est arrêtée, dix minutes plus tard, je me sentais beaucoup mieux.

« Ouah, c'est génial ! me suis-je exclamé. Tu as vraiment tous les talents.

— Et encore, t'as pas tout vu », m'a lancé John.

Il est parti dans un fou rire avec Areea et je l'ai provoqué :

« Franchement, je ne sais pas ce qu'elle te trouve, t'es même pas foutu de lui procurer une carte verte. »

Areea a demandé à Pat s'il voulait un massage, lui aussi. Il a refusé par politesse, ayant les pieds en mauvais état, mais sainte Areea a insisté. Sans prêter attention à ses cals et à sa plaie ouverte, elle l'a massé de manière plus douce et néanmoins très efficace.

Midi à ma montre. L'heure, hélas, de m'arracher à ce tableau de quiétude familiale. Pat m'a supplié de prendre au moins un martini pour la route, mais c'était hors de question. J'avais eu une drôle d'expérience le matin, un flash inversé, presque un bad trip, et je voulais éviter l'alcool. La qualité de l'héroïne s'avérait extrêmement aléatoire dans cette ville, et on ne savait jamais vraiment sur quoi on allait tomber. Manuelito, mon dealer, n'arrêtait pas de s'en plaindre. Dans le coin, le crack était peut-être de première bourre, mais on ne pouvait pas compter sur le smack ; la fiabilité de l'héro était loin de valoir celle de la coke. Les amateurs de smack vivaient tous à New York : chanteurs, artistes crevant de faim, filles branchées gothique, mannequins anorexiques…

J'allais au boulot à reculons. J'étais crevé et c'était le meilleur moment de la journée. Ah, ces matinées passées à traîner avec John, Pat et Areea, à bavarder, à déconner. À regarder le monde de haut, assis sur l'escalier de secours avec Pat.

Bien sûr, je n'avais pas fermé l'œil de la nuit. Pas plus que la nuit précédente. Pas depuis Ambre.

Ambre. Je pouvais toujours faire des reproches à John. Quelle hypocrisie !

Parce que je ne pensais plus qu'à elle.

C'est un cliché éculé, le poulet qui s'entiche d'un de ses suspects, d'un témoin, d'une victime. On apprend même ça au centre de formation de la police ; il paraît que c'est fréquent dans les affaires de violence domestique.

J'aurais dû me montrer plus malin, en tout cas. Après être tombé sur Redhorse, la réaction appropriée aurait été de déguerpir ; mais Ambre me retenait comme un aimant. Elle m'avait capturé ; il y avait en elle quelque chose que je ne pouvais ignorer. Tellement futée, belle, sexy. Peut-être que si j'avais été plus âgé, j'aurais été immunisé. Il aurait fallu que je mette les voiles ; seulement, je ne le voulais pas. J'avais le sentiment qu'elle était en quelque sorte le double de Victoria Patawasti, son reflet inversé, la Victoria d'un monde parallèle – BCBG, blonde, blanche-protestante-d'origine-anglo-saxonne. Toutes les deux incroyablement douées, bien qu'Ambre ne soit pas douée de l'esprit, du sens de l'humour de Victoria. Comment aurait-ce été possible ? Victoria, la seule Pakistanaise de tout le lycée, le teint encore plus sombre que ses frères, avait eu besoin dès le départ d'un mécanisme de défense. Elle déchiquetait verbalement quiconque la cherchait. Sarcastique, ironique, détachée. Je n'aurais jamais dû la laisser m'échapper. Aucune excuse – c'était avant le smack et la maladie de ma mère. Je suppose que j'étais trop immature, trop barré dans mon propre univers.

« Trop habile pour son propre bien », voilà ce que les profs disaient d'elle comme de moi. N'empêche qu'elle était devenue responsable de classe. Mon problème, c'est que je manquais de subtilité. Pas étonnant, élevé dans une maison de cinglés par des parents pseudo-hippies, avec un frère et une sœur qui gardaient leurs distances. Ce n'était pas en me montrant subtil que j'aurais été remarqué. Et puis je ne faisais pas le poids à côté de Victoria. Son destin était d'aller à l'université d'Oxford, d'y obtenir la mention « très bien » et, finalement, d'être repérée par une organisation à but non lucratif qui lui offrirait une carte verte, un appartement de fonction, un bon salaire, des responsabilités, de l'avancement rapide et la possibilité de vivre aux États-Unis. Ouais, j'avais merdé. Et je recommençais.

J'ai poussé un soupir et je suis sorti.

Colfax Avenue. Chaleur, lumière, pollution. Deux ou trois Mexicains interrogés par un flic à moto. Devant le centre de planning familial, un manifestant brandit un panneau qui représente un fœtus. Des motards dealent du hasch dans le parc.

L'immeuble de la SAS.

Assis derrière son bureau, le concierge haïtien lisait un dépliant vert. Les dernières instructions des services de police de Denver en matière de sécurité. Il m'a adressé un sourire en me demandant :

« Ça va[1] ?

— Ouais. »

Pourvu que le dépliant ne contienne pas mon signalement. J'ai appuyé sur le bouton du neuvième étage, l'ascenseur a émis une sonnerie et je suis monté à bord. La journée commençait.

Ce soir-là, pour la seconde fois de la semaine, j'ai eu Ambre Mulholland comme équipière. Nous avons fait du porte-à-porte dans une ville du nom d'Evergreen, nichée dans les contreforts des montagnes. Grandes maisons, pelouses, drapeaux américains, gamins à bicyclette. C'était curieux qu'Ambre et moi soyons ensemble, pour deux raisons. Tout d'abord, je travaillais à la SAS depuis un moment et n'avais plus besoin de formation ou de coéquipier ; ensuite, Ambre m'avait affirmé que, s'il lui arrivait de participer à ces sorties, c'était uniquement afin de tenir compagnie à Charles. Pourtant, on se retrouvait là tous les deux. Je ne m'en plaignais pas. Je ne l'avais pas vue depuis deux jours, pas depuis cette soirée où elle m'avait surpris à mentir et où je l'avais vue voler ; où nous avions tiré ces gamins des griffes de l'incendie avant de baiser comme des malades, debout contre un mur. Je voulais la voir, j'avais besoin de la voir.

---

1. En français dans le texte.

Elle portait un pull-over blanc ras du cou et un pantalon kaki. Il faisait un peu plus frais, ici, au pied des montagnes. Inutile de préciser qu'elle était éblouissante. Quand nous avons été suffisamment éloignés de la camionnette, elle s'est tournée vers moi et m'a déclaré, en rougissant et en se mordant la lèvre :

« Alex, écoutez-moi, j'ai perdu la tête l'autre soir. J'aime Charles, j'ignore ce qui s'est passé mais il ne faut pas que ça se reproduise. C'est de ma faute, l'incendie, l'excitation, je ne sais pas, ç'a été plus fort que moi. Si mon amitié représente quelque chose pour vous, vous ne m'en reparlerez pas, s'il vous plaît. »

Je ne sais pas à quoi je m'attendais. En tout cas, pas à cela. Pas à être repoussé.

« D'accord.

— Amis ? a-t-elle demandé en me tendant la main.

— Amis », ai-je répondu en dissimulant ma stupéfaction.

Son comportement me paraissait complètement déplacé, immature, stupide. Pourtant, c'était peut-être ainsi que vivaient les adultes. Nous avons marché en silence pendant une demi-minute, avant de sortir nos plans.

« Ça devrait mieux se passer, ce soir, m'a-t-elle lancé avec un petit sourire. Cette fois, on a les tuyaux Glengarry. »

Sa prévision s'est vérifiée. Au cours de cette soirée aussi fructueuse que brève, chacun de nous a recruté dix nouveaux membres en deux heures. Cent cinquante dollars pour ma pomme.

C'est seulement en reprenant le chemin de la

camionnette que nous avons réussi à avoir une vraie conversation. J'ai essayé de me montrer enjoué :

« Devinez à quoi me fait penser ce quartier.

— À quoi ?

— C'est le genre d'endroit où commencent les films de Spielberg, vous savez, des clôtures, des gosses qui jouent, et puis quelque chose de menaçant se produit, des extraterrestres débarquent, ou des esprits frappeurs, ou des agents du gouvernement, ce genre de trucs.

— Je ne vais pas souvent au cinéma.

— Non ?

— Non.

— Oh, c'est vrai. Vous avez dit que vous aimez le théâtre. »

Elle a hoché la tête et la conversation est retombée. Avec agacement, elle a écarté des cheveux de son visage. Comment cette mèche osait-elle se rebeller à nouveau ? Quand Ambre a fait tomber sa barrette par terre, je me suis baissé pour la ramasser. Je la lui ai tendue, nos doigts se sont touchés. Elle m'a souri. J'ai avalé ma salive.

« Merci, Alex.

— À propos de l'autre soir… Je suis heureux que vous n'ayez rien dit à la police.

— C'est normal. Je comprends, vous venez d'Irlande, vous voulez travailler, vous n'avez pas tous les papiers, il n'y a pas de quoi avoir honte.

— Tous les Américains n'adoptent pas cette attitude.

— Eh bien, c'est la mienne. Moi aussi, je me suis trouvée dans des circonstances difficiles.

— Vos parents n'étaient pas friqués ? Je croyais que vous étiez allée à Harvard ?

— J'ai travaillé dur !

— Ça vous embête de me parler un peu du milieu dont vous venez ? »

Ambre m'a rendu mon sourire, avant de se lancer prudemment :

« C'est très compliqué… »

Elle a cligné des yeux à deux reprises, avant de détourner la tête.

« J'aimerais savoir, ai-je insisté.

— Eh bien, mes parents étaient divorcés, vous savez.

— Ça peut être vraiment dur pour un enfant. Vous aviez des frères ou des sœurs ?

— Non.

— Qu'est-ce que vos parents faisaient, dans la vie ?

— Mon père était mécanicien. Après être allé à la fac à mi-temps, il est devenu représentant syndical et s'est bien débrouillé. Ma mère travaillait dans un fast-food appelé Dairy Queen, vous n'en avez sans doute jamais entendu parler, je n'ai vu aucun restaurant de cette chaîne à Denver.

— Le prolétariat pur et dur, alors ? »

J'avais posé la question avec un sourire, vu qu'elle pouvait être mal interprétée.

« Je suppose, je n'ai pas, euh…

— Quoi ?

— Rien.

— Quoi ?

— Je ne sais pas pourquoi je vous raconte ça, mais je

n'ai plus de contact avec mon père. Ça fait des années qu'on ne s'est pas parlé.

— Comment en êtes-vous arrivés là, tous les deux ?

— Eh bien, pour commencer, il a divorcé de ma mère et c'est un petit malin, il avait de bons avocats et elle s'est fait entuber, elle n'a rien eu. Ensuite, quand j'étais à la fac, il avait promis de payer et puis il a cessé. Il ne voulait rien me donner à moins que j'aille le voir, pour le supplier en personne, et moi je ne voulais pas, à cause de ce qu'il avait fait à ma mère.

— Je suis désolé. Ç'a l'air d'être un salaud.

— Ouais. C'en était un, et il l'est sans doute toujours. Je n'ai pas envie d'en parler. Et vos parents à vous ?

— Profs tous les deux, maths et anglais. Mon père est à la retraite, ma mère est morte.

— Oh, je suis navrée. Euh, de quoi est-elle morte ? Je veux dire, si ça ne vous…

— Cancer du col de l'utérus. Le diagnostic n'a pas été fait à temps. Ensuite, ils ont essayé des médecines parallèles, mais ces trucs-là ne marchent pas.

— Je suis désolée. Vous aviez quel âge, quand elle est morte ?

— Dix-huit ans. J'étais en deuxième année de fac, ç'a été difficile. Mon frère et ma sœur vivaient en Angleterre et mon père était perdu dans sa connerie de politique, ma mère s'est retrouvée presque toute seule, c'était vraiment affreux. Mais elle avait du cran, elle nous disait de vivre notre vie.

— Je suis désolée. »

Ambre s'est immobilisée un instant pour m'adresser

un regard empli de vraie compassion. Elle a de nouveau touché ma main, et j'ai pressé la sienne. Son visage s'est assombri quand elle a remarqué :

« Ma pauvre maman pourrait aussi bien être morte.

— Pourquoi ?

— Elle a un Alzheimer précoce, à soixante-huit ans seulement. C'est tout juste si elle me reconnaît, c'est horrible. Charles l'a fait venir ici par avion, elle est dans un endroit formidable. Oh, mon Dieu, en réalité je n'ai pas envie de parler de ça non plus, c'est trop triste. »

J'ai manifesté ma compréhension par un hochement de tête. Ces confidences nous avaient rapprochés. Ambre m'a même confié, au bout d'un moment :

« En toute honnêteté, je ne peux pas dire que j'aime beaucoup Denver. C'est une ville plutôt minable.

— Pourquoi y rester ?

— Oh, il faut que Charles soit ici, pour des raisons politiques, vous ne pourriez pas comprendre. Toute la politique se joue au niveau local, dans ce pays ; alors, on doit s'accrocher.

— Charles a des ambitions politiques ?

— J'imagine. Tout le monde en a, non ?

— Pas moi. Notez, on n'a pas vu tellement de figures politiques de stature nationale émerger du Colorado.

— Non, non, c'est vrai. Le dernier, c'était Gary Hart, et on sait ce qui lui est arrivé.

— Ce scandale, avec la fille sur le bateau.

— Un yacht nommé *Monkey Business* ! »

J'ai pesté intérieurement, car nous étions déjà revenus à la camionnette. Les autres nous y attendaient ; Charles était rayonnant en pantalon Dockers, chaussures de mer à semelles antidérapantes, chemise en oxford boutonnée, cheveux coiffés au gel. Il avait l'air plus jeune, l'air d'un branleur convié à une soirée du Yacht Club par le président en personne, son milliardaire de père. Et, bien sûr, c'était vraiment un fils de milliardaire, et vraiment un branleur. J'ai réprimé une bouffée de haine tandis qu'il accourait, embrassait Ambre, me serrait la main – et nous annonçait :

« Eh bien, mes enfants, j'espère que vous êtes prêts à faire la fête.

— Qu'est-ce qui se passe, Charles ? a demandé Ambre d'un ton excité.

— On vient de recruter notre dix millième membre ! »

Pour la peine, il l'a encore gratifiée d'une grosse bise.

« C'est merveilleux, a fait Ambre, rose de plaisir.

— Absolument, dix mille recrues, et le timing n'aurait pas pu être plus favorable. Un coup de boost, voilà exactement ce qu'il nous fallait – et nous l'avons. Dix mille membres, si on pouvait se servir du fichier afin de faire un petit mailing, histoire de leur réclamer cent dollars à chacun, ça nous ferait un million pour le comité de soutien avant que les autres aient seulement commencé à collecter des fonds… »

Se rendant compte qu'il en disait trop, Charles m'a adressé un sourire forcé et s'est tourné vers Ambre pour l'embrasser à nouveau.

« Ma chérie, Robert et moi on a réfléchi, il faut fêter ça dignement. Dis-moi si tu es d'accord, mon chou, mais les locaux de la boîte sont si ennuyeux, je pense vraiment qu'on devrait faire venir tout le monde à la maison, ils seront ravis, j'en suis sûr, c'est sympa, confortable, il y a de la place. Si ça t'embête, pas de problème, on ira dans les bureaux. Qu'est-ce que tu en dis ?

— Comme tu voudras, Charles. »

Une note de réticence dans sa voix.

« Formidable, je vais prévenir Robbie et Abe, a annoncé Charles avant de courir rejoindre les autres.

— On va chez vous, alors ? ai-je demandé à Ambre.

— Ce n'est pas aussi propre que je l'aurais souhaité, l'employée de maison ne vient qu'un jour sur deux. J'espère ne pas me retrouver dans une situation embarrassante. »

Ce ne devait pas être le cas. Située au cœur du quartier de Capitol Hill, à l'angle de la Huitième Avenue et de Pennsylvania Street, et à une rue seulement de la demeure du gouverneur, la vaste maison de style édouardien était tout bonnement spectaculaire. Cinq cent cinquante mètres carrés, facile, avec une grande salle de séjour paysagée, décorée dans le style du Sud-Ouest, m'a-t-il semblé : artisanat indien, estampes, petits tapis, mobilier pastel. Un tableau de Georgia O'Keeffe représentant une maison en pisé ; des poteries, apparemment précolombiennes. L'ensemble avait dû coûter une vraie fortune. Les frangins ne pouvaient pas être aussi fauchés que l'avait prétendu Klimmer. Certes, la richesse est une notion toute relative, et celle des frères Mulholland ne représentait peut-être pas grand-chose par rapport à la fabuleuse prospérité de leur père. N'empêche que nous autres, humbles recruteurs, en avons pris plein la vue.

Nous étions une vingtaine de personnes dans ce living-room, et il était loin d'être rempli. Charles a appelé plusieurs restaurants pour nous faire livrer à manger et à boire – une caisse de champagne, en l'occurrence. Tout le monde a aidé à mettre la table et à disposer le caviar, les fromages français, les sauces froides mexicaines, les chauffe-plats, le pâté, etc. Quelques minutes plus tard, je trouvais Charles en train de vider une flûte de champagne.

« Quelle splendide demeure ! me suis-je exclamé. Tout à fait ce qu'il faut pour un futur membre du Congrès.

— Quoi ? a-t-il fait avec un sourire joyeux.

— Vous vous lancez dans la politique, d'après ce que j'ai cru comprendre.

— Eh bien, je vois que les murs ont des oreilles, Alex. Pas un mot à qui que ce soit, je vous prie. Mais oui, c'est une période passionnante, tout à fait passionnante. Robert pense que les dirigeants du parti vont me demander de faire un speech au séminaire d'Aspen, le 16. Je ne sais pas comment je vais y arriver. Vous vous rendez compte ? Il y a six mois, personne n'avait entendu parler de la SAS, on ne pouvait même pas acheter de la pub, et maintenant... Eh bien, je ne veux pas avoir l'air de la ramener, mais je dois dire que j'ai le vent en poupe. Il y a longtemps que j'aurais dû écouter Ambre. »

Charles s'animait en parlant. Je lui ai resservi du champagne, et demandé en lui tendant le verre :

« Ambre vous a poussé à faire de la politique ?

— Elle est vraiment brillante. Est-ce que je vous ai raconté comment on s'est rencontrés ? Par le plus grand des hasards. Même si, en fait, on s'était connus avant. Vous savez, une relation prof-étudiante, très mal vue. Enfin, aujourd'hui, quelle réussite ! La grande idée a été de transférer la SAS de Boulder à Denver. On dirait que ça remonte à des années plutôt qu'à des semaines. Quelques tuiles. Notamment deux incidents tragiques, c'est horrible. Mon Dieu… »

Sa langue commençait à se délier. Avant qu'il puisse m'en dire plus, Ambre est apparue, l'a pris par le bras et a voulu l'entraîner vers la fenêtre.

« Désolée, Alex, un petit détail à régler.

— Oh, non, ai-je protesté. Je n'ai jamais l'occasion de parler au grand patron… Pour une fois que je tenais une chance de me faire remarquer !

— Ouais, a approuvé Charles, qu'est-ce qui est si important, ma chérie ?

— Eh bien, je crois que… Quelqu'un a renversé un verre de champagne, tu sais que ça va abîmer la moquette.

— Oh, mon Dieu, Ambre, laisse tomber, on prend du bon temps, Rosita s'en occupera demain. C'est la fête, ce soir !

— Viens, Charles », a ordonné Ambre.

Ils se sont éclipsés et, malgré mes efforts, je n'ai pas réussi à leur reparler de toute la soirée. Robert ne buvait pas et semblait fort sombre ; je me suis rabattu sur lui. Lorsque je me suis approché, il discutait politique avec Abe.

« Vous permettez que je vienne mettre mon grain de sel ? Je trouve le système politique américain fascinant. »

Après m'avoir examiné, comme pour déterminer si je méritais qu'on m'adresse la parole, Robert m'a demandé :

« Alexandre, vous êtes d'Irlande du Nord, ou bien du S-sud ?

— Du Nord.

— Qui fait partie du Royaume-Uni, a commenté Abe.

— Ouais.

— Vous votez donc pour le p-parlement de Londres ?

— Oui.

— C'est intéressant. Nous parlions justement d-des élections, ici, l'an p-prochain.

— La présidence, plus la Chambre et le Sénat ?

— Non, pas le Sénat, Alex, seulement un t-tiers du Sénat.

— Mais ce sera la grande année, est intervenu Abe. Une année d'élection présidentielle. Les candidats républicains sont déjà en train d'en découdre ; Dole va gagner, évidemment, et représenter le parti.

— Je sais. Ce serait difficile de ne pas être au courant, c'est dans tous les journaux.

— Vous seriez étonné du nombre de gens qui ne lisent pas les j-journaux. Ou qui lisent seulement ce qui concerne O. J. Simpson. Dans ce pays, il n'y a que la moitié des électeurs qui votent, alors qu'en Irlande je crois qu'ils sont soixante-dix ou quatre-vingts p-pour cent.

— Je ne sais pas.

— Dole va perdre, a soudain décrété Abe. Charles contribuera à ramener le parti vers le centre, et on en profitera tous. »

Robert a regardé Abe comme si celui-ci en disait trop.

« Oh, a fait Abe, j'ai parlé du 6 août à Alex, on peut lui faire confiance.

— Bon Dieu, à combien d'autres p-personnes en as-tu parlé ?

— Seulement à Alex.

— Alex, s'il vous p-plaît, ne dites rien à qui que ce soit. Abe n'aurait jamais dû vous mettre au courant. On n'a pas de g-garantie que Wegener va annoncer son départ à la retraite, ça ferait mauvais effet de démarrer avant le signal.

— Il va partir, a affirmé Abe, et Charles aura une longueur d'avance sur tout le monde. Le président des Républicains du Colorado veut l'avoir, le parti a besoin de lui. N'oublions pas que c'est le parti de Lincoln et de Roosevelt, pas seulement de Reagan et de Bush.

— J'aimerais autant que t-tu ne parles pas de ça », l'a réprimandé Robert.

Abe a pris un air morose :

« OK.

— Vous non plus, Alex, a insisté Robert.

— Je serai muet comme une tombe.

— Robert, je peux te parler une minute ? » a appelé une voix.

Robert s'est excusé avant de se diriger vers l'autre bout de la pièce. Abe, embarrassé, a trouvé un prétexte pour s'éloigner lui aussi.

Aussi instructives qu'aient été mes conversations avec Charles et Robert, le vrai scoop de la soirée, la révélation, a dû attendre que la fête touche presque à sa fin et que je me rende aux toilettes. Le tour aux chiottes le plus fructueux de toute mon existence.

Il paraît que certaines personnes gardent leur oscar dans les WC. D'autres prévoient de quoi lire dans un petit porte-revues à côté du trône. D'autres encore s'efforcent de rendre cette pièce plus divertissante en l'équipant de gadgets kitsch ou ridicules, ou en tapissant ses murs de dessins humoristiques. Ce genre de comportement est plutôt britannique qu'américain ; l'exercice de leurs fonctions physiologiques cause aux Britanniques autant de plaisir que de honte. Mais certains Américains, eux aussi, éprouvent le besoin d'introduire une note de légèreté dans leurs lieux d'aisances – surtout, peut-être, ceux qui ont fréquenté de prestigieuses universités anglophiles.

Les Mulholland avaient jugé bon d'afficher aux murs de leurs toilettes des photos encadrées remontant à leur jeunesse, et de préférence à leur adolescence, âge notoirement ingrat. Ici, Charles, la figure pleine d'acné, debout à côté d'un bonhomme de neige dont, par autodérision, il avait constellé la bobine de petits cailloux ; là, Ambre, en perruque et robe d'avocat pour jouer un rôle masculin dans *Jugement par jury*, l'opérette de Gilbert et Sullivan. Un peu plus loin, Charles, en short et maillot rayé, au milieu d'une douzaine d'autres garçons, devant un amoncellement de matériel sportif, avec la légende « Équipe de *lacrosse* de la Governor Bright Academy, 1973 ».

Sous la photographie, en tout petits caractères, le nom de chaque membre de l'équipe. Charles William

Mulholland, George Rupert Dunleavy, Steven Philip Smith, Alan James Houghton…

Il m'a fallu un instant pour me rappeler où j'avais déjà entendu ce nom, Alan Houghton. Puis ça m'est revenu. Le maître chanteur disparu.

Ce n'était pas un peu présomptueux d'exposer ainsi cette photo ?

Pas nécessairement. Personne ne prenait sans doute jamais le temps de déchiffrer les noms. Tout de même, je ne m'y serais pas risqué. Charles n'était peut-être pas aussi malin que je l'avais cru.

Je me suis lavé les mains et la figure, souri dans la glace, et j'ai décidé de filer.

À Robert, qui me raccompagnait jusqu'à la porte d'entrée, j'ai lancé avec un flegme étudié :

« Une fête géniale, mon pote. »

Le lendemain matin, après avoir esquivé le petit déj' amoureux d'Areea et John et les martinis de Pat au profit d'une délicieuse injection d'héroïne afghane, qualité *black tar*, je me suis rendu à pied à la bibliothèque publique de Denver pour y effectuer des recherches sur Alan Houghton. Résultat, que dalle. Du coup, j'ai essayé de récolter des infos sur l'équipe de *lacrosse* de la Governor Bright Academy. J'ai trouvé des tas d'anecdotes sur ce pensionnat, mais la bonne, celle qui m'intéressait, remontait à 1973, alors que Charles devait avoir seize ans.

Le *Denver Post*, qui m'a appris l'essentiel, ne consacrait que deux brefs articles à ce sujet. Après avoir posé quelques questions, j'ai trouvé un récit plus détaillé dans un exemplaire du *Denver Dispatch* conservé sous forme de microfilm. Ce journal, maintenant disparu, couvrait autrefois ce qui se passait dans les communautés des contreforts, à l'ouest de la ville.

L'index du *Post* précisait que l'événement, impliquant les membres de l'équipe de *lacrosse*, s'était produit en mai 1973.

L'existence de la Governor Bright Academy remontait à 1890. Moins prestigieux que ceux d'Andover ou d'Exeter, ce lycée n'en était pas moins, et de loin, le meilleur du Colorado. Il drainait de tout le pays des élèves dont l'éducation y était assurée de onze à dix-sept ans ; on y encourageait en outre ces jeunes gens à pratiquer des sports d'équipe tels que football américain ou européen, base-ball, hockey sur glace, basket-ball, *lacrosse* et même cricket ou rugby. Les garçons ne pouvant intégrer une équipe s'adonnaient à l'escrime ou au cross, ce genre d'activités. En hiver, chaque vendredi était consacré au ski. Bien que Bright soit un pensionnat, ses élèves semblaient l'apprécier ; après le bac, la moitié d'entre eux allaient en fac à Harvard, Yale ou Princeton. On y cultivait l'excellence intellectuelle ; quant à la réussite sportive, elle se voyait récompensée par des bourses et autres avantages.

L'équipe de *lacrosse* était une des plus prestigieuses du lycée. Ce sport étant inconnu en Irlande, j'ai dû me livrer à une petite recherche parallèle pour savoir en quoi cela consistait. *Le jeu de la crosse*[1]. Un jeu indien au nom français, répandu dans les boîtes privées et

1. En français dans le texte.

pratiqué par l'élite, surtout dans les États de la Côte Est et dans le Colorado.

Le drame avait eu lieu le 1er mai 1973, mais le *Post* et le *Denver Dispatch* ne l'avaient signalé que deux jours plus tard.

Maggie Prestwick était la fille du responsable de l'écurie. Bright disposait en effet de son propre centre équestre, avec une demi-douzaine de chevaux de parade et autant de poneys pour les randonnées. Tommy Prestwick, père célibataire, avait une grande fille étudiante en fac ; Maggie, la cadette, vivait avec lui au-dessus des écuries aménagées. Il croulait sous les responsabilités ; Maggie étant une fille indépendante, comme il s'en était expliqué auprès des reporters, il l'avait crue capable de se débrouiller seule. N'ayant constaté son absence que le matin du 2 mai, il en avait avisé le proviseur, qui s'était empressé de prévenir la police. Je me suis dit que le pensionnat devait entretenir de bonnes relations avec les policiers de Denver, et pouvoir compter sur leur discrétion.

Les résultats de l'enquête n'avaient rien donné de réjouissant. Tout en déchiffrant l'article sur microfilm, j'ai senti mon cœur se serrer.

À la une du *Denver Dispatch* du 3 mai, on lisait ceci, accompagné de la photo granuleuse d'un bâtiment en ruine :

Margaret Prestwick, âgée de quinze ans, fille de Tommy Prestwick, responsable des écuries à la Governor Bright Academy, a été trouvée morte hier soir sur le site du Rookery House, un ancien hôtel, à un kilomètre et demi du campus de Bright. La police n'a communiqué aucun détail sur ce décès. Selon l'agent Anthony Sutcliffe, porte-parole des forces de police de Denver, il est « trop tôt pour déterminer la cause du décès, ou si Margaret Prestwick a subi une agression sexuelle ». Néanmoins, un porte-parole du bureau du coroner a déclaré hier, tard dans la soirée, que Margaret Prestwick avait été victime d'un acte criminel…

Les jours suivants, le *Denver Dispatch* publia des informations complémentaires sur le drame. Bien qu'elle n'ait pas été violée, Margaret Prestwick avait été agressée sexuellement avant d'être étranglée. Il n'y avait pas de signes de lutte à l'extérieur du Rookery House ; vraisemblablement, la jeune fille connaissait son agresseur et lui avait donné rendez-vous dans cet hôtel, désaffecté depuis les lourds dommages subis quelques années auparavant, lors d'un incendie. Au fil des semaines, devant le piétinement des recherches, on sentait monter la frustration du reporter spécialisé du *Dispatch*. Les policiers avaient interrogé de nombreuses personnes, dont aucune n'avait été inculpée ; il n'y avait pas eu la moindre arrestation. L'affaire avait dû avoir un énorme retentissement au sein de la communauté, car, deux mois plus tard, le reporter du *Dispatch*, Danny Lapaglia, évoquait encore ce meurtre non élucidé :

En ce 4 juillet, jour de fête nationale, le campus de la Governor Bright Academy demeure silencieux. Le lycée est fermé depuis deux semaines et la prochaine rentrée n'aura lieu qu'à l'issue des longues vacances d'été. Les nouveaux élèves de Bright auront alors certainement entendu parler de la tragique première semaine de mai, au cours de laquelle la fille de l'ancien responsable des écuries fut trouvée étranglée à environ un kilomètre du bureau du journal où est assis l'auteur de ces lignes. La police de Denver n'ayant fait aucun progrès sur cette affaire au cours des semaines écoulées, rien d'étonnant à ce que Tommy Prestwick, le malheureux père de la victime, ait donné sa démission. Il a quitté la Bright Academy pour se rapprocher de la fille qui lui reste, à La Nouvelle-Orléans…

L'affaire disparaissait des pages du *Denver Dispatch* jusqu'au mois de novembre de cette année 1973, date à laquelle Danny Lapaglia avait publié un scoop – mais seulement en page cinq, cette fois.

L'auteur du présent article a appris que la police de Denver avait interrogé tous les membres de l'équipe de *lacrosse* de la Governor Bright Academy, dans le cadre de l'enquête sur le meurtre de Margaret Prestwick en mai dernier…

L'article précisait qu'on avait retrouvé entre les dents de Maggie un petit morceau de la cravate d'une tenue de *lacrosse*. On accordait une grande importance à cette découverte. À Bright, tous les garçons portaient l'uniforme du lycée, blazer et pantalon noirs, chemise blanche ; cependant, tout membre d'une équipe sportive avait le droit d'arborer la cravate de son équipe plutôt que celle du pensionnat. Si le meurtrier faisait vraiment partie de l'équipe de *lacrosse*, le nombre de suspects se réduisait à treize. Bright avait trois équipes de football européen et deux équipes de basket-ball, mais une seule équipe de *lacrosse*, comptant dix joueurs et trois remplaçants. De tous les élèves du lycée, il n'y en avait donc que treize qui soient autorisés à porter la cravate de l'équipe de *lacrosse*. Minutieusement interrogés, tous avaient nié détenir la moindre information sur le meurtre. Les policiers n'avaient pas exclu la possibilité qu'un autre élève ait utilisé une cravate de l'équipe comme arme du crime.

Mais ils ignoraient ce que je savais. À savoir que, vingt ans plus tard, un ancien membre de cette équipe de *lacrosse*, Alan Houghton, en avait fait chanter un autre, Charles Mulholland. Peut-être le chantage portait-il sur cette affaire, peut-être pas ; en tout cas, ça méritait que j'aille y regarder de plus près.

Je ressentais des émotions mêlées. D'un côté, j'étais emballé de tenir une piste ; de l'autre, celle-ci impliquait que Charles, le mari d'Ambre, avait tué plus d'une fois. Est-ce qu'Ambre courait un danger ? Il me fallait en savoir plus.

Quand j'ai voulu parler à Danny Lapaglia, sa veuve m'a appris qu'il était mort du cancer en 1983. Bien que ce soit probablement une perte de temps, au bout de vingt-deux ans, j'ai appelé la SAS pour me faire porter pâle et je me suis rendu à la Governor Bright Academy.

Ce n'était plus un pensionnat ; par ailleurs, la moitié des élèves étaient maintenant des filles. Il se trouvait très à l'écart, j'en ai eu pour vingt dollars de taxi. Très beau campus, bâtiments habillés de lierre, piscine, parc émaillé de statues ; en voiture, par Hampden Avenue, on était tout près des contreforts des Rocheuses.

J'ai déclaré au directeur adjoint que j'envisageais d'inscrire mon fils adoptif à Bright. Il m'a fait visiter les lieux mais, n'étant là que depuis deux ans, n'a pu m'apprendre grand-chose ; et il m'a laissé me promener dans le parc. L'établissement ne possédait plus de chevaux, et le bâtiment des écuries avait été transformé en garage pour les cars scolaires. Sous une chaleur approchant les trente-huit degrés, j'ai franchi le lit d'un ruisseau asséché, puis un champ grillé par le soleil, pour gagner l'emplacement de l'ancien hôtel Rookery House. Partout, des panneaux mettaient en garde contre le danger d'incendie.

À la vue du lotissement qui avait remplacé l'hôtel, j'ai perdu tout espoir de découvrir un indice sur les conditions dans lesquelles Maggie avait été assassinée.

C'est seulement au retour, en soulevant la poussière de ce champ sous l'impitoyable soleil du Colorado, que j'ai compris pourquoi les garçons avaient retrouvé Maggie au Rookery House. Bright, érigé sur une colline, dominait les environs ; si deux élèves avaient traversé la campagne dans leur uniforme du pensionnat, ils auraient été repérés à des kilomètres de distance – le seul champ soustrait à cette surveillance étant celui qui menait au Rookery, car il était situé derrière une petite mesa descendant en pente douce du côté opposé à celui du lycée. Le ruisseau asséché menant au Rookery et l'ancien hôtel lui-même étaient isolés de Bright ; une fois passé la crête de la mesa, on était complètement hors de vue. Excellent coin pour un rendez-vous.

Avait-elle accepté de les rencontrer tous les deux ? Peu probable.

Sur la photo, Charles était un grand et beau lycéen plein d'assurance, et Alan un garçon trapu, tordu, mal bâti, dénué de charme. Quitte à jouer aux devinettes, j'aurais parié qu'Alan s'était pointé sans se faire annoncer. Quant à ce qui s'était produit ensuite… Bien malin qui aurait pu le dire, aujourd'hui comme à l'époque.

Dans les bureaux, j'ai demandé l'autorisation de parcourir le magazine des anciens élèves, sous prétexte de vérifier comment un lycéen de Bright se débrouillait ensuite dans la vie. Ils ont été heureux de me montrer les albums annuels des vingt dernières années ; il y avait même un index. Alan Houghton apparaissait à trois reprises. En 1984, il vivait rue Saint-Vincent, à Paris, où il essayait de devenir… artiste peintre. En 1989, il travaillait « dans le théâtre » à New York, sa ville natale. En 1992, il était venu s'installer à Denver, où il avait acheté un studio afin d'y « poursuivre son aventure artistique ». Une photo à fort effet de grain datant des années 1980 montrait un jeune homme hagard au sourire figé, portant sur la tête quelque chose qui pouvait être un postiche marron.

C'était peut-être pour se rapprocher de son vieil ami Charles qu'il s'était établi à Denver. Pour lui mettre la pression, qui sait ?

En entendant la cloche sonner la fin des cours, j'ai demandé à l'une des secrétaires :

« Quelle heure est-il ?

— Quinze heures quinze. »

J'avais encore le temps d'aller au boulot.

Oui. Et je voulais aussi voir Ambre, faire le ménage dans mon esprit obsédé par cette femme.

J'ai appelé un taxi et je suis arrivé à la SAS juste après quatre heures.

Abe s'apprêtait à me sermonner sur cette arrivée tardive lorsque Ambre m'a intercepté. Pull-over de cachemire et jodhpurs noirs, bottes, cheveux noués en catogan. Question confort, je ne sais pas si c'était le top, mais quelle allure ! Le look d'une dominatrice de haute volée. Mignonne comme une collection de couteaux.

« Alexandre, je voudrais vous parler.

— D'accord. »

Je me suis surpris à me demander pourquoi son image était tellement associée dans mon esprit à ses goûts vestimentaires.

Elle m'a entraîné vers un canapé qui venait d'être installé dans la réception de la SAS.

« J'aimerais vous demander un service, Alexandre.

— Ah bon ? »

Ses merveilleux yeux turquoise ont cligné plusieurs fois de suite, rapidement.

« Charles doit prononcer un discours à la conférence de la direction du parti républicain, à Aspen.

— Je sais.

— Il ne souhaite pas que je l'y accompagne. Charles pense que ma présence le distrairait, a-t-elle commenté avec un sourire.

— Je peux le comprendre.

— Ce soir-là, une compagnie itinérante de passage à Denver doit jouer une pièce qui s'appelle *Danser à Lughnasa*. Cette œuvre parle de l'Irlande, elle a beaucoup de succès. Je n'ai presque jamais l'occasion de me rendre au théâtre, et Robert ne peut pas venir. J'ai pensé, je veux dire, je me suis demandé si vous accepteriez de m'y escorter. Je ne veux pas y aller seule, et j'ai deux billets. Et je me suis dit que ça pourrait vous intéresser, comme c'est sur l'Irlande.

— Bien sûr.»

J'étais scié.

«Merci», a-t-elle fait.

Avant de quitter la pièce sans ajouter un mot.

J'ai frissonné. Cette fille soufflait le chaud et le froid. Délibérément ou pas, elle me faisait sauter à travers des cerceaux.

Pour couronner le tout, elle n'a pas mis les pieds au bureau pendant les jours suivants. En fait, je ne l'ai pas revue avant le moment où nous nous sommes retrouvés devant le théâtre. J'avais vingt minutes d'avance; elle est arrivée en retard.

C'est une véritable apparition que j'ai vue descendre de la limousine. Talons hauts, robe noire au décolleté impressionnant agrémenté de perles, elle embaumait et sortait de chez un coiffeur qui avait ramené sa chevelure en arrière avant de la rabattre vers l'avant. Elle aurait pu être en train de se rendre à une foutue cérémonie de remise des oscars, ou à un dîner chez des voisins. La veste de mon smoking de location, aux manches trop longues, était râpée et de toute façon déplacée, à en juger par la mise des autres amateurs venus pour le spectacle.

«Merci beaucoup d'être venu.

— Il n'y a pas de quoi.

— Heureusement que je sors, sinon j'aurais passé la soirée à m'inquiéter pour Charles.

— Je comprends.

— Vous ne vous sentez pas nerveux ?

— Non. Pourquoi serais-je nerveux ?

— Vous n'avez pas peur pour les acteurs ? Peur qu'ils oublient leurs répliques ou se trompent ? »

J'ai secoué la tête et nous sommes entrés. « Chut... », a murmuré le public tandis que les lumières s'éteignaient.

Les acteurs. La pièce. Le bras nu d'Ambre contre le mien. J'ai à peine prêté attention au texte de Brian Friel. Tout ce dont je me souviens, c'est que jamais je n'avais entendu d'aussi mauvais accents irlandais, sauf dans une pub de savonnettes Irish Spring. Et que ça durait, ça durait...

Mais le public a adoré, il y a eu quatre rappels. Personne n'a applaudi avec plus de ferveur qu'Ambre.

Nous avons fait la queue pour sortir.

Elle a voulu rentrer chez elle à pied. Elle se sentait heureuse. C'était une nuit magnifique.

Nous avons remonté la Seizième Rue vers le sud. Malgré le spectacle, la délicieuse soirée, les cocktails champagne-brandy à l'entracte, Ambre ne parlait que de Charles.

« Vous imaginez l'état où il se trouve ! Il ne va pas passer à la télévision, d'accord, mais c'est un grand honneur d'être invité à parler, les poids lourds seront là, Robert Dorman, Alexander Haig... Il doit intervenir juste après Newt Gingrich.

— Super.

— Charles, c'est l'opposé, évidemment. Il représente l'aile modérée, vous savez. Il m'a appelée cet après-midi, tout excité. Bien sûr, il est déjà allé à Aspen un million de fois, mais ce n'est pas un orateur-né.

— Vous auriez peut-être quand même dû l'accompagner.

— Il dit que ce sera pire si je suis dans le public. Qu'il aime mieux se retrouver devant un parterre d'étrangers.

— Je n'aurais pas cru Charles aussi nerveux.

— Ah, vous vous laissez abuser par les apparences, Alexandre. Il est extrêmement timide, pour ça il ressemble beaucoup à son frère Robert. C'est un grand introverti. Ce qu'il montre aux autres est en grande partie une simple façade, un personnage qu'il joue pour inciter les gens à donner le meilleur d'eux-mêmes. Il est vraiment très sensible, très timide. Surtout, ne le dites à personne.

— Évidemment ! » me suis-je écrié avec indignation.

Nous avons un peu parlé de la pièce de théâtre, puis du quartier que nous traversions. Sur Pennsylvania Street, elle m'a désigné un vaste bâtiment blanc chicos, moderne et sans âme. La maison de retraite où résidait sa mère.

« Charles assume tous les frais, a murmuré Ambre d'un ton révérencieux.

— C'est sympa.

— Il a fait venir maman de Knoxville en avion. C'est une des meilleures maisons de retraite du Colorado, elle y reçoit les meilleurs soins – et c'est tellement triste, a-t-elle conclu d'une voix qui se brisait un peu.

— Oui. Alzheimer est la plus cruelle des fins.

— J'ai du mal à venir la voir. Je supporte une visite par semaine, au maximum. »

Elle a été submergée par une vague de mélancolie. La conversation venait d'être décapitée par son propre sujet, et nous n'avons plus prononcé un mot avant d'être parvenus au pied de la demeure des Mulholland.

Devant la porte d'entrée, je lui ai souhaité une bonne nuit.

« Oh, entrez donc prendre un petit verre. »

Et elle a froncé les sourcils en découvrant qu'elle avait la langue légèrement empâtée. J'ai pensé que le champagne et la promenade l'avaient un peu étourdie. Elle a tapé son code pour ouvrir la barrière en fonte, puis je l'ai suivie à l'intérieur.

« Quelle soirée ! s'est-elle exclamée.

— En effet.

— J'aurais aimé que Charles puisse venir, c'est chaque fois pareil, n'est-ce pas ? Tout arrive toujours en même temps.

— Ouais, c'est la vie.

— Vous voulez boire quelque chose ? »

Bien que je n'en aie guère envie, j'ai répondu :

« D'accord, ce que vous voudrez.

— Charles a une collection de whiskys pur malt, je n'y connais rien, ça vous dit ?

— Je suppose que vous buviez tous du bourbon, dans le Tennessee ?

— Pardon ?

— Ben, vous êtes près du Kentucky, le Jack Daniel's, tout ça.

— Ah, on ne buvait pas beaucoup, dans la famille.

Mon père, eh bien, en tant que buveur repenti, vous savez, il ne tolérait pas l'alcool à la maison… Moi, en tout cas, ça ne me dérange pas. Vous voulez un whisky ?

— D'accord. »

Elle n'avait pas l'habitude de boire, voilà qui expliquait qu'elle soit un peu pompette. Mais pourquoi cette révélation inattendue ? Bon Dieu, elle était peut-être d'humeur à se confesser. De quoi d'autre avait-elle envie de parler ? Peut-être encore de la timidité, de l'introversion de Charles ? J'avais intérêt à marcher sur des œufs.

« Vous voulez quelque chose dedans ? De l'eau, des glaçons ?

— Non, rien, merci. »

Ambre m'a apporté un verre avec un sourire innocent, heureux.

Je m'en suis voulu. Elle n'avait vraiment pas l'air de quelqu'un qui chancelle sous le stress consécutif à un double meurtre. Peut-être que je réfléchissais trop. Ce n'est pas ainsi qu'il faut s'y prendre, on doit réunir les informations et les comparer avant de procéder à leur analyse, au lieu de tirer des conclusions hâtives de faits inexacts. Je me suis détendu et j'ai humé le verre de whisky. Tourbeux. J'ai bu une gorgée. Tourbeux, avec une nuance d'algue et une dureté sucrée. Il venait d'une île écossaise – Islay ou peut-être Jura.

« C'est comment ? »

J'ai remarqué qu'elle ne s'était pas servie.

« C'est bon. Ça provient des Hébrides intérieures du Sud, on reconnaît l'arrière-goût de tourbe. »

Elle a enlevé ses perles pour les déposer sur un buffet,

retiré ses chaussures et s'est assise dans un fauteuil inclinable en cuir, près du divan. Elle était vraiment d'une beauté extraordinaire, qu'on ne rencontre pas chez les filles d'Irlande. Saine, solaire, fraîche, Ambre était toute l'Amérique. Son immense sourire, ses cheveux d'or, ses longues jambes. Encore plus attirante de s'être ouverte à moi, au sujet de sa pauvre mère.

Tandis qu'elle tambourinait des doigts sur l'accoudoir de son fauteuil, je me suis levé et lui ai rempli un verre de whisky, pour voir si elle le boirait.

Après l'avoir flairé, elle en a pris une longue rasade.

« Oh, Alex, quelle pièce formidable on a vue. L'Irlande a l'air très romantique. Charles s'y est arrêté, lors de son tour du monde.

— Ouais, il me l'a dit. Il est allé à Dublin.

— Oh, oui, bien sûr, il est allé partout. Je n'ai jamais quitté l'Amérique, a-t-elle avoué d'un ton mélancolique, à moins de compter Porto Rico.

— Et il n'y a pas de raison de le compter, ai-je rétorqué avec un sourire, vu que ça fait partie de l'Amérique.

— En effet, je suppose. Mais qu'est-ce que c'est, au juste ? Pas un État, si ?

— C'est une colonie.

— Non, je ne crois pas, a-t-elle fait d'un ton dédaigneux.

— Que si, ai-je insisté.

— Non, je ne crois pas qu'on ait de colonies. »

Elle avait une expression rêveuse ; visiblement, son esprit vagabondait. J'ai insisté :

« Vous en avez, et Porto Rico est l'une d'elles. Vous l'avez obtenue de l'Espagne, je crois. »

Ambre s'est mordillé un doigt et m'a observé.

« Vous savez, Alex, la première fois qu'on a fait du porte-à-porte ensemble, à Englewood, le jour de l'incendie, c'est-à-dire le premier soir où on a vraiment parlé, à part l'entretien d'embauche, j'ai été très impressionnée par ce que vous avez dit.

— Au flic ?

— Non, quand on a discuté avec cette sale bonne femme. Vos remarques sur les Afro-Américains.

— Je suis désolé, mais je ne m'en souviens absolument pas.

— Vous avez déclaré que les Afro-Américains ont inventé le jazz, le blues, le rock, et accompli des tas de choses.

— Oh, j'avais dû lire ça quelque part, c'est pas tellement original.

— C'est la façon dont vous en avez parlé. Vous le pensez réellement, non ? Je veux dire, enfin, vous voyez ce que je veux dire…

— Je ne crois pas », ai-je avoué en riant.

Et aussi en regardant ses jambes se croiser, et sa main ajuster sa robe.

« Non, bien sûr que non, je ne m'exprime pas très bien. En fait, je ne sais pas ce que je raconte. Je veux seulement dire que vous, vous savez ce que ressentent les gens. C'est un peu plus clair ? »

Je l'ai observée. Qu'est-ce qu'elle entendait par là ? À quoi jouait-elle ? Elle voulait me complimenter, en me comparant implicitement à quelqu'un d'autre ? Parlait-elle vraiment de moi, ou plutôt d'elle-même ? Était-ce une allusion détournée à Charles ? Charles est différent, il n'est pas comme vous et moi, Charles est froid, déterminé, Charles est un… Elle m'a demandé d'une voix douce, en écartant ses cheveux de son visage :

« C'est parce que vous avez été élevé en Irlande du Nord ? Est-ce que la vie était difficile, avec les attentats à la bombe, la violence ? »

Elle prononçait les mots avec précision. Son accent me déconcertait toujours. Ce n'était pas celui du New Jersey, ni du Sud, ni de Boston. Un écho adouci, légèrement affecté, des inflexions patriciennes de Charles. Elle s'est resservi un verre de whisky.

« Pas si difficile que ça, on faisait avec. On s'habituait à être fouillé dans les magasins, par exemple. Les gens s'adaptent.

— Vous avez vu des choses dures ?

— Pas vraiment, j'ai menti.

— Vous n'avez rien vu ? »

Elle a eu une petite moue et j'ai répondu :

« Une fois, quand j'étais gosse, ils ont fait sauter le magasin de jouets de mon quartier, et on a pu acheter des petits trains et des Lego en solde. Ils étaient abîmés par le feu, mais c'est surtout l'emballage qui avait souffert. Finalement, c'était plutôt une affaire.

— Oh, mon Dieu, ils ont fait sauter votre boutique de jouets ? Mais pourquoi ?

— Je ne sais pas. »

J'ai examiné son visage à l'expression bienveillante. Compatissante.

« Je suis sûre que vous en avez vu bien plus que vous ne le dites, m'a-t-elle reproché avec un sourire.

— Non, pas beaucoup.

— Et que vous essayez seulement d'être brave et stoïque, comme dans la pièce. »

Elle s'est gratté le poignet, sous sa montre en or qu'elle a fini par retirer.

« Franchement, ce n'était pas si dur.

— Mais bien entendu. C'est pourquoi vous êtes ici illégalement, et vous avez menti à la police – parce que vous n'avez pas de carte verte. Ça ne me pose pas de problème, je n'en parlerai à personne ; je sais à quel point la situation doit être pénible, je lis les journaux. C'est terrible ce qui arrive en Irlande.

— Eh bien, c'est parfois difficile.

— La pièce ne disait pas autre chose. Quelle histoire, hein ? Incroyable.

— Oui. J'avais oublié qu'elle se passait dans le Donegal. Le Donegal est un comté magnifique. Et rude ! On y trouve des villages qui font partie du Gaeltacht, l'ensemble des régions d'Irlande où les gens parlent encore gaélique.

— Vous le parlez ?

— Non. Enfin, un peu.

— Allez-y.

— *An labhraíonn éinne anseo Gaelige ?*

— Ce qui veut dire ?

— "Est-ce qu'il y a quelqu'un ici qui parle le gaélique ? "

— Vous avez appris ça dans le Gaeltacht ?

— Non, j'allais au lycée protestant. Dans les lycées catholiques, on apprend le gaélique ; dans les lycées protestants, le latin. J'ai juste pompé quelques notions dans un bouquin. Je suis assez doué pour les langues. C'est même la seule chose pour laquelle je suis doué.

— Dites-m'en un peu plus sur vous.

— Vous êtes au courant de tout, vous avez lu mon CV.

— On sait tous les deux que c'est une œuvre de fiction, non ? »

De nouveau, elle m'a souri.

« Ouais, je suppose.

— Charles a peut-être beaucoup voyagé, mais il est nul en langues. Comme la plupart des Américains. Moi, je parle espagnol.

— Cool. C'est toujours une bonne chose de connaître une autre langue que la sienne.

— Je crois que j'aimerais apprendre l'irlandais, ça paraît splendide.

— Ça peut être assez guttural. Ce n'est pas mélodieux comme l'italien.

— Mais l'Irlande est belle, non ? Vous avez dit que le Donegal…

— Le Donegal est très beau. L'océan Atlantique, les grandes plages désertes, les monts Blue Stack, le purgatoire de Saint-Patrick sur l'îlot de Station Island…

— De quoi s'agit-il ?

— C'est un lieu de pèlerinage, on peut effacer ses péchés en faisant le tour de l'île pieds nus. Seamus Heaney a écrit un poème célèbre là-dessus.

— Vous y êtes allé ?

— Qu'est-ce qui vous fait penser que j'ai des péchés à effacer ? »

Elle est partie d'un grand rire sincère. Ce n'était

pourtant pas tellement drôle. Elle a bu une gorgée de whisky, puis une autre, avant de s'emparer de mon verre.

J'ai effleuré sa main.

Ambre m'a regardé.

Oh, mon Dieu, comme j'avais envie de l'embrasser. Je voulais la prendre dans mes bras, demeurer en sa compagnie. Je voulais qu'elle me dise tout, je savais qu'il n'y aurait pas de problème. Je la désirais – et je désirais faire l'amour à la belle épouse de Charles pendant qu'il n'était pas en ville. Pour le punir.

« Je devrais peut-être y aller, ai-je pensé – et déclaré.

— Oh, ne partez pas, j'allais justement essayer un autre whisky. Ce n'est pas un verre de plus qui me fera du mal, et je ne peux pas boire seule. »

Elle nous a versé du Laphroaig. La conversation a langui ; elle a recroisé les jambes, et sa robe est un peu remontée.

« Bref, non, je n'y suis jamais allé, à ce purgatoire de Saint-Patrick. C'est un truc de catholiques. »

Ambre m'a observé attentivement, comme si elle s'efforçait de prendre une décision. Elle s'est versé un peu de whisky et y a ajouté des glaçons avant de le descendre. C'est seulement après être allée se rasseoir sur le canapé qu'elle a fini par me demander, d'un ton rêveur :

« Est-ce que Belfast se trouve près du Donegal ?

— Géographiquement, oui, dans les cent cinquante bornes ; mais les routes sont si mauvaises qu'on met trois heures pour y arriver.

— Et vous n'êtes jamais allé à Carrickfergus ? Ce

n'est pourtant qu'à quelques kilomètres de Belfast, à ce que j'ai vu sur une carte.»

À mon tour de la dévisager. Son expression était naturelle, ne trahissant ni dissimulation, ni crainte, ni la volonté de réprimer aucune émotion.

«Non, je vous l'ai dit, je n'y ai jamais mis les pieds.»

J'avais répondu avec la prudence de l'artificier qui doit couper le câble électrique bleu, et non le rouge, pour désamorcer une bombe. Je m'attendais à ce qu'elle mentionne Victoria Patawasti. Allait-elle subitement craquer et tout me révéler, à moi, le compatriote de la jeune défunte? Est-ce que cette soirée irlandaise avait sapé les défenses d'Ambre, et qu'elle commençait à se sentir coupable de ce qu'elle savait? Ses lèvres ne tremblaient pas, son regard était direct. Non, au lieu de laisser échapper quoi que ce soit de ce genre, elle m'a pris à revers:

«Vous êtes vraiment joli garçon. Vous le savez, je suppose? Un peu maigre, peut-être, mais à part ça… Grand et brun – beau mec, quoi.

— Comment suis-je censé répondre? ai-je demandé, embarrassé malgré moi.

— En me remerciant du compliment, et en me complimentant à votre tour. Ce sont des règles de courtoisie élémentaires.

— D'accord. Je vais vous dire quelque chose, mais ne croyez pas que ce soit parce que vous m'avez réclamé un compliment. Je vais le dire parce que c'est la pure vérité. Vous êtes la plus belle femme que j'aie rencontrée au cours de ma vie. Je ne suis pas très doué pour parler de ce genre de choses, mais vous n'êtes pas seulement belle, vous avez aussi cette qualité rare qu'on déprécie en l'évoquant à tort et à travers, et je regrette presque d'en parler maintenant : vous avez ce qu'on appelle la beauté intérieure. Vous l'avez. Il s'agit d'une pureté spirituelle, je sais que vous êtes aussi bonne que belle. Dès l'instant où je vous ai vue, je me suis senti ensorcelé, c'était comme dans cette strophe de Yeats : "C'était maintenant une jeune fille rayonnante, et des fleurs de pommier ornaient sa chevelure ; Elle m'appela par mon nom avant de s'enfuir, Et de s'évanouir dans la lumière de l'aube. Bien que vieilli par mes voyages, En basses terres et hautes terres, Je découvrirai où elle est allée, Et baiserai ses lèvres, et prendrai ses mains… Et cueillerai jusqu'à la fin du temps et des temps, Les pommes d'argent de la lune, Et les pommes d'or du soleil."

— C'est incroyable », a-t-elle balbutié, réellement touchée.

J'avais appris une demi-douzaine de poèmes de Yeats afin d'émouvoir chaque fois une fille différente vivant dans un monde différent. En voyant que celui-là venait de faire son effet, j'ai su qu'il était temps de remettre les pendules à l'heure. J'ai vidé mon whisky et avoué, avec mon sourire le plus engageant :

« Ouais, Ambre, je suis peut-être cynique, mais vous savez, si on a un accent irlandais et qu'on essaie d'impressionner une fille, Yeats fera généralement l'affaire – à condition de ne pas tomber sur une Irlandaise ou sur une prof de littérature endurcie. Le poème intitulé "Il voudrait avoir les étoffes du ciel" est de loin celui qui marche le mieux, mais j'aime bien celui que je vous ai servi, “La Chanson d’Aengus le voyageur”, avec ces derniers vers géniaux, les nanas adorent. »

Ambre m’a jeté un regard furieux, mais j’ai compris au bout d’un instant que sa rage n’était que feinte. Elle s’est mise à rire, sans pouvoir s’arrêter. À rire si fort que les larmes lui coulaient sur les joues. De soulagement ? Un énorme flot d’émotions réprimées qui se libérait soudain ? Sans me laisser le temps de lui demander si tout allait bien, elle s’est levée et m’a tendu la main. Encore assis, je lui ai tendu la mienne et Ambre m’a attiré vers elle et, quand j’ai été debout, m’a embrassé. Durement, passionnément, violemment. Ses lèvres étaient brûlantes de désir. Elle se noyait, suffoquait, mourait – puis renaissait dans mes bras.

Je l’ai portée jusqu’à la chambre et étendue sur le lit. J’ai fait glisser sa robe le long de son épaule, ma bouche a glissé sur son bras et sur le haut de son sein. Elle avait une cicatrice à l’épaule. Cette minuscule imperfection perdue au milieu de tant de beauté ne la rendait pas moins désirable, mais au contraire davantage.

Elle s’est dégagée de sa robe, a dégrafé son soutien-gorge, arraché ma veste et ma chemise. Il me restait un semblant de raison et j’ai baissé la lumière, qu’elle ne voie pas les traces de piqûres. Du lit, elle a levé les yeux vers moi, en gémissant :

« J’ai besoin de toi, Alexandre, j’ai besoin de toi, maintenant, ce soir. »

Sans rien dire, j’ai retiré mon pantalon et sa culotte. Son corps était mince, pâle, sculpté dans le marbre blanc, sa chevelure brillait tel de l’or magique ; sa bouche rouge s'ouvrait, affamée – jamais personne n'avait été dévoré par une semblable faim.

J'ai posé mes lèvres sur sa gorge, puis entre ses seins. Elle m'a attiré contre elle et a planté ses ongles dans mon dos, comme si nous risquions d'être arrachés l'un à l'autre et aspirés dans un tourbillon par des forces terribles. Menacés par la malveillance de Charles, les ténèbres lancées à mes trousses, nous étions seuls dans ce refuge de lumière, sains et saufs. Tant que nous resterions ensemble, tout irait bien. Dehors, des pièges affreux nous attendaient, mais pas ici, pas ici. Dans ce lit, nous étions en sûreté – cette nuit-là.

« On est comme des naufragés », a remarqué Ambre.

Je n'ai répondu que par un silence approbateur. Le lit, et les draps de soie, et sa peau tellement lisse – et ses yeux bleus comme l'océan à Donegal. Et ses mains dans mes cheveux, dans mon dos. Et sa voix, ces douces, ces harmonieuses inflexions américaines :

« Oh, Alexandre, tu ne sais pas, tu n'as pas idée…

— Je veux savoir.

— Non, non.

— Dis-moi.

— Embrasse-moi… »

Mes mains ont caressé ses longues jambes superbes, et son ventre, et ses bras. Et je l'ai serrée contre moi, embrassée. Elle avait un goût de champagne, et de whisky, et de glace.

Je l'ai embrassée, et elle n'a rien dit, je l'ai pénétrée et elle a eu mal, le mal du plaisir, le mal de la perte. Elle a sangloté. Nous sommes restés étendus dans le noir, haletants, agrippés l'un à l'autre.

Et puis elle m'a chevauché, et on a encore fait l'amour. Il était plus de minuit. Elle m'a ordonné :

« Serre-moi dans tes bras. »

Lorsque je l'ai embrassée et que j'ai pressé mes lèvres contre les siennes, j'ai senti son parfum mêlé à sa sueur, à l'alcool, à ma propre odeur. Elle s'est endormie, épuisée, du sommeil de l'ivresse.

Cette fille, cette femme, ici avec moi tout au long de cette nuit exquise et sombre. Je l'ai contemplée. Cette fille, dont le mari se trouvait à Aspen, à plus de trois cents kilomètres de là, et avait peut-être assassiné Maggie Prestwick ou donné un coup de main à son assassin, par un matin de mai, vingt-deux ans plus tôt. Charles, en outre, avait presque certainement abattu son maître chanteur, avant de supprimer sauvagement la jeune fille qui avait découvert sa caisse noire. Et tout était propre et net, maintenant. Bien sûr, John et moi l'avions aidé en éliminant la seule personne susceptible de l'incriminer. On avait effacé ses traces. Il y aurait toujours des rumeurs, il y aurait toujours des histoires, mais rien de convaincant, rien de probant. Il pouvait tout oser, dorénavant, y compris tenter de se faire élire au Congrès – et réussir. Parfaitement, réussir, grâce à son organisation philanthropique et à ses positions politiques modérées. Sur ces fondations de sang et de mensonges, Ambre et lui triompheraient ensemble, liés par le rite maudit de leur mariage. Il était inévitable que cela se produise. Sauf si je disais quelque chose, si je faisais quelque chose, si je parvenais à la tirer de là en lui apprenant la vérité sur son mari, et sur Victoria Patawasti. Sur Victoria, son ombre, son double, sa sœur, le fantôme qui nous avait réunis. Sans oublier Maggie.

Que savait Ambre ? Que voulait-elle savoir ? Était-ce pour cette raison que j'avais couché avec elle – pour découvrir la vérité ?

Elle était étendue là, elle ronflait et j'ai su ce que j'allais faire.

C'était un crime.

Ça pouvait la tuer.

Ça pouvait la tuer, nom de Dieu.

Je me suis glissé hors du lit et rendu à la cuisine pour y chercher un glaçon.

D'une poche de ma veste, j'ai sorti l'aiguille, la cuillère, mon tampon d'ouate imbibé d'alcool. J'ai fait couler de l'eau et bouillir l'héroïne, avant de la filtrer à travers le coton. Une piqûre au pied ferait l'affaire, Ambre ne remarquerait jamais la trace – et comme piqueur je suis le roi, je trouve une veine à tous les coups.

Seulement, smack et alcool ne sont guère compatibles, ainsi qu'en témoigneront une douzaine de rock stars disparues. Le cœur risque de s'arrêter. Est-ce que je peux faire franchir cette frontière à Ambre ? Et en ai-je le droit, si elle est innocente ? Ne perdrai-je pas, du coup, celui de la protéger, de la sauver ?

Après avoir trouvé une veine, un peu au-dessus du talon, j'y ai posé le glaçon afin d'engourdir la zone. Ambre ne s'est pas réveillée. J'ai tamponné la veine d'alcool et injecté l'héroïne.

Elle a poussé un bref gémissement dans son sommeil.

Pendant que son organisme absorbait le stupéfiant, j'ai regardé sa poitrine se soulever et s'abaisser.

Son souffle est devenu léger, elle s'est mise à transpirer. Est-ce qu'elle allait me faire une fibrillation cardiaque ? J'ai balisé pendant une dizaine de minutes, jusqu'à ce que son état se stabilise. Elle était en pleine défonce. Il fallait que je sache certaines choses ; c'était le moment ou jamais.

Je l'ai réveillée.

« Ambre. Ambre… »

Elle m'a regardé en souriant.

« Ambre, je veux te demander un truc.

— Demande-moi ce que tu voudras, m'a-t-elle encouragé d'une voix somnolente, satisfaite.

— C'est à propos de Charles.

— Demande-moi ce que tu voudras. »

L'héroïne n'est pas un sérum de vérité, et la mémoire ne s'efface pas après coup. Il faut donc se montrer relativement subtil, ne pas leur infliger un choc dont ils risquent de se souvenir.

« Si Charles voulait accéder à l'ordinateur de quelqu'un, est-ce qu'il en aurait la possibilité ?

— Ordinateur ? » a-t-elle bredouillé, frissonnante.

Ses paupières étaient lourdes, ses lèvres figées dans une moue par l'opium.

« Oui, Ambre, un ordinateur. Est-ce qu'il pourrait avoir accès à un autre ordinateur que le sien ? ai-je insisté à voix basse.

— Carrickfergus.

— Quoi ?

— Carrickfergus.

— Qu'est-ce que ça veut dire ? »

Commençant à perdre conscience, elle a poussé un grognement. Il ne me restait plus beaucoup de temps.

« OK, laisse tomber. Parle-moi de Charles.

— Charles…

— Oui. Si Charles devait tuer quelqu'un, ai-je poursuivi doucement, il s'y prendrait comment ?

— Il ne ferait pas ça. Il ne tuerait personne.

— Oui, mais s'il devait le faire ? S'il était obligé de tuer quelqu'un ?

— Il ne le ferait pas.

— Tu en es sûre ?

— Oui. »

Ambre a battu des cils et ses yeux se sont fermés. Nom de Dieu. Je l'ai observée. Ça suffisait. Si j'insistais, elle s'en souviendrait. J'allais l'embrasser, lui dire qu'elle était belle et lui parler de n'importe quoi, de l'Afrique, des lions. Le lendemain matin, tout se mélangerait dans sa tête, elle n'aurait aucun souvenir. Mon idée n'avait pas fonctionné, ou peut-être que si et qu'elle ne savait rien, elle était aussi innocente que…

« Jette-le, a-t-elle articulé paresseusement du fond de son sommeil, les yeux toujours clos.

— Quoi donc ?

— Jette le flingue, balance-le.

— Où est-ce qu'il faudrait le jeter ?

— Faut s'en débarrasser, c'est un modèle italien, jette-le n'importe où. Dans le Cherry Creek. Jette-le.

— Pourquoi là ?

— Je ne sais pas, la rivière la plus proche, balance-le… »

Elle s'est remise à ronfler.

Ainsi, elle était au courant. Ambre savait que Charles avait tué Victoria. Elle lui avait enjoint de se débarrasser du flingue.

Pas difficile d'imaginer la scène. Charles rentre à la maison après son crime. « Oh, Ambre, il vient de se produire quelque chose d'affreux, c'était un accident… » Et il a toujours le putain de pistolet.

Le représentant Wegener fera bientôt sa déclaration ; le jour de son anniversaire approche, et le couple a beaucoup à perdre. Peut-être que Charles ne voulait pas tuer Victoria ; qu'il a voulu s'expliquer avec elle, et que la conversation a dérapé. Ambre garde la tête froide, elle ordonne à son mari de ressortir sous la neige pour se débarrasser du flingue. Il l'expédie dans le Cherry Creek et les eaux emportent l'arme en même temps que la conscience d'Ambre. Que son humanité.

Je contemplais sa forme endormie, cette… Comment disait Yeats, déjà ? « cette terrible beauté », en me demandant : Suis-je meilleur que toi ? Moi, qui ai couru le risque de te tuer pour obtenir cette information ?

Il restait encore un peu de temps.

Je l'ai contemplée. Je l'ai examinée, comme on examine un cadavre. Cette cicatrice sur son épaule – un tatouage qu'elle avait fait enlever, de la taille approximative d'un dollar d'argent. J'ai reconnu la forme d'une *harpe*. Une petite prolo qui s'était fait tatouer une harpe. Cette Irlandaise des quartiers pourris, kleptomane sur les bords, avait épousé un type tel que Charles, héritier d'une ancienne fortune ? Puis s'était créé de toutes pièces un personnage de patricienne sublime ? Une composition presque parfaite. À part quelques détails comme son accent – ou sa façon de bouffer la pizza… J'admirais sa détermination. J'aimais ça autant que je la haïssais pour ce que Charles avait fait à Victoria. Je la haïssais, et je la désirais. Mon corps se tordait, j'avais mal aux muscles et besoin d'une piqûre.

Il me restait du temps.

Je me suis forcé à explorer un peu les lieux. La déco, tellement prévisible, me renseignait sur… quoi ? La compétence professionnelle de la femme de ménage ? La futilité de Charles, les préjugés d'Ambre concernant le style de vie des riches ? Pas de totems culturels, aucun indice. Je suis allé faire un tour dans le garage attenant pour voir ce qu'ils avaient comme voiture. Une Jaguar type E. Est-ce que Charles avait abattu Alan Houghton sur Lookout Mountain ? C'est là qu'on avait retrouvé la bagnole du disparu. Charles pouvait lui avoir donné rendez-vous à cet endroit, l'avoir descendu et avoir fourré le cadavre dans son coffre pour aller le jeter quelque part, au fond d'un lac, d'un canyon, sous les fondations d'un bâtiment en construction. J'ai ouvert la malle et je l'ai inspectée, mais elle avait été nettoyée depuis belle lurette. Un pneu de rechange, un démonte-pneu, un outil multifonction Leatherman.

De retour à l'intérieur, j'ai réexaminé cette photo de Charles avec l'équipe de *lacrosse*. Mais tant pis pour ce putain de meurtre, c'est sur Ambre que je voulais en savoir davantage. J'ai ouvert les tiroirs, humé ses sous-vêtements, fouillé ses affaires. Lingerie, bas résille, des trucs de goût provenant d'une boutique de luxe. Et, dans le fond, un slip de cuir comportant une attache pour godemiché. J'ai cherché autour, sans rien trouver d'autre. La petite salope. Je suis retourné dans le lit, j'ai caressé ses seins, je l'ai embrassée. Je la regardais. Cette dose aurait pu la tuer ; mais, Dieu merci, elle vivait et sa respiration était régulière.

Je me suis relevé et j'ai repris mes recherches, en espérant mettre la main sur des photos, des traces d'histoire ancienne ; mais il n'y avait quasiment rien. Le passé avait été effacé. Quelque chose de honteux à oublier ? J'ai fini par repérer, dans le bureau de Charles, une boîte contenant des souvenirs de la fac. En fouinant, je suis tombé sur quelques photos d'Ambre Doonan dans une production de *La Douzième Nuit*, de Shakespeare, à Harvard. Et, un peu au-dessous, sur un album de la promotion d'une année antérieure. Là, pas d'Ambre Doonan, mais une Ambre Abendsen, actrice de talent appartenant à la société de théâtre universitaire. Elle avait changé de nom. Pourquoi ? Aurait-elle pu être mariée à quelqu'un d'autre, avant Charles ?

Une actrice de talent, précisait la légende de la photo.

Quoi d'autre, Ambre ? Qu'est-ce que je pouvais encore apprendre à ton sujet ? J'ai aperçu son sac à main et j'en ai exploré le contenu. Permis de conduire, cartes de crédit. Un calepin aux pages vierges. Je voulais en savoir plus – mais il était trop tard.

Trop tard. Je tremblais. J'ai rangé la boîte renfermant les souvenirs de Charles et je suis allé retrouver Ambre. Elle respirait. Elle était si belle. J'avais besoin d'une piqûre, je ne supportais pas de la regarder sans me shooter.

J'ai jeté l'aiguille usagée à la poubelle et nettoyé le

canon de la seringue dans le lavabo de la salle de bains. Après avoir lavé la cuillère, je l'ai séchée à l'air chaud, en attendant patiemment ; je me suis emparé du smack pour le faire bouillir, et j'ai repéré une veine. L'alcool et l'héroïne ne font pas bon ménage, me suis-je rappelé en procédant à l'injection. Enfin, j'ai remis mon kit dans la poche de ma veste, et je me suis allongé sur le lit auprès d'Ambre.

Je suis monté sur elle, j'ai touché son ventre, ses seins. Elle réagissait à peine, mais il fallait que je la possède.

Je me suis introduit en elle…

Et puis l'aube.

Par les lamelles de bois des volets filtre une lumière aussi dorée que ses cheveux. Ambre est éveillée, elle me regarde et sourit en me voyant ouvrir les yeux.

« Hé, fait-elle.

— Bonjour. Tu es magnifique.

— Vraiment ? Je ne me sens pas bien du tout.

— Qu'est-ce qui ne va pas ?

— Je me sens un peu patraque, sonnée.

— Ah, je suis navré… »

Je l'examine. Elle a le teint légèrement jaune. Je l'embrasse, caresse ses jambes, vérifie son talon gauche au passage. Si l'on rate la veine, on peut laisser une grosse ampoule ; mais je ne l'ai pas ratée, et tout semble correct.

« Je ne me sens pas tellement bien, reprend-elle, mais je sais ce qui me remettra d'aplomb. Faire l'amour !

— D'accord. »

Je l'embrasse, me glisse au-dessus d'elle et nous

faisons l'amour ; mais je suis encore sous l'influence du smack, et je la laisse m'enfourcher. Elle cambre les reins, ses seins lourds ballottent et dégoulinent de sueur. Nous jouissons ensemble, nous sommes heureux.

Je ris, et elle rit aussi ; je prends un accent indien pour déclarer :

« Eh bien, on peut cocher la vingt et unième position du Kama-sutra.

— Qu'est-ce que tu viens de dire ? m'interroge-t-elle en s'asseyant brusquement.

— Qu'on venait de mettre la vingt et unième position du Kama-sutra à notre actif. »

Ambre se drape dans la couverture et se frotte les yeux. Sa jambe s'écarte imperceptiblement de la mienne. Elle frissonne. Ses yeux bleus de chatte se tournent vers moi dans la pénombre, puis se détournent. Quelque chose lui a déplu. Elle bâille.

« Tu ferais mieux d'y aller, Charles pourrait bientôt revenir. »

Je m'étire paresseusement et hoche la tête.

« Mince, oui, insiste-t-elle, il est sept heures, tu devrais partir, la femme de ménage va passer.

— Je te verrai cet après-midi ?

— Oui. Viens ici, Alex, embrasse-moi. »

Je me penche sur elle, l'embrasse. Elle est belle, me dis-je, elle a peur, mais elle est foncièrement bonne ; et, d'une manière ou d'une autre, tout s'arrangera, tout va se passer le mieux possible, pour elle, pour moi, pour tout le monde.

C'est l'évidence même.

10

Par qui les obstacles sont écartés

Denver était déjà debout. Tout ce fric à se faire dans le pétrole, les technologies de pointe, le commerce, la spéculation immobilière, le tourisme… J'observais les voitures, comptais les 4 x 4, repérais les autocollants agrémentés du poisson de Jésus ou, de temps en temps, de l'inscription « Dieu abomine les homos » ou « Avortement = Meurtre ». J'ai acheté un mélange de bagels à la boutique Einstein Brothers', et je les ai rapportés dans l'appart après m'être tapé les quatre étages.

« Ça roule, ma poule ? m'a demandé John.

— On fait rouler. »

Areea m'a souri. Elle était toujours là, désormais. Avant le travail, après le travail.

« Bonjour, m'a-t-elle lancé.

— Salut. »

John m'a pris le sac des mains et l'a ouvert afin de faire griller trois de ces petits pains en forme de couronne. J'ai demandé :

« Où est Pat ?

— En train de mettre son visage. »

Chaque matin, Pat passait une bonne heure à essayer de se donner figure humaine pour le restant de la journée. Il devait maquiller ses plaies, se raser très soigneusement, s'appliquer de l'alcool et du fond de teint sur la peau. Avant d'entrer dans la chambre pour faire bouillir mon héroïne et m'offrir un petit fixe, j'ai annoncé à John :

« J'en prendrai juste la moitié d'un.

— D'accord, mon pote. »

Il ne m'a pas demandé où j'avais traîné pendant la nuit, ni ce qui se passait. C'était une de ses grandes qualités.

J'ai trouvé une veine bien nette et je me suis piqué avant de m'allonger sur le lit.

« Tu t'es endormi ? est venue s'enquérir Areea, deux heures plus tard.

— Ouais », j'ai fait.

John m'a jeté un coup d'œil et a secoué la tête.

« Tu vas être en retard, m'a-t-il averti. Et ton bagel est gelé.

— Où est Pat, maintenant ?

— Il se sent pas très bien.

— Ah bon ?

— Non.

— Je vais aller le voir. »

Je me suis avancé dans le corridor afin de rendre une petite visite à Pat dans sa salle de séjour. J'étais effectivement un peu en retard, mais j'avais quelque chose à lui demander.

Enveloppé d'une couverture, il trempait les lèvres

dans son verre de gin sec d'une contenance d'un demi-litre. Il avait les traits tirés, une expression lasse.

« Je peux t'apporter quelque chose, vieux ? »

Pat a secoué la tête.

« J'aurais une question à te poser. Si t'as pas la pêche, ça peut attendre.

— Pose. Je vais pas aussi mal que j'en ai l'air.

— Où va le Cherry Creek ?

— Le ruisseau ou le centre commercial ? »

Il a caressé ses joues creuses, mal rasées.

« Le ruisseau. Où est-ce qu'un centre commercial pourrait aller ?

— Il se jette dans la South Platte, au milieu de Confluence Park.

— Et puis ?

— La Platte, le Missouri, le Mississippi, le golfe du Mexique.

— Merde. OK, je vois.

— Pourquoi tu demandes ?

— Simple curiosité.

— Tu veux savoir autre chose ? Tu voudrais pas un petit coup de gin, un martini ?

— Nan. Faut que j'y aille, en fait.

— Compte pas y pêcher, dans le Cherry Creek ; il a peut-être soixante centimètres de profondeur, et encore, grand max.

— D'accord, Pat. Je dois filer. T'es sûr que t'as besoin de rien, toi ?

— Ouais. »

Je me suis excusé :

« Faut que j'aille bosser.

— Je sais bien. Oh, j'allais oublier, j'ai eu un appel à ton sujet, hier soir.

— Quoi ?

— Ouais, un flic de Denver, un Amérindien. Il voulait savoir si j'avais hébergé quelqu'un la nuit du 22 juin. Deux mecs, peut-être mexicains ou australiens. Ou irlandais.

— Merde. Qu'est-ce que tu as répondu ?

— J'ai dit que non. Qu'il fut un temps où je prenais des hôtes payants, mais que ça n'en valait plus la peine.

— Comment il a réagi ?

— Il m'a remercié. Il a dit que c'était juste une enquête de routine, et il a raccroché.

— Il s'appelait pas Redhorse, ce type ?

— Ouais, quelque chose dans ce goût-là.

— T'as bien fait, Pat, il nous recherche depuis… »

Il a levé une main pour m'interrompre. Son regard était froid et résolu.

« Je veux pas le savoir. Moins j'en saurai, mieux ça vaudra.

— D'accord. En fait, vaudrait même mieux que t'en parles pas à John. »

Pat a écarquillé les yeux, puis hoché la tête, et je lui ai dit au revoir. Je l'avais complètement oublié, ce Redhorse. Sinon oublié, du moins zappé. S'il m'était resté un gramme de bon sens, j'aurais dû admettre que c'était le moment de laisser tomber, de quitter la ville. Mais j'étais tellement proche du but. Et l'hameçon était plus enfoncé que jamais. *Ambre* était enfoncée en moi…

À ma stupéfaction, j'ai trouvé Charles dans les locaux de la SAS. Les yeux un peu bouffis, mais il avait pris une douche, s'était mis du gel dans les cheveux et portait un costume de lin propre et repassé, une chemise blanche et une cravate.

« Alexandre ! m'a-t-il interpellé avec un grand sourire. Un cigare ?

— Vous avez eu un bébé ?

— Presque, a-t-il répondu en riant. J'ai prononcé mon premier discours hier soir.

— Comment ça s'est passé ?

— Très bien. Tenez », a-t-il ajouté en me tendant un tube argenté.

Il m'a expliqué qu'ayant parlé devant une salle comble et noué de nombreux contacts, il était revenu en voiture le matin même. Il avait rencontré, entre autres, Newt Gingrich et le sénateur Dole. Un discours, selon lui, ce n'était pas plus compliqué que du porte-à-porte, ou un cours, ou un dossier juridique, à ceci près qu'il fallait s'habituer à lire le prompteur.

« Ouah, c'est cool. C'est vous qui l'aviez écrit, ce discours ?

— Avec Robert. Il voulait venir. Ambre aussi, bien sûr ; mais, je ne sais pas, j'ai pensé que ce serait plus facile si j'y allais seul. Ambre m'a dit que vous l'avez accompagnée au théâtre pour cette pièce dont elle n'arrêtait pas de parler. »

J'ai hoché la tête et il a souri. Grand, bien dans sa peau, sûr de lui, le genre de type qui se fait élire au Congrès, dont les erreurs passées sont discrètement et définitivement oubliées, le genre d'enculé qui se retrouve candidat à la vice-présidence cinq ans plus tard. J'ignore quel genre de personne était Maggie

Prestwick, mais je parie qu'elle valait bien dix mecs comme Charles. Et je sais que Victoria Patawasti en valait cent.

« Venez, on a une réunion, tout le monde est invité, y compris les recruteurs.

— Comme c'est démocratique », ai-je marmonné.

Ce n'était qu'une réunion de soutien pour Charles. Il a parlé de son speech, des assises du parti ; de la demi-douzaine de sénateurs, représentants et gouverneurs qu'il y avait rencontrés. Il nous a prévenus de nous attendre à de grands changements à la SAS au cours des prochains mois. Des Républicains influents comptaient utiliser la SAS pour faire contrepoids à Greenpeace et au Sierra Club, ces bastions du camp démocrate. Cela voulait dire plus d'argent, plus de travail, un potentiel de croissance accru. Charles n'a pas évoqué le 6 août, mais je voyais qu'il en crevait d'envie.

Mon regard s'est déplacé le long de la table jusqu'à Ambre. Pantalon bordeaux, pull moulant en soie crème, cheveux ramenés sous un béret, je ne l'avais pas encore vue arborer ce look. On aurait dit Faye Dunaway dans un film des années 1970. Elle ne devait pas avoir eu le temps de se coiffer avant l'arrivée inopinée de Charles. Ç'aurait été marrant qu'il se pointe encore plus tôt, et intéressant de voir comment elle s'en serait sortie. Le côté violent de Charles l'aurait-il poussé à abattre l'épouse infidèle et son amant dans le lit conjugal ? Non, ça paraissait un peu ringard pour lui – et n'aurait guère servi ses projets d'avenir.

À l'issue de la réunion, j'ai ressenti le besoin de parler à Ambre, malgré son expression nerveuse.

« Charmant couvre-chef », l'ai-je complimentée – à l'instant même où Abe butait contre elle et lui faisait renverser son thé.

« Quoi ? » a-t-elle râlé en jetant à Abe un regard noir.

Il s'est excusé d'un air contrit :

« Désolé.

— Ce n'est rien », l'a-t-elle rassuré.

Déjà, elle avait retrouvé son aisance et m'adressait un hochement de tête.

« Qu'est-ce que vous disiez, Alex ?

— J'aime bien votre béret.

— Merci, Alexandre.

— Vous ressemblez à Faye Dunaway.

— Faye Dunaway ?

— Tout à fait.

— Est-ce qu'elle ne joue pas toujours des rôles de méchante ?

— Non, je ne crois pas. Dans *Chinatown*, c'était la victime.

— Eh bien, ce n'est pas idéal non plus, a-t-elle rétorqué avec un sourire crispé.

— Hé, tout s'est bien passé pour Charles, hein ? Apparemment, il a cartonné.

— Oui. J'aurais vraiment dû l'accompagner, j'ai été égoïste d'aller au théâtre. »

On aurait cru qu'elle se parlait à elle-même.

« Mais votre présence l'aurait déconcentré.

— Oui, c'est ce qu'il prétendait, a-t-elle murmuré.

— Le prochain coup, peut-être qu'il nous emmènera tous, s'il prend de l'assurance.

— Peut-être. »

Elle m'a regardé pour la première fois. Quelque chose a fait rire Abe, Robert et Charles ; j'en ai profité, tout en les surveillant du coin de l'œil, pour entraîner Ambre vers les fenêtres, à l'autre bout de la pièce, comme si nous voulions observer les nuages gris, discuter des probabilités de pluie. Denver avait sacrément besoin d'une averse. J'ai murmuré :

« Il est arrivé combien de temps après que j'ai mis les bouts ?

— Environ une heure. C'était limite.

— Bon Dieu ! Mais tout s'est passé correctement ?

— Non, je ne me sens pas bien du tout. J'ai vomi après ton départ, quelle horreur.

— C'est peut-être le whisky… »

Je savais que c'était le smack. Quelle idée à la con ! J'avais de la chance de ne pas lui avoir flanqué une putain de crise cardiaque. Elle m'a soufflé :

« Alexandre, je ne sais pas quoi penser de la nuit dernière.

— Oui, oui, ai-je bredouillé stupidement.

— Tout est si incertain… Je… Je pense qu'on ne devrait peut-être plus se revoir pendant un moment. »

Je l'ai regardée dans les yeux. Elle était si belle – et paumée. J'étais surpris, je pensais qu'elle allait me sortir quelque chose comme : « Alexandre, il faut que je te parle », ou peut-être : « Alexandre, c'était une terrible erreur », ou encore : « Alexandre, je ne te reverrai plus. » Cette incertitude était inattendue. Je lui ai demandé :

« Mais tu souhaites qu'on se revoie ?

— Je ne sais pas.

— J'ai passé une soirée merveilleuse, lui ai-je assuré, perplexe.

— Moi aussi. »

Son sourire était si doux que ma queue s'est redressée. Est-ce que je tombais amoureux ? Je me suis enquis :

« Tu as fait bien attention ? Il n'a pas de soupçons ?

— Aucun soupçon. Il n'a parlé que de son discours. Que de lui. »

Elle m'a touché la main, et j'ai su que jamais je n'oublierais cet instant. Robert, Abe, Charles à quatre mètres et demi de là, et la femme de Charles qui m'effleurait le revers de la main. Cinq personnes dans cette pièce. Charles riait. Ambre m'a jeté un regard triste. Et que trahissait mon propre visage ? Quelles émotions révélait-il ? Pouvait-elle lire en moi comme je croyais lire en elle ?

Oh, cet instant…

La salle de conférences. Denver derrière la vitre. Les montagnes Rocheuses. Le reste du grand continent nord-américain dessinant une courbe immense vers l'horizon.

Ambre.

Le mari d'Ambre. Le meurtrier de Victoria Patawasti. Ces mains-là avaient tué, ce doigt-là avait pressé la détente. Le visage de Charles, aujourd'hui souriant, avait été sombre quand il s'était tenu dans l'appartement de Victoria, peut-être admiratif devant son propre ouvrage, peut-être au contraire saisi d'horreur. Il recule, se souvient de laisser tomber le permis de conduire, sort, referme la porte, prend l'ascenseur, les doigts toujours crispés sur le flingue. Ambre, l'épouse dévouée qui lui sauve la mise. Balance-le dans la rivière la plus proche. Le Cherry Creek. Jette-le. Tu dois t'en débarrasser.

Ambre. Ses lèvres entrouvertes. Son doigt contre le dos de ma main. Si le temps pouvait s'arrêter là, on survivrait tous et les saloperies ne se produiraient pas, et nos vies ne basculeraient pas. Mais le temps ne peut s'arrêter.

Ambre a écarté son doigt de ma main, en se penchant en arrière.

Charles nous observait.

« Hé, vous deux, là-bas, on conspire ? a-t-il demandé avec un sourire.

— Si seulement il se mettait à pleuvoir, ai-je répondu. Ça nous changerait. Et ça me rappellerait le temps irlandais. »

Dans une conversation, la météo est toujours une valeur refuge.

« Robert, quand on était à Dublin, il n'a pas plu du tout, si ?

— Non, a confirmé Robert. Une bonne averse ne nous f-ferait pas de mal, quarante jours et quarante nuits, avec un peu de chance. On ne m'a pas laissé arroser ma p-pelouse depuis le mois de mars. De l'an dernier. »

Ambre s'est détournée de la fenêtre pour rejoindre les autres et déclarer à Charles :

« Je suis très fière de toi, mon chéri.

— On pourrait peut-être tous aller aux prochaines assises, a suggéré Abe en s'interposant entre les deux époux. Ou même à la convention, à San Diego.

— Peut-être », a fait Ambre.

À la voir examiner le dessus de table, on l'aurait prise pour une voyageuse égarée en Asie centrale, penchée sur une carte du globe recensant les endroits à risque. Elle ne réussissait pas à regarder Charles. Je suis venu me joindre à ce joyeux groupe.

Ayant fini de discuter avec Abe, Charles a pris sa femme dans ses bras pour la soulever dans les airs.

« J'ai été vraiment sensationnel, mon chou.

— J'en suis persuadée, a-t-elle répliqué en riant.

— Non, vraiment, ils ont été très impressionnés, pas seulement par le discours, mais par les brochures, tout l'ensemble.

— C'est formidable, mon chéri. »

Elle l'a embrassé sur les lèvres. Il lui a rendu son baiser et j'ai décidé de me fondre dans le décor. Je ne l'avais encore jamais vue embrasser Charles au bureau. Pas devant tout le monde. Peut-être le faisait-elle parce qu'elle était heureuse pour lui ; peut-être à cause de ma présence. J'aurais voulu lui mettre mon poing dans la gueule, à ce connard. Ce tueur de femmes. Je l'ai entendu remercier sa complice :

« Tout ça grâce à toi, ma chérie.

— Non, mon chéri, grâce à toi, à tous tes efforts.

— Je t'aime.

— Moi aussi, je t'aime », lui déclarait Ambre à l'instant où j'ai enfin atteint la porte.

Je bouillais de rage et n'avais qu'une envie, ne plus voir personne. Dans le bureau principal, Robert avait trouvé un coupe-cigare qu'il proposait à quiconque désirait s'en servir. Par défi, il fumait avec Abe sous le panneau «Interdiction de fumer». Je suis allé aux toilettes, j'ai rempli d'eau le lavabo et y ai plongé la tête plus longtemps que nécessaire.

Une longue journée ennuyeuse, passée à remplir des enveloppes.

Ce soir-là, nous sommes retournés jusqu'à Colorado Springs. Robert, Abe et Steve West ont pris chacun une camionnette, tandis que Charles et Ambre restaient chez eux. Ambre ne se sentait toujours pas bien. Robert jouait au petit chef; beaucoup de faibles ont un côté tyrannique.

Après avoir recruté suffisamment de nouveaux membres, je suis parti à sa recherche. Je voulais lui poser une ou deux questions. Comme il n'avait pas eu tellement de succès de son côté, il a été heureux de me voir.

«Ça y est, Robert. J'ai fait chaque maison deux fois et obtenu quinze nouvelles recrues. Je me suis dit que je devrais aller tenir compagnie à quelqu'un, c'est tombé sur vous.

— Quinze membres? Bon travail, très bon travail, c'est Charles q-qui sera content.»

Je l'ai accompagné et ai même fait quelques portes à sa place. Chemin faisant, on a parlé de l'état déplorable de son jardin et du succès grandissant de la SAS. Non sans mal, j'ai réussi à faire dévier la conversation de l'environnement vers le crime. Deux ou trois questions préparatoires, et puis la bonne:

«Vous savez, je ne suis pas rassuré de voir les filles, ou Ambre par exemple, faire du porte-à-porte toutes seules. On ne sait jamais qui peut ouvrir. Une fois, comme ça, j'ai frappé et un type s'est amené avec un flingue chargé. Il peut aussi y avoir des chiens méchants. Est-ce qu'elle ne devrait pas avoir une protection quelconque ?

— Ambre ? Oh, ne vous en faites pas pour elle, elle est c-ceinture marron dans je ne sais plus quel art martial. Elle est capable de se défendre.

— Ouais, ben, pas si le mec a une arme à feu. Celui qui m'a emmerdé l'autre soir, par exemple. Il se prenait pour James Bond, il avait un Walther PPK.

— Oh, je sais que Charles a donné à Ambre un p-pistolet quand elle est venue s'installer dans le Colorado. La législation sur les armes à feu est très libérale ici, ce n'est pas comme à Boston. Charles et moi, nous avons chacun un fusil, mais au tir on est aussi nuls l'un que l'autre. Père a essayé de nous emmener à la chasse un jour, ç'a été affreux, on pleurait tous les deux. On s'est fait virer de la préparation militaire, vous savez…

— Oui, c'est ce que vous m'aviez dit. Ambre porte un flingue, alors ?

— Je ne sais pas si elle le porte, mais elle devrait. Un revolver de calibre .22.

— Elle possède un calibre .22 ?

— Oh, oui. Charles l'avait fait faire à la main en Italie. Incrusté d'or, une œuvre d'art, vraiment. Avec leurs initiales. Un Beretta, je crois. Je n'y c-connais pas grand-chose. Charles et moi, on avait appris à tirer au fusil, ça n'a rien à voir. On appartient tous les deux à l'Association nationale des chasseurs… »

Le lobby en faveur du port d'armes, ai-je rectifié intérieurement.

« Bien obligés, si on veut jouer dans la cour des grands au parti républicain. Au fait, à propos du 6 août, v-vous gardez ça pour vous, hein, Alex. C'est dans quelques semaines, motus et bouche cousue. »

J'ai souri, parlé de la chasse, des chasseurs et de leur association, ramené la conversation vers la sécheresse…

Charles s'était-il servi du calibre .22 de sa femme pour abattre Victoria ? Est-ce qu'Ambre lui avait dit de jeter l'arme dans la rivière la plus proche, à savoir le Cherry Creek ? Dans ce cas, le Beretta avait toutes les chances d'avoir déjà parcouru la moitié de ce putain de fleuve Mississippi.

Nous avons encore causé politique, SAS et thèmes assortis, mais je n'avais plus de révélations à attendre de Robert.

Après avoir retrouvé les autres, on a tous dîné dans une pizzeria. Puis il y a eu le long retour jusqu'à Denver.

Colfax Avenue. Mon immeuble. Je suis parvenu au deuxième étage dans un tel état d'épuisement que j'ai dû m'arrêter afin de reprendre mon souffle.

Les jambes lourdes, j'ai monté les deux derniers étages.

J'ai ouvert la porte de l'appartement et j'y suis entré avec une seule idée en tête, dormir. Et j'ai entendu John et Areea dans ma chambre. Ils baisaient. Où il se croyait, ce con ? J'ai failli aller le virer à coups de pied au derrière, mais je me suis repris. Pourquoi les déranger ? De quoi je me mêlais ? Ils ne pouvaient pas faire l'amour chez elle à cause de sa famille ; et, dans le lit escamotable au milieu du séjour, ce n'était pas évident. Il était parfaitement normal que John occupe la chambre. J'ai poussé un soupir. Céder ce soir-là, ça voulait dire renoncer pendant tout l'été à cette pièce rafraîchie par les courants d'air. Je me suis affalé sur le canapé et je les ai écoutés. Ils ne parlaient pas, ils n'en rajoutaient pas, ils s'envoyaient simplement en l'air et c'était bon, et c'était beau. Deux personnes très éprises l'une de l'autre, faisant l'amour paresseusement, délicieusement. Quand cela m'était-il arrivé pour la dernière fois ? La nuit précédente ? Je n'en étais pas sûr.

Hésitant, je suis resté assis là. Est-ce qu'Areea comptait dormir sur place ? Ça paraissait peu probable ; tôt ou tard, elle regagnerait son propre appartement.

Je me sentais mal à l'aise, me faisant l'effet d'un intrus. Dans cet espace limité, on entendait tout ; je suis ressorti du living-room et, une fois dans le corridor, j'ai refermé sans bruit la porte derrière moi.

Quand j'ai consulté ma montre, il était minuit et quart. Je suis allé du côté de chez Pat, tout au bout du corridor, derrière l'angle.

Au cas où il aurait été endormi, j'ai frappé doucement à sa porte. Il a réagi presque instantanément :

« Ouais ?

— Alors, Pat, tu dors pas ?

— Alex, c'est toi ? Qu'est-ce qui t'arrive ?

— John et Areea sont en train de baiser chez moi. »

Il m'a ouvert la porte, tout habillé mais enveloppé d'une vaste couette. Il faisait bon ; je suis plus frileux que la plupart des gens et pourtant je n'avais pas froid, alors Pat devait vraiment se sentir mal.

« Un verre ?

— C'est pas de refus.

— Un verre de quoi ?

— Qu'est-ce que tu prends, toi ?

— Coca au rhum. Par pure nostalgie. »

Pendant qu'il me versait à boire, je me suis assis sur le canapé, devant le téléviseur.

« C'est quelle émission ?

— T'as déjà regardé le *Tonight Show* ?

— Ouais, une ou deux fois, je crois.

— C'était bon, à une époque. Maintenant, ils ont ces sketchs sur l'incompétence du juge Itos dans le procès d'O. J. Simpson. »

Le temps que je comprenne vaguement à quoi il faisait allusion, il était déjà passé à une autre émission – le *Late Show* de David Letterman.

« Qu'est-ce que c'est ? s'est inquiété Pat pendant une pause publicitaire.

— Ben, une pub de bière.

— Non, j'ai entendu quelque chose. »

J'ai tendu l'oreille sans rien percevoir. Letterman est revenu à l'écran. Quelques minutes plus tard, Pat et moi avons tous deux entendu des cris de femme. Je me suis levé en grognant :

« Qu'est-ce qui se passe, bon Dieu ? »

Pat m'a répondu sans se faire de bile :

« Tu ferais mieux d'aller jeter un coup d'œil, et de dire à John de calmer sa nana. En cas de grabuge, insiste pas et reviens. »

En cas de grabuge… J'ai parcouru pesamment le corridor et sorti ma clé, mais la porte de l'appart était ouverte. Même dans la faible clarté qui filtrait par les fenêtres, j'ai su que quelque chose n'allait pas. Une mauvaise odeur, du genre à séduire les cafards.

J'ai pressé l'interrupteur. Du sang sur le paillasson, sur le carrelage. À partir de la porte d'entrée, une traînée de sang dans le couloir. Quelqu'un avait pris une balle ou un coup de lame, était tombé et resté étendu là un moment, avant de se traîner à l'intérieur de l'appart. Je me suis élancé en criant :

« John ! »

Le sang faisait dans le living-room une vilaine mare informe, qui s'étirait en direction de la minuscule chambre à coucher. J'ai appelé de nouveau :

« John ! »

Et j'ai entendu un mouvement.

J'ai glissé, je me suis cogné contre la porte de la chambre, que j'ai ouverte. À l'odeur, on se serait cru dans une boucherie. J'ai allumé la lumière. Il y avait du sang partout, sur le lit, le plancher, les murs. John était à demi penché par la fenêtre donnant sur l'escalier de secours. Il était à poil, un couteau de chasse planté dans la poitrine – dans le cœur. John avait essayé de le retirer, mais c'était une lame dentelée d'une quinzaine de centimètres.

Chose incroyable, il respirait encore.

À petits coups désespérés, impossibles.

Des bulles de sang se formaient sur sa langue. Il avait du sang dans les yeux, les cheveux, partout.

J'ai senti mes jambes se dérober sous moi.

Je me suis assis par terre à côté de mon ami, en teignant mon pantalon dans son sang ; et j'ai pris sa main froide, nue, poisseuse.

« John », j'ai murmuré.

En état de choc, il a tourné la tête dans ma direction. Il essayait vainement de parler ; il ne pouvait pas respirer, il avait mal. Ses lèvres ont bougé, il en a dégoutté du sang. Elles étaient teintées de rouge, comme ses dents.

Je ne sais pas à quoi je pensais, j'ai essayé de retirer le couteau, mais la douleur a vrillé tout son corps. Il s'est débattu en haletant. De nouveau, je lui ai pris la main. Je voulais m'enfuir, c'était insupportable à regarder.

J'avais déjà vu des scènes de crime, et regardé mourir ma mère, mais encore jamais rien de tel. Pas le meurtre d'un ami. Sa chaleur qui s'en allait. Je l'ai pris dans mes bras pour le serrer contre moi, et j'ai hurlé vers le corridor :

« Pat ! Pat ! »

Les yeux de John sont devenus vitreux. Il a été pris de convulsions.

« John, je vais appeler des secours, je vais chercher des secours…

— Ressste… », est-il parvenu à chuchoter, héroïquement.

Et les mains du mourant se sont refermées sur moi.

J'ai jeté un coup d'œil au couteau. Non, inutile d'essayer de le retirer, ça ne servirait à rien. Seul un filet de sang s'écoulait désormais du trou percé par la lame dans la poitrine de John. Je l'ai serré encore plus fort, je l'ai tenu tout contre moi. Oh, mon Dieu, John, je suis tellement désolé. C'est de ma faute. C'est de ma faute. Tout son corps s'est secoué, a tremblé, il a tendu le bras vers… La fenêtre ? La penderie ? J'ai demandé :

« Qu'est-ce qu'il y a ? »

Il a tendu la main.

« Qu'est-ce qu'il y a ? »

Un ultime effort. Son bras est retombé. Sa tête a roulé en avant, contre le rebord de la fenêtre.

Il était mort.

Je l'ai contemplé. Le couteau. Son visage blême. Je lui ai fermé les yeux.

Un gémissement.

Je me suis tourné vers la penderie.

Areea.

J'ai ouvert la porte de la penderie et aperçu Areea accroupie, nue, couverte de sang. Terrifiée. À ma vue, elle a crié, s'est levée d'un bond, m'a bousculé pour s'enfuir. J'ai essayé de l'attraper, j'ai gueulé :

« Attends, qu'est-ce qui s'est passé ? Dis-moi ce qui s'est passé ! »

Ses seins, ses longs membres étaient écarlates, on aurait dit qu'elle venait d'accoucher. Elle m'a contourné, a eu un haut-le-cœur en sautant par-dessus John. Après avoir traversé la salle de séjour au pas de course, toute nue, elle a disparu dans le corridor. J'ai glissé dans le sang de John en voulant la rejoindre, perdu l'équilibre, et je suis tombé sur le côté, lourdement.

« Attends ! j'ai beuglé. Qu'est-ce qui s'est passé, bon Dieu ? Attends… »

Elle n'est pas revenue. Je me suis remis debout et élancé dans le couloir, et puis j'ai laissé tomber. À quoi bon ? Putain, à quoi bon ? De l'endroit où je m'étais arrêté, j'ai examiné les empreintes de pieds inscrites dans le sang. Les siennes, les miennes – et c'était tout. Le meurtrier n'avait pas suivi John à l'intérieur de l'appartement. La traînée de sang frais qui s'y enfonçait ne présentait pas l'ombre d'une autre empreinte.

J'ai compris ce qui s'était passé.

L'assassin frappe à la porte. John se lève, parcourt le couloir à poil, ouvre la porte, prend aussitôt un coup de lame, là, dans l'ombre du palier. L'assassin, évidemment, ignore que je vis avec un colocataire et pense que c'est moi qui suis venu lui ouvrir. Un seul coup, mais implacable, en plein cœur. John n'a aucune chance de s'en tirer. Il bascule en arrière dans l'appart. Son meurtrier dégringole les étages et s'éloigne de l'immeuble à toutes jambes. Ce n'est pas un professionnel. Un pro aurait pénétré dans l'appartement pour confirmer l'identité de sa cible, retiré le couteau, coupé la gorge de John et emporté l'arme du crime.

Un amateur qui, non seulement, avait tué la mauvaise personne, mais s'était enfui trop vite pour être assuré du décès de sa victime. Peut-être quelqu'un qui, au cours des dernières quarante-huit heures, en avait consacré une seule au sommeil – quelqu'un d'épuisé qui venait tout juste de rentrer d'Aspen au volant de sa voiture, et que son épouse avait incité à se débarrasser de moi.

Je m'étais donc gaufré avec Ambre.

J'avais commis une erreur. Je m'étais trahi.

Mais comment ? Qu'est-ce que j'avais dit ? Pas le temps d'y penser maintenant. On verrait plus tard. J'ai gémi :

« John... »

Et je me suis rendu compte que je pleurais.

Je suis retourné dans cette affreuse chambre.

Sa tête était appuyée contre le rebord de la fenêtre, dans une position qui paraissait si inconfortable que je l'ai porté jusqu'au lit. J'étais à présent complètement trempé de sang. Les yeux de John, horriblement, s'étaient rouverts.

Après les avoir fermés à nouveau, je suis resté assis là, sidéré, figé. Les minutes et peut-être les heures se sont écoulées.

« Pauvre Areea », j'ai murmuré.

John avait été poignardé sur le seuil, il était reparti dans le couloir en rampant et Areea avait crié, Pat et moi l'avions entendue. Elle l'avait serré contre elle et, comme il étouffait, elle avait ouvert la fenêtre. Puis elle m'avait entendu arriver.

Croyant que le tueur revenait, elle avait pris peur et s'était cachée.

Tout s'était passé en deux minutes. Même si elle n'avait pas été paralysée par la panique et avait réussi à appeler aussitôt le 911, personne n'aurait rien pu faire. La lame avait perforé le cœur.

Où était-elle, à présent ? Sans doute terrée dans l'appartement de sa famille, au rez-de-chaussée. En train d'inventer sous la douche un scénario selon lequel elle n'était pas sortie de la soirée.

Que faire ? Je dégoulinais de sang, ce qui n'arrangeait rien.

Pat.

J'ai regagné la chambre et contemplé John avant de me rasseoir pour retirer mes chaussures ensanglantées. Je les ai remplacées par une paire de tennis. Une fois ressorti de la pièce, en prenant soin d'éviter la traînée de sang, je suis retourné chez Pat et j'ai frappé à sa porte.

Il est venu m'ouvrir. Quand il m'a aperçu, il a reculé dans son appartement en chancelant et en laissant tomber sa télécommande.

« Jésus, Marie, Joseph ! Qu'est-ce qui s'est passé, bon Dieu ?

— Ils ont tué John.

— Oh, mon Dieu.

— Ils l'ont assassiné.

— Oh, merde. Qui ça ? Qui l'a assassiné ? Et toi, tu n'as rien ?

— Non, ça va.

— Nom de Dieu.

— Areea était avec lui. Maintenant, elle est en bas, elle se planque. »

Je parlais comme un automate. J'ai ajouté :

« Je ne pense pas qu'elle ait vu quelque chose.

— Alex, qui l'a tué ?

— Charles.

— C'est qui ?

— Le type que je recherche.

— Tu ferais mieux de tout me raconter. Mais on va d'abord aller voir s'il est vraiment mort, vous autres civils vous n'y connaissez que dalle. »

Pat m'a suivi dans le corridor, puis à l'intérieur de l'appart maculé de sang. John était vraiment mort.

« T'aurais jamais dû le bouger. Tu peux être sûr que les flics vont te coffrer.

— C'est pas moi, Pat.

— Je sais. C'est Charles, qui que ça puisse être. OK,

OK. Qu'est-ce qu'on va faire ? OK, commençons par le commencement. Est-ce qu'on appelle les flics ? On n'appelle pas les flics, c'est bien ça ?

— J'en sais rien, Pat.

— Ils vont te coffrer, fils. Tu ferais mieux de me parler de ce Charles, de me dire ce que tu sais de lui. »

J'ai respiré à fond, et je lui ai tout raconté en présence du cadavre. Tout, depuis le début. Moi, les poulets, le smack, le commandant Douglas, Victoria Patawasti, Klimmer, l'équipe de *lacrosse*, Maggie Prestwick, Charles et Ambre Mulholland. Je n'étais pas mauvais pour faire un résumé, ça ne m'a pris que cinq minutes. Pat m'a demandé :

« Tu n'as aucune preuve d'aucune sorte ? »

J'ai secoué la tête.

« C'est de ma faute, Pat.

— C'est pas ta faute. Ça va aller. »

Pat essayait de réfléchir, de digérer toutes les infos dont je venais de le submerger. Son regard était plus vif, sa posture s'était redressée.

« Bon Dieu, Pat, c'est un cauchemar.

— Alors, t'es un ex-flic, hein ? Je savais que t'étais quelque chose. Et John est mort, et Areea est terrifiée, bon, d'accord. Eh bien, qu'est-ce qu'on décide ?

— Je ne sais pas.

— OK, OK, voici ce qu'on va faire. Tu te lèves et tu vas chez moi, directement dans la salle de bains. Tu ne touches à rien, tu vas juste sous la douche, tu vires tes fringues sous la douche et tu les laisses là. Tu te nettoies, tu enlèves le sang, et une fois que t'es bien propre, tu recommences. Tu te sèches avec une serviette et tu la laisses dans la baignoire, avec les vêtements pleins de sang. Quand t'as fini, tu te sers deux doigts de gin. OK? Tu t'es bien démerdé, en ne mettant pas de sang dans le corridor.

— Qu'est-ce que tu vas faire?

— Je vais descendre parler à Areea, elle doit être dans un drôle d'état. Je vais lui parler, et aussi à sa famille. Leur dire que c'était un cambrioleur, mais que, si on ne veut pas avoir les flics sur le dos, on doit s'en occuper nous-mêmes. Ils n'ont pas plus envie de voir les flics que nous. On leur fera subir des interrogatoires, ils seront confiés aux services de l'immigration, expulsés. Faut qu'on s'occupe de ça entre nous. Cette nuit même.

— Qu'est-ce que tu veux dire, Pat?

— T'inquiète de rien, m'a-t-il rassuré, on va s'en occuper, personne d'autre ne s'en mêlera.»

Retrouvant des forces à vue d'œil, et un peu de sa stature d'auxiliaire médical en chef des pompiers de Denver, il redevenait un type capable d'assumer d'autres responsabilités que celles de sa petite personne. Malgré tout, je n'étais pas convaincu.

«Je pensais juste appeler les flics.

— Alex, écoute-moi, ils vont t'arrêter, ils vont dire que tu étais jaloux de John et d'Areea, tu es couvert du sang de John, tu avais un mobile, une occasion, je te jure que tu as toutes les chances de te retrouver en taule.

— Si je leur parle des Mulholland…

— Ils ne te croiront pas… Bon Dieu, Alex, tu devrais le savoir, la police veut de la simplicité, tout doit avoir une explication simple. Compte pas sur les flics pour avaler ton histoire de grande conspiration, bordel, pour eux ce sera une simple affaire d'homicide. Des couteaux comme celui-là, ça peut se trouver n'importe où.

— J'ai un alibi, un témoin.

— Qui, moi ? Arrête. T'étais son coloc, il a niqué la fille que tu aimais, tu l'as tué avec ton propre couteau. La taule, c'est le minimum que tu risques. Je suppose que t'as pas cinquante mille dollars pour la caution ?

— Non.

— Écoute-moi, Alex. Tu l'as dans le cul. »

J'ai hoché la tête, trop crevé pour discuter, pour déterminer s'il avait tort ou raison, et je suis allé chez lui me déshabiller, me savonner, me doucher. Après avoir chialé un moment, appuyé contre le mur, j'ai trouvé l'un des peignoirs de Pat, je l'ai enfilé et suis reparti dans le corridor. Quand j'ai regagné l'appartement envahi par l'odeur infecte du sang, je n'y ai trouvé personne.

En traînant les pieds, je suis descendu jusqu'au rez-de-chaussée.

J'ai frappé à la porte ouverte des Éthiopiens avant d'entrer. À l'intérieur, c'était le chaos, toute la famille debout, Pat en train de parler à Monsieur Uleyawa entouré de ses fils aussi horrifiés que lui. Simon traduisait les propos de Pat. Areea gisait en chien de fusil sur le canapé, drapée dans une couverture, les cheveux mouillés. Elle venait de prendre une douche ou un bain. Terrifiée, mais pas idiote, elle avait nettoyé tout ce sang.

Un seau était placé à côté du canapé ; elle avait vomi dedans. Elle tremblait et gémissait, tandis que sa mère et sa grand-mère lui caressaient les cheveux.

À ma vue, elle a eu un réflexe de recul. Je l'ai appelée :

« Areea…

— Sors d'ici, m'a conseillé Pat, je vais m'en occuper. »

Je me suis approché d'Areea. Effrayée par mon apparition, elle s'est enfoncée dans les coussins. La grand-mère a essayé de m'empêcher de la toucher. Je me suis agenouillé à côté du canapé. Elle sentait toujours le sang – mais peut-être n'était-ce que mon imagination.

J'ai effleuré ses cheveux en murmurant :

« Ç'a dû être affreux. »

Elle a sangloté. Je l'ai laissée faire pendant une minute. Tout le monde s'était tu.

« Areea, je suis désolé, je suis tellement désolé…

— Alex, non », m'a lancé Pat.

Il craignait que je n'en dise trop. Elle m'a tendu les bras, je me suis penché pour la serrer contre moi. Non, elle ne sentait pas le sang, seulement le shampooing, la peau savonnée et frottée au gant de crin. On est restés comme ça, dans les bras l'un de l'autre, pendant une minute. Ses cheveux mouillés me tombaient dans le dos. Pat a recommencé à parler à Simon, à voix basse. Le jeune homme traduisait pour son père dans un éthiopien chantant.

J'ai interrogé Areea :

« Dis-moi, tu as vu quelque chose ? Tu as vu qui a fait ça ? »

Elle a secoué la tête.

« Parle-moi, Areea, dis-moi ce qui s'est passé. »

Sa mère lui a tendu un verre opaque. Après avoir absorbé ce breuvage, elle a ramené son regard vers moi et m'a fait un pauvre sourire.

« John et moi, on était dans ton lit.

— Je sais. Qu'est-ce qui s'est passé ?

— On était couchés, sur le point de s'endormir.

— Et puis ?

— Quelqu'un a frappé à la porte. John a cru que c'était toi, il a dit : "Il a oublié ses clés, le con." »

Je lui ai souri, et demandé doucement :

« Et ensuite, Areea ? »

Elle a pris ma main et l'a serrée fort, si fort que j'avais mal.

« John s'est levé, il est sorti de la chambre et a refermé la porte. Il est parti dans le couloir et n'est pas revenu. Je n'ai rien entendu pendant un moment. Je me demandais ce qui le retenait, je pensais qu'il parlait avec toi, j'ai attendu cinq minutes. Le ventilateur tournait dans la chambre, ça couvrait le bruit. J'ai fini par l'entendre. »

Areea a fondu en larmes.

Pat s'est approché et a posé une main sur mon épaule.

« Alexandre, tu te fais pas beaucoup de bien, là. J'essaie d'arranger le coup, t'es trempé, tu devrais retourner en haut. »

Des paroles calmes, raisonnables.

« Dans une minute, Pat, dans une minute. »

Il m'a jeté un regard lourd de sens ; il avait raconté une histoire à Simon et ne tenait pas à ce que je foute tout par terre en ouvrant ma grande gueule. J'ai voulu le tranquilliser :

« Je vais remonter dans une minute. »

Pat est retourné parler à Simon, avec insistance cette fois. Il lui expliquait quelque chose, lui exposait ce qui s'était passé et ce qu'ils allaient devoir faire.

« Areea, dis-moi, j'ai insisté.

— John était à la porte de la chambre, il avait rampé sur toute la longueur du couloir, il saignait. Il ne pouvait pas parler. Il ne pouvait rien dire. Il saignait. Le couteau. Oh, Dieu de clémence. Oh, Dieu de clémence. »

Areea s'est remise à pleurer, je l'ai laissée faire. Elle tremblait.

« Je suis désolée, Alexandre. J'avais si peur, j'avais trop peur pour sortir de la chambre. J'ai aidé John dans la chambre, je l'ai pris dans mes bras, j'avais si peur. Je sais que j'aurais dû appeler l'ambulance. John était en train de mourir. J'avais si peur.

— C'est bon, Areea, ils n'auraient pas pu l'aider de toute façon. Les médecins n'auraient pas pu l'aider. Il avait perdu trop de sang, personne n'aurait rien pu faire.

— Non, non, non, c'était mal, j'aurais dû appeler Patrick, me servir de son téléphone, j'avais si peur, je suis tellement désolée, tellement désolée…

— Non, ça va aller… »

Areea, qui me griffait la main, l'a lâchée pour se labourer le visage. Quand elle s'est mise à hurler, sa mère a tenté de la calmer. Elle se tordait sur le canapé, maintenue par sa mère et sa grand-mère. Pat m'a quasiment forcé à me relever.

« Alexandre, tu ne vois pas que tu ne fais qu'aggraver les choses ? Remonte, bon Dieu, regarde-toi, tu as encore du sang dans les cheveux, je t'avais dit de prendre deux douches. Allez, tire-toi. »

Mais Areea sanglotait, je voulais la serrer dans mes bras et lui dire que tout allait bien. Que c'était ma faute, pas la sienne. Que John était mort à cause de ma connerie. De ma négligence. Que ça n'avait rien à voir avec elle. Pat m'a ramené de force jusqu'à la porte de l'appartement.

« Écoute, Alexandre, je suis peut-être malade, mais si tu m'obliges à te traîner sur quatre putains d'étages, j'ai bien l'intention de le faire, alors maintenant tire-toi, espèce de con ! »

Il était furieux. J'ai obtempéré, je suis remonté chez lui, j'ai repris une douche. Plus d'eau chaude ; l'eau glaciale m'a fait du bien. Comme Pat n'arrivait toujours pas, j'ai enfilé des fringues à lui, un jean et un tee-shirt, tous les deux trop grands pour moi – pour lui aussi, maintenant. Puis je suis sorti sur le palier afin de voir ce qui se passait.

Pat aidait Monsieur Uleyawa et deux de ses fils à sortir le corps de John de notre appartement, enveloppé dans des draps.

« Alex, pousse-toi de là, m'a ordonné Pat.

— Qu'est-ce que tu fais ? »

Je sentais la panique m'envahir. J'aurais voulu protéger le pauvre John.

« Alex, laisse-nous passer, va te faire foutre.

— Non, Pat, qu'est-ce que t'es en train de faire ? La police…, ai-je ajouté dans un souffle.

— Attendez-moi une minute, les gars », a lancé Pat aux autres.

Il m'a pris par le bras, ramené dans son appart et sermonné à voix basse :

« Écoute, Alex, je leur ai raconté que John avait été buté par un cambrioleur, OK ? Un camé qui cherchait du fric, OK ? Je leur ai expliqué qu'Areea serait obligée de dire ce qu'elle savait à la police, qu'elle serait arrêtée. Qu'ils seraient tous appréhendés, expulsés. Qu'ils doivent mettre la main à la pâte s'ils ne tiennent pas à retourner dans leur putain d'Éthiopie.

— Merde, mais qu'est-ce que tu vas faire, Pat ? Qu'est-ce que tu vas faire de John ?

— On va l'emmener jusqu'au grand Dumpster devant l'immeuble en rénovation, sur la Quatorzième Avenue. Le balancer dedans, le recouvrir de sacs-poubelle, de lattes. Tous les vendredis, ce truc est emporté à la décharge d'Aurora. Avec un peu de chance, on retrouvera jamais le corps.

— Nom de Dieu, Pat, doit y avoir un autre moyen.

— Y a pas d'autre moyen, Alex. On ne peut pas prévenir les flics. Tu seras interrogé, arrêté, je peux te le garantir, je connais le système. Areea aussi sera interrogée, arrêtée, elle sera renvoyée en Éthiopie avec sa famille, tu te ramasseras une condamnation pour homicide et moi, je serai expulsé, bordel. Y a pas d'autre moyen.

— Je sais pas…

— Tu l'as bu, ce gin ?

— Non.

— Ben, vas-y, va le boire maintenant. »

Je suis allé chercher la bouteille de Bombay Saphir et me suis versé un demi-verre de gin. Pendant que je le vidais, Pat m'a laissé seul dans son appart pour aller rejoindre les autres. Je me suis resservi un verre, en résistant à la tentation d'oublier mes problèmes dans le smack.

Lorsque je suis ressorti de chez Pat, lui et les

Éthiopiens étaient en pleines manœuvres sur le palier afin d'engager le cadavre de John dans l'escalier. Ils l'avaient entortillé dans une demi-douzaine de draps et de couvertures, une vraie momie. Le plus étonnant, vu tout ce qu'il avait pissé dans notre appart, c'est qu'on ne voyait pas de sang. J'ai laissé échapper un gémissement :

« John, oh, mon Dieu, je suis tellement désolé…

— Alex, si tu veux te rendre utile, t'as intérêt à te maîtriser. »

Je me suis avancé sur le palier. Parmi les Éthiopiens, seul Simon parlait bien l'anglais. Le père m'a dit quelque chose, que Simon a traduit :

« Une sale affaire. »

Comme s'il parlait d'une baisse de la Bourse ou d'une guerre dans un pays éloigné.

« Oui.

— Pareil qu'avec la femme d'O. J. Simpson. »

Je l'ai fusillé du regard, en serrant le poing. Pat a posé une main sur mon épaule.

Les deux grands ados éthiopiens tournaient vers moi des visages dénués d'expression. Ils pensaient peut-être que j'avais tué John. Ou que c'était Areea, au cours d'une dispute. Ou que…

« Alex, si tu veux nous aider, viens te mettre à ma place, et moi je dirigerai les opérations. »

J'ai remplacé Pat à l'avant du cadavre. John avait beau être bien enroulé dans les couvertures et les draps, je sentais ses jambes.

Nous avons descendu les étages avec notre fardeau. À quatre, c'était curieusement facile, trop facile. Il aurait fallu que ce soit douloureux. On a fait une pause dans le hall de l'immeuble.

« Je vais vérifier si la voie est libre », a annoncé Pat avant de sortir dans Colfax Avenue.

Quelques instants plus tard, il était de retour.

« Va falloir raser les murs et contourner rapidement l'arrière de l'immeuble. On sera à découvert dans l'avenue pendant une trentaine de secondes. »

Je n'avais aucune idée de l'heure, mais une chose était certaine, nous ne risquions guère de tomber sur une patrouille de police. Les flics venaient rarement dans le coin, et presque jamais la nuit. Cela dit, un chauffeur de taxi ou de bus pouvait toujours alerter les autorités.

« La voie est libre », a annoncé Pat.

Portant toujours John, on est sortis de l'immeuble pour en faire le tour et nous diriger vers la grande benne à ordures que Pat avait appelée un Dumpster. On s'est figés quand un véhicule est arrivé sur Colfax Avenue, mais il a passé son chemin. Simon a grommelé quelque chose à l'adresse de son frangin. Pourvu qu'ils ne décident pas de se tailler et de nous laisser en plan avec le corps.

Nous avons hissé John par-dessus le bord de la benne et il est retombé dedans. Pat ayant donné ses instructions aux deux frères, Matthew, l'aîné, a escaladé le Dumpster avec l'aide de Simon puis s'est laissé glisser à l'intérieur. En quelques minutes, il a recouvert John de sacs-poubelle, de morceaux de bois, de gravats du chantier. Pendant ce temps-là, Pat et moi attendions comme des idiots, en nous sentant vaguement coupables. Lorsque Matthew est ressorti de la benne à ordures, il a levé un pouce pour indiquer que tout allait bien.

Nous sommes repartis vers l'immeuble. J'ai lâché :

« Il faut que je voie Areea.

— Demain matin, a répliqué Pat.

— Faut que je lui parle maintenant. Ç'a dû être atroce, je dois lui parler. Pendant que c'est récent...

— Demain matin », a répété Pat.

Pat était peut-être dans un état pitoyable, sans travail, sans amour, abandonné par ses amis et en train de crever du sida ; n'empêche que, cette nuit-là, il avait l'esprit plus clair que moi, et il avait plus de burnes. Je me suis incliné devant tant de bon sens :

« Bien sûr, Pat. »

Nous avons remonté les quatre étages. Les Éthiopiens sont entrés dans mon appartement et Pat s'est tourné vers moi :

« J'ai dit à Monsieur Uleyawa qu'ils allaient devoir nettoyer tout le sang, peu importe le temps que ça prendra. C'est pas que tu vas rester, remarque, ni personne d'autre, d'ailleurs. Mais c'est plus sûr.

— Je ne vais pas rester ?

— Ils savent où tu vis, abruti. Cette nuit, tu vas dormir chez moi ; et, dès demain matin, tu te tires. J'ai un truc à Fort Morgan, c'est juste une pièce, et remplie de mes vieilles affaires, mais tu seras plus en sécurité là-bas. Tu partiras par le premier car.

— Faut que je dise merci aux Éthiopiens.

— Non, Alex, parle pas trop. Ils croient qu'on fait ça pour Areea, pour la couvrir, pour les couvrir tous, alors va pas leur enlever cette idée de la tête, on n'a pas intérêt à ce qu'ils aillent bavarder. Pigé ? »

On s'est rendus chez lui. Il m'a versé un grand whisky, auquel je n'ai pas touché. J'ai balbutié :

« Ambre a parlé, Pat. Elle en a parlé à son mari. Elle n'a pas eu le moindre scrupule, je l'ai mal jaugée, j'ai pas compris, bon Dieu, elle doit lui avoir parlé, c'est pas possible que ce soit une coïncidence. Je sais pas ce que j'ai dit, mais j'ai sorti une connerie, j'ai merdé. J'ai tué John. »

Pat a posé les doigts sur mes lèvres et m'a conduit vers son lit. J'étais trop crevé pour protester. J'ai fait bouillir un peu de smack et je me le suis injecté avant de me traîner jusqu'au plumard. Par la fenêtre, j'ai contemplé le ciel au-dessus du parc. Je l'ai contemplé toute la nuit, jusqu'à ce que l'obscurité s'évapore peu à peu, que les étoiles s'éteignent et que la vilaine aube grise déploie ses tentacules dans le ciel…

L'autocar pour Fort Morgan partait à dix heures du matin. Il était neuf heures et demie, mais je voulais voir Areea avant de me tirer – projet que Pat a accueilli fraîchement.

« Pas le temps », a-t-il protesté en m'aidant à remplir mon sac à dos.

J'ai descendu l'escalier et frappé à la porte des Éthiopiens. Areea est apparue, accompagnée de sa mère. Ayant pleuré toute la nuit, elle avait vraiment sale mine. La chair de ses mains et de ses bras, qu'elle avait frottés pour ôter le sang, était à vif.

« Areea, écoute-moi, il faut que tu comprennes que

ce n'était pas de ta faute. Tu n'aurais rien pu faire, tu m'entends ? »

Elle me regardait fixement, silencieusement. Elle a ouvert la bouche, l'a refermée ; mais son expression en disait long. De toute évidence, elle ne croyait pas à l'histoire de cambrioleur concoctée par Pat. Au cours de la nuit, elle s'était absoute de toute culpabilité, pour la rejeter sur la personne appropriée : moi. Sa froide intelligence faisait voler en éclats les apparences et me perçait à jour. Pendant un moment interminable, elle a plongé son regard étincelant dans le mien. Je l'ai laissée s'en aller, puis j'ai reculé, refermé la porte. Je me sentais mis en accusation. Chargé d'une responsabilité que je n'étais pas certain de pouvoir assumer.

De toute façon, il fallait que je parte.

La gare routière. Un coup d'œil circulaire, histoire de m'assurer qu'il n'y a pas de flics. C'est bon, je peux y aller.

L'autocar.

S'estompent derrière moi Denver et ces dernières semaines marquées au coin de l'horrible et du grotesque. Par la vitre, j'aperçois la plaine desséchée, les tournesols flétris, la South Platte River. Je m'endors.

« Fort Morgan, Colorado », a annoncé le chauffeur.

Je suis descendu.

Outre la présence d'une sucrerie et la proximité de l'autoroute I-76 et du fleuve, le caractère le plus distinctif de Fort Morgan était son taux de chômage élevé. Trop éloignée de Denver pour que les gens aillent y travailler, mais pas suffisamment pour que l'autoroute génère une activité commerciale florissante, genre motels, la ville manquait d'atouts. Pas de montagnes, pas de beau panorama. Des drugstores, des cafés-restaurants, deux ou trois bars, des passants dans le style fermier dépressif et prématurément vieilli.

Un vaste cimetière s'étendait en bordure de l'autoroute épousant le cours du fleuve. Du studio de Pat, situé dans un vieil immeuble en brique rouge, on avait une vue imprenable sur les tombes. Une seule chambre. Une fenêtre crasseuse, un téléphone en état de marche, un évier, une plaque chauffante, un matelas par terre et, partout ailleurs, des tonnes de matos que Pat avait piqué aux pompiers de Denver. Il avait embarqué tout ce qu'il avait pu : un uniforme, une trousse de secours, deux extincteurs, six paires de gants ignifugés, un respirateur, des grenades fumigènes, de la crème antibrûlures, des bottes et, cerise sur le gâteau : un gilet pare-balles en Kevlar porté par les pompiers quand ils doivent éteindre des feux en zone d'émeute. Bref, un attirail susceptible de rendre service à une personne motivée.

Pendant une semaine, j'ai mijoté dans cet espace exigu. Près de trente-huit degrés tous les jours, un vent sec issu des plaines infinies, charriant de la poussière mexicaine lorsqu'il soufflait du sud, canadienne quand il venait du nord.

Je me suis acheté du chili con carne et j'ai tout flanqué dans une casserole. J'attendais, en me demandant ce que je foutais là. Sachant que je n'étais pas prêt à retourner en Irlande, je laissais le temps s'écouler. Ç'aurait pourtant été facile, je pouvais disparaître et ne plus jamais avoir affaire ni à lui ni à elle. J'ignorais pourquoi ils avaient voulu me tuer, je n'avais aucune preuve de quoi que ce soit. Pas question d'aller voir les flics avec cette vague salade de soupçons et d'insinuations qui m'aurait fait éjecter de n'importe quel commissariat, et sous les éclats de rire encore. Qu'est-ce qui pouvait bien se passer dans la tête de Charles ? Est-ce qu'il surestimait la valeur de mes infos ? Enfin, si j'en avais eu tellement, je n'aurais pas perdu de temps à tourner autour du pot, je serais allé directement chez les poulets. Et si je ne disposais pas de preuves, pourquoi se donner la peine de me descendre ? Ça ne tenait pas debout. Mais comment savoir ce qui agite les neurones d'un psychopathe ? Quoi qu'il en soit, j'aurais pu m'évanouir en pleine nature, je suis sûr qu'il me croyait mort – il m'avait transpercé le cœur, bon Dieu. Pas une ligne dans les journaux, ce qui ne voulait rien dire, car je pouvais très bien être resté sur le carreau, là-bas, dans l'appart. À toutes fins utiles, j'étais mort. J'aurais pu choisir de le rester, et ils ne se seraient plus jamais souciés de moi.

L'appartement de Pat contenait trois ouvrages : *Le Maître du Haut-Château*, de Philip K. Dick ; *Lésions respiratoires : inhalation de fumée et brûlures* ; et le *Yijing*, l'oracle chinois. J'ai lu les deux premiers. En consultant le troisième, selon la méthode des pièces de monnaie, j'ai obtenu l'hexagramme quarante-deux, avec un neuf à la dernière ligne : « Infortune : ne pas agir. »

Pourtant, ça me démangeait.

Qu'est-ce que j'avais sorti à Ambre qui lui avait finalement dessillé les yeux ? Qu'est-ce que j'avais bien pu faire ? Et les preuves, dans tout ça ? Ils s'imaginaient que j'en possédais et que je jouais à un petit jeu, que je voulais les faire chanter ? Et que si je n'avais rien dit, c'est que je me préparais tranquillement à devenir le prochain Alan Houghton ?

Je téléphonais à Pat. Devenu mon confident, il s'intéressait plus à cette histoire que John ne l'avait jamais fait. Et il était plus malin. Il avait entendu parler des Mulholland, et toute l'affaire le fascinait, particulièrement le meurtre de Margaret Prestwick.

À son avis, Charles avait simplement paniqué. Ambre lui révèle que je suis au courant pour Victoria, que mon identité est un leurre. Il se rend compte que je les traque et s'affole. La question n'est pas de savoir si j'ai suffisamment de preuves pour aller trouver les flics, le représentant Wegener doit bientôt annoncer sa démission, le moment est mal choisi pour faire des vagues. Il faut m'arrêter…

Voilà, dans les grandes lignes, ce qui avait dû se passer.

Pour une raison ou une autre, Charles m'avait totalement mal jugé. Je ne me serais jamais comporté comme il l'avait cru. J'aurais tenu ma langue et mené mon enquête lentement, mais sûrement ; une fois en possession d'une vraie preuve, d'une preuve solide, je l'aurais communiquée aux poulets, gratis, pour les laisser se débrouiller avec. Charles avait mal anticipé mes réactions et pété les plombs, Pat était sans doute dans le vrai. Épuisé, inquiet, résolu, il avait décidé d'en finir cette nuit-là.

Colfax Avenue. Cette putain de porte d'immeuble pétée. Quatre étages. John avec une lame dans le cœur. Charles, espèce d'imbécile, si seulement tu t'étais accordé un jour de repos, une bonne nuit de sommeil, tu y aurais vu plus clair. Aucune raison de me descendre. John ne serait pas mort à ma place. Je ne détenais aucune preuve. Si ç'avait été le cas, tu aurais déjà eu les menottes aux poignets, bon Dieu. Et ta sorcière aussi.

Une semaine. Une longue semaine. J'allais me retrouver à court de smack. Pas moyen d'en trouver dans cette ville de vachers. À la fin de la semaine, j'avais suffisamment gambergé et pris une décision.

Je l'ai annoncée à Pat.

Cette fois encore, il m'a fait entendre la voix de la raison. Toute la semaine, tandis que je tissais ma toile, il m'avait conseillé de laisser tomber, d'oublier cette affaire.

Mais pas question. Pas maintenant. Il fallait que je voie Charles en personne, tout m'avait conduit à cela, c'était la seule solution. Il le fallait. Pourquoi ? Que déciderais-je de faire quand on se verrait ? De le tuer ? Je n'en savais rien, mais il fallait que je précipite une crise, que je rencontre cet enfoiré. Je n'avais pas le choix. Une nécessité. Une folie.

Pat, au téléphone, ne décolérait pas.

Il m'a conseillé de m'accorder au moins un week-end de réflexion avant de faire une connerie aussi monumentale. C'était un type avisé, j'aurais été un imbécile d'ignorer sa recommandation. Je l'ai suivie ; et, tout bien réfléchi, j'ai décidé d'agir.

Je l'en ai informé.

Pat m'a supplié de revenir sur ma décision, tout en se rendant compte qu'il était trop tard. Après m'avoir entendu exposer mon plan, il s'est résigné à m'aider, afin qu'au moins je ne me fasse pas refroidir aussi facilement que John.

« Bouge pas, m'a-t-il ordonné. J'arrive par le prochain car. »

Je suis allé l'accueillir à la gare routière. Le voyage l'avait épuisé, il était blême et se sentait mal. Je lui ai préparé une soupe Campbell, parfum crème de champignons. Après en avoir pris un peu, il a ouvert son petit sac de voyage et en a extrait une bouteille de gin et un pistolet automatique, calibre .45.

« C'est pour toi, m'a-t-il déclaré en me tendant l'arme. Un colt de l'armée qui a appartenu à mon père. Il était lieutenant pendant la Seconde Guerre mondiale. J'ai testé ce flingue au champ de tir, il fonctionne à merveille. À moins de trente mètres, tu exploses la gueule à n'importe qui.

— Merci, Pat. »

Je me sentais mieux. Avec un flingue et un gilet pare-balles, je mettais toutes les chances de mon côté. On est sortis du studio de Pat pour aller s'asseoir sur l'étroit escalier de secours, qui donnait sur le cimetière et le fleuve.

« Qu'est-ce qui te fait croire qu'il viendra seul ? m'a demandé Pat en se versant du gin dans une grande tasse à café.

— Oh, il n'a pas le choix. Toute cette histoire, depuis le début, tourne autour d'un unique thème : le chantage. Il ne peut pas se permettre d'impliquer une autre personne. Il viendra seul. À ce stade, ça n'aurait aucun sens qu'il amène quelqu'un d'autre. »

J'étais sûr de mon coup.

« Prends le flingue et porte ce gilet en Kevlar, parce qu'il va essayer de te descendre.

— Je sais. »

Par cet après-midi brûlant, lumineux, un ciel bleu survolait les plaines du Colorado. On s'est rendus ensemble à la cabine téléphonique située devant la pharmacie Walgreen's. Pat, gardant jusqu'au bout l'espoir de me dissuader, avait insisté pour m'accompagner à son allure de tortue. Après avoir composé le numéro des Mulholland, je suis tombé sur leur répondeur et j'ai lu à haute voix le message rédigé sur le bout de papier que j'avais apporté :

« Je veux qu'on se rencontre. Je ne ferai pas d'autre proposition. Vous ne m'avez pas tué. Je ne suis pas mort. Vous avez merdé. Vous savez qui vous appelle. Je veux qu'on se rencontre sur mon territoire. Seul à seul. Demain, à minuit, devant l'abri qui se trouve au milieu du cimetière de Fort Morgan, dans le Colorado. Seul à seul. »

J'ai raccroché.

Le lendemain soir, vers dix heures, un orage a éclaté. Tonnerre, éclairs de chaleur, tout le bâtiment était secoué. Puis les grêlons sont tombés, aussi gros que des balles de golf. En regardant par la fenêtre, histoire de dire quelque chose, j'ai juré :

« Chiottes !

— Ouais, est convenu Pat. Ils avaient annoncé de la pluie verglaçante et de la grêle à la radio. Qu'est-ce que c'est que ce cirque, en juillet ? Ça peut être qu'El Niño. Pour le bien que ça va faire au sol… C'est six mois de pluie qu'il faudrait, putain, six bons mois.

— Je sais.

— Mais regarde, on n'y voit que dalle, par cette fenêtre. Je vais pas pouvoir surveiller le cimetière. Tu parles d'un plan à la con. Je le savais. Je te l'ai dit, bordel. Tu vas devoir te démerder tout seul, a conclu Pat d'un ton grave.

— Ça ira. »

Pat a grommelé dans sa barbe, avant de préparer du café. On surveillait l'horloge. Minuit n'était plus bien loin. J'ai lancé :

« Ben, je ferais mieux d'y aller.

— Je peux juste dire une chose ? a demandé Pat.

— Ouais.

— Ça va rien résoudre. »

Des larmes brillaient dans ses yeux tristes.

« Pat, je vais me le faire, cet enculé. Il a descendu mon meilleur ami, faut que je le fasse, faut que j'en termine avec tout ça.

— Faut que tu fasses rien du tout, Alex.

— Si.

— Et si tu rentrais juste dans ton pays ?

— Non.

— Qu'est-ce que tu penses retirer de ce plan ? »

J'ai réfléchi un instant. Qu'est-ce que je voulais ? Je voulais affronter Charles, je voulais lui gueuler dessus, je voulais qu'il avoue, je voulais le livrer aux flics, je voulais voir son visage, je voulais en finir, je voulais qu'il crève. Je voulais un million de choses.

J'ai enfilé un pull, le gilet pare-balles, un manteau et un bonnet de laine à cause de la pluie.

« T'es sûr qu'il sera seul ? m'a demandé Pat.

— Il est obligé, c'est une affaire de chantage, ils peuvent impliquer personne d'autre. Tu verras, ai-je conclu d'un ton rassurant.

— Fais attention à toi.

— Ouais. »

J'ai quitté l'appartement, descendu l'escalier et n'ai eu qu'à traverser la rue pour pénétrer dans le cimetière par l'entrée principale. J'avais prévu de longer le mur bordé d'arbres, côté fleuve. La pente menait à un talus très boisé surplombant les tombes ; de là-haut, planqué derrière les arbres, je verrais tout sans être vu. Charles ne pouvait deviner mes intentions, il ne connaissait sûrement pas Fort Morgan. Il allait se pointer et m'attendre devant l'abri situé au milieu du cimetière. Et moi, je serais déjà là-haut, en train de l'observer.

Je me suis avancé lentement le long du mur. La grêle s'était changée en pluie verglaçante. Il faisait noir comme dans un four, je n'y voyais pas à trois mètres devant moi. Je me suis arrêté parmi les arbres, à une quinzaine de mètres en retrait de l'abri.

Minuit et des poussières.

Une silhouette en manteau blanc. Trop petite pour que ce soit Charles. Qui d'autre ? Ambre ? Il t'a envoyée faire le sale travail ? Il t'a envoyée nettoyer derrière lui ?

Sans la quitter des yeux, j'ai attendu. Elle s'est avancée.

Ambre. Est-ce vraiment toi ? Je suis resté sous le couvert des arbres. Ça ne pouvait être qu'elle. En souriant, je me suis déplacé dans sa direction ; le sous-bois me dissimulait toujours. J'ai glissé vers le bas du talus, réduisant à une demi-douzaine de mètres la distance qui nous séparait. Masqué par les arbres, par la nuit, j'ai appelé :

« Ambre. »

Sans m'entendre, elle s'est appuyée sur un pilier fretté, prévu jadis pour que les gens y attachent leurs chevaux. J'ai répété, plus fort :

« Ambre ! »

Pivotant sur les talons, elle a observé les tombes avant de regarder vers les épais fourrés ; et, bien que son regard soit directement tourné vers moi, elle ne m'a pas vu. Ambre avait relevé la capuche de son manteau, mais aucun doute, c'était elle. Personne d'autre n'avait un tel maintien – ni, arme fatale de son arsenal, un sex-appeal aussi radioactif. Alors que je la contemplais en me faisant ces réflexions, j'ai compris à retardement la bourde que j'avais commise chez elle. Comme je m'étais montré naïf ! Un petit gars d'Irlande, débarqué de sa cambrousse.

« Ambre...

— Alex ? »

C'était bien elle.

« Ambre, je sais maintenant à quel moment je me suis planté.

— Allez, sors de là, m'a-t-elle lancé avec assurance. Viens, qu'on puisse parler entre gens civilisés.

— C'était cette remarque, cette blague. Pas vrai ? »

Pas de réponse.

« Cette vanne sur la vingt et unième position du Kama-sutra. Et merde. Tu étais différente, après. Tu as parlé à Charles, et il est venu me descendre dans l'immeuble.

— Sors de là et viens me le répéter en face. »

Froide. Glaciale. Comme je l'aimais. Je suis revenu à mon idée :

« Le Kama-sutra, position numéro vingt et un. C'est Victoria qui m'avait dit ça. Victoria Patawasti. Une remarque pour m'amuser, pour me détendre. Une dose d'autodérision, une petite référence à ses origines indiennes. Et elle t'a servi la même plaisanterie, hein ? Tu as couché avec elle, c'est ça ? Tu l'as baisée afin d'obtenir son mot de passe. Ou du moins assez d'infos pour pouvoir le découvrir. J'ai pas raison ? Dis-moi que j'ai raison, Ambre.

— Si tu veux que je te parle, viens ici, je t'entends à peine. »

Elle s'exprimait d'une voix calme. Je pouvais avoir apporté un magnétophone, donc pas de danger qu'elle me fasse des révélations. J'ai insisté :

« Tu parlais toujours de Carrickfergus. C'était ce nom-là ? Ça te rappelle quelque chose ? C'était ça, le mot de passe ? Peut-être que oui, peut-être que non, qu'est-ce que ça peut foutre… La seule chose qui compte, c'est que tu t'es débrouillée pour avoir l'info. Tu l'as séduite, tu as gagné sa confiance. Tu étais la putain de Charles. Et il n'y avait pas que la formule, il voulait aussi savoir si Victoria pouvait être achetée.

— Tu dois être ivre, Alexandre, je ne sais pas de quoi tu parles, je veux t'aider. Je crois que tu as un problème psychologique, tu dis n'importe quoi. Approche-toi, sors de là, je peux te donner un coup de main. »

Je parvenais à peine à réprimer ma rage.

« Non, tu restes où tu es et tu m'écoutes, bon Dieu !

— Mais je ne comprends rien à ce que tu racontes. Je suis vraiment désolée, Alexandre, tu as perdu la tête. »

Elle parlait avec douceur, avec condescendance, comme une assistante sociale ou une infirmière psychiatrique.

« Tu sais très bien de quoi il s'agit. Alan Houghton, le premier obstacle. Victoria Patawasti, le deuxième. Et tu l'as séduite ! Au début, elle n'était pas partante, mais tu es tellement belle, bon Dieu. Tu l'as baisée. Sans doute avec ce godemiché que tu possédais.

— C'est ignoble, tu dois avoir forcé sur l'alcool ou une drogue quelconque. Je t'en prie, Alex, crois-moi, je ne vois absolument pas à quoi tu fais allusion.

— Tu mens ! Tu l'as baisée. À la demande de Charles. C'était peut-être la première fois que Victoria couchait avec une femme, elle était nerveuse, alors elle t'a sorti cette vanne. Cette même foutue vanne. Elle était au-dessus et toi au-dessous, elle a dit : “C'est la vingt et unième position du Kama-sutra.” Et moi, comme un con, je t'ai ressorti la même chose. Et tu t'en es souvenue.

— Oh, mon Dieu, mais qu'est-ce que tu me chantes là ? Tu délires complètement. »

Elle était calme, adorable, insupportable.

« Quand j'ai fait cette remarque sur le Kama-sutra, tu as su que moi aussi j'avais couché avec elle, que je connaissais Victoria Patawasti et que j'étais venu pour la venger, pour te débusquer. »

Silencieuse et immobile, elle me regardait fixement. C'était exaspérant. J'ai gueulé :

« Dis-moi que je me trompe, salope, maudite salope ! »

Mais elle se contentait de secouer la tête d'un air triste, sans répondre. Puis elle a souri. C'en était trop.

Émergeant des fourrés, j'ai dévalé le talus vers elle, sorti le calibre .45, glissé un chargeur dans le magasin. Ambre a laissé tomber quelque chose, comme s'il s'agissait d'un signal, avant de se jeter au sol, les mains sur la tête. Dans l'obscurité, à travers la pluie, j'ai aperçu l'éclat de ses dents blanches. Elle souriait.

Une fusillade a éclaté. J'ai été touché aussitôt à la poitrine et à l'épaule.

Le souffle coupé, j'ai roulé au bas du talus. Il y avait du sang sur mes mains. Avec un bruit sourd, des balles jaillies de l'ombre ont percuté un arbre, à cinquante centimètres sur ma gauche. D'autres balles sont arrivées d'une direction différente – des projectiles lourds, en rafales, comme un tir de mitrailleuse. La pluie tombait si dru que c'en était douloureux. J'avais perdu mon bonnet. J'avais perdu Ambre. Hébété, je cherchais une issue quelconque, mais l'air était aussi épais que du charbon.

Je me suis mis debout. Pétrifié, je faisais une bonne cible. J'ai plongé pour me mettre à couvert et, dissimulé derrière une pierre tombale, j'ai retenu mon souffle. Une volée de projectiles s'est abattue des arbres en sifflant. Un arc de feu. Un fusil. Bon Dieu. Il y avait donc un troisième tireur, situé au-dessus de moi, qui me barrait le chemin de la sortie.

Ils n'avaient rien laissé au hasard, et je m'étais fait piéger. Échec et mat ! Prévoyant que je viendrais de bonne heure et m'embusquerais parmi les arbres, contre le mur surplombant l'abri, ils avaient posté deux assassins à l'intérieur de celui-ci, tout près d'Ambre, et un autre au milieu des arbres, derrière moi, afin que je ne puisse pas m'échapper. Les deux types en contrebas me couvraient sous des angles différents, tandis que le tireur posté près du mur pouvait me canarder latéralement depuis sa position élevée.

J'avais perdu tous mes avantages de départ : la surprise, la supériorité tactique, le poste en surplomb.

Des armes automatiques. Des M16. Le sillage lumineux des balles traçantes dans le ciel noir. Une meute de balles affamées à mes trousses. Les réverbères si éloignés du cimetière, Fort Morgan enveloppé de nuages bas. Le tonnerre, la pluie. Pas d'étoiles. Pas de voitures. Aucune aide possible.

Une des balles m'a retrouvé. Elle m'a percuté et j'ai de nouveau roulé au sol. Le monde est devenu blanc ; je me suis mordu la langue. J'ai roulé sur le côté. Je venais d'être encore touché – au-dessus du genou gauche, cette fois. J'ai porté la main à ma cuisse et, quand je l'ai examinée, elle était couverte de sang. Une balle de fusil. Pas moyen de dire si ma rotule était atteinte. Beaucoup de sang. J'ai hurlé et éclaté en sanglots avant de m'éloigner en rampant. Quel minable. J'avais échoué. Pour Victoria, pour moi-même. Pour tout le monde. Je m'étais cru tellement malin ! Bon Dieu. J'ai fermé les yeux. Ambre était plus forte que moi, je m'en rendais compte un peu tard. J'avais été surclassé. Foutue arrogance. J'ai cligné des yeux, et je me suis traîné derrière une grande tombe décorée d'anges. Les types se sont déplacés, eux aussi, afin de venir occuper une position plus favorable. Il fallait que je me bouge. Je suis reparti vers le talus, en serpentant au pied de divers monuments, tombeaux et croix celtiques. Un panneau m'a indiqué que je me trouvais dans le secteur K, zone 1. Ce qui ne m'avançait pas des masses.

J'avais des vertiges, du mal à respirer. Je ne voyais plus devant moi qu'un tunnel à l'issue unique – et fatale. L'averse s'est mise à tomber à une cadence épouvantable, funèbre et moqueuse à la fois.

J'aurais dû écouter Pat.

Non, il fallait remonter plus loin que ça. J'avais déconné depuis le début. Depuis le jour de mon arrivée sur le sol américain. Et maintenant, j'allais mourir.

Ça prouverait au moins qu'il y avait une justice. Pour une telle incompétence, pas de châtiment plus approprié que la mort. J'ai pris une nouvelle inspiration.

« Je le vois plus ! » s'est exclamé un type.

Un autre a gueulé :

« Par là, quelque part.

— Je vais faire le tour », a annoncé le premier.

J'étais coincé, mais il fallait que je tente ma chance, c'était la moindre des choses. Je me suis relevé et j'ai avancé en chancelant. Infaisable. Je tenais à peine debout. Devant moi, quelque part dans cette obscurité compacte, un escalier s'élevait jusqu'à la barrière grillagée, au fond du cimetière. Vingt ou trente entailles à flanc de colline, largement espacées, garnies de pierre concassée et nivelée. Normalement, j'aurais pu franchir ces marches en une poignée de secondes. Là, en pleine nuit, en plein orage, ça promettait d'être une drôle d'équipée avec une blessure à l'épaule, une autre à la jambe et au moins trois flingueurs au cul. Trois types qui me serraient de près, l'un armé d'un fusil de chasse et les deux autres de putain de fusils automatiques. La distance qui me séparait d'eux était déjà inférieure à la longueur d'un terrain de basket.

J'ai grimpé environ trois marches avant de glisser et de chuter. J'ai roulé sur la pente, dans la boue, et je me suis cogné la tête contre le bord d'une poubelle en fonte. Une douleur intolérable, une grande coupure au-dessus de l'oreille. Le fusil de chasse a déchiré l'air, sur ma gauche. J'ai entendu gueuler :

« Le voilà ! »

Je me suis glissé derrière un groupe d'arbres. Je ne distinguais pas ces types mais ils pouvaient me voir, eux. Ils avaient peut-être des lunettes à infrarouges ; à moins qu'ils ne sachent simplement que je n'avais pas d'autre endroit où aller. Pris de panique, je haletais en attendant la balle qui allait me régler mon compte.

Il pleuvait des hallebardes et elles me lacéraient. J'avais le cuir chevelu en feu, le genou en compote, ma poitrine gargouillait. Le vent soufflait. De la bile m'est remontée dans la bouche – indisposition de junkie.

J'ai aperçu une remise destinée aux tondeuses à gazon, et je me suis traîné derrière. Quelques instants de répit. On se calme. Et on passe en revue ses atouts. Je n'étais pas encore mort. J'avais un flingue, moi aussi. J'avais l'obscurité de mon côté, et cette pluie si épaisse qu'on y voyait à peine. Si les copains voulaient m'administrer le coup de grâce, ils allaient devoir s'approcher.

Hâtivement, j'ai évalué mon état. J'avais été touché à la poitrine, mais le gilet m'avait protégé.

Je me suis tâté l'épaule. Rien de méchant, la balle

s'étant contentée de ricocher sur le Kevlar. Le sang pissait, mais aucun vaisseau important n'avait été atteint et ça me faisait un mal de chien, ce qui était bon signe. Quant au plomb de fusil dans la jambe, je n'en mourrais pas. J'ai passé un doigt à travers mon jean trempé pour palper la peau. Beaucoup de sang, mais je pouvais remuer les orteils. Mes tendons et mes nerfs étaient en bon état. Je me sortais de cette pétarade de tous les diables avec une putain d'égratignure.

Encore quelques détonations. Les cris des types qui se concertent :

« Où il est passé ?

— Où est cette putain de lampe ?

— Qui est-ce qui avait la lampe ? »

Que des voix masculines. Ambre était déjà loin, bien sûr. Elle avait regagné sa voiture et mis les bouts, quitté la ville. J'ai sorti le calibre .45 et perdu conscience pendant un bref instant. Où étais-je ? Au milieu d'un cimetière. Deux tireurs au-dessus de moi, un autre sur un côté. Trois pointes d'un triangle dont j'occupais le centre. C'étaient des bons. Pat avait raison, j'étais un imbécile, un amateur aux prises avec de vrais pros. Seulement, ça ne tenait pas debout, Ambre. Pourquoi aurais-tu engagé trois autres maîtres chanteurs potentiels ? Bon Dieu, ça n'avait aucun sens. Tant pis, ce n'était pas le moment de gamberger, il fallait que je me tire. Une seule issue, cette barrière grillagée au fond du cimetière, sur la gauche, à environ cinquante-cinq mètres. Est-ce que je pourrais marcher jusque-là ? Non, j'allais être obligé de ramper. OK – on fait abstraction de la douleur, et on y va.

Couvert de boue, j'ai avancé en me tortillant sur le sol et les tombes, en soufflant par les narines pour les nettoyer du vomi qui les encombrait.

Un cri triomphal :

« Le voilà ! »

Ils ont braqué un projecteur portable dans ma direction. Un de ces modèles aveuglants, d'une puissance de plusieurs milliers de candelas.

Si je ne bougeais pas, j'étais un homme mort.

Un M16 m'a pris pour cible depuis les arbres. Je me suis redressé lourdement et j'ai couru vers la clôture, en ignorant cette douleur au-dessus du genou, là où le plomb m'avait atteint. La pluie me brouillait la vue, empêchait mes semelles d'adhérer au sol. J'ai glissé, roulé entre les piliers d'un énorme monument funéraire. Des balles ont percuté le marbre, en envoyant valser des éclats dans toutes les directions. Je suis reparti au galop vers la barrière. Tandis que je slalomais parmi les sépultures, me mettant à couvert, au besoin, derrière des pierres tombales en granit, des balles ont sifflé au-dessus de ma tête, des balles traçantes. Une silhouette devant moi. Je courais droit vers ce type qui me tournait le dos, cette grande forme sombre dans la nuit et la pluie.

Le tir d'un fusil automatique a fait tourbillonner la boue devant moi, percuté le granit. Les balles traçantes filaient dans toutes les directions, un vrai feu d'artifice. Une voix a gueulé :

« Frank, arrête de tirer, putain, tu vas toucher Manny. Arrête tes conneries, Frank ! »

Je me ruais vers Manny.

« Bon Dieu, Frank, tu m'entends pas, bordel ? Arrête de tirer ! »

Brusquement, le M16 s'est tu.

« Manny, Manny, il est là-bas, il est juste là ! »

Une note de frayeur perçait dans la voix. Elle venait de derrière moi, en hauteur, sur ma gauche. Le projecteur, de nouveau, m'a inondé de lumière.

« Le voilà, Manny, retourne-toi ! »

C'était une autre voix.

« Où ça ?

— Manny, il est là, près de cette grande croix, derrière toi. »

J'étais à moins de cinq mètres de lui quand Manny a fini par se retourner. Un Blanc, barbu, casquette plate, trempé jusqu'aux os. Ça faisait probablement des heures qu'il attendait là. Il a commencé à lever son fusil. S'il ne l'avait pas encore fait, c'était de peur que l'eau ne pénètre dans les canons.

Fatale précaution.

J'ai pointé mon arme et pressé la détente. Le gros colt de Pat a aboyé, le lourd canon a vomi une flamme. J'avais nettoyé ce flingue, mais il n'avait pas servi depuis la bataille des Ardennes. J'ai foncé dans l'obscurité, en hurlant et en tirant comme un fou furieux. Lorsque mon calibre .45 a cessé de cracher des éclairs aveuglants et que ma vue s'est éclaircie, j'avais vidé un demi-chargeur et il n'y avait plus trace de Manny. Je l'ai aperçu par terre.

Les M16 ont tracé autour de moi un cercle de feu jaune. Comme atmosphère, ça donnait un cocktail de fête nationale, de nuit de la Saint-Jean, d'exercice antiémeute et de tous les cauchemars imaginables.

La parabole des balles traçantes illustrait les lois de la gravitation. Les balles criblaient le grillage entourant le cimetière, rebondissaient en bourdonnant contre le béton des murs, s'envolaient à trois cents mètres dans les airs.

Je me suis mis à courir comme un dératé, et j'ai piqué un dernier sprint jusqu'au grillage du cimetière. Comme j'avais besoin de mes deux mains, j'ai lâché le calibre .45 pour passer par-dessus le treillis métallique. Il s'élevait à environ un mètre et demi de hauteur. À peine retombé au sol, j'ai détalé à travers le parking qui s'étendait de l'autre côté.

Une nouvelle rafale de balles traçantes. Des M16 en pleine ville ! Mais la ville en question était Fort Morgan, il était plus de minuit, l'orage se déchaînait et il n'y avait personne en vue.

J'ai continué à courir dans le parking bien éclairé. Mes poursuivants n'ont eu aucun mal à me repérer, mais leurs tirs manquaient de précision ; ils étaient excités, trop impatients pour bien viser, et leurs projectiles allaient se perdre en vrombissant contre les grilles.

Apercevant un camping-car Volkswagen garé en surplomb au-dessus du fleuve, je me suis mis à gueuler :

« À l'aide ! Y a quelqu'un ? Aidez-moi ! »

Parvenu au camping-car, j'ai cogné contre la vitre. Des balles ont fouetté le flanc du véhicule, crevé ses pneus, perforé ses fenêtres. J'ai reçu des éclats de verre et de métal. Quand une balle a dérapé sur mon gilet en Kevlar, je suis tombé à genoux. J'ai entendu un de mes poursuivants crier :

« Enfoiré ! »

Je me suis relevé, retourné. Le fusil en bandoulière, deux types franchissaient la clôture du cimetière et fonçaient vers moi. Des Blancs, balèzes – lourds mais coriaces. D'où est-ce qu'ils sortaient ? Charles et Ambre s'étaient donné tout ce mal pour faire taire un malheureux maître chanteur à Denver, et voilà maintenant qu'ils recrutaient trois tueurs professionnels pour me dégommer ?

Courant toujours, j'ai dépassé la sucrière, la pharmacie, une boutique de vidéo. La rue était vide, tous les magasins fermés. Les mecs m'ont canardé au pistolet, en hurlant :

« Reviens, enfoiré ! »

Une balle a embouti un stop avec un bruit métallique. Je courais toujours, mais j'étais blessé et je perdais du terrain.

Une seule chance de m'en tirer.

Une dernière chose à tenter, en coupant par l'autoroute.

Le fleuve.

J'ai traversé l'I-76 déserte.

J'ai foncé jusqu'à l'extrémité d'une ruelle et bondi par-dessus une barrière de sécurité. Elle longeait l'escarpement surplombant la South Platte. Je me suis retourné une dernière fois, les deux sbires continuaient à me tirer dessus en pleine course.

J'ai respiré un bon coup, et sauté.

Un instant, j'ai été suspendu dans les airs rafraîchis par le fleuve.

J'ai touché l'eau.

Et j'y ai coulé comme une putain de pierre…

Le froid.

Un froid étouffant, mortel, m'anéantit et m'électrocute, chasse l'air de mes poumons en les écrasant.

Mon corps se tord. Des détonations retentissent dans mon sillage. En haletant, j'absorbe une eau grasse et glaciale, je suis précipité vers le fond et vers l'aval, je tombe à travers les poisons et les lourds produits chimiques vers le lit sableux que les immondices asphyxient, mes cris se perdent dans l'eau, mes mains se tendent, je tombe, je descends, je tombe.

Je touche le fond et suis traîné contre des pierres.

Tandis que mon sang se congèle, mes yeux restent ouverts.

C'est donc ainsi que ça se termine.

Dans ce fleuve aux griffes grises, dans ce flux cendreux. La Platte au cours inflexible, au courant mort. Ce fleuve. Emporté, comme le flingue, vers le Mississippi, le golfe du Mexique, l'Atlantique. Ce fleuve. Emporté vers son cœur où règnent les ténèbres, je m'avance vers toi et t'aperçois dans l'ombre. Je distingue des empreintes sur la piste que tu as suivie pour gagner le Grand Peut-être. Et tu es là, Victoria – et toi, maman, es-tu là ? Il fait froid, j'ai mal. Et je souris. Ce fleuve. Ce moment.

Mais non.

Pas encore.

Ce moment-là viendra.

Mais pas encore.

Mes doigts trouvent les fermetures Velcro du gilet pare-balles, tirent dessus, décollent les bandes de tissu l'une de l'autre, le Velcro s'arrache, le gilet se détache de moi et je bascule vers le haut – vers la surface. J'aspire désespérément une goulée d'air et flotte quelques instants sur les eaux rapides, avant de heurter un rocher qui dépasse d'un banc de sable. J'y reste étendu pendant une bonne demi-heure.

Je gagne la rive à pied, par le bas-fond.

Et je marche.

Grelottant, indifférent à la pluie, à mon épaule et ma jambe blessées. Trois kilomètres de rues désertes à parcourir pour regagner Fort Morgan. Des enseignes au néon, et pas âme qui vive.

L'adrénaline combat la perte de sang, l'épuisement.

L'appartement de Pat est au deuxième.

J'ouvre la porte, parviens à articuler :

« Aide-moi… »

Tandis que Pat s'approche, horrifié, je m'écroule à ses pieds et sombre dans cet autre royaume – ce royaume où la vie a un sens, où prévaut une justice qui châtie les coupables. Où tous les êtres sont sauvés.

11

La dernière incarnation de Vishnou

De la cendre sur l'escalier de secours. Des images. Un nuage noir. La main de ma mère. Ses doigts froids. Qu'est-ce que tu vas faire, mon fils ?

Je vais faire flic, m'man.

Non, non, pas ça, ton père ne sera pas content, reste à l'université, c'est ce qu'il y a de mieux.

D'accord, m'man. D'accord…

Ils sont gonflés, ces mecs, marmonne John.

Ouais, je fais.

On est assis là, à boire, et un continent de fumée dérive lentement au-dessus de nos têtes. Des cendres du grand incendie qui se déchaîne près de Greeley, dans le nord du Colorado. John s'approche de la balustrade et se fait presque avaler par la falaise de smog étouffant qui flotte au-dessus des bâtiments. Ça pue le brûlé. Des bombardiers d'eau passent dans le ciel. John et moi, on attend sur les marches étroites de l'escalier de secours. Je suis debout, les bras croisés pour me protéger, John est courbé, il crache sur les fleurs mortes qui gisent dans les bacs des étages inférieurs.

On dégage tous deux une odeur de fumée. Il me passe la bouteille, je la prends de la main gauche. Le bourbon a un goût amer. J'en avale une grande goulée et sa chaleur artificielle me dégèle les oreilles. Je rends la bouteille à John qui engloutit le reste. Un instant, je crois qu'il va la jeter par terre pour voir si elle se brise, au lieu de quoi il la pose avec précaution sur les lames de métal de l'escalier.

On pourra peut-être récupérer dix cents de consigne sur cette bouteille, je fais remarquer.

Il se tourne vers moi et secoue la tête, pourtant sa chevelure en broussaille reste immobile. L'effet, cocasse et non sans rapport avec l'alcool, m'arrache un petit rire.

Je déclare que je suis bourré et que j'ai froid.

Si t'as froid, tu peux pas être décalqué, andouille, l'alcool engourdit les sens, décrète John avec toute l'autorité de l'ivresse.

Foutaises, je me dis. Mais je refuse d'en discuter avec lui. Après tout, il est mort.

Faut qu'on se bouge, Alex, on est mal abrités sous cet auvent. Et cette fumée, ça doit pas être terrible pour les poumons. Aide-moi à ouvrir ce truc.

Il me tend sa clope et tire sur la fenêtre pour essayer de la lever. Elle se bloque d'emblée, il doit lui flanquer un grand coup de poing. Une pluie de cendres rouges s'abat sur nous, provenant de la planche qui couvre l'appareil de climatisation, à l'étage supérieur.

Hé, John, fais gaffe.

Détends-toi, Alex.

Il se penche et me bouscule presque pour entrer par la fenêtre en enjambant la grille de sécurité.

Tu pouvais pas m'attendre, hein, objecté-je d'un ton sarcastique avant de jeter un regard panoramique à cette ville désolée, ce ciel orange, ces vieux bâtiments ratatinés, fantomatiques. Une pensée m'obsède, les vagues grises qui nous séparent de notre pays – la douve béant entre moi et les entrelacs de ténèbres.

Dans l'air empuanti, je murmure : *Eagla, mathair, eagla.*

Tu dis quelque chose ? marmonne John de l'intérieur.

Non.

Bon, eh ben, entre donc, qu'on referme cette fenêtre. Cause un peu moins et bouge ton cul, ajoute-t-il d'un ton soupçonneux.

Je soulève un genou au-dessus de la grille. Elle est coupante et m'arrive à l'entrejambe, on ne peut pas s'appuyer dessus. Je finis par perdre l'équilibre et rouler au sol avec fracas. Avant que John ait le temps de me traiter d'abruti, je le provoque :

Tu peux garder tes remarques pour toi.

Comme si t'en avais quelque chose à branler de mes remarques, réplique John, et un sourire entendu éclaire sa pâle figure. De toute façon, reprend-il, il est tard, on devrait déjà être au lit.

Mais John, j'y suis déjà, au lit.

Il me jette un regard étonné.

C'est vrai, admet-il. Qu'est-ce que tu fous ?

Je récupère. J'ai failli me noyer, Pat m'a extrait du

plomb de fusil de la jambe, et j'arrête le smack pour toujours.

C'est ça, ouais.

John, j'ai pas le choix. Ils vont organiser un bal de souscription. On l'a appris à la télé, sur Channel 9. J'irai – et cette fois, je ne merderai pas. Cette fois, je vais le descendre. J'arrête le smack. Avec l'aide de Pat.

Le regard de John est maintenant sceptique.

Tu serais incapable de descendre quelqu'un, Alex. Et ne me dis pas que tu as tué ce mec dans le cimetière, le journal n'en a pas parlé, les autres ont dû l'emmener avec eux.

Je proteste :

Je lui ai fait bouffer la moitié d'un chargeur.

Combien de balles a-t-il vraiment reçues ? se moque John.

Le mourant, qui gisait dans le coin pendant tout ce temps, lève les yeux vers moi. Casquette plate de travers, fusil à portée de la main, il est toujours trempé – mais de sang, pas de pluie.

Suffisamment, déclare-t-il.

John vient claquer des doigts sous mon nez.

Fais pas attention à lui, m'ordonne-t-il. Continue.

Je continue :

Pat est en train de me remettre sur pied.

Surtout dans l'état où il est lui-même, raille John.

Il va bien. Fin de la conversation. D'accord ?

Ouais.

Et maintenant, faut que j'aille voir m'man, que je lui révèle le secret qui suppure au cœur des Troubles.

C'est bon, évite seulement de répéter cette phrase.

Quelle phrase ?

Je suis la Dernière Incarnation de Vishnou, le Vengeur, Seigneur de la Mort, Celui Par Qui Vient l'Orage.

D'accord, John.

Après une petite pause théâtrale, j'annonce :

Je suis la Dernière Incarn…

Il éteint la lumière.

Maman est sous terre depuis six semaines et je suis dans le Scotch Quarter, le quartier écossais de Carrickfergus, pour mon entretien de recrutement. Ma candidature est acceptée par la police. L'intérêt de l'opération, c'est que ça emmerde mon gaucho de père.

« Alex, nous sommes toujours heureux d'accueillir quelqu'un qui s'y connaît en droit. Et vos résultats au bac sont remarquables. Est-ce que vous souhaiteriez ajouter quelque chose ? »

Si je souhaite ajouter quelque chose ?

Je cligne des yeux…

La chambre tourne.

Pat me tend le seau et je vomis dedans, avant de déclamer :

« Ni le pavot, ni la mandragore, ni tous les sirops narcotiques du monde ne te rendront jamais par médecine ce doux sommeil que tu avais hier.

— Hein ?

— C'est du Shakespeare. Ni le pavot, ni la mandragore, me demande pas ce que c'est, ne me rendront ce doux sommeil que j'avais hier. Si j'ai compris un truc, c'est que l'héroïne prend, elle ne donne jamais. Il n'y a pas d'autre explication à toutes les erreurs que j'ai commises depuis mon arrivée aux États-Unis.

— Ce serait la faute à l'héro ?

— Oui.

— Mais tu disais pas qu'elle t'avait sauvé ?

— C'est vrai.

— Comment ? »

Comme ça :

J'étais flic depuis bientôt six ans, et inspecteur depuis trois. J'avais intégré directement la brigade criminelle. Comme pourra le confirmer le commandant Douglas, de la commission Samson, c'était du jamais-vu. On me formait dans un but précis et je le savais. On se servait de moi, mais je le voulais, qu'on se serve de moi, je voulais grimper les échelons. Il y avait, au sein du RUC, des factions qui n'aimaient pas la manière dont se passaient les choses. Formidable, utilisez-moi pour parvenir à vos fins. Mes talents, mon habileté. Ma *technê*, comme disait Aristote.

Jusqu'au bout – jusqu'au cœur noir des Troubles.

Un secret. Ostensiblement, les deux organisations paramilitaires, l'Ulster Defence Association, protestante, et l'Irish Republican Army, catholique, étaient à couteaux tirés. Mais, à la fin des années 1980 et au début des années 1990, alors qu'elles s'entretuaient à grand renfort de fusillades, attentats à la bombe et autres massacres, quelque chose les avait rapprochées.

L'héroïne.

L'insularité de l'Irlande interdisait qu'on s'y procure de la drogue, d'autant que les paramilitaires exterminaient les dealers afin d'avoir l'air aussi respectables que les flics. Jusqu'à cette journée de 1993 où, lors d'une réunion au Jake's Bar, ils décidèrent de se partager l'Ulster. L'héroïne était devenue trop profitable pour qu'ils continuent à l'ignorer. Il fallait que ça reste secret, motus et bouche cousue. Les bailleurs de fonds de l'IRA à Boston, New York et San Francisco, et ceux de l'UDA à Belfast et Glasgow, auraient été troublés d'apprendre que leurs protégés respectifs trempaient dans le trafic de drogue.

Au bout de six années dans la police, je fus nommé inspecteur à la brigade des stups.

L'héroïne, ce sésame, rapportait des millions aux paramilitaires. Ils continuaient à faire sauter les bars et les usines, et la population à se réfugier dans leurs bras. Voilà pourquoi les gens comme Victoria Patawasti étaient obligés de quitter l'Irlande du Nord.

Je me souviens de ces choses, et j'y pense.

Étendu là, dans ce lit où Pat vient m'apporter de la soupe.

« Comment ça va, fils ?

— Ça va, Pat. Hé, il flotte.

— Non, Alex, il ne pleut pas. C'est juste des cendres de l'incendie, t'en fais pas pour ça, détends-toi, c'est maîtrisé à quatre-vingts pour cent.

— Regarde, il neige… »

Mais Pat est reparti ; il fait nuit. Je passe la tête par la fenêtre et les flocons me piquent les iris. Les larmes coulent sur ma figure en suivant les lignes de moindre résistance, elles sont à moitié gelées quand elles me tombent du menton.

Ma vision traverse les nuages, elle perce l'obscurité. La neige ne vient pas du ciel mais de la lune au bleu visage, où les Celtes croyaient que se rendaient les morts. C'est toi qui l'as envoyée, m'man. Elle descend doucement de l'éther et de l'ionosphère, elle traverse le toit pour arroser mon lit et m'humecter les lèvres.

Le lendemain matin.

« Mange ta soupe, m'enjoint Pat avant de déposer une bise sur mon front.

— L'affaire, Pat. »

J'avais travaillé dessus pendant des mois, elle n'était pas bien importante mais elle m'avait conduit jusqu'à un suspect. Est-ce que toute cette histoire était un coup monté ? Mon mentor était le commissaire William McConnell. Un grand costaud de la vieille école, quarante et quelques balais. Je lui faisais confiance.

« Alex, vois où te mène cette piste. Je te soutiendrai.

— Oui, commissaire. Entendu. »

Planques, infiltration, mais surtout l'étude minutieuse des documents disponibles. Et, finalement, arrestation. Stuart Robinson, un expert-comptable agréé. Ah, c'est exactement comme ça qu'Al Capone s'était fait avoir. Quand les gens retiendront-ils les leçons de l'histoire ? Je l'ai cuisiné, ce type, je l'ai ouvert comme une huître, je l'ai entortillé dans ses propres mensonges. Il m'a donné des noms, et j'ai découvert le pot aux roses ; qui, de son côté, n'attendait que ça, alors j'ai le triomphe modeste. J'ai mis au jour le sombre secret. L'IRA, l'ennemie jurée de la police, collaborait avec un petit noyau de flics corrompus pour s'assurer la maîtrise du trafic d'héroïne en Irlande. L'IRA et les ripoux.

Les méchants et les bons. Samson tenait une vraie piste. Et Buck McConnell et le commandant Douglas aussi. Tout était vrai – et ça remontait au plus haut niveau de la hiérarchie policière. Dangereux, comme information. J'avais pris connaissance des comptes par une nuit pluvieuse, dans mon appartement qui donnait sur la marina de Carrickfergus. Qu'est-ce que j'étais censé faire ?

Je pouvais court-circuiter le RUC en me pointant avec mes preuves sous le bras au Special Branch, le service anglais de contre-espionnage et de lutte contre la subversion interne. Et passer le reste de ma vie à attendre qu'on me retrouve – ils y parviennent toujours.

Par une belle matinée ensoleillée, je sors acheter mon journal à Perth, en Australie, et un type à l'accent irlandais me dit salut, Alexandre, et me loge une balle dans la tête.

Je pouvais aussi enterrer toute cette histoire, faire comme si de rien n'était.

Je suis peut-être un lâche. Paralysé par le doute, j'ai gardé mes preuves sous le coude pendant que je réfléchissais. Et cette nuit-là…

Pat entre dans la pièce, il m'apporte du thé. On papote. Je caresse ma barbe, qui a repoussé. Les jours ont passé. Les semaines ?

« Tu disais ? » insiste Pat.

Ça lui plaît, que je parle, il dit que c'est bon pour moi.

« Cette nuit-là… »

Un épais brouillard étouffait le vent et bâillonnait, pour une fois, les yachts, les dériveurs, toutes les petites embarcations d'habitude si bavardes.

Mon appartement sur la marina. Le silence m'a réveillé. On entend quand même des mouettes. Des cornes de brume lointaines, du côté de Belfast. Je me suis assis dans mon lit et j'ai pesé le pour et le contre. J'avais la trouille, j'étais en sueur. D'un côté, l'exil et la mort ; de l'autre, le restant de mes jours à vivre dans la honte. En entendant le bruit de souliers ferrés sur les pontons de la marina, j'ai empoigné mon arme de service. Puis je l'ai lâchée.

La salle d'interrogatoires. Inversion des rôles, le coup classique.

« Je ne parlerai pas avant d'avoir vu un avocat.

— Vous ne verrez pas d'avocat, Alex, vous êtes détenu en application de la loi de prévention du terrorisme.

— Je veux parler à Buck McConnell.

— Le commissaire McConnell a pris une retraite anticipée, à dater de ce matin. »

Je savais qu'ils me descendraient si je me mettais à table. J'étais soupçonné de connaître les noms des ripoux ; mais le confirmer équivalait à signer mon arrêt de mort. On m'a détenu pendant deux jours, à l'issue desquels, n'ayant rien dit, j'ai été libéré. Ça donnait aux deux parties le temps de la réflexion.

Que faire ? Balancer à Scotland Yard, au Special Branch, aux journaux ? Je serais traqué, abattu. Mais, si je ne disais rien et laissais l'affaire courir, je serais traqué, abattu.

M'enfuir ? Où ?

Je suis rentré chez moi à pied, en tremblant à l'approche de chaque véhicule.

Oui…

Pat me nettoie avec une éponge. Il me donne du thé vert, c'est gorgé d'antioxydants, d'après lui. Je le vomis. Pourquoi j'ai autant de mal à décrocher, si je ne suis pas un junkie ? Pat me conduit aux toilettes, je coule de partout, diarrhée, sanglots.

Au lit.

Un appartement avec vue sur les bateaux. D'un côté comme de l'autre, la mort. Je creuse ma cervelle aux abois.

Et une solution s'impose à mon esprit.

Une tierce possibilité.

Génial. Sauvé par le fléau même. L'arroseur arrosé.

Je suis allé puiser dans ma réserve de flic infiltré – et j'ai fait ce que, jusqu'ici, j'avais seulement vu faire : je me suis injecté de l'héro, et imprimé des traces d'une extrémité à l'autre du bras jusqu'à ce que j'aie l'air du parfait junkie. Et que je te pique, une brève pause, et que je te repique, et voilà le travail, une collection de marques de piquouses. Ensuite, petite visite au commissariat, histoire d'entrer par effraction dans le local des pièces à conviction et de me faire pincer en train de glisser une demi-livre de poudre sous ma veste. J'ai été arrêté sur-le-champ. Ils ont trouvé les traces de piqûres et sont tombés dans le panneau – le cliché du flic des stups qui se came. Qui a dérapé pour une raison ou une autre, histoire d'être crédible en infiltrant un réseau de dealers, ou par faiblesse, par incapacité de résister à la tentation. Pris la main dans le sac. Pathétique. Où est-ce qu'on recrute des nuls pareils ?

La hiérarchie a suivi l'affaire. Comment la gérer ?

En poursuivant cet inspecteur de la brigade des stups, doublé d'un junkie ?

Non.

Démission infamante et clôture du dossier, voilà comment on étouffe un scandale.

Parfait. Pour peu que je ferme ma gueule et me tienne à carreau, on en resterait là. Et, si jamais j'essayais de parler, qui croirait un poulet junkie pris à faucher du smack dans la salle des pièces à conviction du commissariat ?

Plus besoin de me refroidir, maintenant. Je resterais muet, je n'alerterais personne – je ne risquais pas de le faire avec un casier pareil et plus une once de crédibilité. Mais j'avais sauvé ma peau.

J'avais survécu. Et chaque jour j'achetais mon smack, et je me l'injectais, et je survivais.

L'héroïne m'avait préservé.

Pendant six mois.

Jusqu'à l'apparition du commandant Douglas, le type de la commission Samson, qui m'avait fait une offre impossible à ne pas refuser…

Pat hoche la tête. De ce récit décousu, désordonné, il a capté l'essentiel. Il veut savoir :

« Qu'est-ce qui t'empêche de rentrer dans ton pays, maintenant ?

— Pat, j'ai rien là-bas, j'ai rien ici. Si j'essaie de retrouver la forme, si j'arrête la came, c'est pour une seule putain de raison, c'est pour descendre Charles Mulholland, qui a tué mes deux amis. Tu vois pas qu'il est cinglé, ce mec ? Faut l'arrêter. Faut que je le fasse avant l'annonce du 6 août, avant qu'il se porte candidat au poste de représentant. Si j'y arrive, j'aurai réglé mes comptes. »

Pat m'essuie le front, me nettoie au moyen de l'éponge, me verse des cuillerées de thé dans la bouche. Et secoue la tête.

« Alex, l'annonce a eu lieu hier. Ça fait dix jours que t'es là. C'est trop tard. Le représentant Wegener a déjà fait savoir que c'était son dernier mandat. Le maire de Fort Collins se retirant de la course, Charles Mulholland va être nommé candidat pour le parti républicain. C'est un adoubement. Tout est fini, il est trop tard. Laisse tomber.

— Quoi ? Trop tard ? Ah ouais, j'oubliais, j'oubliais, c'est pas ça le plan, y a un nouveau plan. Le descendre au bal de financement, le descendre à ce moment-là.

— Folie, marmonne Pat. Tu ne m'as pas écouté l'autre fois, eh bien, écoute-moi maintenant. »

Je devais à Pat une sacrée chandelle. Après m'avoir opéré la jambe pour enlever un plomb de fusil, il m'avait maintenu en vie malgré tout ce que je m'étais cogné, hypothermie, état de choc, perte de sang, puis sevrage d'héroïne. Et il n'avait pas été formé pour ça, il n'était pas chirurgien, seulement auxiliaire médical ; mais il avait fait ce qu'il fallait. De toute façon, je ne l'entendais pas, et recevais mes instructions d'une autorité supérieure. Ces vers de la *Bhagavad-Gita* résonnaient dans ma tête : « Ô Arjuna, toi qui pourrais être la terreur de tes ennemis, pourquoi céder à cette faiblesse déshonorante ? »

La terreur de tes ennemis.

Il m'a fallu attendre encore plusieurs jours avant de me sentir capable de ressortir avec Pat dans les rues de Fort Morgan. J'avais arrêté l'héroïne, ma jambe était guérie, je pouvais marcher et courir. On s'est tenus sur nos gardes, sans remarquer de quidams inquiétants. Les tueurs m'avaient vu sombrer au fond de la South Platte et, comme disait Pat, je me serais sûrement noyé si le fleuve n'avait connu un étiage historique après deux années de sécheresse.

Puisqu'on me croyait mort pour la deuxième fois, un boulevard s'ouvrait devant moi. Une occasion à ne pas manquer. Ma stratégie s'inspirait d'un reportage diffusé sur Channel 9. Charles organisait dans la salle Eastman, à Denver, un bal d'été destiné à collecter des fonds – tenue blanche obligatoire. Le choix de l'endroit reflétait le discernement de Charles. Cette salle de danse historique n'ayant pas été utilisée depuis des années, tout le monde escomptait qu'une grande fête aiderait à en tenir éloignés les promoteurs immobiliers. Eh bien, c'est là que j'allais redresser les torts du monde.

J'avais beau être convaincu de la culpabilité de Charles, un détail me tracassait. L'épisode du cimetière n'avait aucun sens. Charles n'aurait jamais fait appel à des hommes de main pour se débarrasser de moi. D'abord, comment les aurait-il recrutés ? En Amérique, un tueur à gages sur trois est en réalité un agent spécial du FBI. Ensuite, et c'était mon argument d'origine, qu'est-ce qui les empêcherait de faire chanter Charles une fois qu'il aurait accédé à une vraie notoriété ?

Ça clochait quelque part.

C'est ainsi que, délivré de l'héroïne pour la première fois depuis près d'un an, j'ai annoncé à Pat :

« Faut qu'on retourne à Denver. »

Il a protesté, tempêté, refusé.

On a fait nos bagages et pris le car pour Denver, puis un taxi pour le vieil immeuble de Pat. Les Éthiopiens étaient partis, le hall sentait l'urine et il était maintenant encombré de détritus. Quelqu'un avait essayé de faire sauter les nouveaux verrous de la porte intérieure, heureusement sans y parvenir.

On s'est installés tous les deux dans l'appartement de Pat. Je ne pouvais me résoudre à retourner vivre dans celui où John était mort.

Et le monde était plus dur que jamais, et Denver une grande ville étouffante, déplaisante. J'avais désormais des fringales. Quand les gens étaient en colère, je le sentais ; et je ne pouvais plus ignorer la saleté, la crasse. Auparavant, le smack arrondissait les angles, il m'apaisait en noyant toutes choses dans un flou impressionniste ; non seulement il arrivait à me faire croire que la vie chantait toujours, mais il me dissimulait ses rides – il mettait « de la vaseline sur l'objectif », comme disent les équipes de télé, qui ne filment plus Barbra Streisand qu'avec des filtres.

J'ai étudié à la loupe les biographies de Robert, Charles et Ambre Mulholland. Du travail de flic à l'ancienne – visite à la bibliothèque municipale de Denver, appels téléphoniques à l'université Harvard, au cabinet d'avocats Cutter & May, à la fondation Mulholland.

Avec Robert et Charles, tout se tenait, c'était du

territoire familier. On les suivait à la trace dans les journaux : le père, multimillionnaire divorcé ; les fonds en fidéicommis, les lycées privés, les universités haut de gamme ; les doctorats en économie et sciences politiques. Pas de surprises.

La surprise, c'est Ambre Mulholland qui me la réservait.

Quasiment aucune information correspondant à ce nom. L'annonce de son mariage dans le *Denver Post* et le *New York Times*, et, à part ça, pas grand-chose. Je me suis rappelé cette photo, dans le vieil album de promotion universitaire que j'avais trouvé chez elle. Lors de sa première année à Harvard, Ambre avait changé son nom de Doonan en Abendsen. Mais pourquoi ? Elle avait mentionné un problème avec son père, ce qui m'avait laissé perplexe. Quel pouvait être son *vrai* nom ? Il existait un moyen facile de le découvrir...

J'ai mis une chemise et une cravate et je me suis pointé, les bras chargés d'une douzaine de roses blanches, à la maison de retraite où vivait la maman d'Ambre, sur Pennsylvania Street.

Adoptant mon plus bel accent américain, j'ai hélé le très jeune vigile au crâne presque rasé :

« Dites, vous pourriez peut-être m'aider, j'ai des roses pour une Madame Doonan, mais le nom est barré et c'est marqué Madame Abendsen à la place... »

Le type m'a à peine regardé.

« Chambre 201.

— Quel nom c'est ? j'ai demandé.

— Le premier que vous avez dit. »

Chicos, la résidence. Tapis épais, rampe d'acajou,

infirmières en uniforme blanc impeccable. J'ai frappé à la porte de la chambre 201 avant d'entrer. Assise dans un fauteuil, le regard vissé sur la fenêtre, une frêle vieille dame à la chevelure argentée caressait un lainage pelotonné sur ses genoux comme un chat.

« J'ai des fleurs pour vous, Madame. »

Elle ne s'est pas retournée et n'a pas levé les yeux.

« Des fleurs », ai-je répété.

La maman d'Ambre ne paraissait même pas consciente de ma présence dans la pièce. Quel âge avait-elle, d'après Ambre ? Soixante-huit ans ? Elle faisait un peu plus. En tout cas, la maladie ne l'avait pas ratée et il n'était pas question de l'interroger ; mais autant profiter de l'occasion pour explorer les lieux, ce que j'ai entrepris de faire aussitôt après avoir posé mon bouquet. Aux murs, quelques tableaux, des gravures. Précautionneusement, du moins au début, j'ai ouvert les tiroirs de sa commode ; la malade n'a pas bronché.

Des habits de vieille dame, des couches pour adultes, rien de spécial. En haut d'un placard, hors de sa portée, des affaires plus personnelles : statuettes chinoises ou allemandes – ces figurines Hummel au kitsch éprouvé –, morceaux de cristal, quelques cartes postales, dont plusieurs d'Ambre. Pas grand-chose d'intéressant, jusqu'à ce que je tombe sur une enveloppe remplie de papiers. La mère de tous les filons, si j'ose m'exprimer ainsi : le certificat de naissance de Louise Abendsen à Knoxville, dans le Tennessee, en 1927 ; son diplôme du bac ; le certificat de publication des bans de son mariage avec Sean Doonan, le 31 octobre 1955 ; son attestation de divorce d'avec l'intéressé, le 1er janvier 1974, alors que leur fille Ambre devait avoir huit ou neuf ans.

Pendant que j'examinais ces documents, les plus intéressants que j'aie trouvés jusque-là, Louise regardait toujours par la fenêtre sans me manifester le moindre intérêt. L'attestation de divorce précisait : « Louise Doonan étant actuellement incarcérée à la prison d'État de Huntsville, au Texas, l'enfant est confiée à la garde du père, Sean Doonan. » Ce document faisait tout un plat des trois autres peines d'emprisonnement infligées à Madame Doonan au cours des dix années précédentes, pour vols à l'étalage, larcins, ivresse publique et autres délits qualifiés de « signes de déséquilibre mental ». Étaient en outre explicitement balayées les « affirmations de Madame Doonan selon lesquelles Sean Doonan aurait des accointances avec le crime organisé ».

« Des fleurs. »

Louise n'avait pas bougé de son poste d'observation devant la fenêtre. Je suis resté silencieux. Elle a réitéré :

« Des fleurs. »

Il était temps de partir, car elle commençait à s'agiter. De toute façon, avec les infos que je venais de recueillir, j'avais du pain sur la planche. Pour un peu, Ambre m'aurait inspiré de la pitié – une mère perturbée, un père véreux… J'ai remis l'enveloppe en place et reporté mon regard vers Louise. Pas question de laisser les fleurs, quelqu'un risquait de se demander d'où elles provenaient ; je les ai donc emportées et jetées dans une des poubelles du couloir. Ça m'a fait mal. Le vigile n'a même pas levé les yeux lorsque je suis sorti.

Les pièces qui manquaient au puzzle n'ont pas été difficiles à réunir. Les journaux du New Jersey et même de New York avaient entendu parler de Sean Doonan, membre éminent, encore que jamais inculpé, de la mafia irlandaise d'Union City, dans le nord-est du New Jersey. Il avait été impliqué dans une action en justice regroupant divers chefs d'accusation : racket, activités syndicales frauduleuses, loterie illégale consistant à parier sur la présence de certains nombres dans certaines rubriques des quotidiens. Pas une seule inculpation.

Ambre, après le divorce de ses parents, avait vécu avec lui. Il était clair qu'elle avait fait les quatre cents coups. Le nom d'Ambre Doonan était associé, dans l'*Union City Gazette*, à des arrestations pour vandalisme et vol de voiture. Le service de prêt interbibliothèques de la bibliothèque publique de Denver m'a obtenu la photocopie des numéros appropriés de la *Gazette*. Une photo grenée, en noir et blanc, montrait une jolie punkette arrogante au nez percé, au crâne rasé.

Tout cela n'avait pas empêché Ambre d'obtenir des résultats brillants à ses examens d'admission en fac, car elle avait été acceptée à Harvard. À moins que son papa n'ait tiré quelques ficelles ? Au cours de sa deuxième année, comme je l'avais déjà découvert, elle avait commencé à se faire appeler Ambre Abendsen, du nom de jeune fille de sa mère. La demoiselle Abendsen avait remporté un prix au festival d'art dramatique de

Boston, et j'ai même retrouvé une photo du *Boston Globe* sur laquelle on la voyait avec de longs cheveux blonds et un chemisier Gucci. Ni son père ni sa mère n'avaient assisté à sa cérémonie de remise des diplômes, à Harvard ; ce détail, qui avait interpellé deux de ses anciens camarades de classe, comme ils me l'ont dit au téléphone, ne m'étonnait plus.

À Boston, Ambre s'était apparemment construit une nouvelle identité en reniant sa mère alcoolo, son père issu des bas-fonds et membre de la pègre irlandaise. Honteuse de ses origines, elle s'était réinventée pour évoluer dans le beau monde. Elle avait fait disparaître son tatouage de harpe, châtié son élocution, mais on a beau faire, la caque sentira toujours le hareng ; elle manifestait des traits de comportement ataviques, une tendance à la kleptomanie, à la baise incontrôlée. Enfin, c'est peut-être raciste de dire ça. Ou classiste. Qui sait ?

D'après le *Denver Post*, aucun de ses deux parents n'était venu non plus à son mariage. Charles avait dû comprendre la décision d'Ambre ; sa mère effectuait un de ses nombreux séjours en cabane, à l'époque, et son vieux était apparu à la télévision dans le cadre d'un procès interminable qui venait de tourner court. Les journaux new-yorkais avaient de nouveau publié la photo de Sean Doonan – neveu de Seamus Patrick Duffy, le chef présumé de la mafia irlandaise de New York.

Plus Ambre mettrait de distance entre son père et elle, mieux elle s'intégrerait dans les cercles grisants qui gravitaient autour de Charles Mulholland.

Toutes informations qui auraient pu paraître hors sujet, à un détail près.

Je savais sans doute maintenant d'où venaient les sbires du cimetière.

Mon appel téléphonique avait dû précipiter les événements. Charles et Ambre, effrayés, s'étaient retrouvés à court d'idées. Charles ayant merdé en me plantant un couteau dans le cœur sans parvenir à m'abattre, Ambre avait compris qu'il lui restait une seule chose à faire pour sauver son mari et son avenir. Contacter son bon vieux papa. Pourquoi pas ? Apparemment, elle m'avait dit la vérité en m'assurant ne plus avoir de relations avec lui. Leur brouille de huit années allait devoir prendre fin. Elle avait besoin de son assistance ; elle avait besoin de quelqu'un en qui elle ait une confiance absolue, quelqu'un qui ne risque pas de les faire chanter, elle et Charles, et qui puisse envoyer trois assassins professionnels cueillir à Fort Morgan le type qui persécutait son mari. Charles s'était occupé de tout jusque-là, mais quelqu'un d'autre allait devoir régler les derniers détails.

Peut-être avait-elle donc pris son téléphone. Sachant qu'à l'avenir Sean Doonan exigerait en retour des faveurs, mais tant pis. Papa, j'ai besoin de ton aide…

Encore une belle connerie de ma part. En organisant un jour à l'avance cette rencontre dans le cimetière, j'avais laissé aux tueurs de Doonan tout le temps nécessaire pour arriver à Denver par avion et se rendre en voiture à Fort Morgan, reconnaître le terrain, tendre leur piège. Quel idiot j'avais été ! Peut-être que Charles avait forcé la main à Ambre, qu'il lui avait fait peur.

Sauf erreur de ma part, ç'avait dû être coton de la convaincre de reparler à son vieux, vu le mal qu'elle s'était donné pour se délester de son passé. Néanmoins, elle s'était inclinée. L'avenir était trop important. Son avenir de femme de politicien en pleine ascension. Oui, Charles, je vais appeler papa, il va s'en occuper, il va tuer Alex.

Merci, Ambre. Je ne suis pas du genre rancunier. Mais prépare-toi à hurler, ma chère. Compose-toi une expression à la Jackie Kennedy. Dans trois jours, Charles sera étendu à tes côtés avec un pruneau dans le crâne.

Il me fallait une arme. Je suis retourné voir mon ancien dealer, le petit Costaricien qui opérait derrière le refuge de l'Armée du Salut, sur Colfax Avenue. Des livres entiers ont été consacrés à la relation qui se noue entre un toxico et son fournisseur. Burroughs, De Quincey… Lou Reed a écrit des chansons là-dessus. Mes rapports avec Manuelito étaient dénués de complications. Je l'aimais bien. Vu que j'avais décroché et que personne d'autre ne s'intéressait au smack à Denver, je ne lui en ai pas voulu de m'accueillir un peu fraîchement. J'ai arboré un grand sourire pour le saluer :

« Manuelito…

— Pour toi, c'est Manuel », a-t-il répliqué aigrement.

Son visage poupin s'est efforcé de prendre une expression dure.

« Écoute, j'ai arrêté le smack, me casse pas le moral. »

Il a secoué la tête et répliqué :
« Tu sais, mec, l'héroïne en vaut même plus le risque.
— Je sais. »
On a discuté le bout de gras, comme quoi le pays allait vraiment à vau-l'eau quand les jeunes étaient obligés de dévaliser des vieilles dames pour pouvoir se payer du crack, au lieu de consommer de la bonne héro afghane, si pure de nos jours qu'on pouvait la fumer, planer, se détendre sans faire de mal à personne d'autre qu'à soi. Pendant qu'on en était sur le chapitre de ce monde dangereux où nous vivions, je lui ai signalé qu'il me fallait un flingue.
« Y a un mec qui s'appelle Tricky, m'a-t-il informé, il vit à environ deux rues de chez les keufs… »
Génial.
« Sur Federal Plaza, a précisé Manuelito. Je vais t'emmener. »
Nous sommes donc allés voir Tricky. Un jeune Guatémaltèque maigre et costaud, tellement speed qu'ils me rendaient nerveux, lui et sa collection d'armes : fusils, M16, pistolets et même une mitraillette – sans parler de mon propre projet de meurtre politique, le tout à moins de cent mètres du commissariat central et d'un bureau du FBI. Tricky aurait aimé que je le débarrasse de sa sulfateuse, mais j'ai fini par opter pour un calibre .38 au long pif, un revolver similaire à celui que j'avais possédé dans la police. Volé à un armurier au Mexique, d'après Tricky, c'est-à-dire à traçabilité zéro, pour ainsi dire. L'arme à la main, j'ai remercié les deux jeunes et je suis rentré à la maison.
Depuis quelque temps, Pat n'allait pas terrible. Il me

disait de ne pas m'inquiéter, que son médecin l'avait prévenu, il y aurait des hauts et des bas, de bonnes et de mauvaises semaines. Son état dessinerait une sinusoïde, en haut, en bas, en haut, jusqu'au plongeon final dans l'abîme.

Il était pâle et toussait quasiment tout le temps, désormais ; on aurait dit qu'il perdait du poids et des forces à mesure que j'en prenais. C'était mon tour de lui préparer de la soupe presque chaque soir ; j'essayais aussi de tenir son appartement propre.

On s'entendait vraiment bien, tous les deux, et je me sentais un peu coupable de le quitter. J'allais pourtant devoir le faire, que ce soit pour aller en prison ou dans l'au-delà – ou peut-être même en Irlande. Dans cette dernière éventualité, j'avais modifié mon billet d'avion une fois de plus, en me disant que, si je survivais à l'assassinat que j'entendais perpétrer, je prendrais un vol pour Dublin le soir même, avec mon vrai passeport.

Il était possible que je parvienne à m'enfuir après avoir descendu Charles, mais plus probable que je sois tué sur place, ou arrêté. Le représentant Wegener serait là, ainsi qu'un sénateur d'un État qui pratiquait l'abattage des arbres, et il y aurait forcément un service de protection. Des poulets, des agents du FBI, sans doute quelques vigiles privés.

« Dis donc, Pat, y a la peine de mort dans le Colorado ?

— Non, a-t-il répondu en toussant un peu. Mais t'iras pas jusque-là », a-t-il ajouté avec un sourire ironique.

Pat était enrhumé, enveloppé dans ses couvertures ; le rhume peut tuer un malade du sida. Il m'avait donné la liste des numéros à appeler, au cas où il devrait être transporté d'urgence à l'hôpital Saint-Joseph. Quand je lui ai demandé s'il voulait du thé, il a secoué la tête.

« T'as pris ton AZT ?

— Parmi les gens que je connaissais, tous ceux qui prenaient de l'AZT sont morts.

— Pat, tu rendras service à tout le monde en suivant ton ordonnance. Je tiens pas à ce que tu me claques entre les doigts.

— Je vais le prendre, t'affole pas. Ça va rouler, j'ai de la ressource. »

Comme pour me gagner à sa conviction, une lueur s'est allumée dans son regard…

Plus que deux jours avant le bal de souscription.

Pat a été très malade pendant la matinée, et ce n'est pas avant l'après-midi que je suis sorti pour aller inspecter la salle de danse Eastman, à six rues au nord de Colfax Avenue, sur Comanche Street. Un grand bâtiment en forme de boîte, avec de hautes fenêtres grillagées, banal de tous les côtés, à l'exception de la façade Art déco aux colonnes de marbre soutenant deux statues de personnages à demi nus, ballerines ou anges, ou peut-être otages soumis à un régime alimentaire draconien. Très beau, d'une élégante simplicité.

La salle de bal, de la taille d'un pâté de maisons, était située en face d'une usine de roulements à billes vide et d'un ancien entrepôt. L'immeuble d'habitation le plus proche, d'ailleurs passablement décrépit, se trouvait à quatre rues au sud. Je ne comprenais pas très bien le développement du quartier. Pas de circulation, pas de passants, pas d'immeubles ; pourtant, ses trottoirs et ses rues étaient larges. Peut-être que ç'avait été l'équivalent d'une ville ouvrière et que la fermeture de l'usine avait achevé ce quartier. Un de ces jours, les promoteurs immobiliers allaient le découvrir et tout revendre à la découpe.

Pour se rendre au bal de la SAS – « tenue blanche obligatoire » –, il fallait avoir un billet. Trop risqué d'en acheter un, même sous un faux nom ; je serais obligé de me le faire envoyer à l'adresse de Colfax Avenue, et un petit malin pouvait effectuer le rapprochement.

Je devais trouver un autre moyen de m'introduire dans la place.

J'ai examiné l'entrée du dancing Eastman ; on accédait à la double porte, sous les colonnes, par une volée d'une douzaine de marches. Le soir de la fête, il y aurait des gens pour contrôler les billets, en haut de cet escalier ; et, si j'essayais de passer au bluff, je savais que tout serait compromis dès le départ. Par ailleurs, me frayer un passage à coups de pétoire, c'était laisser à Charles le loisir de se planquer. Après avoir refait le tour du bâtiment, je me suis appuyé contre le mur de la vieille usine de roulements à billes.

Encore un beau soleil dans le ciel de Denver, une chaleur sèche. L'usine projetait de grandes ombres nettes sur le trottoir et la chaussée. Ce ne serait peut-être pas une mauvaise idée d'essayer de jeter un coup d'œil à l'intérieur du dancing, histoire d'inspecter la disposition des lieux. Mais si je tombais sur un gardien, ou un agent de nettoyage, ou même quelqu'un de la SAS en train de s'occuper des préparatifs ? Pourquoi montrer ma bobine à un vigile tant que je n'y étais pas obligé ?

Je me suis éloigné sur un dernier regard, de peur de finir par attirer l'attention. Aucune idée ne m'était venue. Je tenterais peut-être quand même un coup de bluff, après tout ; je dirais que j'avais perdu mon billet, et puis on verrait toujours. Une seule chose était désormais parfaitement claire, c'est que je n'attendrais pas sur le trottoir que Charles descende de sa limousine ou de son taxi. Ce serait le meilleur moyen de me faire remarquer, étant donné que dans cet étrange quartier on n'apercevait pas le moindre piéton.

Restait le problème de ma fuite, une fois le coup fait. Une voiture risquait de se retrouver coincée dans cette foutue circulation de Denver. Je me suis rendu dans un magasin Kmart et j'y ai claqué cent dollars pour un VTT, cinquante pour un antivol. Si j'arrivais, d'une manière ou d'une autre, à ressortir de cette salle de danse, je pédalerais de toutes mes forces jusqu'à Colfax Avenue. Une fois là, je serais en sécurité.

Si j'arrivais seulement à ressortir de cette putain de salle.

On ne s'est pas parlé de la journée. Pat a essayé de me préparer des œufs pour le dîner, mais j'ai dû prendre les choses en main ; il ne pouvait pas manger de toute façon, et moi non plus. À la tombée de la nuit, j'ai enfilé le costard blanc que j'avais payé cinq dollars à la friperie, et dont le nettoyage à sec m'avait coûté trois fois plus cher. Quand j'ai empoigné le vélo dans l'entrée de l'appart, Pat a levé les yeux de son journal, le *Rocky Mountain News*. Son visage était baigné de larmes.

« Tu as ton passeport, Alex ?

— Je l'ai.
— Tes billets ?
— Ouais.
— Ton flingue ?
— Ouais.
— Et tu veux que je balance tout le reste de tes affaires ?
— Affirmatif. »

Il est resté assis sans rien dire pendant une minute, en avalant sa salive, et j'ai remarqué que ses cheveux avaient commencé à devenir aussi gris que son teint. Je suis allé m'asseoir auprès de lui.

« Alex, il n'y a vraiment rien que je puisse dire pour te faire changer d'avis ?
— Non, Pat.
— OK. Allez, embrasse-moi. »

Je l'ai serré dans mes bras et il m'a fait une bise sur la joue.

« Je suis inquiet pour toi, Pat.
— Putain, mec, tu ferais mieux de t'inquiéter pour toi-même. Je suis pas encore mort !
— Et si les flics viennent te voir ?
— Je m'en occuperai, Alex, ça ira. »

Ses traits s'étaient figés dans un sourire dont nous n'étions dupes ni l'un ni l'autre. J'ai hoché la tête et, après m'être mis debout, je l'ai observé. Je ne voulais pas être dissuadé d'accomplir ma tâche. Je ne voulais pas que Pat me convainque de quoi que ce soit, mais j'avais besoin d'entendre quelque chose.

« Pat, je ne te demande pas de me dire que j'ai raison d'y aller, je sais que tu ne le penses pas. Mais dis-moi au moins que tu comprends. Tu connaissais John, tu as vu ce que Mulholland lui a fait. Et ce qu'il a fait à Victoria, et peut-être à une autre fille. Sachant ça, dis-moi au moins que tu comprends. »

Pat m'a regardé avec un pauvre sourire.

« Je comprends », m'a-t-il répondu doucement.

Les larmes roulaient sur son visage. J'ai empoigné mon sac à dos, je suis sorti de cet appartement pour la dernière fois et n'ai jamais revu Pat.

J'ai remonté Colfax Avenue puis Comanche Street et ne suis descendu de bicyclette qu'une fois parvenu devant l'usine de roulements à billes. Il faisait plus sombre, maintenant, et j'aurais été pratiquement invisible sans les lampadaires – et sans ma chemise blanche, ma veste blanche, mon costard blanc des années 1970 et mon chapeau blanc de maquereau. Je ne savais toujours pas comment j'allais m'inviter à la fête de la SAS.

J'ai mis l'antivol de ma bécane et planqué le sac, qui contenait des fringues de rechange et mon passeport.

Et je me suis dirigé vers le dancing Eastman. Il y avait beaucoup d'agitation devant le bâtiment. Des caisses des années 1910, avec siège avant à l'air libre séparé du siège arrière par une vitre. Des limousines, des taxis d'où descendaient des Blancs fortunés. Les hommes étaient ventripotents ; les femmes, plus jeunes, portaient trop de bijoux.

Après avoir contourné l'immeuble à pied, j'ai attendu en essayant de réfléchir. Et si je tentais d'entrer par une des issues de secours ? La bouche sèche, j'ai rôdé parmi les ombres de l'usine délabrée.

Une heure s'est écoulée. Je n'avais même pas de clopes.

La tension commençait à m'envahir. Tôt ou tard, j'allais devoir me repointer devant le bâtiment et tenter ma chance au culot. Je n'en avais vraiment aucune envie, je ne pensais pas que ça marcherait. Mais bientôt je n'aurais plus le choix.

Je me suis accordé un dernier quart d'heure, en surveillant ma montre.

Et puis, alors que je revenais vers la façade, le coup de bol. Une issue de secours s'est ouverte pour laisser passer un type en smoking qui voulait en griller une petite. Sans refermer la porte, il s'est allumé sa clope et a décidé de pisser un coup contre le mur mal éclairé de l'usine. Je suis sorti de l'ombre, j'ai traversé la rue et il m'a dit bonsoir.

Le saluant au passage d'un hochement de tête, je suis entré par l'issue restée ouverte. Parvenu à l'extrémité d'un corridor en béton, j'ai tiré une porte et je me suis retrouvé dans la salle de danse.

Parterre, orchestre sur la scène, lustre, vaste piste entourée de tables que des serveurs en pingouins chargeaient de hors-d'œuvre et de bibine. Dans les deux cent cinquante personnes, dont la moitié guinchait, façon petits Blancs, au rythme d'un jazz allégé et d'une soupe moulinée à partir des standards du Rat Pack[1]. Ceux qui ne dansaient pas étaient assis aux tables ou se tenaient au bord de la piste, à bavarder et à flirter. Robes blanches, costumes blancs ; deux, trois originaux en blouse ou

---

1. Le trio Frank Sinatra-Sammy Davis Jr-Dean Martin, au début des années 1960.

salopette blanche. Une soirée chiante comme la pluie, exactement le genre de types qu'on pouvait s'attendre à rencontrer dans une fête organisée pour financer une organisation telle que la Sauvegarde de l'Amérique sauvage : entre quarante et soixante balais, grisonnants, friqués, contents d'eux, ayant généralement largué leur femme pour une compagne plus jeune. Ils s'étaient fait réformer, enrichis dans l'immobilier, avaient basculé de la gauche à la droite, et leur rêve était d'apparaître un jour en couverture du magazine *Cigar Aficionado*. Les seules personnes de couleur étaient celles qui portaient les plateaux.

J'ai repéré un groupe de tables situées près de la scène. À l'une d'elles étaient assis Charles en tenue de cérémonie, jaquette blanche et pantalon rayé, et Ambre, éblouissante dans une robe de couleur crème. Tout gravitait autour d'elle. Bon Dieu, j'avais oublié à quel point elle était belle. Je ne voyais pas Robert, ni Wegener, le membre du Congrès qui prenait sa retraite – à moins que ce ne soit ce gros bonhomme en veste blanche, encadré par deux gardes du corps. Les positions antigay du représentant lui avaient en effet valu des menaces de mort. Ses hommes de main étaient peut-être armés. Aucune importance, je serais rapide. Ambre parlait avec un type de trente-cinq à quarante ans son aîné ; ils se ressemblaient trop pour que ce ne soit pas son père. Comme les deux gorilles qui l'accompagnaient, il portait une veste noire fermée par un bouton blanc ; ça leur donnait l'air de faire partie du personnel. J'ai souri. Peut-être mon hypothèse se vérifiait-elle, et le père et la fille s'étaient-ils retrouvés grâce à moi. Quel meilleur moyen de renouer qu'en recrutant des mecs pour me descendre ? Très touchant. Le plus grand des deux gorilles m'a rappelé un des gars qui m'avaient tiré dessus dans le cimetière de Fort Morgan, quelques semaines plus tôt.

Un garçon s'est approché de moi pour me proposer un toast très mince, nappé de caviar.

« Monsieur ?

— Merci. »

Il fallait que je me détende. J'ai desserré les poings en faisant semblant de contempler une grande peinture murale datant du New Deal, le programme anticrise lancé par Roosevelt dans les années 1930 – des personnages de danseurs appartenant à diverses périodes de l'histoire. Pour m'approcher de Charles, le plus sûr était d'éviter la piste, de la contourner en fendant la foule dans le sens inverse de celui des aiguilles d'une montre.

Putain, assez perdu de temps, c'était maintenant ou jamais.

Après avoir vérifié que le flingue se trouvait bien au fond de ma poche, avec les grenades fumigènes trouvées chez Pat, j'ai rabattu devant mes yeux le bord de mon chapeau de proxo et je me suis immergé dans la multitude…

Le temps se ralentit. Le monde se brouille. Le mouvement. Les gens. Les stroboscopes s'allument. Des bribes de conversation :

« Pas de doute, O. J. Simpson l'a bien tuée, d'abord elle et ensuite le serveur…

— La station de ski de Winter Park est tellement vulgaire…

— Ce n'est ni Charlton Heston ni Frank Sinatra ! Non, la pire moumoute qu'on puisse voir à la télé, c'est celle de Jack Horkheimer, ce mec qui s'occupe d'astrologie…

— Clinton va gagner, c'est sûr…

— À la télé, Norm McDonald est irrésistible dans le rôle de Bob Dole… »

Les couples qui dansent. Les parfums des femmes. L'orchestre sur la scène. Les lumières. Les gens. Mais je n'ai d'yeux que pour une personne. Charles. Il parle avec un type qui règle un pied de microphone. Des allocutions sont prévues plus tard dans la soirée.

J'aurai au moins épargné ça à l'assistance.

À travers laquelle je me faufile.

Personne ne me prête la moindre attention.

Plus près.

Plus près.

Une garçonne des années 1920 se cogne contre moi.

« Désolée, s'excuse-t-elle avec un sourire ravageur.

— Pas de problème. »

À six mètres de la table de Charles.

Je tâte de nouveau mon flingue. J'avale ma salive. Je me sens mal.

Le temps ralentit encore.

Mes jambes se mettent à trembler. Est-ce que je vais en être capable ? Est-ce que je peux tuer une autre personne ? Eh bien, et ce type, dans le cimetière ? J'avais la haine. Je l'avais. La mort de Victoria aurait été une raison suffisante. Mais celle de John, et peut-être aussi de cette fille, Maggie ? Je suis maintenant tout près.

Un peu plus de quatre mètres. Pas de danseurs entre

Charles et moi. Ses yeux pleins d'assurance, son sourire méprisant, je les ai directement dans ma ligne de mire. Debout aux côtés d'Ambre, il se gratte l'oreille, avale une gorgée de champagne. Sa dernière gorgée. Le sang bouillonne dans mes veines, j'entends distinctement chaque battement. Un, deux, trois, quatre…

Je cligne des yeux. Détends mes doigts. Des gouttes de sueur m'inondent les paumes. Mon genou me fait mal. Je ne respire plus.

Trois mètres.

Je touche le calibre .38, je l'arme au fond de ma poche. J'oblige mes jambes à cesser de flageoler. Le métal du flingue est chaud, la poignée trempée de sueur. Je l'ai chargé, au moins ? Bien sûr. Je le sors de ma poche.

Le temps s'arrête.

Je souris.

Je suis vraiment là. Et cette scène est vraiment en train de se produire. Ça y est, il est trop tard, maintenant. Tu peux faire tout ce que tu veux, Charles, saisir ton chapelet, chanter tes chansons. Ton existence est officiellement effacée.

Des gens bougent et parlent derrière moi. La musique résonne. Un solo de batterie. La pièce tangue légèrement.

J'ai la gorge sèche. J'essaie d'avaler ma salive, mais c'est impossible quand on ne respire pas.

Charles se penche pour écouter son interlocuteur. Je lève mon arme.

Charles tourne légèrement la tête.

Nos regards se croisent un instant.

Mon sourire s'élargit.

Il détourne les yeux. Il se passe tellement de choses dans cette salle.

Charles dit un truc à ce type aux énormes favoris, qui prend un air perplexe. Charles avait commencé à lui raconter une anecdote ou une blague quelconque, mais il a perdu le fil en cours de route et paraît troublé. Il se met à bégayer, comme son frère. Mon calibre .38 est maintenant braqué sur lui. J'ai son expression égarée dans ma ligne de tir.

Il se détend à l'approche d'Ambre, si belle, si intelligente, si dure. Elle émet une remarque qui fait éclater de rire l'homme aux favoris. Charles regarde ses chaussures puis reprend du poil de la bête et finit de raconter sa blague. Je perçois enfin, en un éclair, le fonctionnement de leur relation. Tout dépend d'elle. Ambre n'est pas seulement celle qui l'aide dans les coulisses. C'est elle qui lui donne son assurance, qui lui permet de se tenir droit. C'est elle. L'héroïne m'avait aveuglé.

Ma main crispée sur le flingue faiblit tandis que le voile se déchire.

C'est Ambre. Bien sûr, que c'est elle. Oh, mon Dieu.

Charles n'aurait jamais pu abattre quelqu'un. Trop mou, trop délicat, trop sensible. Il n'en aurait jamais eu le courage. Ambre me l'avait assuré, sous l'effet du smack. Elle m'avait déjà tout dit, et je ne l'avais pas entendue. Cette peau parfaite, ce sourire effilé tel un rasoir, ces drôles de petits traits de comportement. Ce regard d'acier.

C'est elle.

Charles n'a probablement tué personne de sa vie. Ni John ni Victoria. Ni même sans doute Maggie. Si c'est vraiment un membre de cette équipe de *lacrosse* qui a fait le coup, ce serait plutôt Alan Houghton. Charles n'a pas le profil. Ce qui ne change rien à cette histoire de chantage : Charles a un rencard avec Maggie, Houghton se pointe, un incident se produit – et c'est la parole de Houghton contre celle de Charles. Mais je ne crois vraiment pas que Charles soit coupable. Ce n'est pas un tueur.

Quant au pauvre John… J'avais supposé que l'assassin était un homme, mais pourquoi ? Il suffit de la regarder, vigoureuse, rapide, en pleine forme, agile, experte en arts martiaux. Pourquoi pas elle ? Assez coriace – et chanceuse – pour porter un coup de couteau en plein cœur.

Elle se passe la main dans les cheveux et flirte avec le voisin de Charles, personnage en qui j'ai reconnu un sénateur célèbre. Je me mets à rire. J'éclate de rire. Depuis le commencement, Ambre m'a manœuvré, elle a soufflé le chaud et le froid pour me percer à jour, elle m'a séduit afin de me faire dévoiler mes batteries, baisser ma garde, trébucher. C'est elle qui a mené l'enquête, en cherchant à découvrir qui j'étais et ce que je faisais ici, en m'amenant à me trahir, à révéler que, oui, je connaissais Victoria, et que j'essayais d'élucider les circonstances de sa mort. Ha ! Je croyais lui tirer les vers du nez alors que, pendant tout ce temps, elle se débrouillait pour me faire parler.

Ambre. Fille d'une voleuse et d'un arnaqueur. La culture de la rue – un sacré numéro. Elle s'est servie de son corps avec Victoria et moi, mais son esprit est une arme plus redoutable encore.

Depuis combien de temps suis-je là, le bras tendu ? L'ample manche de ma veste ne dissimule que partiellement le flingue que je tiens à la main.

Une seconde ? Deux ?

Au cours de ce bref instant, je comprends tout, à partir du début. Charles avoue à sa femme, ou du moins laisse échapper, qu'Alan Houghton le fait chanter depuis des années. Ambre sait qu'elle a trouvé en Charles celui qui va l'arracher à la racaille irlandaise dont elle provient. Un membre de l'élite blanche, anglo-saxonne, protestante – et avec des ambitions politiques, qui plus est. Une seule solution : supprimer Houghton. Le moyen le plus simple serait d'en parler à son père ; seulement, elle a brûlé ce vaisseau. Elle entend se débrouiller seule. Son vieux fait partie du passé auquel elle essaie d'échapper. Déterminée à prendre en main son propre avenir, elle combine tout et prépare le meurtre. Elle a beaucoup appris de la réussite de son père et des échecs de sa mère. Oui, elle va s'occuper elle-même de cette affaire, sans en référer à Sean ni à Charles ; elle va régler ça personnellement. C'est son style, elle a travaillé dur pour entrer à Harvard et s'y réinventer ; et probablement, plus tard, pour provoquer la « coïncidence » de sa rencontre avec Charles, à Vail. Houghton n'était qu'un obstacle supplémentaire à écarter.

Oui.

C'est là que Victoria Patawasti tombe sur la caisse noire. Ses recherches laissent des traces dans la comptabilité, et Charles remarque que quelqu'un a mis le nez dans les fichiers du compte secret. Il panique, en parle à son épouse. Ça ne peut être que Victoria, bien sûr, et la malheureuse se condamne en confiant ses soupçons à son ordinateur. Seuls Charles, Robert et, c'est bien ce que Klimmer avait précisé, Madame Mulholland – seules ces trois personnes se rendaient dans le bureau de Victoria. Ambre doit identifier ce qu'a découvert Victoria. Elle la séduit, lui fait révéler son mot de passe et ce qu'elle sait. Et, une fois qu'Ambre a pris la décision d'abattre Alan Houghton, il est évident que Victoria doit mourir aussi. Victoria n'est pas de celles que l'on achète. Ambre doit agir rapidement. Hector Martinez travaille dans les bureaux de la SAS ; peut-être qu'il laisse tomber son permis de conduire, peut-être qu'elle le trouve en fouillant dans son portefeuille. Peu importe, elle obtient ce permis et sait qu'elle peut s'en servir pour faire porter le chapeau à un innocent. Elle abat Houghton et Victoria au cours de la même nuit et détourne tous les soupçons vers Hector, le supposé cambrioleur. Brillant.

Charles sait-il quoi que ce soit ? Il doit lui avoir confié qu'on avait fouiné dans la caisse noire. Est-il au courant pour les meurtres ? Est-ce qu'Ambre lui en a parlé ? Avait-il quelque chose à voir avec le meurtre de Maggie Prestwick ? Est-ce que ça a de l'importance ? À ce stade, je crois que je n'en ai plus rien à secouer.

C'est seulement après avoir loupé mon assassinat qu'Ambre s'est estimée parvenue à la limite de ses possibilités. Pour m'abattre, il lui fallait des tueurs professionnels. C'était trop risqué de faire appel à des inconnus, qui risquaient de la faire chanter. Vers qui se tourner ? Vers son papa. La voix du sang est la plus forte. Un rapprochement. Oh, Ambre, évidemment que c'était toi.

Je détourne mon flingue de Charles pour le pointer vers elle.

Je suis là, je tiens ce flingue. Mon doigt sur la détente. Ma ligne de mire entre les omoplates d'Ambre. Un instant. L'image de son beau visage. Ses cheveux d'or.

Si belle.

L'instant s'allonge.

Je commence à appuyer.

Et alors…

Et alors, je relâche la pression que j'exerçais sur la détente.

Non, Ambre, tu ne me feras pas commettre une nouvelle erreur. J'ai succombé à la faiblesse, en Irlande, et j'ai échoué. Mais pas ici, et pas maintenant. Il doit y avoir un autre moyen.

J'abaisse le canon de l'arme. Un type assis à la table d'Ambre m'aperçoit, glisse une main sous sa veste, la ressort.

Je retrouve ma respiration.

Une détonation. On dirait un bruit de pétard.

Du dos de mon voisin, projeté en arrière contre une femme qui tient une coupe de champagne à la main, jaillit une gerbe de sang. Silence de mort. Puis les gens poussent des hurlements. L'autre voisin du père d'Ambre sort son feu et se met à canarder. Les gardes du corps du sénateur et du représentant défouraillent à leur tour et tirent à travers la grande salle, ils visent la table où est assis le père d'Ambre. Des coups trop rapides dans l'affolement – les projectiles se logent dans les murs, chaque impact produit un bruit sourd. Ça tire tous azimuts, tout autour de la salle.

Les gens crient, plongent pour s'abriter. Il y a maintenant au moins une demi-douzaine de types qui tirent en même temps, apparemment au hasard, dans ma direction comme dans toutes les autres, c'est la panique. Des balles de pistolets semi-automatiques ou de revolvers d'un gros calibre, le vacarme est insoutenable dans l'espace clos de la salle de danse. Des invités terrifiés détalent en gueulant, se piétinent les uns les autres, roulent au sol. Une balle touche un projecteur, provoquant un départ de feu derrière l'orchestre. L'alarme incendie se déclenche.

Charles et Ambre se sont jetés à terre.

Je lance une grenade fumigène.

Dans la confusion, de nouveaux coups de feu éclatent.

Les extincteurs automatiques projettent de l'eau sous pression, les plombs sautent, les lumières tremblotent et s'éteignent.

Les clameurs qu'on a entendues jusqu'ici n'étaient rien, comparées à celles qui retentissent maintenant.

Des voyants jaunes s'allument au-dessus des issues de secours. Je me précipite vers l'une d'elles.

Sans rencontrer d'obstacle, ni heurter personne, je traverse en courant la salle plongée dans l'ombre. Un projectile siffle au-dessus de ma tête avant de s'écraser contre un mur. Dans le bruit de fusillade, un cri appelle à cesser le feu. Tous ceux qui n'ont pas d'armes ont plongé sous les tables, on les entend s'égosiller.

J'appuie sur une barre métallique, la porte s'ouvre d'un coup, je cavale le long d'un corridor, franchis une nouvelle issue de secours et me retrouve soudain dehors, dans la nuit. L'usine de roulements à billes est de l'autre côté de la rue, que je traverse à toute vitesse. Après avoir soigneusement essuyé le flingue, je le balance par une des fenêtres cassées de l'usine. J'arrache ma veste et mon pantalon blancs, mets un jean, une chemise Eddie Vedder, une veste noire, des tennis. Puis j'enlève l'antivol et enfourche le vélo, et je file vers l'est aussi rapidement que j'en suis capable, en pédalant comme un malade, sans me retourner.

Au bout de deux minutes, je n'entends plus la sirène d'alarme, je n'entends plus rien, j'avance dans de grandes rues vides qui vont n'importe où. Je croise une voiture de pompiers qui fonce vers le dancing Eastman.

Je roule à travers ces quartiers inconnus du nord-est de Denver, jusqu'à ce que je parvienne à un arrêt d'autobus. Où j'abandonne le vélo et prends le premier bus qui peut me conduire à l'arrêt de la navette de l'aéroport.

Je monte dans la navette et descends à l'aéroport international de Denver.

Ce grand édifice en forme de tipi. Les fenêtres. Le soleil derrière les montagnes Rocheuses. Le ciel bleu. Les étoiles. Je fais la queue devant le bureau de British Airways. On me remet ma carte d'embarquement pour le vol direct Denver-Londres.

Après avoir vomi dans les toilettes, je me lave la figure. J'assène au sèche-mains un coup qui l'arrache du mur. Quel désastre. Quel abominable merdier. Je gagne ma porte d'embarquement.

Une fois à bord de l'avion, je m'assieds dans mon fauteuil. Le moteur tourne au ralenti pendant un long moment, nous prenons du retard et perdons notre place dans la file d'attente. Le capitaine explique ce qui se passe. Un problème mécanique. Nous attendons. J'ai le cœur qui bat comme une machine à poser des rivets, je me ronge les ongles. On finit par nous caser dans un autre créneau de décollage. L'avion roule doucement, tourne, s'élance en rugissant sur la piste. Il s'élève dans la nuit, en laissant derrière lui la ville, les plaines, et ensuite Terre-Neuve et toute l'Amérique du Nord.

Le corps de John pourrit dans la décharge d'Aurora. Pendant ce temps, Ambre est vivante, saine et sauve – plus forte et plus belle que jamais.

12

Le Fleuve Caché

Derrière ma vitre, c'est le matin. La nuit s'éloigne furtivement en survolant le phare, les grandes cuves dressées devant les centres de traitement du lait, le sentier de la falaise. L'haleine froide de la lune, et cette clarté grise qu'on appelle, dans l'est du pays, la « queue du loup ».

De l'autre côté de la mer d'Irlande, le pic d'Ailsa Craig et les collines de Galloway.

Une ligne jaune barre le ciel.

Toute une flopée de bateaux, depuis les barques de pêche jusqu'aux pétroliers en passant par les grands porte-conteneurs, attendent que le pilote les guide jusqu'aux quais du terminal à conteneurs, à Belfast. Plus près du rivage, un pêcheur de homards ramène ses filets en jurant si fort que je peux l'entendre.

Un type s'amène à pied sur le chemin.

Cette maison n'est pas la mienne, je suis venu m'y mettre au vert. Mon père était complètement dépassé, comme d'habitude, mais Monsieur Patawasti m'a dit que, si je cherchais un endroit pour me reposer, il mettait à ma disposition sa résidence secondaire, sur la côte d'Antrim.

Il existe une seule voie d'accès à cette maison, c'est tout l'intérêt de l'endroit.

Une voie étroite contourne le phare, le long de la falaise. Ce serait un cauchemar de passer par les champs tourbeux.

Une voie qu'un assassin aurait obligatoirement à emprunter.

Et le voici qui s'approche – de manière furtive ou non, il fait encore tellement sombre que je ne peux le déterminer. Mais je l'aperçois fugitivement entre les buissons épineux, les touffes de ronces lestées de mûres. Il marche vite, mais ne court pas. À sa place, c'est ainsi que je serais venu, dans la pénombre de l'aube. Si je l'ai repéré, c'est uniquement parce que je passe tout mon temps, dès que je suis réveillé, à contempler la mer, les falaises, le chemin.

Et maintenant, la décision.

Un fusil est posé contre la cuisinière ; je l'ai examiné dès mon arrivée. Un calibre .12 en très bon état, propre, parfait pour chasser le renard ou le blaireau. Une boîte de cartouches près de la cuisinière.

Ce serait facile de sortir par-derrière, contourner la maison et allumer ce type lorsqu'il atteindrait la porte d'entrée. Un jeu d'enfant.

Et pourtant.

Je reste assis là, sans toucher au flingue ni aux munitions.

Je vais le laisser venir, me dis-je en souriant. Car il est le bienvenu.

Car tous mes efforts ont échoué.

Quand je pense à la débâcle du dancing Eastman… Je ne me suis même pas servi de mon arme. Plus d'une douzaine de blessés, deux personnes ont failli mourir, et, bien sûr, Charles et Ambre sont parfaitement indemnes – et plus médiatisés que jamais. Les enquêteurs s'efforcent de déterminer ce qui s'est passé. Personne n'est vraiment fixé ; on soupçonne un vigile d'avoir paniqué et tiré en croyant apercevoir quelqu'un armé d'un flingue.

Charles a temporairement éclipsé l'affaire O. J. Simpson, jusque-là omniprésente ; il est apparu à la télévision dans des émissions à grande audience comme *20/20* ou le *Larry King Show*. La notoriété de la SAS a été multipliée par cent ; je n'aurais pu leur rendre un meilleur service. Les portes du Congrès s'ouvrent toutes grandes devant Charles, dont l'ascension est devenue météorique. Il va pouvoir briguer le poste de gouverneur et même, à l'avenir, grâce à ses positions modérées, être le candidat du parti républicain à la vice-présidence des États-Unis.

Une foirade monumentale.

Je suis tombé amoureux du smack et devenu indifférent à la vérité. J'ai été blousé par une tueuse plus intelligente que moi. Je ne me suis pas montré à la hauteur, j'ai trahi mon amour de jeunesse, et aussi mon vieil ami.

Alors, amène-toi, l'assassin.

Je vais t'attendre ici.

Viens.

Il vient.

À qui ont-ils confié la tâche de m'éliminer ? Est-ce qu'ils ont raconté à l'IRA que j'étais un officier de police supérieur, ou un dealer indépendant, ce genre de connerie ? L'IRA, l'UDA, quelle importance ? Du moment qu'ils font bien leur boulot.

Je regarde par la fenêtre. La côte écossaise, les bateaux, les oiseaux. Plus loin dans le détroit, à peine esquissée, la silhouette du Mull of Kintyre, cette langue de terre sur la côte ouest de l'Écosse.

La cerise sur le gâteau, c'est que Monsieur Patawasti est venu me remercier, le jour de mon retour à Carrickfergus. Il m'a félicité de mon excellent travail. Il savait par mon vieux que j'avais aidé l'avocat d'Hector Martinez à faire libérer ce suspect. Bien que je n'aie pas retrouvé le meurtrier de sa fille, a ajouté Monsieur Patawasti, la police pouvait rechercher le vrai coupable, à présent que Martinez était innocenté.

J'ai failli vomir.

Il fallait que je me tire. Je suis venu m'abriter ici, sur la côte d'Antrim, où je serais en sécurité pendant quelque temps. Jusqu'à maintenant. Il était sans doute inéluctable qu'on me retrouve ; l'Irlande du Nord n'est pas bien grande.

L'assassin.

Il se rapproche. Je distingue maintenant quelques détails. Il porte une parka, une casquette plate.

Il est un peu essoufflé.

Les volutes de son haleine s'élèvent dans l'air du matin.

Son pas lourd.

Il ouvre la barrière, s'avance vers la maison.

Et frappe à la porte.

Ce qui est quelque peu inattendu.

Je lui ouvre.

« Vous n'êtes pas facile à trouver, Lawson. »

Je le reconnais aussitôt. Le type de la commission d'enquête Samson.

Le commandant Douglas n'est peut-être pas un assassin, mais il n'y a pas de quoi pavoiser pour autant ; les choses vont seulement s'avérer un peu plus compliquées qu'une balle dans la tête.

« C'est donc ici que vous étiez planqué, ces deux derniers mois. »

Ça ferait plutôt deux semaines ; enfin, on ne va pas pinailler. Une fois assis dans le fauteuil, devant la fenêtre, il s'allume une cigarette qui ne paraît guère le calmer.

« Eh bien, puisque vous n'avez pas le téléphone, j'ai décidé de prendre ma bagnole et de venir vous mettre au parfum en personne. Je voulais voir votre putain de gueule. Vous ressemblez à n'importe quel abruti d'Irlandais de ce putain de pays ; mais, si vous êtes dans les journaux demain, vous serez tiré d'affaire.

— Qu'est-ce que vous voulez dire ?

— La première chose que vous devriez me demander, c'est comment je vous ai retrouvé.

— Comment m'avez-vous retrouvé ?

— Je suis entré chez votre père par effraction, hier, et j'ai trouvé une lettre qu'il s'apprêtait à vous envoyer. Imprudent, très imprudent. »

Il m'a soufflé de la fumée dans la figure, agressivement.

« Vous ne m'offrez pas un verre ?

— Il n'y a que de l'eau.

— Laissez tomber. J'aurais dû m'en douter. Bref, vous voilà tiré d'affaire, mon petit Irlandais, on ne va pas vous arrêter, et vous n'allez pas vous faire descendre par vos propres congénères. Vous êtes libre comme l'air, bordel.

— De quoi vous parlez ?

— Oh, de presque rien. Du fiasco de toute l'enquête de la commission Samson sur les forces de police de l'Ulster. De milliers d'heures de travail et de millions de livres sterling jetées par les fenêtres. Du démolissage d'un type bien. De plus de vingt officiers de police supérieurs des forces d'Irlande du Nord, pourris jusqu'à la moelle, dont la scandaleuse corruption va demeurer impunie. Je vous parie que ce n'est pas une coïncidence, le M15 est à l'œuvre derrière tout ça. »

Le service britannique de sécurité et de contre-espionnage. De plus en plus frustré, j'ai demandé :

« Oui, mais quoi, comment ?

— Tony Samson a été arrêté pour fraude, infraction criminelle, falsification de documents et, tenez-vous bien, détournement de mineure. Il semblerait que ses dossiers n'aient pas été aussi limpides que tout le monde le pensait. Comme font tous les flics, il a simplifié certains éléments par-ci, égaré quelques documents par-là, vous savez, histoire de charger des truands qui le méritaient. Suite à son arrestation, l'ensemble de l'enquête est évidemment tombé à l'eau. Toutes les conclusions préliminaires étant désormais suspectes, elles vont passer à la trappe. Le Premier ministre a déjà déclaré qu'il souhaitait en finir avec cette affaire ; on a reçu l'ordre de fermer nos dossiers et de les envoyer au ministère de l'Intérieur pour saisie conservatoire. Légalement, ils ne tomberont dans le domaine public que dans trente ans. Eh oui, Lawson, vous aurez peut-être intérêt à surveiller vos arrières vers l'an 2025, mais en attendant…

— Je ne comprends toujours pas. »

Il m'a jeté un regard dégoûté, et a retiré sa casquette avant de cracher par terre.

« Vous n'étiez pas censé avoir un super-QI ? Samson s'est fait piéger. On l'a arrêté pour corruption – c'est ironique, non ? Le coup de pied de l'âne, c'est qu'il est accusé d'avoir eu des relations sexuelles avec sa baby-sitter de seize ans. Sa carrière est terminée, l'enquête aussi, la télé va tout divulguer aux infos ce soir et vous n'aurez pas à témoigner. Vous nous avez baisés, bande d'Irlandais de merde. Je ne sais pas comment vous vous y êtes pris, mais vous nous avez baisés. »

Je suis resté assis sans rien dire. Le RUC, ou le M15, ou le ministère de l'Intérieur, ou quelqu'un d'autre encore, avait compris que la commission d'enquête Samson s'apprêtait à lever le voile sur la corruption gangrenant une partie des forces de police d'Irlande du Nord, et que cette révélation allait mettre en danger l'existence même de l'Irlande du Nord en tant qu'entité politique. Dès lors, on avait cherché les moyens de compromettre Samson – et on les avait trouvés. Toute son enquête basculait avec lui dans le néant ; le malheureux se retrouvait exactement dans la même situation que moi.

C'était *vraiment* terminé. Personne n'allait m'obliger à témoigner. Témoigner de quoi ? Il n'y avait plus rien. J'étais ce que j'avais toujours été, un flic camé, bon à rien. Sain et sauf.

« Dites-moi une chose, a exigé le commandant Douglas.

— Oui ?

— Entre nous, Lawson, pourquoi avez-vous démissionné ? »

À ce stade, je n'avais plus de raisons de lui cacher la vérité.

« C'est très simple. Buck McConnell a été mon mentor chez les poulets. Il m'a pris sous son aile et s'est servi de moi. Il m'a nommé à la brigade des stups, en se disant que j'allais secouer le cocotier. C'est ce que j'ai fait. J'ai découvert que plusieurs officiers de police supérieurs du RUC laissaient l'IRA et l'UDA se livrer à leur trafic d'héroïne et d'ecsta, qu'ils les protégeaient et contrôlaient le marché. J'aurais pu faire sauter une douzaine de gros bonnets, mais j'ai été repéré. Ils ignoraient si j'étais loyal ou si j'allais les balancer au Special Branch. Et je l'ignorais moi-même. Je ne tenais pas à me faire descendre, ni à vivre la peur au ventre dans le cadre d'un prétendu programme de protection de témoins. Alors, j'ai opté pour une troisième solution – j'ai détruit ma crédibilité. Je me suis piqué à l'héro, un nombre suffisant de fois pour les convaincre que j'étais accro. Ensuite, j'ai volé du smack dans le local des pièces à conviction, je me suis fait pincer en train de voler, on m'a dit que je ne serais pas poursuivi si je donnais ma démission. Ce que j'ai fait – une démission infamante. »

Le commandant Douglas a grimacé et écrasé sa cigarette.

« Très astucieux, ça, Lawson, de vous être transformé en paria. Extrêmement futé. Vous êtes tous les mêmes. Je ne sais pas pourquoi on reste dans ce putain de pays, vous ne valez pas mieux que les négros qu'on a essayé de civiliser en Inde. »

Je n'ai pas répondu. Douglas s'est frotté le visage, il a plissé les yeux, les a fermés. L'effet était particulièrement comique chez ce type dépourvu d'humour. Il a poussé un soupir, hoché la tête.

« Eh bien, vous n'allez pas vous en tirer comme ça, espèce d'enfoiré. »

Il a sorti son flingue et m'a visé. Étonné, j'ai lâché :

« Vous m'avez menti.

— Non, je n'ai pas menti. Tout est vrai, et vous êtes tiré d'affaire du côté de Samson, des Britanniques et de vos pareils. De tous les côtés, nom de Dieu, sauf du mien.

— Mais vous ne pouvez rien faire, l'enquête est terminée. »

Il en est convenu d'un hochement de tête, et a pointé son revolver.

« Bande de salopards ! Démolir un type de cette façon, un type bien. Et toi qui es resté assis sur ton cul pendant que tes copains faisaient le sale boulot. Putain de dégonflé. Enfoiré. Planqué. Eh ben, mon petit Irlandais, tu vois ce flingue ? C'est pas un flingue de la police. C'est pas une arme officielle. Si je te descends, personne ne saura jamais qui a fait le coup. »

Je les ai observés, lui et son flingue, et me suis rendu compte qu'il était sérieux. Est-ce que je voulais mourir maintenant ? Maintenant que j'étais libre ? Je n'en savais rien ; les choses avaient changé. Douglas s'est levé et avancé vers moi, il a appuyé le canon contre ma tempe. Bon Dieu, ce type était vraiment cinglé à ce point-là ?

Le froid contact de l'acier. Ce n'est pas comme ça que je veux m'en aller. Chaque jour, à chaque seconde, quelqu'un meurt. À chaque minute, quelqu'un assassine, quelqu'un est assassiné. Mais pas moi, pas maintenant. Pas ici.

« Je pourrais te descendre, l'Irlandais, a grondé Douglas d'une voix rageuse. Putain, je pourrais te descendre comme un rien. En appuyant un peu, là, sur la détente. Un bon flingue, le browning. Oui, ça me plairait. Ça me plairait bien. »

Son expression était froide, résolue. Il voulait le faire, et il allait le faire. Ses yeux étaient deux morceaux de glace ; il avait pris sa décision avant de venir.

Douglas a reculé d'un pas, pour éviter d'être éclaboussé par le sang qui allait jaillir de mon crâne.

Je savais qu'il était prêt à passer à l'acte. Je représentais tout ce qu'il abominait dans ce pays ; l'intégralité de sa haine se concentrait sur moi, j'étais le symptôme et la maladie. Je lui ai demandé :

« Qu'est-ce que vous voulez ?

— Ce que je veux ? Ce que je veux ? Je veux ce que

j'ai toujours voulu, nom de Dieu. Un peu de bonne volonté. Un putain d'Irlandais capable de distinguer le bien du mal. Je veux connaître le nom du flic qui contrôle le trafic d'héroïne. Je veux son nom ! Donne-le-moi. Donne-moi son putain de nom. J'en ai rien à foutre s'ils te descendent ensuite. J'en ai rien à foutre que l'enquête ait échoué. Je veux ce putain de nom, et je vais compter jusqu'à trois. »

Pour souligner sa menace, il a relevé le chien du revolver. Une pression de son doigt et j'étais mort.

« Un », a-t-il compté.

Le canon et la sueur. Cette petite pièce. Dehors, la mer. La bouche du commandant, crispée par la détermination. Il ira jusqu'au bout, il ne se pose même pas la question. Si je ne lui donne pas le nom, il va me refroidir.

« Deux. »

Cette gueule. La cicatrice sur sa main, les ailes de parachutiste au poignet. Ce flingue. Est-ce que c'est la dernière image qui va s'imprimer sur ma rétine, l'ultime souvenir que mon cerveau va emporter ?

J'étouffe de peur. Non.

« Tr…

— John.

— Hein ?

— John Campbell. Un grand costaud, blond. Membre du RUC – simple flic, à mi-temps. C'est lui que vous cherchez. Attaché au commissariat de Carrickfergus. Mais vous ne l'y trouverez pas. Il s'est déjà barré, il est en Amérique. Il dirigeait tout le trafic, c'est lui le patron. Un type d'une discrétion absolue. C'est lui, votre homme. L'agent John Campbell, un malin qui a refusé toute promotion afin de rester dans l'ombre. C'est le gars que vous recherchez. »

J'ai avalé ma salive. J'avais envie de vomir.

Douglas m'a observé un instant. J'ai vu le dégoût envahir ses traits. Il voyait que j'avais eu du mal à le sortir, ce nom. Il m'a cru. Quel dégonflé j'étais. Le commandant a craché par terre. Je me haïssais d'avoir fait ça à John pour sauver ma peau.

Encore une trahison.

Douglas a hoché la tête et écarté son doigt de la détente.

« Pourriture », a-t-il conclu.

Il a remis l'arme dans sa poche, sa casquette sur son crâne, et il est sorti de ma vie à jamais.

Le fleuve apparaît sur le toit du monde, comme tous les autres grands fleuves d'Asie. Les Hindous supposaient que leurs dieux naissaient dans l'Himalaya et qu'ils y retournaient pour mourir ; les Tibétains croyaient l'atmosphère de ces montagnes trop saturée d'esprits pour pouvoir en être délivrée, même par la claire vision du Bouddha.

L'avion survole la barrière de l'Hindu Kush. Les champs d'opium de l'Afghanistan. Je regarde par le hublot. « La fleur de joie ». J'y repense en sirotant mon jus d'orange.

Un aller-retour Londres-Delhi coûte cinq cents livres sterling. Je ne disposais pas de cette somme, contrairement à mon père – qui, aussi étonnant que ça paraisse, avait obtenu cinquante-huit voix aux élections municipales. C'est la première fois qu'il récupérait le montant de son cautionnement ; et il a promis de m'avancer le blé si je m'engageais à le lui rendre. Je l'ai pris au mot. Pourquoi l'Inde ? Pourquoi pas, au point où j'en étais. L'avion survole l'étendue marron, embrumée, du subcontinent.

Peu après l'atterrissage, je quitte l'aéroport en Morris Ambassador. Une chaleur de plomb sous le ciel orange. La pollution est palpable, elle enduit la langue. Aux stops, des petits mendiants crasseux agitent leurs guenilles.

«*Jao !*» grommelle le chauffeur.

Barrez-vous. Les rues démentes autour de la place Connaught. Le Connaught est la plus sauvage des quatre provinces irlandaises – un nom approprié pour le centre-ville de New Delhi.

L'hôtel. Les crêpes délicieuses de l'Inde du Sud. Toute la nourriture, en fait, est extraordinaire. Pour ne pas tomber malade, mieux vaut mettre beaucoup d'épices et s'abstenir de boire l'eau.

Deux jours à Delhi, deux jours de bouffe grandiose, de scènes de rue incroyables. En regardant la télé à l'hôtel, je tombe sur Charles Mulholland qui donne une interview à CNN International. Il mentionne en guise de conclusion qu'un ami va les emmener en vacances sur son yacht, sa femme et lui, dans les îles Vierges. Un ami sans aucun doute influent et fortuné. Fumée de cigare, cognacs, dites-moi, Charles, quelles sont vos ambitions politiques à long terme ? …

La gare, sombre et cauchemardesque dans le

brouillard matinal. Les légions de mendiants, de sans-abri, d'infirmes, de handicapés.

Le mauvais train. Des indications. Le bon train. La voiture de deuxième classe. Le petit déjeuner composé de toasts, thé, marmelade, avec une serviette de table chaude. Comme journaux, *The Times of India*, l'*Hindustan Times*. À quelques hippies et étudiants près, on se croirait dans *Kim*, de Rudyard Kipling – Bouddhistes, matrones hindoues, sikhs au turban bleu, hommes d'affaires musulmans, prêtres jaïns…

Le train est retardé. Il repart, s'enfonce dans la misère noire des bidonvilles, des banlieues encore et toujours hantées de mendiants. Voici des champs boueux, un éléphant, des vautours, le brun et plat pays de la vallée du Gange qui s'étire jusqu'à l'horizon.

Le Gange n'est pas le plus long fleuve de l'Inde ni, assurément, le plus beau. Puisque l'Indus a donné son nom au pays, pourquoi est-ce le Gange qui a le privilège d'en être le fleuve sacré ?

Parce que les dieux en ont décidé ainsi.

Le Gange, au départ, ce sont des gargouillis en haut de deux montagnes. Des trucs larges d'une trentaine de centimètres au milieu des pics glacés, des neiges éternelles, des fleurs printanières jaunes, bleues, rouges. Il suffirait de se coucher en travers pour bloquer leur cours – pour faire avorter mère Ganga, qui naît officiellement à Devaprayag, où se réunissent les deux branches.

Inexorablement, le fleuve descend vers la plaine couleur boue de Sienne, vers les villes saintes, Allahabad, Bénarès.

Bénarès est la ville du seigneur Shiva. Quiconque a la chance de mourir à Bénarès s'attirera la bienveillance du dieu et s'assurera une réincarnation favorable.

Mais plus sainte encore, vers l'amont, est la cité nommée Prayag par les Hindous et rebaptisée Allahabad par les envahisseurs musulmans, aux croyances bien différentes. Le site le plus sacré de toute l'Inde, le seul destiné à être épargné lorsque le monde sera détruit.

Allahabad, dans l'Uttar Pradesh, est sacrée aux yeux des Hindous parce qu'elle est située à la jonction de trois fleuves. Le Gange, bien sûr, et deux de ses affluents, la Yamuna et la Saraswati.

Les rives de la Yamuna, deuxième fleuve sacré de l'Inde, sont occupées par des ghâts[1], volées de marches qui permettent aux dévots de se plonger dans le fleuve. Sur ces escaliers de pierre furent notamment incinérés, outre celui du mahatma Gandhi, les corps de trois Premiers ministres – et leurs cendres, des bûchers funéraires en bois de santal, furent emportées vers les eaux lustrales.

La Yamuna et le Gange se rencontrent à Allahabad. C'est un endroit important. Le fief de la famille Nehru. De la famille Patawasti.

Le train s'arrête et je descends. Je me promène, j'observe les ruines du fort, la maison de Jawaharlal Nehru. La maison de Victoria Patawasti, où je rends visite à ses grands-parents paternels.

Ils ont eu quatorze petits-enfants, dont deux déjà partis se réincarner ailleurs. Je passe la journée en

1. Voir note 1, p. 65.

leur compagnie et reste chez eux pour la nuit. Leur hôtel particulier fut admirablement conçu, au début du XXe siècle, pour profiter de la brise rafraîchissante venue du fleuve.

Tout en bavardant, on sirote un genre de limonade appelé *nimbu pani*, on grignote des sucreries.

Et le Dr Patawasti me rapporte l'histoire du Fleuve Caché.

La rivière Saraswati coule seulement dans les cieux – ou, selon une autre version, sous terre. C'est la rivière du paradis, des dieux, dont le Gange et la Yamuna ne sont que les reflets terrestres, imparfaits. La Saraswati est la perfection même. Mais Vishnou aimait le monde d'un tel amour qu'il permit à la Saraswati de s'incliner vers lui, en un unique endroit, au confluent du Gange et de la Yamuna. Qui s'y baignera verra ses péchés remis. Et non seulement les siens, mais ceux de ses ascendants, sur sept générations. Telle est la sainteté de ses eaux. Je demande :

« Mes péchés me seront remis ?

— Ne songez surtout pas à vous baigner dans ce fleuve ! m'avertit l'épouse du Dr Patawasti. Vous attraperez le choléra et vous mourrez. Les paysans défèquent dans ces eaux prétendument sacrées, ils y lancent leurs ordures, et les usines, les tanneries y rejettent leurs déchets empoisonnés ; des bêtes mortes y nagent, vaches, buffles, mais pas les poissons, tellement elles sont toxiques.

— Il y a du poisson à profusion, réplique le Dr Patawasti. Mark Twain a déclaré que le bacille du choléra ne pouvait survivre dans le Gange.

— Va expliquer ça aux milliers de personnes qui contractent le choléra et la typhoïde chaque année ! » s'écrie l'épouse du Dr Patawasti d'un air furieux.

J'objecte :

« Tout de même. Mes péchés, et ceux de mes parents, de mes grands-parents et de mes aïeux – jusqu'à la septième génération…

— Les textes sacrés sont loin d'être clairs à ce sujet, s'emporte Madame Patawasti. Si vous voulez mon opinion, c'est une escroquerie pour attirer les touristes au grand pèlerinage de la Kumbhamelâ.

— Voilà une opinion scandaleuse ! » proteste le Dr Patawasti.

Son épouse me jette un regard grave. Ses cheveux sont gris, un peu clairsemés, mais sa peau sombre et ses yeux pâles ont de beaux restes. L'image de ce qu'aurait été Victoria à soixante-quinze ans.

« Jeune homme, ne nagez pas dans ce fleuve, je vous en conjure. Et toi, ne l'encourage pas ! » ajoute-t-elle à l'adresse de son mari.

J'insiste :

« Je ne sais pas. Tous mes péchés… »

Madame Patawasti pousse un gémissement et son époux se met à rire…

Le lendemain matin, tandis que la famille dort encore, je sors en short, tee-shirt, sandales, chapeau à large bord et monte dans un cyclo-pousse.

Les maisons, le long des rues sales, défilent dans la poussière. Des gamins me jettent des regards vides, d'autres sourient, ou jouent au ballon.

Le Gange, brun et solennel. La Yamuna, jaune, léthargique.

La rive du Gange est encombrée de détritus – journaux, conserves, guenilles, débris de vieux bateaux…

Je rétribue le cycliste et cherche un batelier.

Des gens lavent leurs vêtements, pratiquent le *puja*, l'hommage aux divinités.

Je dois enjamber un chien mort.

Les mariniers m'ont repéré et se précipitent vers moi. J'en choisis un qui me fait une impression favorable.

Après marchandage, il est d'accord pour me conduire à la rame, en échange de vingt roupies, jusqu'au confluent. Jusqu'à l'endroit où la Saraswati descend du ciel et lave le pécheur de ses erreurs passées, le régénère.

Il m'emmène à bord de son embarcation qui prend l'eau. Les avirons ont subi des réparations ; les dames de nage sont faites de chanvre.

Non loin flotte la tête d'un buffle.

Mon batelier s'appelle Ali. Mince, nerveux, la peau sombre, il est vêtu d'un caftan blanc dépenaillé.

On parle des fleuves et de la légende du Fleuve Caché ; Ali me fournit des réponses ambiguës, évasives. Je suppose qu'il a vu beaucoup d'Occidentaux venir en barque à cet endroit dans l'intention de s'y baigner, puis se dégonfler judicieusement après avoir jeté un coup d'œil à la flotte.

Parvenus à l'un des nombreux piliers de bois plantés dans le fleuve pour faciliter le bain des pèlerins, nous nous y arrimons. Je me déshabille, me penche pardessus bord, trempe les pieds dans l'eau. Pendant que je m'incline contre le plat-bord, Ali fait contre-poids du côté opposé, pour nous empêcher de chavirer.

Je me laisse glisser contre le flanc de la barque et m'immerge jusqu'à la poitrine.

Les eaux me reçoivent. Je lâche le bateau.

Je sens les courants des deux fleuves. Celui du Gange est tiède, celui de la Yamuna, plus frais. J'ai pied, je marche au fond de l'eau.

Ali éclate d'un rire joyeux.

À une trentaine de mètres, sur ma droite, j'aperçois une autre grande carcasse d'animal flottant au fil du fleuve. Je plonge la tête dans la baille, la ressors, respire ; le soleil brûlant fait étinceler la surface. Ali trouve tout ça hilarant.

Je replonge la tête sous l'eau.

Et, cette fois, je sais que je me trouve au bon endroit.

Ce n'était pas la Platte.

Cette fois, j'ai trouvé le fleuve approprié.

J'y suis enfin.

Les eaux me submergent.

J'ouvre les yeux. Il est difficile d'y voir, pourtant ma vision est parfaite et je comprends. Je comprends le pourquoi des choses. Je vois comment le destin m'a conduit jusqu'ici, ce jour-là, à cette heure précise. Maintenant.

Je le vois, et suis résolu. J'ai failli à ma mission. Je n'ai accompli aucune rédemption. Je n'ai pas apporté la justice sur la terre, les assassins de Victoria n'ont pas reçu le châtiment qu'ils méritaient. Je suis allé d'échec en échec. En tant que fils, en tant que policier auquel avait été accordée une seconde chance et en tant qu'être humain. J'ai laissé les coupables me filer entre les doigts ; pire, j'ai renforcé leur position. J'ai laissé mourir mes amis. Je n'ai rien su faire de ma vie.

Qu'on me lave de mes péchés.

Je vois maman.

Elle se meurt. Ses doigts froids. Le bout de ses doigts. On la laisse mourir. Les inutiles paroles de réconfort prononcées par mon père. L'inutilité de tout. Quel con de ne pas avoir appris cette leçon. Je ne peux pas la sauver. Personne ne peut la sauver.

Et je suis ici.

Enfin.

Ce fleuve de mort. Ce continent de mort. Mes pieds sont plantés dans la boue. J'ai péché par omission. Je ne suis pas intervenu dans la succession des événements. Bon, on pourrait dire que j'ai sauvé mon père, qu'il se serait effondré si je m'étais fait descendre en jouant les héros ; mais c'est la couardise qui m'animait. J'avais peur, et j'ai choisi la solution de facilité en n'intervenant pas dans le cours des choses. Pour couronner le tout, je m'en suis tiré une dernière fois en salissant le nom de John.

Tout ce qu'il me reste à faire, c'est ouvrir les poumons. Ouvrir les poumons, que le fleuve me purifie.

Et mon corps va se tordre, et ma trachée hurler lorsque l'eau, au lieu de l'air, va la remplir. Et mon cœur va battre, mais le sang repartant de mes poumons ne contiendra pas d'oxygène. Nulle part où expulser le gaz carbonique. Mon cœur va battre, mais il finira par s'arrêter. Mon cerveau va tenir le coup pendant une minute, peut-être deux, assoiffé d'oxygène, et il suppliera pour avoir de l'air. Puis son fonctionnement ralentira à son tour, les réactions chimiques seront interrompues et je perdrai conscience – en voyant peut-être ce tunnel blanc qui apparaît à certains, quand les neurones déchargent des rafales d'images dans le cortex.

Je flotterai là ; et, au bout d'une dizaine de minutes, toute activité électrique cessera à jamais dans mon cerveau. Et alors, je ne serai rien. Par une heureuse coïncidence, ce sont les mystiques de l'Inde qui inventèrent le concept du zéro.

Je me penche au fond de l'eau pour empoigner la boue.

Le fleuve coule, et mon sourire s'élargit tandis que j'ouvre la bouche. Une eau épaisse, boueuse, se déverse contre ma langue, dans ma gorge.

Avec un haut-le-cœur, je maintiens à deux mains mes mâchoires ouvertes, je chasse l'air résiduel et j'inspire.

La douleur est atroce. On dirait une décharge électrique. Mes poumons crient, tout mon corps se cabre contre la brutalité de cette intrusion. Je reste sourd aux supplications de mes poumons, de mon cerveau. Je résiste à l'envie violente de refaire surface.

De nouveau, j'inspire de l'eau.

Je viens vers vous.

Maman et Victoria, John.

La sainte Trinité de ceux que j'ai perdus.

Je viens vers vous.

Même si je sais que vous ne serez pas au rendez-vous. Que ce n'est pas le sommeil qui m'attend au sein de ces répugnantes eaux brunes, seulement l'anéantissement. La saleté entre mes dents, et le feu dans mes narines.

Tant pis, je viens.

Ici. Et au moment approprié.

Le fleuve s'engouffre en moi.

Et moi, je viens vers vous.

John.

Victoria.

Maman.

Mes cheveux.

Une main.

Le soleil.

Une main qui me tire de l'eau par les cheveux.

Une voix :

« Il ne faut pas faire l'idiot dans ce fleuve. Vous allez y attraper des saletés ! Ne croyez pas les sornettes qu'on raconte sur la pureté de ses eaux. Elles sont infectes. En tant que musulman, je suis au-dessus de ce genre de superstition. Cette ville s'appelle Allahabad, et il n'y a pas d'autre Dieu qu'Allah. Il n'y a pas d'autre Dieu qu'Allah ! Les esprits n'existent pas. Il n'y a pas d'eau magique. Il n'y a pas de Fleuve Sacré.

— Ah non ? » bredouillé-je.

Je tousse, crache, vomis l'eau en question.

« Non. Venez, que je vous aide à remonter. »

Avant que je puisse répondre, ses grandes mains me hissent à bord. Je tousse encore, régurgite l'eau, halète.

Le batelier me jette un regard sévère et secoue la tête.

« Vous comprenez ce que je veux dire ? demande-t-il d'un ton dégoûté.

— Hum…

— Très dangereux, très dangereux. Vous ne voyez pas cette vache morte ?

— Non. »

Je toussote et crachote ; il agite son doigt. Au bout d'un moment, je lui demande :

« Alors, qu'est-ce qu'on fait, maintenant ?

— Vous restez assis dans ce bateau et vous vous séchez au soleil, pendant que je vous ramène sur la rive. Non, voilà ce qu'on va faire, je vous reconduis à la rame jusqu'à votre hôtel, vous y prendrez une douche pour vous débarrasser de cette saleté d'eau. *Inch Allah*, vous êtes sain et sauf. *Inch Allah.*

— OK. »

Le fleuve ocre, et le ciel jaune.

Je m'allonge au fond de la barque.

Ali m'observe et s'amuse de ma stupidité.

Il l'ignore, mais il m'a ramené à la vie. Je reste étendu là et je me sens en paix, bercé par le bruit des avirons, par les mouvements harmonieux et doux du bateau. Je flotte sur les eaux dorées du Gange, à la lisière du sommeil. Sauvé. Vivant.

Ali parle toujours :

« Ces Hindous sont des insensés. Il n'existe pas de fleuve invisible. La Saraswati était une vraie rivière, qui s'est asséchée il y a longtemps. Ils n'ont aucune notion d'histoire. Le Prophète, béni soit son nom, nous a guéris de ces superstitions païennes. Les Hindous voient de la magie là où il n'y a rien à voir, ils voient… »

Je me redresse brusquement, et m'assieds.

« Qu'est-ce que vous avez dit ?

— J'ai dit que ce sont des fous, qui…

— Non, non. Sur la Saraswati.

— Une vraie rivière – mais asséchée depuis des siècles.

— Asséchée… Une sécheresse. Bien sûr ! C'est pour ça que je ne me suis pas noyé dans la Platte. À cause de la sécheresse. Pat m'avait bien dit que la rivière n'a que soixante centimètres de fond, et encore, ça dépend des pluies. Mais Ambre… Elle ne pouvait pas le savoir. Elle méprisait cet endroit. Pour elle, une rivière était une rivière. Vous ne voyez pas ? Vous ne voyez pas ? »

Ali me jette un regard perplexe.

« Je vous ramène sur la rive.

— Oui, oui, oui ! »

Les Patawasti dormaient encore. Leur serviteur, un garçon de douze ans qui préparait le thé, ne m'a accordé aucune attention lorsque je me suis emparé du téléphone. Le service des appels internationaux a fini par me communiquer un numéro dans le Colorado. Après avoir raccroché, je l'ai composé et je suis tombé sur le standard local.

« Je vous connecte à sa boîte vocale, d'accord ?

— D'accord. »

J'ai entendu le message débité par le flic :

« Vous êtes sur le répondeur du commissaire David Redhorse. Merci de me laisser un message et un numéro de téléphone après le bip, et je vous rappellerai. »

Rapidement, j'ai vidé mon sac :

« Redhorse, vous ne me connaissez pas, mais j'ai des renseignements pour vous. Le 5 juin 1995, à Denver, la nuit où il y a eu cette tempête de neige incroyable, Victoria Patawasti a été assassinée. Sa meurtrière est Ambre Mulholland, l'épouse de Charles Mulholland, qui brigue un poste de représentant au Congrès. Après avoir tué Victoria, Ambre s'est dépêchée d'aller jeter le flingue dans un petit cours d'eau, le Cherry Creek. Probablement dans la section du ruisseau la plus proche de l'immeuble de Victoria. Ambre pensait qu'il serait emporté jusqu'au fleuve, la South Platte. Mais il y a eu une sécheresse. Elle ne connaît pas la ville, elle ignore que le Cherry Creek n'a guère plus d'un demi-mètre de fond en temps normal et qu'il doit être maintenant complètement à sec. C'est une arme particulière, un Beretta gravé à ses initiales et celles de son époux. Vous voyez ? Ce pistolet doit toujours se trouver à l'endroit où elle l'a balancé. C'est sûr qu'il y est. El Niño a totalement déréglé le climat. De la neige en juin, un printemps et un été complètement secs. Cherchez dans le lit du cours d'eau, pas loin de chez Victoria. Trouvez le flingue. Cette pièce à conviction devrait permettre à l'équipe du labo de remonter jusqu'à un marchand italien, qui confirmera le lien avec Charles Mulholland. Quoi d'autre ? Ah, le mobile. Victoria avait découvert que Charles piquait des millions dans la caisse de son organisme d'intérêt public, et cela afin de payer un maître-chanteur, un dénommé Alan Houghton. Ce type a disparu, mais il reste peut-être des indices dans les ordinateurs de la SAS. Quoi qu'il en soit, l'important c'est le flingue, trouvez le flingue, trouvez le flingue, trouvez ce putain de flingue ! »

J'ai raccroché. Oui, bon Dieu, oui.

Et, après m'être servi un verre, je me suis rendu sur le balcon qui surplombait le Gange.

Des dizaines d'hommes et de femmes, absorbés dans leurs ablutions rituelles, laissaient l'eau lustrale leur couler entre les doigts en hommage au soleil levant. Tout en sirotant mon *nimbu pani*, j'ai observé le Gange depuis mon siège. Cette vaste artère fluviale, rives comprises, regorgeait de vie et d'activités – gamins, prêtres, métallos, bouviers, propriétaires de cyclo-pousses, bateliers…

Et alors, je ne sais pas si c'était d'avoir échappé à la mort, ou de me trouver en Inde, j'ai vu ce qui allait peut-être se passer. Ce qui allait certainement se passer.

Le dernier acte.

À sept fuseaux horaires à l'ouest de Belfast, et à douze d'Allahabad, deux policiers vérifient leur mandat d'arrêt et leur demande d'extradition avant de monter à bord de l'avion qui va les conduire de Denver à Atlanta et, de là, jusqu'aux îles Vierges américaines.

L'avion décolle de l'aéroport international de Denver, décrit des cercles pour gagner de l'altitude, se dirige vers l'est. C'est la première fois de sa vie que le flic assis près du hublot prend l'avion. David Redhorse a les jetons, mais l'affaire est d'importance et ce n'est pas le moment de lambiner. Les Mulholland prennent un repos bien mérité à bord d'un yacht luxueux. Pour l'instant, ils sont encore sur le territoire des États-Unis, mais demain ils poursuivront leur voyage vers les Bahamas. On ne peut pas élucider tous les meurtres. L'enquête sur celui de Klimmer, par exemple, a fait long feu. Mais là, il s'agit d'une affaire croustillante, à visibilité maximale.

Redhorse baisse les yeux vers Denver, Aurora, Boulder. Les montagnes Rocheuses. Confluence Park, là où le Cherry Creek rejoint la South Platte. Les pépites d'or du Cherry Creek furent à l'origine de la ville de Denver – sa raison d'être.

Le Cherry Creek. Après avoir trouvé le message téléphonique, Redhorse a pris un détecteur de métaux au commissariat pour aller explorer le lit du cours d'eau à sec. Il lui a fallu un petit quart d'heure pour trouver le flingue. Les experts ont déterminé que la balle trouvée dans le corps de Victoria Patawasti provenait de cette arme de fantaisie ; et la firme Beretta a confirmé le nom de son propriétaire : Ambre Mulholland, épouse de l'employeur de Victoria. Le flingue. L'arme du crime.

« Voilà le Cherry Creek », indique Redhorse.

Son coéquipier, l'inspecteur Miller, ne réagit pas. Il lit le journal. Les moteurs gémissent ; il y a un terrible grondement.

« Ils rentrent le train d'atterrissage », commente aimablement Miller.

En pénétrant dans une zone de turbulences, l'avion plonge d'une vingtaine de mètres. Redhorse réprime un cri et regarde autour de lui. Personne ne montre le moindre signe d'inquiétude.

L'appareil se redresse.

Redhorse desserre les poings. Lorsque s'éteint le

signe « Attachez vos ceintures », il se rend aux toilettes, s'installe sur le siège, débranche le détecteur de fumée, sort son paquet de clopes et en grille une petite.

Coda : deux ans plus tard – Oxford

Des rangées de bicyclettes. La cour carrée, débordant de verdure. Une barque à fond plat, vide, dérive au fil de la Cherwell. Il est sept heures et la grande majorité des étudiants dort encore, mais il faut que je me lève, j'ai du pain sur la planche. Je prépare le diplôme le plus ardu de l'université, celui de droit civil – un cursus de trois années comprimées en une seule. Ma disserte a besoin d'un dernier coup de collier avant les travaux dirigés ; mais d'abord, le petit déj' et les nouvelles. Je vais chercher les journaux à la loge du concierge, pour les apporter au foyer. Dix quotidiens britanniques, dont cinq tabloïds, et deux journaux américains : *The Wall Street Journal* et *USA Today*.

Café, petit pain rond, crème fraîche épaisse.

Et l'affaire.

Seulement en page quatre de *USA Today*, aujourd'hui.

Les répercussions d'un plaider-coupable qui m'intéresse.

C'est un secret de Polichinelle, dans le Colorado, que le parquet s'est montré aussi accommodant envers les Mulholland que le permettait la décence.

Les commentateurs du procès d'Ambre Mulholland, jugée pour le meurtre de Victoria Patawasti, ont même chanté les louanges de ses avocats. Qui ont convaincu le procureur de laisser leur cliente plaider coupable d'homicide involontaire, avec responsabilité atténuée dans la mesure où il s'agissait soi-disant d'un crime passionnel. Ambre ne passera donc pas devant un jury d'accusation ; néanmoins, la liberté conditionnelle ne pourra lui être accordée avant une vingtaine d'années, au minimum. Son mari, Charles, a échappé à la prison en plaidant coupable de fraude et de détournement de fonds.

USA Today, quelques colonnes, en page quatre seulement.

Tout le monde s'en bat les flancs.

La presse a d'autres chats à fouetter. Des rumeurs sur un scandale sexuel impliquant le président Clinton. L'annonce d'un nouveau cessez-le-feu de l'IRA.

Même dans le Colorado, l'affaire ne fait pas couler tellement d'encre. Il s'est produit des choses graves ; les gros titres se sont emparés du meurtre de la petite JonBenét Ramsey, à Boulder, et des événements plus tragiques encore ne vont pas tarder à survenir dans un établissement de la banlieue sud de Denver, le lycée Columbine. Pour l'instant, les médias en ont fini avec les Mulholland et l'assassinat de Victoria Patawasti – comme avec le bain de sang du dancing Eastman, qui est déjà en passe d'entrer dans la légende. Quant au dancing lui-même, il a été démoli pour faire place à des immeubles.

Après avoir fermé le journal, je le repousse, bâille,

m'étire, me lève, sors du foyer, vire l'antivol de ma bicyclette ; et me voici parti sur Fyfield Road.

Oui, c'est terminé pour moi. Je n'ai plus rien à voir là-dedans.

Affaire close.

Même si la violence se perpétue.

Denver naquit dans le sang. Les Cheyennes qui vivaient là furent massacrés à Sand Creek, les tribus comanches et utes furent refoulées vers une vallée de larmes située au-delà des montagnes.

L'affaire Patawasti est close, tout comme l'incident de la salle de danse – incident non résolu, insoluble, promis à un oubli imminent.

Pourquoi s'en étonner ?

Tous les chants de l'histoire se perdront un jour dans les profondeurs du temps. Et les rivières de la mémoire se jetteront dans les fleuves de l'oubli.

ADRIAN McKINTY
est au Livre de Poche

Le Livre de Poche s'engage pour l'environnement en réduisant l'empreinte carbone de ses livres. Celle de cet exemplaire est de :
250 g éq. CO_2
Rendez-vous sur
www.livredepoche-durable.fr

PAPIER CERTIFIÉ

Composition réalisée par Soft Office

Achevé d'imprimer en octobre 2024 en France par
MAURY IMPRIMEUR – 45330 Malesherbes
Dépôt légal 1re publication : novembre 2024
N° d'impression : 280457
LIBRAIRIE GÉNÉRALE FRANÇAISE
21, rue du Montparnasse – 75298 Paris Cedex 06

48/8956/8